KB085638

늘 건강하세요!

중증외상센터

GOLDEN HOUR

골든 아워

한산이가
지음

중증외상센터
GOLDEN
HOUR

골든 아워 IX

몬스터

차례

도련님 길들이기

"지금 시간이 꽤 늦었는데요?"

"한잔하려고요. 아까 보니까 숙소……. 그렇게 좋아 보이지도 않던데. 술기운이라도 빌려서 자야지, 안 되겠어."

"아……."

지부장은 바로 저 침대에서 한유림 전 장관도 잤었다는 사실을 떠올렸다. 그 사람이 불만을 토해냈던가?

'나는 돌아가지 않을 겁니다. 한구 사람들을 결코 그대로 둘 수 없습니다.'

오히려 여기보다도 더 열악한 곳으로 가겠다고 열변을 토했었다. 너무 진지해서 좀 웃기긴 했지만. 아무튼, 한유림은 눈앞의 철부지보다 훨씬 높은 사람임에도 불구하고 더없이 겸손한 사람이었다. 아무래도 그러다보니 비교가 될 수밖에 없었다. 아마 이슬라마바드에 온 사람이라면 당장 잘랐을 터였다.

'후.'

하지만 뭐 어쩌겠는가. 한구에서 요청해서 온 사람인데. 일단 잘릴 때 잘리더라도 거기까진 가서 잘려야 했다.

"잠시만요."

지부장은 당장 나가려는 츠요시를 일단 말리고 밖으로 향했다. 그러곤 오늘 할 일은 다 끝났다는 생각으로 휴식을 취하고 있던 드니스를 불렀다.

"드니스?"

딱 이름만 불렀을 뿐인데, 드니스는 한숨을 쉬기 시작했다. 워낙에 집이 개판인지라 방음이라곤 안 되었기 때문이었다.

"하……."

"한숨 쉬지 말고 안내해드려. 자주 가는 곳 있잖아?"

"지부장님은 뭐 하시고요."

"나? 나 술 끊었잖아. 몰랐어?"

"몰랐는데."

"혼자 결심했어. 진짜야. 고지혈증이 있더라고."

"지부장님이요?"

드니스는 의심스럽다는 눈초리를 거두지 못했다. 지부장 나이야 고지혈증이고 뭐고 다 걸려도 이상할 것이 없는 나이긴 했지만, 하도 고생을 해서 그런가 배도 나오지 않은 사람이었다. 차라리 드니스가 고지혈증이 있으면 있었지, 지부장은 아닐 거 같았다.

"그렇다니까, 진짜야. 검사 결과 보여줘?"

하지만 드니스는 지부장에게 감히 검사지를 요구할 만큼의 후레자식은 아니었다. 저렇게까지 싫다는데 강권할 만큼 나쁜 사람도 아니었고.

"에이……. 알았어요. 근데 저 사람 영 별론데……."

"조용히 말해. 너무 티 내지 말고. 어차피 여기서 지낼 사람도 아니잖아."

"안 그래도 아까부터 다행이라고 생각하고 있었어요."

만약 지부에서 계속 마주쳐야 한다면 어떨까.

'와……. 병으로 내리칠 거 같은데.'

그 거만한 태도라니. 누가 보면 봉사하러 온 게 아니라 대접받으러 온 줄 알았을 터였다.

"아, 닥터 츠요시?"

하지만 드니스는 지부장의 말을 상당히 잘 듣는 편이었다. 지부장 또한 로지스티션 출신이라서는 아니었다. 지부장이 그 로지스티션에서 은퇴해야만 했던 사건 때문이었다.

'시에라리온에서 총까지 맞은 사람을 내가 어떻게…….'

아직도 눈을 감으면 그때 그 사건이 눈에 선했다. 아직 햇병아리라고 해도 좋을 정도로 어렸던 그를 살린 게 바로 지부장이었다.

"얘기 끝났나?"

"네, 닥터 츠요시."

"근데 꼭 같이 가야 되나?"

"네……. 이 근처는 상대적으로 안전하긴 하지만, 그래도 외국인한테는 위험할 수 있어서요."

"흠……."

츠요시는 마음에 안 든다는 얼굴을 하고 있다가, 비서의 눈짓을 받고 나서야 고개를 끄덕였다.

"할 수 없지. 그럼 안내해줘요."

"네, 따라오시죠. 걸어갈 만한 거리에 있습니다."

"걸어가야 된다고?"

"차로 이동하면 돌아올 때 문제가 되지 않겠습니까? 여긴 대리 같은 거 없어요."

"대리가 왜 필요해? 얘 있는데. 마실 거 아니잖아. 그치?"

츠요시는 그리 말하면서 비서를 바라보았다.

'아…….'

그제야 드니스는 츠요시가 비서를 데리고 나가는 게 그저 말동무 삼기 위함이 아니었다는 걸 깨달았다. 이 인간은 비서를 사람이라고 생각하지 않는 게 틀림없었다. 제아무리 돈 주는 입장이라곤 하지만 이런 태도라니. 제삼자 입장임에도 불구하고 이래도 되나 싶을 지경이었다.

"아, 네. 도련님. 물론입니다."

하지만 드니스의 생각과는 달리 비서는 얼굴색 하나 변하지 않고 고개를 숙여 보였다. 어찌나 공손하면서도 칼같이 숙이는지 이게 일본에서 말하는 사무라이 정신인가 하는 생각이 들었다.

"그럼 가죠."

"아……. 네."

아무튼, 드니스는 그렇게 츠요시와 비서를 차에 태우고 술집으로 향했다. 츠요시는 그동안에도 불만 털어놓는 것을 멈추지 않았다. 그나마 다행인 점은 일본어로 하고 있다는 것 정도였다. 그럼에도 이 사람이 불평 중이라는 걸 다 알 만큼이나 노골적이라는 건 불행이었다.

"이게 수도라고? 어휴……."

"아까도 말씀드렸다시피 2년만……. 윽."

"나도 아는 얘기 자꾸 하지 말라고."

"죄송합니다."

"불평도 못 해? 내가 그런 사람이야?"

"아닙니다. 죄송합니다."

뒷자리에 앉아서 비서를 패고 있으니 대화 내용을 짐작하지 못한다는 건 말이 안 되는 일 아니겠는가.

'아이고…….'

보면 볼수록 태산이라는 생각만 들었다.

"하……. 여자 나오는 데는 없나?"

하지만 태산이라는 생각은 너무 이른 것이었다. 세상에 여자 나오는 데라니! 적어도 드니스는 봉사 다닌 이후론 아예 처음 들어보는 말이었다. 만약 요다를 알지 않았다면 일본 놈들은 다 이런가 하는 생각이 들 정도로 엉망이었다. 술이 들어간 뒤로는 더욱 심해졌다.

"이봐, 드니스. 진짜 없어? 솔직히 얘기해도 돼. 내가 쏠게. 너도 남자잖아?"

아무래도 이놈이 알고 있는 남자라는 단어 뜻과 전반적으로 통용되는 남자 뜻이 다른 모양이었다.

"한숨 쉬지 말고. 뭐, 내가 우습냐? 감히 한숨을 쉬어?"

"저, 도련님……. 취하셨어요. 이제 그만……. 억."

"너도 내가 우습냐? 그래, 차남이다 이거지. 형님은 봉사가 다 뭐야, 온갖 개짓거리 하고도 물려받는데……. 나는 이 정도는 해야 준다는 거잖아."

"아니……. 제가 어떻게 도련님을……."

"그럼 행동거지 조심해. 거슬려, 너."

"죄송합니다."

드니스는 잠시 츠요시를 그냥 두고 갈까 하는 충동이 일었다.

'그럼 어떻게 될까.'

일본은 술주정에 관대할는지 모르겠지만, 이슬람 국가인 파키스탄에서는 거의 사고였다. 여기야 외국인들만 드나드는 펍이니 이 안에선 안전하겠지만, 저 상태로 길거리로 나가는 순간 어떻게 될지 아무도 알 수 없었다.

'그렇게 둘 수는 없고……. 하…….'

아무리 꼴 보기 싫은 상황이어도 국경없는의사회에서 초빙한 사람이 잘못되는 건 정말이지 큰일이었다. 그 시발점이 될 만한 사건을 다른 사람도 아닌 본인이 직접 만들 수는 없었다. 그래도 또 이놈을 멀쩡하게 두기는 싫은 것도 사실이었다. 일반적인 봉사자였다면야 너그럽게 넘어갈 수도 있겠지만, 아쉽게도 드니스는 심심하면 불법도 자행해야 하는 거친 사람이었다. 머리를 마구 굴리다보니 결국, 한 가지 결론에 도달했다.

'그래, 닥터 백한테 맡기자.'

결심한 드니스는 일단 몰래 츠요시의 영상을 찍었다. 마침 츠요시는 비서의 정강이를 신나게 까는 중이었다. 어찌나 성의 있게 쥐어박는지 바로 옆에서 찍고 있는데도 눈치채지 못했다. 영상은 잠시 후 강혁에게 전달되었다.

"왜 그렇게 웃어요? 뭐 재밌는 거라도 왔어요?"

"그러게, 사람 불안하게 왜 저래?"

그의 미소를 본 리처드와 한유림 모두 흠칫 놀라며 물어왔다. 강혁은 그런 둘을 돌아보며 대꾸했다.

"죽일 놈 하나 온대서."

"네?"

"오면 알게 될 거야."

일본에서 온 일행이 한구 병원에 도착한 것은 그로부터 이틀이 지난 후였다.

"닥터 백. 정말……. 정말 더럽게 길더군요."

"그렇게 별로예요?"

"어휴……."

드니스라고 하면 이제 알 만한 사람은 다 아는 로지스티션이었다. 그게 어떤 의미를 갖는 것이냐면, 드니스야말로 온 세상의 진상이란 진상은 다 만나봤다는 얘기였다. 그런 드니스가 한숨을 쉰다는 건 츠요시라는 인간이 어떤 인간인지 단적으로 알 수 있는 증거이기도 했다.

"새끼……. 걱정 마요. 이미 2년 도장 찍었더라고. 거기도 뭐……. 여기다 싶었겠지."

강혁은 아주, 정말 아주 유명한 사람이지 않은가.

"근데, 괜찮으시겠어요? 저 인간 그래도 일본에서는 힘깨나 쓰는 모양인데. 비서도 있고……."

"아, 비서."

강혁은 츠요시 옆에 있는 비서에게로 시선을 돌렸다. 연신 굽신거리고는 있었지만, 그와는 반대로 몸은 탄탄해 보였다. 고수 소리 들을 정도는 아닐지라도 어느 정도 호신술은 익힌 모양이었다.

"뭐……. 상관없죠. 여기가 일본도 아니고."

"어련히 알아서 잘하시겠죠."

"기대해도 좋아요."

"그럼 소식 좀 알려줘요."

"응? 매주 오잖아요."

강혁의 말에 드니스가 인상을 구겼다.

"그……. 제가 카슈미르로 가게 되어서요."

"아."

세상에 카슈미르라니. 거긴 그냥 전쟁터라고 봐도 무방한 곳 아니었던가. 파키스탄도, 인도도 서로 자기 땅이라고 우기는 곳이니 그럴 수밖에 없었다. 그 두 나라만 해도 골치가 아픈데, 심지어 최근엔 중국도 한 다리 걸치고 나선 마당이었다. 안 그래도 어지러운 곳이 더 어지러워진 셈이었다.

"이거야 원. 그럼 언제 다시 얼굴 보려나."

"알 수 없죠. 보급은……. 저 대신 다른 친구가 할 거예요. 사실 이제 여기 오는 길은 뭐 위험할 게 없어서."

하지만 걱정할 필요는 없을 거 같았다. 드니스는 베테랑이라는 말도 부족한 사람이니까. 특별한 사고만 없다면, 또 이렇게 만나서 웃을 기회가 있을 게 분명했다.

"그럼 잘 다녀오세요. 그동안 내가 버릇 잘 고쳐주고 있을게."

"웬만하면 영상으로 남겨서 보내줘요. 그거라도 있어야 버티지."

"알았어요."

"그럼 가보겠습니다, 닥터 백."

드니스는 강혁에게 꾸벅 인사를 하고, 바로 떠나는 대신 제인과도 한참 떠들다가 차에 올라탔다. 저 둘은 함께 시에라리온에도 다녀온 사이인만큼 할 얘기가 아주 많을 터였다. 드니스가 그렇게 인사를 나누고 떠나는 사이, 새로 충원된 인원은 한유림과 리처드의 안내에 따라 새로이 마련된 숙소로 향했다.

"오……."

"생각했던 것보다 훨씬 좋은데요?"

장규선과 미유키가 상상했던 모습이 어땠는지는 몰라도 지금의 한구 병원보단 훨씬 열악했던 게 분명했다. 둘은 칭찬을 연발하고 있었다. 특히 미유키는 스고이와 스바라시를 연이어 내뱉었는데, 그 모습이 보기 좋은지 한유림의 얼굴에 함박웃음이 서렸다.

"최근에 리모델링 했습니다. 저희가 직접 페인트칠도 하고……. 망가진 부분은 고쳤어요."

은근히 굵은 팔뚝을 과시하면서였다.

"아……. 닥터 한. 굉장히 건장하시네요."

"네? 아, 하하. 감사합니다, 하하. 과찬이세요."

한유림의 얼굴엔 그야말로 웃음꽃이 피었다. 그가 그렇게 걸

껄 웃는 동안, 장규선은 리처드의 안내를 들었다.

"왔다 갔다 하시는 거죠?"

"네? 아, 네. 운영 중인 병원이 있어서요. 제가 없다고 아예 안 돌아가는 건 아닌데……. 그래도 불안해서."

"네. 저희는 오히려 좋습니다. 이런저런 물품 부탁드리기도 좋고요."

로지스티션이 물품을 가져다주긴 하지만, 아무래도 파키스탄에서 수급 가능한 물품은 한계가 명확했다. 특히 양념장이나 즉석식품 같은 것들은 언제나 부족하다고 보면 되었다.

"하, 졸라 후진 거 봐라, 이거. 여기서 살라고? 호텔 없어? 이 동네?"

두말할 것도 없이 츠요시였다. 녀석은 건물 밖에서부터 내내 징징거리더니, 안으로 들어와서는 숫제 땡깡을 부리고 있었다.

"도련님……. 제가 알아봤는데 호텔은 없습니다."

"호텔도 없어?"

"민박……. 형태의 집은 있는 거 같긴 한데요."

"그럼 거기 가봐!"

"여기보다 못합니다, 시설이."

"하……."

무려 호텔 타령을 하고 있었다. 앞서가던 한유림이나 리처드는 물론, 위에서 기다리고 있던 댄, 요다에게도 선명하게 들릴 정도로 큰 목소리였다. 하지만 누구 하나 나서는 사람은 없었다. 나섰다가 혹 돌아가면 어쩌나 하는 걱정이 들어서는 아니었다.

'진짜 죽이면 안 되는데.'

그들은 모두 강혁을 떠올리고 있었다.

'진짜 죽일까?'

그리고 우려대로 강혁은 주먹을 쥐었다가 풀었다가를 반복하는 중이었다. 그 모습을 본 제인이 식겁하며 나설 지경이었다.

"백 교수님, 살인은 안 돼요."

"응? 아니, 나 의사야. 사람 안 죽여."

"눈에 살기는 뭔데요."

"아, 이거. 죽이고 싶은 거랑 죽이는 건 많이 다르지."

강혁은 제인의 걱정 어린 얼굴을 보며 쓴웃음을 지었다. 이런 사정을 모르는 츠요시는 끝없이 불만을 내뱉고 있었다.

"뭐 이런 거지 같은 곳이 다 있냐."

"너무 큰 소리로…… 하지는 않는 게 좋지 않을까요?"

"어차피 일본어 할 줄 아는 사람도 없을걸."

"닥터 요다는……."

"그 인간? 일본인이잖아. 감히 나한테 해코지하겠어? 아니면 미유키, 장규선? 여기서 내 말 알아들을 수 있는 놈 중에 내 위 아무도 없어."

츠요시가 모르는 사람들이 있었다. 바로 강혁과 한유림이었다.

'저 미친놈이 진짜 뭐라는 거야.'

한유림은 보건복지부 장관 일을 하면서 중증외상센터 정상화에 가장 심혈을 기울였던 사람 아니었던가. 특히, 전반적인 시스템을 새로 짜기보다는 외국에서 이미 시행되고 있는 것을 제대로 들여오는 것을 주도했었다. 대상이 되었던 국가 중 일본이 있었고, 그 과정에서 일어도 마스터하게 된 지 오래였다.

'하…….'

그리고 강혁은 일어 마스터 중 하나인 2호, 그러니까 이강행에게 일어를 배워온 참이었다.

"닥터 제인, 지금 재가 뭐라고 한 줄 알아?"

"좋은 소리 했을 거 같진 않은데요?"

말투만 들어도 대강 알 수는 있었다. 하지만 구체적인 내용은 몰랐던 제인은 저도 모르게 귀를 기울였다.

"여기 거지 같대."

"네?"

그리고 강혁보다도 더한 원한을 갖게 되었다. 목숨보다도 더 귀하게 가꿔온 곳이지 않은가. 그런데 거지 같다니. 이건 용납할 수 없는 일이었다.

"한 대 정도는 쳐도 되지?"

"네, 쳐도 돼요. 생각 같아서는 저도 치고 싶네요."

츠요시도 투덜거리긴 했지만 일단 거실에 모이긴 했기에 브리핑은 제시간에 이루어질 수 있었다.

"환영합니다, 여러분. 저는 한구 병원 구호팀의 팀장을 맡고 있는 제인입니다. 산부인과 전문의이고, 여기 오기 전에는 아이티, 시에라리온, 에티오피아, 케냐 등에 있었어요."

강혁과 한유림 때와는 달리, 프로젝터도 구비되어 있었다.

"파키스탄은……. 수도 지역은 조금 유한 편이에요. 하지만 이 근처는 이슬람 극단주의자들이 대부분이라고 보면 됩니다. 닥터 미유키는 외출 시에는 무조건 저희와 동행하는 게 좋을 거예요. 히잡도 쓰셔야 하고요. 그렇지 않으면 공격의 대상이 될 수 있습니다."

"공격이요?"

"네. 그냥 하는 소리가 아니에요. 겁주기 위한 말도 아니고요. 정말 주의를 기울이셔야 합니다."

"그런……."

"너무 걱정하실 필요는 없어요. 어차피 제가 항상 동행할 겁니다. 한동안은 밖에 나갈 일도 아예 없으실 거고요."

"알겠……. 알겠어요."

미유키는 완전히 납득한 얼굴이라기보다는 조금 겁먹은 듯한 얼굴로 고개를 끄덕였다. 제인은 이따가 따로 다시 얘기해봐야겠다고 생각하며 말을 이었다.

"닥터 장, 닥터 츠요시. 두 분도 한동안은 따로 밖에 나가지는 못할 거예요. 남자라고 해도 안전한 곳은 아니거든요."

"알겠습니다."

장규선은 순순히 고개를 끄덕였다. 아예 공격의 대상이 되는 것보다는 훨씬 낫지 않은가. 하지만 츠요시는 좀 달랐다.

"무슨……. 그럼 안전하지도 않은 곳에 우릴 부른 거야? 사기 아냐?"

"이곳의 문화에 익숙해지면 그렇게 위험할 건 없습니다. 다만 그전까지는 주의가 필요하다고 말씀드리는 거예요."

"문화? 봉사하러 왔는데 뭐 그런 것까지 신경 써야 하지? 난 도움을 주러 온 거야!"

본인 딴에는 지극히 높은 곳에서 아래로 내려온 것이라 생각하는 모양이었다. 제인도 저렇게까지 생각한 적은 없지만, 그래도 비슷한 생각을 한 적은 있었다.

-우리는……. 도움이 필요한 거지, 무시를 당하고 싶은 건 아니에요.

하지만 이 말을 듣고부터는 완전히 달라질 수밖에 없었다. 지금도 제일 경계하는 것이 현지인들의 역량을 무시하는 일이지 않은가. 이를테면 봉사자들의 금언 같은 말이라고 보면 되었다. 그리고 츠요시는 금기를 범하고 있는 중이었다.

"닥터 츠요시. 봉사하러 왔다고 해서 모든 것이 용납되는 건 아니에요."

"거……. 아주 대단한 곳이네, 대단한 곳이야. 나 같은 사람이……. 어? 알아? 당신 평생 가도 나 정도 되는 지위의 사람은 못 본다고!"

제인도 사람이기는 한지라 욱하는 성질이 올라왔다. 5분 안에 말로 털 자신도 있었다. 하지만 강혁의 말을 따르기로 했다. 괴롭게 하는 걸로만 따지면 그 인간이 자신보다 열 곱절은 위일 테니까.

"닥터 츠요시. 이 자리는 고하를 나누는 자리가 아니에요. 저는 봉사하러 오신 분들께 현장에 대해 알려드리고자 함일 뿐입니다."

사람 괴롭히는 데 있어서 강혁만큼 대단한 사람이 어딨겠는가. 해서 제인은 일단 관두기로 했다.

"나중에 다시 얘기하죠. 오늘은 피곤하실 테니……. 짐 풀고 쉬세요."

"드디어."

츠요시는 지긋지긋하다는 얼굴로 아까 배정받았던 방으로 들어갔다.

"저기 장규선 선생님하고 얘기나 좀 하죠. 오랜만에 보는 한국 사람인데 반갑잖아."

"아……. 그렇네, 맞아."

한유림과 강혁은 장규선과 자연스럽게 인사를 나눴다.

"어떻게 여기까지 올 생각을 했어요?"

"정말 대단하십니다. 운영하시는 병원이 있는데……. 이렇게 되면 거의 1년에 4개월은 여기 있는 거 아니에요?"

"요다가 정말 많이 기대했어요. 그렇지? 요다?"

대화는 주로 칭찬 위주로 흘러갔다.

"그런데 정말 위험하진 않나요?"

"음식은 어떻습니까?"

"환자는 얼마나 많나요?"

중간중간 장규선의 걱정 어린 질문도 있었다. 이제 대부분 긍정적인 답변이 가능해진 터라 대화는 아주 수월했다. 하지만 장규선은 나이도 좀 있는 데다가, 긴 이동에 지친 몸이라 그렇게 오래 지속되지도 못했다. 그는 미처 맥주 한 캔도 다 마시지 못한 채 방으로 향했고, 요다 옆자리에서 그대로 곯아떨어지고야 말았다. 요다도 무사히 자신이 부른 세 사람이 왔다는 사실에 안도했는지 뻗어버려서 거실엔 강혁과 한유림, 리처드 그리고 죽상이 된 댄만 남았다.

"닥터 백……. 이거 좀 이상한데요. 너무 이상한 사람이 왔어요."

혼자 마취과 독박 쓰느라 개고생하던 중에 구원 투수가 온다 싶었는데, 미친놈이 온 것 같으니 그럴 수밖에 없었다.

"그러니까요. 백 교수님, 이런 거 잘하잖아요. 칼이라도 드려요? 아, 필요 없나?"

리처드가 보기에도 그러했다.

"그래, 백 교수. 내가 어지간하면 이런 말 안 하는데, 저놈은 선 넘었어. 어떻게 팀장한테 저러냐고. 저 혼자 잘났어? 나도 어? 장관이야."

심지어 인격자인 한유림도 어떻게 해달라고 성화였다. 따지고 보면 다들 오지까지 봉사 온 어마어마한 인격자들인데 오죽하면 이러겠는가. 이들에 비하면 개차반이라는 말을 들어도 싼 강혁은 당연히 더더욱 열 받은 상황이었다.

"왜 웃기만 해?"

"용서하는 거예요?"

"안 돼요, 닥터 백. 나 힘들어……."

그런데도 웃을 수 있다는 건, 다 대책이 있어서였다. 강혁은 조금은 섬뜩해 보이는 미소를 지어가면서 휴대폰을 올려놓았다.

"뭐야, 이건 왜."

"벌써 해결사 불렀지. 쟤 나가면……. 진짜 오줌 지리는 일 벌어질걸."

"응……? 설마?"

한유림은 고개를 갸웃거리며 통화 목록을 뒤졌다. 가장 최근 통화 명단에 익숙한 이름 하나가 올라와 있었다.

"오마르……."

탈레반 지도자였다.

"진짜 불렀어? 탈레반을?"

방 안으로 돌아온 한유림은 쉬이 잠들지 못했다. 당연한 일이었다. 아무리 그래도 그렇지, 탈레반을 부를 줄이야. 파키스탄에 온 이래 어지간한 일은 다 겪은 한유림이었지만, 이 일은 안색이 창백하게 변해도 이상할 것 없는, 일종의 사건이었다.

"병원으로 부른 것도 아닌데 뭐."

"병원으로 불렀으면 진짜 미친 거지! 이제 겨우 자리 잡아서 좋아지나 하고 있는데!"

"제일 부드러운 애들로 불렀어요. 난데없이 총질은 안 해. 걔들이 바본가."

"부드러워……. 부드럽다고?"

한유림은 기가 찬 얼굴이 되어 고개를 절레절레 저어댔다. 세상에 어떻게 탈레반과 부드럽다는 말이 공존할 수 있단 말인가. 백강혁은 정말이지 말도 안 되는 개소리를 멀쩡한 얼굴로 해대는 재주가 있었다.

"뭔 소리를 하는 거야, 대체. 상식…… 상식적으로 생각해봐. 츠요시만 문제가 아니잖아."

"아까 봐놓고도 그런 소릴 하시네. 츠요시가 문제지. 다른 두 사람은 멀쩡하던데."

"츠요시가 탈레반에게 해코지당했다는 걸 나머지 두 사람이 알면! 이거 어떻게 되겠어. 다 돌아가지. 아니지. 돌아가기만 해? 당장 소문나서 아무도 안 올걸."

"아, 그게 걱정이시구만그래."

강혁은 다 알겠다는 미소를 지으며 고개를 끄덕였다. 무언가 꿍꿍이가 가득 담기다 못해 흘러넘치는 모양새였다. 한유림으로서는 저도 모르게 귀를 기울이는 수밖에 없었다.

"걱정 마요. 츠요시……. 절대 말 못 할걸."

"왜…… 왜?"

"원래 그래요, 사람이. 적당히 겁먹으면 역공도 하고 소리도 쳐. 그게 본능이거든. 배웠죠? 싸우거나 도망가거나. 자율 신경……. 본과 때 배우잖아요. 너무 겁먹어서 소리도 못 내게 만들면 돼요. 딱 고양이 앞의 쥐처럼. 겁을 확실히 주는 거지."

"의사긴 하잖아. 환자 있으면 설마……. 내깔겨 두겠어?"

"뭐……. 그럼 지한테도 좋지. 안 당할 테니까."

"아, 확정은 아냐?"

"제가 뭐 미친놈이에요? 좀 개긴다고 총 들이밀게?"

완전히 돈 건 아니지만, 그래도 어지간히 돌지 않았나 하는 생각이 들었다. 하지만 한유림은 사람 보는 눈이 없어도, 나이 든 보람이 아예 없는 사람은 아니었다.

"내일부터 해서……. 며칠 두고 볼 거예요. 잘하면, 왜 그런 짓을 하겠어요. 하지만……. 잘 못 하면……."

"뒤진다 이거지?"

"아니, 뒤진다니. 뭔 말을 그렇게 해. 내가 의산데 설마 사람 죽이려고?"

"말이 그렇다는 거지. 죽도록 괴롭힌다, 뭐 이런 뜻이야."

"그럼 맞지."

"맞구나."

죽도록 괴롭히겠구나. 한유림은 미리 츠요시의 명복을 빌어주고는 자리에 누웠다.

다음 날 아침, 두 사람이 거실로 나가보니 의외로 츠요시와 비서가 먼저 나와 있었다. 생각보다 부지런한가 했지만, 역시나 그건 아니었다.

"이런 망할. 침대 새로 사든지 해야지……. 이딴 데서 계속 어떻게 자."

"제가 알아보겠습니다."

"넌 계속 똑같은 소리 하지 말고. 여기 알아본 것도 너야. 이딴……."

"죄송합니다."

"아휴……. 넌……. 저 새끼들은 또 뭔데 야리고 있대. 뭐야."

"말씀……. 말씀 좀……."

"일본어 못 알아듣는다니까? 한국인이잖아. 뭔 말을 하건 뭔 상관이야, 네가."

강혁은 역시 탈레반을 부르길 잘했다고 생각했다. 심지어 한유림도 강혁의 손을 꽉 잡으며 힘을 실어줄 정도였다. 하지만 이렇다 해도, 사실 넘어가줄 생각은 있었다. 뭐가 어찌 되었건 중요한 건 환자를 보는 태도였으니까.

"다, 닥터 츠요시! 어디 가요!"

"이딴 기계로 마취를 하라고? 내가 쓰던 약이 아닌데?"

"현장에서 대학 병원에서 쓰던 약으로 마취하는 곳이 어디 있다고 그래요. 일단……, 일단 돌아와요!"

"나 그거 할 줄 몰라."

츠요시가 배 째라는 식으로 나오자 댄은 정말이지 참담한 얼굴이 되었다. 하지만 요다도 제인도 다들 하나씩 충원돼서 해피한데, 자신만 계속 독박을 쓸 수는 없는 노릇이었다.

"닥터 츠요시! 배우면 돼요. 생각보다 잘 된다고요, 이것도. 제가……, 제가 잘 가르쳐드릴게요."

댄으로선 정말 최선을 다하고 있는 것이었다.

"아, 싫어, 안 돼. 못 해. 오늘은 너무 힘들어, 알잖아요? 어제 왔다고, 나."

"그렇긴 해도……. 지금 오후잖아요. 오전에는 쉬었어요, 닥터 츠요시."

"난 봉사하러 온 거지, 노동하러 온 게 아니라고. 댄이라고 했나? 여기서 뭐 그렇게 일하면 떨어지는 게 있어요? 정치하려고?

그럼 사진이나 찍고 티만 내요. 피곤하게 하지 말고."
"아니, 그런 게……."
"아무튼, 오늘은 못 하겠어. 내일 합시다, 내일."
"내일……. 내일은 하는 거죠?"
"그래, 그래."
츠요시의 말에 댄은 마지 못해 고개를 끄덕였다. 내일은 꼭 배워야 된다고 중얼거리면서였다. 하지만 다음 날도, 그다음 날도 츠요시는 제대로 일한 적이 단 한 번도 없었다. 잠을 못 잤다, 기분이 별로다 등등 갖은 핑계를 대면서였다. 그렇게 사흘이 지났을 무렵엔, 드디어 병원 밖으로 나가기까지 했다. 비서 하나 달랑 데리고서였다. 강혁은 그런 츠요시의 뒷모습을 바라보다가 휴대폰을 집어 들었다.
"일단 잡아."
"오케이."
"죽이진 말고, 알지? 의사야."
"알지. 한구 병원에는 신세 진 것이 많으니, 내가 직접 하도록 하지."
오마르는 협정 맺을 당시만 해도 이 정도로 도움이 될 거라고는 생각지도 못했다. 기껏해야 다쳐야 가는 곳이 병원이라고 여기고 있었기 때문이었다. 하지만 조직원들의 아내 몇몇이 난산으로 한구 병원에서 출산하게 된 데다가, 아이들까지 진료를 보게 된 마당이었다. 몇몇 노인들도 도움을 받았고. 이쯤 되다보니 아예 오마르의 조직 내 신망이 올라갔을 지경이었다.

강혁은 거기까지 말하곤 전화를 끊었다. 그러곤 이제 슬슬 골목길 어귀로 사라져가는 츠요시의 뒷모습을 노려보았다. 그가 완전히 보이지 않게 되자, 한유림이 입을 열었다.

"이래도 되나……."

"언제는 언제 혼내냐고 난리법석이더니?"

하룻강아지 범 무서운 줄 모른다더니. 대체 뭘 믿고 저러는 걸까. 뭐 이런 의문이 스쳐 지나갈 때쯤, 리처드가 옥상으로 올라왔다.

손에 서류 몇 장을 들고 있었는데, 나풀거리면서 온 것으로 미루어볼 때 딱히 기밀문서 같은 건 아닌 모양이었다.

"백 교수님. 이거……. 그 츠요시 뒷조사한 거요. 데니스가 힘 좀 썼어요."

"오……. 이놈 집안 봐라. 이거 화려하네."

강혁은 한유림과 함께 리처드가 건네준 문서에 빠져들고 있었다. 그럴 만한 내용이었다. 리처드가 보기에도 그랬으니, 한국 사람인 둘에게는 더더욱 그럴 터였다.

"재일 교폰데 어떻게 지역구를…… 꿰차고 있나 했더니?"

"그러니까. 이 새끼 이거 친일파 자손이네. 그것도……. 이거 거물 아냐? 나 교과서에서 본 거 같은데?"

"자꾸 그런 거 물어보지 마. 난 배운 지 50년 됐어."

"역사를 잊었네."

"아니……. 그런 게 아니라……. 백 교수는 진짜 왜 이래."

한유림은 지겹다는 투로 대꾸했지만, 그렇다고 해서 눈을 떼진 못했다. 화려하다는 말로도 표현이 부족할 정도의 집안이었기 때문이었다. 나라도 팔아먹고, 독립운동가도 팔아먹고……. 이런 놈은 때려죽여도 될 것 같긴 했다. 하지만 한유림은 차마 강혁의 말에 강하게 동조하지는 못했다. 먼발치에서 둘을 애타는 눈으로 바라보고 있는 댄 때문이었다. 아예 처음부터 충원이 안 된다고 했으면 모를 텐데, 이게 된다고 했다가 안 될 거 같으니 더 힘들어하고 있었다.

"제발……. 개과천선시켜줘요."

"에이……. 그래, 뭐……. 살아서 갚는 것도 방법이긴 하지."

"그래, 그렇게 생각하자고."

"감사합니다……."

그 시각, 츠요시는 비서와 단둘이 병원 밖으로 나가 떠돌고 있었다.

"아버지는 날……. 날 이딴 데로……."

"그래도 버티면 지역구 의원입니다. 아시잖아요, 맏도련님 사람 꽂으려는 거 막느라고 이러는 거."

"하……. 거 좀 먼저 태어난 게 얼마나 대수라고."

"음……."

비서는 다시 입을 다물었다. 츠요시는 그런 비서에게서 눈을 돌린 후, 바닥에 놓여 있던 돌덩이를 찼다.

"이런 시발. 이따위……. 이따위 곳에 2년을 틀어박히라니."

"그……. 돌 차는 건……."

"뭐. 이것도 안 돼? 여기 사는 놈들은 다 또라이래? 아까 보니까 애들도 차고 놀더만."

"성인이 차는 거랑은……."

"닥쳐."

츠요시는 비서에게 소리를 빽 지르더니 한 번 더 돌을 걷어찼다. 아까 찰 때는 그래도 앞을 살피는가 싶었는데, 이번은 아니었다. 분별없이 찬 돌은 그대로 날아 누군가의 다리에 맞았다.

"아야."

츠요시가 사고 치기를 오매불망 기다리고 있던 오마르였다. 그는 돌 맞은 다리를 손으로 털고 천천히 다가왔다.

"사과 안 하나?"

그는 대번에 폭력을 행사하기 전에 우선 사과를 요구했다. 처음엔 아랍어였고, 다음은 우르두어, 그다음은 영어였다.

"사과? 거기 서 있던 게 잘못……."

무례한 모습에 오마르는 오히려 웃었다. 비릿한 피 냄새가 골목 가득 번지는 느낌이었다.

"사과 안 하나?"

"별로 아프지도……."

"좋네, 좋아."

"그게 뭔……."

츠요시가 인상을 쓸 무렵, 주변에 있던 사내들이 모습을 드러냈다.

"뭐, 뭐야."

"도련님 뒤로……."

"까불지 말고 그냥 따라와. 가라테야? 그걸로 총알 막을 수 있겠어?"

그렇게 망설이는 사이 오마르가 턱짓을 했고, 그 뜻에 따라 뒤에 있던 둘이 개머리판으로 뒤통수를 후려쳤다. 영화처럼 깔끔하게 기절하는 일은 없었지만, 적어도 무력화시키기엔 충분한 타격이었다. 오마르는 조용히 전화를 들었다.

"잡았어, 바로 올 건가?"

"아니, 분위기 좀 잡고 있어."

"얼마나?"

"글쎄. 내일까지?"

"어?"

*

"닥터 츠요시는 안 먹나요?"

장규선이 걱정스럽다는 얼굴로 물어왔다. 미유키도 자리에 없는 건 마찬가지였지만, 그에 대한 염려는 없었다. 닥터 제인과 더불어 분만장 및 수술실 그리고 병실을 둘러보고 있었기 때문이었다.

"음."

강혁은 명확한 답을 주는 대신 짤막한 신호를 보냈다. 내막을 얼마간 알고 있는 댄이나 리처드 그리고 한유림의 입을 다물게 하기 위함이었다. 다행히 셋은 이러한 일에 관해서는 강혁에게 전담시키기로 결의 비슷한 것을 한 후였다. 딱히 신호가 없었어도 말을 얹을 만한 게 없다는 얘기. 덕분에 강혁은 아무런 방해도 받지 않고 입을 열 수 있었다. 이제 어둑해지기 시작한 한구도시 시내를 돌아보면서였다. 저기 어딘가에서 우에다 츠요시는 갖은 고초를 겪고 있을 게 뻔했다.

"장규선 선생님, 닥터 츠요시는 방해받고 싶지 않다고 하면서 방에 먼저 들어갔어요."

"밥도…… 먹지 않고요?"

"그럴 생각은 전혀 없어 보입니다."

"아……. 그렇군요."

장규선은 고개를 끄덕이며 츠요시의 지난 행각을 떠올렸다. 처음 얼굴을 봤을 때부터 인상은 솔직히 별로였다.

'쯧.'

이게 장규선이나 미유키가 던진 살가운 인사에 대한 답이었으니까. 그러곤 홀로 일등석에 오르더니, 지난 며칠간 두 번 다시 말 섞는 일도 없었다.

'백강혁 교수나……. 한 장관님에게 이 무슨 무례란 말인가…….'

강혁의 이름이 일본에도 얼마간 알려져 있긴 하지만, 그건 일부 마니아층의 이야기였다. 한때 일본인 단체 관광객들을 태풍 속에서 살려낸 영웅은 이미 대부분의 기억 속에서 사라진 지 오래였다. 하지만 그건 츠요시나 미유키에게나 해당되는 것이었고, 한국인인 장규선은 아니었다.

"이것 참……. 죄송합니다. 두 분 보시기에 얼마나 우스워 보일지…….”

장규선은 둘의 위상을 거의 정확하게 알고 있었다. 아마 츠요시가 한국인이었다면, 정치인 집안 아들이 아니라 본인이었더라도 감히 그렇게 하진 못했을 터였다. 물론 정치인이라는 것의 입지가 한국과 일본에서 많이 다르긴 하겠지만, 그럼에도 둘은 결코 가벼이 여길 만한 사람들은 아니었다.

“아뇨, 아뇨. 괜찮습니다. 현장이 워낙 험하다보니까……. 좀 예민하게 반응하는 사람들도 있어요.”

더욱이 장규선은 예전 강혁이 한국대학교 병원에 처음 왔을 때 찍혔던 방송도 다 본 사람이었다. 그때 무려 생방송 중인 카메라에 대고 쌍욕을 퍼부었던 것이 바로 백강혁 아니던가. 그런 그가 이렇게 점잖은 반응을 보이니 오히려 더 미안했다.

‘진짜 두들겨 패고 싶을 텐데……. 호스트 입장이라서 참고 있는 거겠지…….’

사실은 성격대로 이미 수를 써놓은 상황이었지만, 그러한 것을 알 리 없는 장규선은 손사래 치는 강혁을 보며 더더욱 쩔쩔맸다.

“아이고……. 아니죠. 그래도 저건 좀 아니죠……. 제가 대신 사과드립니다. 다 저런 인간만 있는 건 아닌데…….”

“하하, 아닙니다. 장규선 선생님, 선생님은 정말 훌륭히 잘해주고 계시잖아요. 요다가 얼마나 좋아하는지 몰라요.”

이쯤 되니, 제아무리 강혁이라고 해도 조금은 민망했다. 실은 뒷구멍으로 협박 중입니다 선생님, 하고 말할 수도 없고……. 해서 강혁은 자연스레 화제를 돌렸다. 마침 장규선 또한 민망한 주제에서 벗어나고 싶었던 참이었다.

"아……. 그건 다행이네요. 마음 같아선 계속 있고 싶은데……. 아시다시피 제 병원이 있고, 또 거기 환자들이 있어서요."

강혁은 장규선의 말에 그가 운영 중이라는 종합병원을 떠올렸다. 처음엔 재일 교포, 그중에서도 아직 일어가 서툰 유학생들이나 이민 1세대들을 대상으로 한 병원을 운영했다고 했던가. 그러던 것이 대한민국 병원 시스템 특유의 고객 편의성과 세련됨을 무기로 점차 현지 사회로 파고들어 종합병원이 되었다고 했다.

'여전히 유학생들이나 이민 1세대들에게는 단물 같은 병원이라고 하던데…….'

그저 여행만 다녀와본 사람들에게 일본인은 친절하기 그지없는 사람들일 테지만, 사회에 녹아들어야 하는 처지가 되면 완전히 얘기가 달라졌다. 특히 일어가 조금이라도 서툰 사람이라면 말 그대로 고립무원이 되기에 십상이었다. 그들에게 대형 병원은 워낙 장벽이 높아 이용이 불가능하게만 느껴졌을 것이다. 그러던 중에 장규선이 운영하는 병원이 등장한 것은 그야말로 가뭄의 단비였다.

"아……. 들었어요. 정말 훌륭한 역할을 하고 계시다고. 일부러 한국에서 넘어가려는 우리나라 의사들이나 간호사들도 많이 뽑는다던데요?"

"그거요? 하하. 뭐……. 언론에서 좋게 포장해줘서 그렇지, 실은 훌륭한 인력 싸게 쓰는 겁니다. 아시잖아요? 우리나라 사람들 성실하고 실력 좋은 거."

"뭐, 하하."

장규선의 말이 아주 틀린 건 아니었다. 보통 한국에서 넘어가려고 하는 의료인들의 수준이 꽤 높은 편에 속하긴 했으니까. 의협이나 관련 학회에서는 위기를 느낄 정도라고 하지 않은가. 그나마 언어의 장벽이 있으니 망정이지. 그렇지 않았다면 엑소더스가 일어날 수도 있다는 말이 돌 지경이었다.

'그렇다고 해도……. 그 나라 말이 서툰 사람들을 쓰는 건 쉬운 일이 아니지.'

대한민국의 의료진 유출이 일어나는 건 좋은 일이라 할 수 없겠지만, 실제로 사회에서 어떤 벽을 느끼거나, 상처를 받은 사람들이 개인적인 필요에 의해 나가야만 한다면 어느 정도 도움이 있어야 할 터였다. 장규선은 그 다리가 되어주고 있었다.

"아, 맞아. 그러고 보니까 한국대학교 병원이랑도 제휴 맺으셨다고 하던데."

"네, 맞습니다. 한 장관…… 교수님이라고 할까요? 뭐가 좋으시죠?"

강혁이 고개를 끄덕이며 입을 다물자 한유림이 끼어들었다. 장규선으로서는 이미지도 훨씬 부드럽고, 나이도 비슷한 한유림이 더 편했기에 반색했다.

"이제 장관도 교수도 아니라……. 그냥 이름도 좋습니다, 저는."

"그럼 그냥 선생님으로 할까요?"

"그거 좋겠네요."

예상대로 한유림의 대응은 부드럽기 짝이 없었다. 제아무리 강혁과 함께 다니면서 거칠어졌다고는 하지만 그래도 인격이 어디 가는 건 아닌 모양이었다.

"아무튼, 제휴 맺은 거 들었어요. 소화기내과랑……. 이비인후과, 신경외과였나?"

"맞습니다. 굉장히 잘 알고 계시네요?"

"안 그래도 된다고 하는데, 후배들이 자꾸 알려줘서요."

"왜 난 안 알려주지?"

"정확히 어떤 제휴인가요?"

한유림은 불퉁한 얼굴로 끼어든 강혁을 가볍게 무시하고는 재차 질문을 던졌다. 장규선은 강혁의 의문에 반응해줘야 하나 하는 생각이 아주 잠시 들었지만, 이내 한유림의 질문에 답하기로 결정했다. 생각해보니까, 강혁의 의문은 자신이 해결해줄 수 없는 종류의 것이기 때문이었다.

"일본 애들이……. 어릴 때부터 게임을 많이 해서 그런지 어쩐지는 몰라도 내시경 다루는 게 진짜 장난 아니거든요. 그 왜……. 이쪽 신의료 기술은 거의 일본에서 나오지 않습니까?"

"아……. 그렇다고 들었습니다. 저야 뭐 그쪽은 아니라 잘은 모르지만."

실제로 일본은 뭔가 좀 조만조만한 기술이 뛰어난 편이었다. 비염에 대해서도 분자 단위 연구가 세계 최고였고, 코를 통해서 머리 수술하는 것 또한 그러했다.

"근데 또 시작은 일본에서 하는데 완성은 한국에서 시킨다, 이런 말도 있잖아요."

"결국 제일 많이 하는 건 한국이니까요. 특히 소화기내과는 뭐……."

같은 동아시아 국가인데, 대한민국과 일본은 자주 발생하는 질환에서 상당한 차이를 보였다. 그중에서도 특히 식습관의 영향을 많이 받는 소화기 질환이 그러했다. 단적인 예로 우리나라는 위암이 예로부터 최상위 질환으로 군림하고 있지 않은가. 그러다보니 소화기내과 쪽 내시경 기술은 도입되는 족족 한국이 추월하기 마련이었다. 다만 도입되는 시기가 느리다는 단점이 있었는데, 최근 장규선이 운영하는 병원과 협약이 맺어지면서 연수 펠로우가 점점 늘어나고 있었다.

"손재주도 좀 다른 거 같아요. 와서 시켜보면 진짜 한 달만 지나면 베테랑이라니까요? 일본 애들이 놀래요. 얼마 전에 가르쳤는데 좀 지나니까 자기보다 잘한다고."

"우리나라 의사들이 좀 그렇죠. 하하. 아무튼, 아주 좋은 일이에요. 숙소도 대주신다고 들었는데."

"노는 건물이 있어서요. 관리비 전가시키는 셈 치고 빌려주는 거죠."

"참 좋은 일 많이 하십니다. 그 와중에 여기 와서 봉사까지 하시고."

"이거야 뭐……. 제 꿈이었거든요. 근데 마침 또 제가 존경하는 두 분과 함께할 수 있다고 해서 온 거죠."

장규선은 이제 츠요시 따위는 완전히 잊은 채 허허 웃었다. 한유림 또한 마찬가지였다.

'언제 가지?'

강혁만이 츠요시를 떠올리고 있었다. 언제 가야 제일 멋지게 등장하면서 또 도망가지 못하게 할 수 있을까.

'잘하고 있겠지?'

오마르가 뒤지게 괴롭히고 있는 건 맞을까, 뭐 이런 의문들이 함께 있다는 것이 문제긴 했지만 현시점 한구 병원에서 츠요시를 생각하는 건 강혁뿐이었다.

물론 한구 전역으로 범위를 넓힌다면, 츠요시를 생각하는 인원수가 제법 늘어났다. 오마르와 그 일당만 하더라도 물경 다섯은 훌쩍 넘었다.

"매달까요?"

"음……. 일단 때리진 마. 민간인이야, 이거. 포로 아니고."

"그러니까 그냥 매달기만……."

"흠."

'어쩔까.'

그중에서도 오마르는 진심으로 걱정하고 있었다. 지금까지 강혁에게 신세 진 것이 너무 많지 않은가. 그가 살려준 부하 수만 하더라도 열은 넘어가는 상황이었다. 임신부나 아이들, 노인들까지 하면 수십을 넘었고. 이만하면 강혁이 한 번쯤 알라를 모욕한다고 해도 봐줘야 되지 않나 하는 생각이 들 지경이었다.

'어떻게 해야 이 자식을……. 백강혁 말대로 묶어둘 수 있지?'

해서 오마르는 강혁의 당부를 지키기 위해 고심했다. 그러다

보니 자연스레 시선이 츠요시에게 닿았는데, 당연히 츠요시는 그 시선을 호의적으로 받아들일 수가 없었다.

"으."

"도, 도련님……."

"너 가라테 했다며! 어떻게 좀……."

"그……."

비서는 이 방 안에만 해도 총 든 사람이 넷을 넘는데 뭘 어쩌라는 거냐고 외치고 싶었다. 하지만 팔다리가 꽁꽁 묶인 데다가, 오면서 분위기 파악을 한 탓에 그저 고개만 털었다. 생각보다 죽도록 두들겨 패고 있지는 않았지만, 그래서 더 무서웠다.

'본국으로 연락이 가려나……?'

일본 정부가 테러범들에게 상당히 강경하긴 하지만, 그래도 유력 정치인의 아들이니만큼 돈을 보내줄 수도 있었다.

'그게 더 이슈가…… 될 수도?'

봉사하러 갔다가 죽을 뻔했다, 이거 스토리 나오지 않는가. 2년 동안 썩지 않아도 지역구 하나쯤 받을 수 있을 거 같았다. 하지만 총이 바닥에 닿는 소리를 듣자마자 장밋빛 상상은 온데간데없이 사라졌다. 이 상상에는 전제가 필요한 상황이지 않은가. 죽을 뻔해야만 했다. 죽는 게 아니라.

"온다는데?"

오마르가 총을 바닥에 둔 것은 그저 휴대폰 메시지를 확인하기 위해서였다. 그의 말에 부하 녀석 하나가 물어왔다.

"어떻게요?"

"협상자로 오는 거지. 한구 병원 대표로."

"응……?"

"나도 어떻게 할지는 몰라. 알아서 하겠지. 그 친구 원래 그렇잖아."

쾅. 그때 어디선가 문짝 떨어져 나가는 소리가 들려왔다. 모르는 사람이 들었다면 아마 폭탄이라도 터진 줄 알 터였다. 실제로 츠요시나 비서는 그렇게 여겼다. 어찌나 놀랐는지 묶인 팔을 움직거려서 서로를 안았을 지경이었다.

'지랄…….'

오마르는 그 모습을 보며 고개를 절레절레 저었다. 한편으로는 이해가 안 가는 것도 아니긴 했다. 자신 같았어도 놀라지 않았겠는가. 아마 영국 유학 당시 이런 일을 당했다면 오줌이라도 지렸을 터였다. 오마르가 과거를 회상하는 동안에도 누군가 쓰러지고 넘어지는 소리가 들려왔다. 아마 강혁이 예정했던 대로 오마르의 부하들을 쓰러뜨리는 것일 터였다.

'뒤지는 건 아니겠지?'

정말 의사가 맞나 싶을 정도로 잘 싸우는 놈 아니었던가.

'설마 마음 바꿔서 히트 맨 보낸 건 아니겠지.'

그사이 강혁이 마지막 문짝을 걷어차고 안으로 들어섰다. 가까이에서 들어보니 진짜 C4라도 터뜨렸나 싶을 지경이었다.

"여깄다고?"

강혁은 그렇게 상당히 위압적인 등장을 하며 물어왔다. 오마르는 흠칫 놀란 얼굴을 해 보이며 총을 겨눴다.

"누구냐!"

"나다, 이 새끼야."

강혁은 그럼에도 전혀 놀라지 않은 채, 복면을 내렸다. 츠요시와 비서는 그나마 본 적이 있는 얼굴임에 반가움을 표했다.

"사, 살았다!"

"왔어! 왔어!"

언제는 본체만체하고 말도 더럽게 안 듣더니, 상황이 바뀌니까 무슨 구세주 보듯 소리치고 있었다.

"닥터…… 백?"

"그래, 오마르. 이 사람들 내 손님인데, 잡아 가뒀다고?"

"손님? 설마 한구 병원?"

"그래. 한구 병원."

"못 믿겠는데, 거기 있는 인간들은 다 예의가 있잖아?"

오마르는 그 말을 하면서 턱으로 신호를 보냈다. 부하는 오마르의 지시대로 츠요시를 살짝 건드리기만 했다. 어디 부러지면 당분간 일을 못 할 테고, 머리가 깨지면 앞으로 영영 못 할 수도 있을 테니 만만한 배를 찔렀다. 그렇다고 통증이 덜한 것은 아니라 둘 다 낑낑거렸다.

"어어, 너무 험하게 다루지 말라고! 진짜 내 손님이야!"

"모르는 얼굴인데?"

"온 지 며칠 안 됐어. 그러니까 당연하지."

"근데 밖으로 나와? 앞뒤가 안 맞잖아. 그냥 한국인이라 도우러 온 거 아냐?"

"아냐, 아냐."

강혁은 조금 아쉬운 마음에 손을 한 번 더 흔들었다. 그러자 부하가 개머리판 대신 발길질을 해댔다.

"사, 살려줘!"

둘의 표정이 점점 더 절망에 물들어갔다. 강혁은 그제야 됐다는 듯 손을 멈추곤 다시 입을 열었다.

"착오가 있었어. 나가지 말라고 했는데, 못 알아들었나봐. 그리고 저 둘 한국인도 아냐. 일본인이야."

"응? 그럼 잘된 거 아닌가? 한국인들은 일본인 싫어하잖아."

"그……."

뭐 감정이 아주 좋다고 말하면 거짓말이었다.

"죽일 정도는 아냐."

"음."

"아무튼, 손님이야. 오해라고."

"오해라."

오마르는 씨익 웃으며 총을 집어 들었다. 그러곤 츠요시에게로 다가갔다. 좀 더 정확히 말하면 츠요시의 손을 향해서였다.

"이 자식, 나를 모욕했어. 돌을 차서 나를 맞혔다고. 무례하다고 생각하지 않나? 난 여기 왕…… 아니, 유지인데."

"돌을 차서 맞혔다고? 그건 내가 사과하겠네. 죽이는 건 안 돼, 그래도."

강혁은 오마르의 말에 과장되게 사과를 건넸다. 일부러 죽음을 입에 올리면서였다.

그저 돌을 찼을 뿐인데 그게 죽을죄였을 줄이야. 그냥 말로 들었다면 웃기는 얘기였겠지만, 총 든 사람들에게 에워싸인 채 들으니까 느낌이 색달랐다.

"살리라고? 부하들 앞에서 무시를 당했는데?"

"나도 알지, 그건. 하지만…… 한구 병원의 입장도 좀 알아주게……."

"한구 병원이라."

오마르는 짐짓 먼눈을 했다. 이건 그렇게까지 어려운 연기는 아니었다. 한구 병원에 대한 좋은 감정은 진짜였기 때문이었다. 다른 부하들까지 갈 것도 없었다. 본인 목숨의 은인이 바로 앞에서 있었으니까. 그 이유만으로도 강혁이 탈레반에게 위협을 당하는 일은 절대 없어야 했다.

"하긴……. 많은 일을 해주긴 했지. 흠."

"그래, 그래. 앞으로도 안 보고 살 건 아닌데."

"흠……."

오마르는 고민하는 투로 츠요시를 돌아보았다. 여전히 총을 들고 있는 데다가, 얼핏 보면 겨누는 것처럼 보이기도 했기에 츠요시는 몸을 움츠렸다.

"한구 병원 면을 봐서 살려라?"

"그래, 진짜 부탁이야. 우리 손님이라고. 이렇게 죽어버리면……. 앞으로 어떻게 불러와."

"그건 지극히 한구 병원의 사정 아닌가?"

"우리 병원만의 사정은 아냐. 그건 아니라고."

"더 얘기해봐."

"저 사람 마취과 의사야."

"의사? 저 새끼가?"

"그래……. 좀 부주의한 사람이지만 의사라고."

부주의하다는 말에 유독 힘을 주었다.

"그래. 내가 누차 말했잖아. 한구 병원 다 좋은데 사람이 없다고. 근데 무려 마취과 의사가 왔어. 저 사람만 있으면 우리 양방 뛸 수 있어."

"양방?"

"동시에 수술방 두 곳을 열 수 있다고. 생존율이 올라간다는 말이나 같지."

"그렇군. 흠……."

오마르는 완전히 납득한 덕에 연기도 제법 자연스러웠다. 확연히 달라진 그의 표정에 츠요시나 비서 또한 희망을 품게 되었을 지경이었다.

'사, 살았나.'

하지만 오마르는 당장 풀어준다 어쩐다 하는 말을 꺼내지 않았다. 여기까진 강혁이 아직 말해주지 않았기 때문이었다.

"나도 알아. 이건 도저히 그냥 넘어갈 수 없는 일이지. 감히 이 지역 종교 지도자를 무시한 처사였으니까. 몰라서 그랬겠지만, 그렇다고 죽을죄가 사라지는 건 아냐."

"음, 그렇지."

"사, 살려주세요! 백 교수님! 제가 잘못했습니다!"

초요시는 이제 눈물 콧물까지 흘렸다. 동아줄이라 생각했는데 체념하는 듯하니 그럴 수밖에 없었다.

"하지만 죽으면 곤란하긴 해서……. 사죄할 기회를 주면 어떨까 하는데."

"사죄할 기회?"

"여기서 2년 제대로 일하면……, 봐주는 걸로. 그동안 저 사람이 살릴 생명을 생각해보라고."

"여기서 놔주고 도망가면 어쩌려고?"

마지막 질문은 진심이었다. 막말로 저놈이 나가서 일본 대사에 연락이라도 하면 어쩔 거란 말인가. 두 눈 뜨고 이 지역 떠나는 걸 지켜봐야 할 터였다. 하지만 강혁은 걱정 말라는 얼굴로 고개를 가로저었다.

"못 도망가지. 그 차량 터질 텐데. 그냥 놔줄 생각……. 없잖아?"

"아."

오마르는 이 미친놈이 폭탄 협박까지 하는구나 하는 생각에 미처 제대로 된 답을 하지 못했다. 그러다 강혁이 눈을 부라리는 것을 보고서야 고개를 끄덕일 수 있었다.

"다, 당연하지."

강혁은 그 모습을 보면서 씨익 웃었다.

'대사관에 연락도 못 해, 저 새끼.'

다른 수를 이미 써놓았기 때문이었다.

*

"좀 어때요?"

강혁은 별로 얻어맞지도 않은 주제에 거지꼴이 되어 있던 츠요시와 그의 비서를 향해 물었다.

"맞은 곳이 좀 아프긴 하지만……. 걸을 만합니다."

"두 분 다 함부로 나다니지 말라고 했는데 기어코 나오더니 봉변을 당했네요."

강혁은 상당히 정중한 어조로 말을 이어나갔다.

"뭐, 액땜했다고 생각하시죠. 어차피 2년 계시기로 했는데, 그 2년으로 계약을 한 셈이니까……. 아무 일도 없었던 셈이에요, 그렇죠?"

"아무 일도…… 없었다고요? 그런 말도 안 되는……."

"말도 안 된다고요?"

"그, 그렇잖아요. 나 지금 죽을 뻔했는데……. 아무 일도 없었던 거로 하고 일하라고요? 안 돼요, 이건. 일본으로 갈 거예요."

물론 눈치라고는 0점인 츠요시는 강혁 앞에서 해서는 안 될 말들을 주절거렸다.

"츠요시, 당신이 길 가다가 아무 이유 없이 사람을 쳤어. 근데 그 사람이 야쿠자 두목이야. 그럼 살아서 나올 수 있을까? 손가락 하나라도 잘리지 않았을까?"

"그…… 그건……."

"똑같은 건데, 뭐가 다르다는 건지 모르겠네? 그런 짓만 안 하면 일본도 안전하잖아. 여기도 마찬가지야."

"그……."

그렇다고 해서 일본으로 돌아가야겠다는 생각이 변한 건 아니었다. 다만 이 자리에서만큼은 남겠다고 해야만 했다. 안 그럼 무슨 일이 벌어질지 알 수 없었다.

"아, 알았어요. 2년……. 어차피 있기로 한 거니까, 있죠."

"그래요. 좋은 생각이에요. 말만 잘 들으면 안전해요. 이제 잘 들을 거죠?"

"네? 아……. 그럼요. 네, 잘 들을게요."

"좋아요. 그럼, 병원으로 돌아갑시다."

강혁은 츠요시가 마지막 했던 말이 잘 녹음되었음을 확인하고는 고개를 끄덕였다. 츠요시의 엄살로 비틀거리며 걸었음에도 불구하고 30분도 채 걸리지 않았다.

"하."

츠요시는 고작해야 그 거리를 사이에 두고 생사를 오갔다는 것이 믿기지 않았다.

"우에다라고 해야 해, 츠요시라고 해야 해."

강혁은 소파에 느긋하게 기대앉은 채 긴장하고 서 있는 츠요시를 향해 물었다.

"야, 그냥 츠요시라고 부른다?"

아까까지만 해도 예의를 지키던 사람이 지금은 무슨 시정잡배 대하듯 하고 있었다. 더 이상한 일은 한유림이나 리처드, 심지어 댄까지 비슷한 태도를 취하고 있다는 점이었다.

"내가 일어 잘하거든. 대놓고 자랑인데, 내가 천재야. 어지간한 거 그냥 다 잘해. 근데 그중에서도 언어는 기가 막혀."

강혁은 리처드가 부리나케 까준 맥주를 아주 자연스럽게 입으로 가져가며 말을 이었다.

'이거……. 된통 걸린 거 같은데.'

츠요시와는 달리 비서는 대강 어찌 된 일인지 알 거 같았다. 아니, 정확히 무슨 일이 벌어지는지는 알 수 없긴 했다. 하지만 적어도 눈앞의 강혁이 호의를 가지고 벌인 일이 아닌 것만큼은 확실했다. 무언가 함정에 빠졌다. 근데 무슨 함정인지는 몰랐다.

'최악……. 최악이야…….'

"뭐, 이제 대강 상황 정리됐어?"

강혁은 한없이 돌아가던 눈알이 멈추는 것을 보고는 질문을 던졌다. 츠요시는 움찔하고는 고개를 끄덕였다.

"그래, 그렇게 간단한 문제를 가지고 말야. 새끼, 그럼 가볼까?"

"네? 어딜……."

츠요시는 자신도 모르게 밖을 내다보았다. 아까보다도 더 깜깜해져 있었다. 그야말로 한밤중이었다.

"어딜 가긴. 너 그동안 여기 와서 제대로 일한 적 있어? 농땡이만 피웠잖아."

"그…… 그건……."

맞는 말이긴 했다. 사실 지난 며칠간만이 아니라 앞으로도 그럴 생각이었다. 자기처럼 귀한 몸이 이런 후진 곳에 왔다는 것

자체가 봉사 아닌가 하는 생각이 들어서였다.

“앞으로도 그럴라고? 그럼 뒤져, 새꺄. 폭탄 맞아 죽기 전에 그냥 맞아 죽어.”

“어, 어디로 가면 되나요…….”

츠요시는 커다란 강혁의 주먹을 보며 고개를 떨궜다. 강혁은 꼬리를 만 강아지 같은 츠요시의 모습에 껄껄 웃으며 옆에 앉은 댄의 어깨를 두드렸다.

“댄, 이제 가서 가르쳐줘. 잘 배울 거야.”

“아……. 네, 백 교수님. 감사합니다.”

“개기면 말하고. 팔아넘길 테니까. 직접 패든지.”

“네, 교수님. 감사합니다.”

“오케이. 츠요시. 가, 인마. 가서 배워.”

강혁은 댄을 바라보던 눈빛과는 전혀 다른 눈으로 츠요시를 바라보았다. 형형한 눈빛만 해도 무서운데, 살기까지 품고 있었다. 가뜩이나 쫄아 있는 츠요시는 득달같이 달려가는 수밖에 다른 수가 없었다.

비서는 아까보다는 훨씬 호의 섞인 눈으로 강혁을 바라보게 되었다. 물론 그가 마주한 눈도 호의적이진 않았다.

“이 자식은 뭐 좋은 일 있다고 처웃고 있어?”

“네?”

츠요시를 보기 좋게 까는 걸 보고 좋은 사람 아닐까 하고 있었는데, 갑자기 욕 들어먹는 건 언제나 황당한 일이었다. 눈을 동그랗게 뜨고 있으려니, 리처드와 한유림이 껄껄 웃었다. 그 모습이 마치 어린 시절 시부야 오락실 골목에서 마주친 양아치 같아서 몸이 절로 움츠러들었다.

"야, 카심."

"네, 네."

그렇게 당황하고 있으려니, 처음 보는 사람 하나가 다가왔다. 아니, 아예 처음 보는 건 아닌 거 같긴 했지만. 아무래도 이 비슷한 외양을 한 사람에게 호되게 당해서 그런가 괜히 무서웠다.

"비서, 너 뭐 할 줄 아는 거 있냐? 의학적으로."

"네? 아, 아뇨. 아무것도……."

"식충이네?"

"네?"

"봉사하러 왔으면 인마, 뭐라도 배워서 왔어야지. 와서 배우고 앉았네. 미안해, 카심. 애들이 참 후지다, 그치?"

강혁은 덕분에 더 쪼그라든 비서의 등을 쾅쾅 두드리고는 카심에게로 들이밀었다. 카심은 미리 얘기를 들어놓은 게 있어서 크게 놀라진 않았다.

'노예 잡아온다더니……. 봉사자구나. 휴.'

그래도 다행이었다. 진짜 어디 가서 모르는 사람 잡아오려는 건가 했으니까.

"제가 가르칠 수 있는 건 다 가르칠게요, 오늘부터."

"그래, 좋아. 어차피 뭐 자격 있어서 하는 사람만 있는 건 아니잖아? 막 가르쳐. 막 부려먹게."

"아……. 네."

"아니면 그냥 허드렛일을 시킬까? 화장실 청소나 이런 거."

"그것도 고려할게요."

"좋아. 건강한 놈이더라고. 아까 보니까."

비서는 일단 화장실 청소와 더불어 병원 이송 요원 등 필수적이지만, 배워가면서도 할 수 있는 일부터 맡게 되었다. 물론 처음부터 단독으로 하게 된 건 아니었다. 세세한 것으로 들어가게 되면 이리저리 복잡한 것이 많았기 때문이었다. 그래서인지 비서는 홀로 있을 때면 늘 한숨을 쉬었다.

'도망갈까……. 난 안 죽이지 않을까.'

따지고보면 잘못한 건 츠요시이지 않은가. 자신은 그저 옆에 있었을 뿐이었다. 글쎄, 죄가 있다면 말리지 못했다는 것 정도? 애초에 자신은 여기 오지 않아도 되는 사람이었다.

"야, 야. 일로 안 와?"

다만 한 가지 그를 버티게 하는 원동력이 있다면, 그건 아이러니하게도 강혁이었다.

"이 새끼, 이거 빠져가지고. 벌써 눈알 굴리지? 마취 안 한다고 놀아? 그럼 병동이랑 어? 저 많은 외래 환자는 누가 봐."

좀 더 정확히 하자면 츠요시를 갈궈대는 강혁이었다.

"죄, 죄송합니다."

"죄송? 야, 말만 하면 다냐? 너 아까 마취도…… 하……. 나랑 보조를 맞춰야지. 그 짧은 수술을 하는데 그렇게 푹 재워? 여관하니? 너네 집 료칸 해?"

"죄송합니다."

"어, 잠깐만."

강혁은 휴대폰을 집어 들었다. 예전 같았으면 들고 다니지도 않았을 물건이었지만, 이젠 어딜 가나 지참하고 있었다. 더 이상 병원 규모가 소리 지른다고 될 만한 규모가 아니게 되었기 때문이었다.

"백강혁입니다."

"아, 교수님. 저 장입니다."

"어……. 말해봐."

장이란 말에 강혁은 츠요시를 놔두고 옥상 아래쪽을 내려다보았다. 병원 1층 입구 옆으로 증축해서 마련한 응급실이 눈에 들어왔다.

"신고가 들어와서요."

"신고?"

"네, 원래 경찰 쪽으로 들어온 신고인데……. 아무래도 현장에 같이 가주는 것이 좋겠다고 합니다."

"내가 내려갈게. 나 오늘 당직이야."

"네, 교수님. 수술방 준비도 하는 게 좋긴 할 거 같습니다. 어지간하면 이런 요청은 안 오거든요."

"어떤 신고인 건지는 모르는 거지?"

"네, 근데……. 뭐 시장님이 따로 부탁했다, 이런 식으로 얘기를 들었습니다."

"준비는 하는 게 좋겠네. 누가 당직이지?"

"츠요시가 마침 당직이고요. 외과는 닥터 한이 백 당직입니다."

"오케이. 준비하라고 할게. 현장은 나랑 둘이 가자."

"네. 차에 있겠습니다."

"응."

강혁은 이제 아래층으로 내려와 가운을 입고 있었다. 댄이 다가왔다.

"환자예요? 수술?"

"어? 어. 근데 오늘 당직은 츠요시라는데? 그냥 쉬어."

"아뇨……. 아닙니다. 저도 대기는 하고 있을게요."

츠요시가 모종의 사건 이후로 말을 강제로 잘 듣게 된 것은 사실이었다. 하지만 말만 잘 듣게 된다고 다 일을 잘하게 되던가. 만약 그랬으면 모든 이등병은 에이스일 터였다. 댄이 보기에 츠요시는 다행히 기본기가 부족한 의사는 아니었지만, 현장에서의 경험과 임기응변 능력은 한참 떨어졌다.

"음, 뭐……. 그럼 우린 고맙지. 한 교수님이랑 츠요시는 수술방 대기해주고……. 리처드 넌 걍 쉬어. 어제 수술 몇 시에 끝났냐?"

"1시요. 괜찮기는 한데……."

"아냐, 무리하지 마. 이제 우리도 루틴으로 돌아가야 해. 이러다 다 죽어."

"아……. 네, 알겠습니다. 교수님."

강혁은 준비를 마치고 나와 장이 기다리는 차에 올라탔다.

"어디래?"

"예전에 데니스 사무실 있던 곳 기억하세요?"

"아……. 거기 번화가 아닌가?"

번화가라고 해봐야 식당 두어 군데 있고 식료품 좌판 몇 개 있는 게 전부이긴 했지만 이곳 한구에서는 번화가라는 표현이 아깝지 않은 곳이었다.

"네, 거기서 뭔 칼부림 사건이 났다는데……."

"칼부림? 음……."

칼이라. 강혁은 저도 모르게 인상을 찌푸렸다.

'칼……. 칼은 싫은데.'

숙련되고 경험이 많은 외상 외과 의사일수록 차라리 칼보다 총이 낫다는 말을 괜히 하는 게 아니었다.

"저기……. 저기 같은데요?"

"사람들 몰렸네. 기껏 분위기 좋아지고 있었는데, 대로에서 찌른 거야?"

"자세한 건……. 아, 그래도 경찰들이 있기는 하네요."

한구에서의 경찰은 군인과 경계가 모호한 편이었다. 다들 실탄이 든 총을 들고 있기 때문인데, 그렇다보니 시민들의 태도가 사뭇 다를 수밖에 없었다. 그들의 통제를 뚫고 나서는 이가 단 한 사람도 보이지 않을 지경이었다. 차가 가까이 가자 통제 중이었던 경찰이 유리창을 두드렸다.

"한구 병원에서 온 겁니다. 신고 때문에."

"아……. 한구 병원. 닥터 백이 오셨네요. 바로 안쪽으로 오시죠. 비켜! 비켜!"

덕분에 차량은 곧장 현장을 향해 달릴 수 있었다. 강혁은 어느 정도 가까워지자마자 다시 한번 인상을 쓸 수밖에 없었다. 한껏 예민해진 그의 코가 피 냄새를 맡았고, 특별한 눈은 붉은 핏자국을 단 하나도 놓치지 않았다.

'찔린 건 여기 어디고……. 저쪽으로 도망갔구나.'

칼에 찔린 사람은 피를 뚝뚝 흘리며 필사적으로 도망갔을 터였다. 핏자국 위에 어렴풋이 남은 신발 자국으로 미루어볼 때, 범인은 그의 뒤를 따라간 것이 분명했다. 솔직한 심정으로는 환자가 발생한 현장이 아니라, 살인 현장에 온 듯한 기분만 들었다. 그냥 한 방 푹 찌르기만 했어도 죽을 수 있는데, 저렇게 따라갔으면 백 퍼센트 아닐까?

"일단 내릴까요?"

"응? 아, 그래."

강혁도 서둘러 조수석 문을 열고 밖으로 뛰어내렸다. 내리자마자 마주하게 된 것은 퍽 의외의 인물이었다.

"닥터 백?"

언젠가 아만 총리 동생인 모하메드 의원이 입원했을 때 문안 왔던 얼굴이었다.

'누구더라?'

"서장? 경찰서장님?"

반면 로지스티션으로도 활약했던 장은 대번에 서장을 알아보았다.

"아, 네. 무슨 일이죠? 환자는?"

"그…… 일단 빨리 가서 보시죠."

"여기 있는 게 아니에요?"

"안쪽으로 옮겼습니다."

방 안에 들어가자마자 서장이 불을 켰다.

'시발, 시장인가?'

대체 누구길래 이렇게 많은 사람이 모였단 말인가. 부리나케 안으로 들어가니, 웬 처음 보는 노인이 누워 있었다. 칼에 무려 서너 방은 맞은 거 같은데, 칼 맞은 게 이 사람 하나만은 아니었다. 옆에 비스듬히 기대어져 있는 청년은 이미 시신이 되어 있었다. 둘이 있을 때 공격을 받은 모양이었다.

"닥터 백."

무심결에 상처부터 살피기 시작한 강혁을 향해 누군가 말을 걸어왔다. 고개를 돌리지 않아도 알 수 있었다. 압둘 시장이었다.

"우선 거즈 줘봐. 압박이랑. 아니다. 내가 할 테니까, 수액 달아 줘."

"네, 라인 달고 있습니다."

"일단 달고 때려 부으면서 바이털 재자."

"네."

강혁은 시장에게 답하는 대신 오더부터 내렸다. 라인을 달고 바이털도 잰 장이 강혁을 바라보았다.

"혈압은 기껏해야 50……? 심장박동 수는 느려지고 있고, 그나마 산소 포화도는 괜찮은데 얼마나 갈지는 모르겠습니다."

"이런 젠장. 하나 더 데려올걸."

한유림이 있었으면 커다란 도움이 되었을 터였다. 이럴 줄 알았으면 반드시 데려왔을 텐데.

'칼 얘기를 들었어야 해.'

"아무튼, 빨리 가자고."

환자가 죽어가고 있지 않은가. 이대로 수술실에 들어간다고 해도 살릴 수 있을지는 의문이었다.

"닥터 백."

그때 시장이 강혁의 팔을 잡았다.

"응?"

"밖에…… 사람들이 모르게 데려가야 하네. 이분이 다친 걸 알게 하면 안 돼. 병원 사람들한테도."

"무슨……, 지금 죽게 생겼는데."

"죽는 건……."

시장은 죽는 건 차라리 괜찮다는 말을 하려다 말았다. 이 자리에는 그의 사람만 있는 게 아니지 않은가. 자칫 말이 와전돼서 흘러나가면 자리보전이 어려울 수 있었다. 그만큼 이 노인은 중요했다.

"살려주게. 하지만 다친 분의 신원이 대중에게 알려지는 건 곤란해."

"흠."

이쯤 되면 누구라도 '이게 누군데요'라고 물을 만하지만 강혁은 그러지 않았다.

'종교 지도자구나…….'

이제 이곳에서 지낸 지도 꽤 되지 않았는가. 이 사람들에게 종교가 어떤 의미인지 너무 잘 알게 되기도 했다. 우선 종교 지도자가 피습당했다는 거 자체를 납득 못할 게 뻔했다.

'게다가……. 잠시 잊고 있던 분노를 되새기게 될 수도 있어.'

"알겠습니다. 그럼……, 일단 이불을 덮을까요?"

"아……. 고맙네. 이해해줘서."

강혁은 환자의 징후를 잠시 못 보는 한이 있더라도 이불로 온몸을 가리고, 마치 죽은 사람처럼 위장해서 이송하는 데에 동의했다. 강혁은 장과 몇몇 경찰관들과 함께 들것을 들고 앰뷸런스를 향해 내달렸다.

'범인을 특정한 거 같긴 했어.'

강혁은 그 정신없던 와중에서도 환자가 누워 있던 방 안 전체를 스캔해둔 참이었다.

'분명 손바닥이 확 베인 놈 하나를 붙잡아뒀어.'

칼 만들 때, 그러니까 전투용 칼을 만들 때 괜히 가드를 만들어놨겠는가. 익숙하지 않은 사람이 그립만 쥐고 휘두르거나 찌르면 오히려 손을 베이는 경우가 생기기 때문이었다.

'이건 제대로 된 칼로 찌른 건 아냐.'

강혁은 들것에 실린 채 덜렁거리는 환자의 몸체를 내려다보았다. 검이라기보다는 부엌칼 정도에 당했다고 볼 수 있었다. 강혁이 파키스탄에서는 어떤 부엌칼을 쓰려나 생각하는 동안, 장이 차 뒷문을 열었다. 환자를 들것에서 침대로 옮겼다. 혹 다른 누가 볼까봐 여전히 이불로 감싼 채였다.

“됐어! 이제 제일 잘 아는 하나만 빼고 다들 가봐! 필요하면 따로 병원으로 오고!”

장이 뒷문을 닫기 직전 사람들에게 소리쳤다.

‘칼로 네 방……. 그나마 찌른 놈이 아마추어라 다행이지.’

강혁이 이런저런 생각을 하면서 이불을 들춰내는 동안 장은 차를 출발시켰다.

“피는…… 피는 계속 나는데. 혈액형은 모르겠지?”

“아…….”

조수석에 앉아 있던 사내가 입을 열었다. 생긴 거나 옷차림새나 경찰은 아닌 듯했다.

“모르겠습니다. 이맘 혈액형은…….”

“뭐, 검사도 안 했겠지……. 장, 전화로 수혈이랑 수술방 당장 준비해달라고 해줘.”

“아……. 그건 했습니다, 이미.”

“오. 그래?”

“네.”

“잘했어. 그럼 얼마나 남았지?”

“10분? 여기 골목이 좀 복잡해서요.”

“그 정도는…… 버틸 수 있을 거 같긴 해. 그래도…….”

“서두를게요.”

장은 고개 한번 돌리지 않은 채 대화를 마무리하고는 액셀을 밟았다. 손으로는 연신 클랙슨을 눌러가면서였다. 경적은 골목에서뿐만 아니라 병원에서도 잘 들렸다.

"왔나보다."

"올 때마다 꼭 저래야 됩니까?"

츠요시가 볼멘소리와 함께 한유림을 바라보았다. 며칠 지내보다보니, 그나마 한유림이 강혁보다는 부드럽다는 걸 알았기 때문이었다. 한유림도 비록 츠요시가 친일파에 개차반이라는 것 정도는 알고 있었지만, 그럼에도 강혁처럼 매몰차게 대하지는 못했다. 뭐가 어찌 되었건 탈레반 집단에 끌려갔다 온 데다가, 지금도 거의 포로처럼 지내고 있지 않은가.

"어쩌겠어. 골목이 복잡한데."

"옛날에는 안 이랬다고 들었는데요."

"그땐……."

한유림은 몇 달 전의 거리 풍경을 떠올렸다.

'옥상에서 내려다보면 삭막하기 그지없었는데.'

"그때보단 지금이 나은 거야. 아무튼, 이제 들어가. 가서 준비해."

"아……. 네, 닥터 한."

츠요시는 몸을 부르르 떨고는 수술실로 향했다. 방에는 장미에게 정신 개조를 받고 카심에게 이것저것 배운 간호사 하나가 이미 들어와 있었다. 그는 능숙한 손길로 이것저것 기구대 위에 올려놓고 있었다. 수술실 문이 거칠게 열렸다. 강혁이 발로 걷어찬 모양이었다. 거의 떨어져 나갈 기세였다.

"백 교수님! 그러지 말라고!"

멀리서 그 모습을 지켜본 제인이 지겹다는 투로 외쳤다. 하지만 강혁은 사과 대신 츠요시를 노려보았다.

"급하다고 했는데 왜 닫아놔!"

"네?"

츠요시로서는 어처구니가 없다고 해도 될 만한 상황이었다. 여기 수술실이 무균실 수준으로 빡세게 관리되고 있진 않지만, 그래도 문을 활짝 열어놓을 일은 아니지 않은가.

"네? 새꺄. 여기 음압이 있어, 뭐가 있어. 가끔 파리도 들어오는 판에 거 잠깐 열어놓는다고 어떻게 되겠냐?"

하지만 강혁의 말을 듣고보니 맞는 말 같기는 했다.

"아, 죄송합니다."

츠요시는 쩔쩔매며 마취를 걸어야 했다.

"휴. 됐습니다."

다행히 츠요시의 마취 실력은 썩 괜찮은 편이었다. 일단 손이 좋은 건지 삽관을 무척 잘했다.

"손 닦고 와요. 빨리. 나 슬슬 힘 빠져."

"힘이 빠져? 거짓말하지 마."

"여기! 여기 손가락 하나로 누르고 있다고."

"알았어, 알았어."

강혁은 방금 쇳소리가 난 쪽을 돌아보았다. 기구대였다.

"음. 뭐……. 더 꺼낼 건 없겠어."

"아, 네. 감사합니다."

"수혈은 언제 되지? 검사 나간 거지?"

"네. 카심 선생님이 하고 계세요."

"아, 카심이."

카심이 나섰다면 안심이었다. 녀석은 의도했든 그렇지 않았든 간에 다방면에 전문이 돼버린 참이지 않은가. 둘 다 오래 겪은 한유림의 입에서 쁘띠 장미라는 말이 나올 정도였으니 말 다 한 셈이었다.

"다 씻었어. 가운 줄래요?"

어느새 손을 다 씻은 한유림이 헐레벌떡 가까이 왔다. 간호사는 한유림의 손에 메스를 쥐여주었다. 한유림은 우선 환자 몸의 정중앙에 절개를 넣었다. 명치에서 배꼽까지 이르는 긴 절개였다.

"더 할까, 말까."

"응? 일단 이대로 해봐요. 안 보일 거 같으면 더 긋고."

'잘하면서 자꾸 물어보네, 이 양반이.'

거침없이 긋던 한유림이 메스를 내려놓은 건 슬슬 피가 좀 나온다 싶을 때쯤에 이르러서였다.

"이제 보비."

"네."

"몇이지?"

"15입니다."

"음……. 20으로 올려줘요. 팁은 뭉툭한 것으로 바꾸고. 그게 좋겠지?"

절개에 집중하느라 잠시 강혁을 잊었던 모양이었다. 한유림은 평소처럼 아주 능숙하게 지시를 내리는가 싶더니, 이내 강혁의 눈치를 살폈다.

"왜 날 봐요. 그렇게 해요."

그러나 의외로 강혁은 별말이 없었다.

"오케이. 흠."

한유림은 다시 한번 강혁 쪽을 바라보았다가, 이내 절개에 돌입했다.

'그래, 오……. 그래. 저걸로 저렇게 태우면 대강 혈관 있을 만한 곳만 태워도 되겠네. 요새 왜 이렇게 수술 후에 피가 안 나나 했더니만.'

한유림은 그대로 째고 들어가서 복막을 열었다. 뭐가 어찌 됐건 간에 출혈이 거의 없었기에 시야는 깨끗하기 그지없었다.

"어디부터 봐?"

"여기. 오른손 검지로 누르고 있는 곳."

"아, 힘들어서?"

"힘들기도 하고, 피가 지금도 좀 나. 완전히 막기가 어렵네, 이거."

강혁의 말에 한유림은 안쪽에서 강혁이 말한 부위를 들여다보았다. 검지는 그저 살가죽에만 들어가 있는 게 아니라 안쪽 구조물도 누르고 있었다.

"장이 살짝 다쳤어."

"찢겼어요?"

"아니, 위에만. 장간막 뚫고 들어오느라 그랬나."

"아마 다른 데는 찢긴 데도 있을 거예요. 내가 볼 때, 이게 마지막 칼빵이야."

"응?"

마지막 칼빵이라는 게 대체 뭔 소릴까. 강혁은 예상했다는 듯 고개를 가로저으며 말을 이었다.

"이게 네 번째로 찌른 걸 거라고. 그놈 힘 빠지고, 손 까지고 나서."

"응? 아니, 그걸 백 교수가 어떻게 알…… 아?"

"칼 맞은 사람 많이 보다보면 알게 돼요."

"음……."

"뭘 음이야, 빨리해!"

"알았어, 알았어."

한유림은 연신 고개를 끄덕이면서 동시에 수술실 시계를 바라보았다.

'어떤 새낀지는 몰라도 함부로 쑤셔놨네.'

지금 이 환자의 상처는 그야말로 엉망진창이었다. 살가죽이 뚫린 방향과 그 안쪽으로 뚫린 방향마저 조금 어긋나 있을 지경이었다. 심지어 칼도 그리 좋은 건 아니었는지 상처도 너저분했다. 회복력을 믿고 대강 봉합하기엔 환자의 얼굴이 너무 나이 들어 보여서 조심스러웠다.

"아 거……. 명품 만드나. 좀 빨리 해요. 3cm도 안 되는 거 꿰매는 데 왜 이렇게 오래 걸려."

"지 살 아니라고…… 말하는 것 좀 보소. 사람 살이 명품보다 중하지."

"아니, 3cm잖아. 1분도 안 걸릴 걸 왜 5분이 넘게 걸리냐고."

"장이 까졌잖아. 그냥 살가죽 꿰매, 내가?"

강혁은 차마 화를 내진 못했다. 설사 화를 낸다고 해도 별도리도 없을 만한 상황이기도 했다. 자유로워진 건 오른손 둘째 손가락뿐이었으니까.

"후……. 죽는 줄 알았네. 이거 손가락 하나로 누르는 게 보통 일인 줄 알아요?"

"아유, 대단한 일이지. 나는 못 하지."

"근데 그걸 시간을 끌어?"

"백 교수를 믿은 거지. 백 교수 덕에 환자가 사는 거야."

한유림은 슬쩍 뒤를 돌아보았다. 잔뜩 긴장한 얼굴의 츠요시가 눈에 들어왔다. 처음 봤을 때의 건방진 모습은 찾아보기 어려웠다. 딱 지금 모습만 보면 솔직히 불쌍하단 생각마저 들 지경이었다.

'근데 재가 원래도 저 정도로 쫄아 있었나? 그렇지는 않았는데.'

해서 아예 뒤를 돌아보니, 그제야 츠요시가 입을 열었다. 눈은 모니터에 고정한 채였다.

"부, 부정맥입니다!"

"부정맥?"

한유림은 믿기지 않는 듯한 얼굴로 츠요시를 바라보았다. 중간에 강혁도 바라보았다. 눈알이 커질 수밖에 없었다.

'얘가…… 백강혁이 이걸 놓쳐? 부정맥을? 놓치면 죽을 수도 있는데?'

별명이 인간 심전도 내지는 심장 초음파 아니던가. 그냥 보고 있는 것만으로도 심장에 어떤 이상이 오는지 대강이라도 알아맞히는 인간이었다.

“부정맥이라고?”

하지만 지금 반응하는 꼴을 보아하니 아예 작은 낌새도 눈치채지 못한 모양이었다. 강혁의 이런 모습을 보는 건 정말이지 드문 일이었다.

‘하긴……. 상처 네 군데를 두 손으로 틀어막고 있었지.’

강혁이 당황하는 것도 무리는 아니었다. 그 와중에 자기 심장도 아니고 남의 심장에 나타나는 변화까지 알아차리라는 건 너무 과한 주문이다. 제아무리 강혁이 인간 같지 않은 놈이라 해도.

“네, 네! 아까부터 PSVT(Paroxysmal supraventricular tachycardia)처럼 이상 리듬이 뜨길래 보고 있었는데…….”

PSVT란 갑자기 심장이 빨리 뛰다가 정상으로 돌아오는, 부정맥의 일종이라고 보면 되었다.

“이런 망할!”

당연하게도 강혁의 입에서 욕설이 튀어나왔다. 강혁의 왼손은 아직 상처에 들어가 있고, 오른손은 사용 불능이었다. 우선 할 수 있는 건 욕뿐이었을 터였다.

“제세동기! 제세동기 가져와서 튀겨!”

“한 교수님은 위로 올라타! 배고 나발이고 심장 멈추면 끝이야!”

“어? 어!”

“그리고 츠요시! 빨리 사람들 불러! 노인네 혼자서 이거 못

해! 너도 해봐서 알지? 뒤지게 힘들다고, 이거!"

"아……. 네! 그렇게…… 그렇게 하겠습니다!"

다행히 츠요시도 우수한 마취과 의사였다. 인성이야 개판이라는 말도 모자랐지만, 수련 하나는 제대로 받았다는 말이었다. 때문에 바이털이 흔들릴 때 무슨 일을 해야 하는지 정확히 알고 있었다.

"네, 닥터 제인? 지금 가능한 인원 다 수술방으로 내려주세요! 그…… 카심, 카심도!"

그리고 전화를 받은 제인 또한 늘 어느 정도의 긴장 상태를 유지하고 있었기에 바로 반응했다.

"아, 네, 알겠어요."

제인은 카심을 대동하고 수술실로 내달렸다. 카심이 가는 도중에 마주친 간호사들을 끌어들이면서 총 인원은 거의 네다섯 정도가 되었다.

"뭐야! 무슨 일이지?"

갑자기 수술실 안에서는 고함이 들려오고, 얼마 지나지 않아 이 병원 책임자인 제인이 뛰어 들어왔다. 바보가 아닌 이상에야 심상치 않다는 것을 느낄 수 있는 순간이었다. 해서 압둘 시장은 제인을 붙잡고 물었다. 제인은 잠시 초조한 눈으로 수술실 쪽을 바라보았다.

"닥터 제인, 일단 저부터 가겠습니다!"

마음을 읽은 카심이 먼저 안쪽으로 향했다. 덕분에 시간을 번 제인은 시장을 마주하고 입을 열 수 있었다.

"아……. 시장님. 응급 상황이라서요."

"응급? 이맘께서 잘못된 건가?"

"CPR……, 심폐소생술에 들어갔어요. 나이가 있는 데다가 상처도 위중해서 어떻게 될지 알 수 없습니다만, 최선을 다하겠습니다."

'당신네들이 언제나 최선을 다한다는 건 알고 있지.'

시장은 누가 봐도 미국인이 분명한 제인을 바라보면서 생각했다.

"알고 있소, 닥터 제인. 어떤 결과가 나와도 우린 감사할 거요."

"네?"

"제인, 나도 은혜를 아는 사람이오. 당신이 지금껏 이 땅에 와서 해준 일을 모를 수 없다는 뜻이지."

"아……."

"그러니 최선은 다하되, 너무 걱정하진 마시오. 그저 우리에게 보여줄 이맘의 모습이 너무 흉하지만 않았으면 좋겠소."

시장은 진심을 다해 말을 이었다. 그때 안쪽에서 또 한 번 고함이 일었다.

"손 바꿔! 노인네 땀 안 보여?"

아무래도 일이 잘 안 풀리는 모양이었다. 그리고 제인은 누군가의 죽음을 눈앞에 두고 무시할 만큼 무신경한 의사가 못되었다.

"아, 알겠습니다. 시장님. 감사합니다."

시장과 인사를 하는 둥 마는 둥 하고는 안으로 들어섰다. 수술실 광경은 가히 가관이라 해도 좋을 지경이었다. 한유림은 땀을 비 오듯 흘려가며 이맘 위에 타 있었고 강혁은 손 하나를 이맘의 배 안에 넣은 채 고함을 지르고 있었다. 츠요시 또한 나름 이것저것 상황에 맞춰 약을 넣는 중이었고, 간호사는 마침 충전이 완료된 제세동기를 들고 있었다.

"차지!"

간호사는 한유림이 내려오자마자 제세동기를 심장에 가져다 대었다. 그리고 클리어를 외치려다가 강혁을 돌아보았다. 아직 강혁의 손이 들어가 있는 탓이었다.

"크, 클리어?"

때문에 원래 같았으면 이보다 훨씬 자신감 넘쳤어야 할 목소리 끝이 의문문처럼 말려 올라갔다. 그제야 강혁도 자신이 처한 처지를 온전히 알 수 있었다.

'장갑 고무지? 하, 시발.'

이러다 같이 튀겨지는 거 아닌가 하는 생각도 들었지만, 신고 있는 신발도 크록스라는 것에 도박을 걸기로 했다.

"클리어, 시발."

강혁이 찰진 한국 욕과 함께 클리어를 외친 후에도 간호사는 잠시 슈팅을 하지 못하고 서 있었다. 그도 그럴 것이 이제 곧 무지막지한 양의 전기가 흐르게 될 텐데, 여전히 사람이 붙어 있지 않은가. 그것도 딱 심장 하고 가까운 배 쪽에 손을 넣은 채로.

'이거…… 이거 했다가 그 자리에서 쓰러지면 어떻게 하지?'

"빨리해! 환자 죽어!"

간호사는 두 눈을 질끈 감은 채 슈팅했다. 팍. 동시에 환자의 가슴에 전기가 훅 하고 들어갔다. 다행히 강혁은 고무장갑을 끼고 있었기에 저릿한 느낌 말고는 아무것도 느낄 수 없었다.

'접지가 안 되어 있어서 다행이야. 신발 딴 거 신고 있었으면 뒤졌을 수도 있겠네.'

이제 다른 간호사 하나가 위로 올라타서 가슴을 눌러대고 있었다. 리듬 확인한답시고 흉부 압박을 쉬면 그만큼 환자가 죽을 확률이 올라가기 때문이었다. 해서 한 번 슛을 하고 나면 지체없이 일단 한 사이클 압박한 후 리듬을 확인하는 것이 보통이었다.

"잠깐, 잠깐!"

"아, 네!"

"뛴다."

"뛰네요."

"휴……."

"와……. 돌아오네, 이게."

모니터에 나타난 리듬은 정상이었다. 리듬만 믿을 수는 없는 노릇이라, 한유림은 경동맥도 짚었다.

"맥박도 있어. 돌아왔어."

"휴."

그제야 강혁은 안도의 한숨을 쉴 수 있었다.

"읏."

그리고 동시에 방금 전까지 느끼지 못했던 손의 통증 또한 느낄 수 있었다.

"왜 그래?"

"손이 아파서."

"뭐? 탄 거 아냐? 제인, 백 교수 오른손 끝이랑 그…… 발 좀 봐봐요."

감전 사고에서는 전기가 들어온 부위와 나간 부위의 상처를 확인하는 것이 가장 중요했다.

"발……, 발은 괜찮아요. 나간 흔적은 없어요."

"휴. 식겁했네. 백 교수. 아무리 다급해도 그렇지……. 몸 생각 좀 해."

한유림은 제인의 말을 듣자마자 안도의 한숨을 내쉬었다. 그러곤 흉부 압박하느라 오염된 장갑을 벗어 던졌다.

"아무튼, 잘 보고 있어. 츠요시. 난 손 다시 닦고 올 테니까."

"한 교수님, 제가 뭐 더 도울 일은 없나요?"

제인은 부리나케 손 닦으러 달려가는 한유림을 향해 물었다. 그 말에 한유림은 됐다는 말을 하려다 입을 다물었다. 마침 엉망이 되다시피 한 수술 부위에 시선이 머물렀기 때문이다. 심실세동 상황이 발생했을 때 너무 급한 나머지 올라타서 흉부 압박을 하다보니 자신뿐 아니라 수술 부위도 오염이 되어 있었다.

"그럼…… 저거 소독만 좀 해줄 수 있어요?"

"알겠습니다."

제인은 우선 급하게 수술 부위를 닦아내기 시작했다.

"그 안에 세척도 좀 할 수 있나?"

"아……. 네, 백 교수님. 손은 좀 어때요? 괜찮은 거예요?"

"모르겠어. 봐야 알 거 같긴 한데……."

"응? 지금 좀 떨리는 거 같은데?"

"어. 근 손상이 약간 있을 거야. 이거 이삼일은 수술 못 할 수도 있겠어."

"아……."

이삼일이라. 여느 병원 같으면 별문제 될 일도 아니었다. 하지만 이 말을 꺼내는 강혁도 듣는 제인도 너무 심각한 얼굴이었다. 한구에서 이삼일은 꽤 긴 시간이었기 때문이었다.

"아픈데 어떡해요. 쉬셔야죠. 무리하면 안 됩니다, 백 교수님은…… 한구 병원에 꼭 있어야 할 사람이에요."

"이렇게 된 거 이 사람만큼은 반드시 살려야겠어."

'이맘의 나이가…… 일흔이 넘었던데.'

파키스탄의 평균 수명은 고작해야 59세. 대한민국이 83세인 것을 감안하면, 여기서 70세는 대한민국에서 100세나 마찬가지였다.

'게다가 이 상처……. 살린다고? 이걸?'

"시장님과 사제들은 이분이 돌아가신다고 해도 비난할 생각은 없으세요. 이미 감사를 표했습니다. 최선을 다해줘서 고맙다고."

"아."

강혁은 슬쩍 수술실 문 쪽을 바라보았다.

"그거야 저 사람들 사정이고."

"네?"

그렇다고 해서 강혁은 환자를 포기할 생각이 없었다.

"이 사람이 죽어도 좋다고 직접 말한 거 아니잖아."

"아……."

"그리고 난 아직까지 단 한 번도 죽어도 좋다고 말한 사람 못 봤어."

만약 그랬다면 손을 망가뜨려 가면서까지 노력을 기울이진 않았을 터였다. 강혁은 여전히 그가 처음 외상 외과 전문의가 되어야겠다고 결심하던 날을 잊지 않았다.

'아버지, 더는 아버지처럼…… 제대로 된 치료 한번 못 받아보고 떠나는 사람이…… 적어도 제 앞에서는 없게 할게요.'

그사이 한유림은 다시 손을 닦고, 새 가운을 걸친 채 환자 앞에 섰다. 그런 그를 향해 강혁이 입을 열었다.

"자, 다시 해봅시다. 후딱."

강혁은 이맘의 얼굴을 바라보았다. 성성한 수염도 미처 다 가리지 못할 만큼 깊게 팬 주름이 가득했다. 이 양반이 또 한 번의 심실세동을 견딜 수 있을까?

'시발……. 이거…… 어디서부터 어떻게 해야 되냐.'

강혁 말마따나 범인은 정말이지 야무지게도 찔러놓았다.

"옳지……. 여기까지 찔렀구나. 개새끼가 아주 깊숙이도 찔렀네. 노인네가 자기 부모라도 죽였나."

한유림은 아마도 칼끝이 헤집은 곳이라고 판단되는 곳의 상처를 닫아나가기 시작했다. 벌어졌던 상처가 닫히고, 거기서 흘러나온 핏덩이와 장에서 튀어나온 오물이 걷히자 아까보다 한결 더 시야가 좋아졌다.

"이제야 보이네. 음. 아, 이거."

한유림은 거의 고개를 처박다시피 한 채 수술 부위를 들여다 보면서 연신 중얼거렸다. 이중 국적 가진 사람도 아닌데 한국어와 영어를 섞어 쓰고 있었다. 간호사는 그런 한유림을 보며 혼란하다는 표정을 지었지만 강혁은 웃었다. 이 양반이 이렇게 고개 끄덕여가며 뭔가를 할 때는 적어도 길이 보인다는 뜻이었으니까.

"좋아. 그나마 다행이야."

'칼침은…… 눈에 보이는 게 전부가 아닐 수 있다고 했지?'

한유림은 그렇게 확보한 드넓은 시야를 이용해 배 속을 샅샅이 뒤졌다.

"따뜻한 식염수 좀 줘봐요. 들이붓게."

"아……. 네. 여기 있습니다."

식염수를 받아다 배에 들이부었다. 그러곤 장갑 낀 손으로 배 속 이곳저곳을 비벼댔다. 만약 상처가 있다면 피가 부악 하고 나올 터였다.

"아, 망할."

바로 지금처럼.

"왜요?"

"방광이 까졌었네."

"아……."

"그래도 뭐. 찢긴 건 아냐. 후딱 닫고 나가면 되겠다."

"오. 좋네."

강혁은 예상보다 더 빨리 끝났다는 생각에 고개를 끄덕이고는 츠요시를 바라보았다. 녀석은 아까 한번 심실세동을 겪어서 그런지 잔뜩 긴장하고 있었다.

"바이털은 어때?"

"네? 아! 네! 괜찮습니다!"

덕분에 강혁의 질문에 바로 답할 수 있었다. 이제 그에게 남은 걱정은 한 가지였다.

'내 손은 어쩐다?'

"자, 그럼 나갑시다."

곧 한유림은 모든 상처를 봉합하고, 심지어 장루까지 뺀 후 츠요시를 바라보았다. 츠요시는 강혁과 같이 있는 시간 동안에는 좀 지나치다 싶을 정도로 긴장하고 있었기 때문에 곧장 답을 할 수 있었다.

"네! 깨우지 않고 나가겠습니다!"

"그래. 바로 중환자실로 가자고."

한유림은 츠요시의 말에 고개를 끄덕이면서 환자를 내려다보았다. 아까 부정맥이 왔을 때만 해도 죽을 게 뻔하다고 생각했었는데, 지금은 그래도 숨을 쌔근쌔근 쉬고 있었다. 물론 본인이 쉬는 건 아니고, 기계 호흡이긴 했지만. 얼굴만 보고 있으면 꽤 평안해 보였다.

"어어, 괜찮으신 건가?"

제일 먼저 달려온 것은 시장이었다. 이전에 심근경색으로 실려 왔던 노인도 발꿈치를 든 채 환자를 바라보았다.

"이맘……."

자신의 스승이라고 해도 좋을 만한 사람이 누워 있어서 그런지 아주 걱정스러워 보였다. 한유림은 잠시 그 노인을 바라보다가, 이내 시장 쪽을 향해 고개를 돌렸다.

"일단 지금은 괜찮아요."

"괜찮다고요?"

"네, 괜찮아요."

"아까……. 아까 난리 난 거 같던데?"

"아…… 그거요? 뭐, 어떻게 잘 넘어갔습니다."

"허……."

"하지만 워낙 고령인 데다가…… 원체 건강도 그리 좋은 편은 아니었던 거 같아요."

한유림은 연신 고개를 끄덕이고 있는 시장을 보며 말을 이었다.

"그래서 잘 봐야 합니다. 다만…… 상처는 일단 잘 봉합했어요. 출혈도 거의 없고."

시장은 현장을 떠올리고 있었다. 이맘이 귀갓길에 피습당했다는 말에 황망한 얼굴로 달려갔던 곳. 평소 이맘에게 불만을 품고 있던 놈이 숨을 몰아쉬며, 피범벅이 된 손을 부여잡고 있던 곳. 그곳에 이맘은 모로 누운 채 가쁜 숨을 쉬고 있었다. 눈은 반쯤 뜬 채였는데, 그렇다고 뭘 보고 있는 거 같진 않았다. 시장이 회상에서 깨어난 것은 엘리베이터 도착음이 울리고 난 다음이었다.

"자, 탑시다!"

내내 앰부를 쥐어짜고 있던 츠요시가 제일 먼저 외쳤다. 그 말에 한유림도 시장도 침대를 끌고 있던 간호사도 엘리베이터에 올라탔다. 그 모습을 수술실 안에서 지켜보고 있던 강혁이 나지막이 한숨을 내쉬었다. 자신의 양손을 내려다보면서였다.

'아프네, 이거…….'

"혼자 뭐 해요?"

"응?"

그때 누군가가 수술실에 들어왔다. 이번엔 제인이었다.

"아. 드레싱은 했어요?"

"네, 뭐. 일단 상처나 볼까요?"

"이거…… 하루 이틀로 되겠어요?"

그 말에 강혁이 고개를 가로저었다.

"아니, 일주일은…… 안 되겠는데."

천사가 자릴 비운 사이

"아프네."

강혁은 어제 제인이 드레싱 해준 손을 내려다보며 중얼거렸다. 워낙에 베테랑인 데다가 상대가 강혁이라 특별히 신경 쓴 흔적이 엿보이는 그런 드레싱이었다. 손가락을 뭉텅이로 감싸는 대신 손가락을 하나하나 구분해서 감아둔 참이었다. 움직이려고 하면 얼마든지 움직일 수 있다는 얘기였다. 하지만 강혁은 아까부터 내내 입만 놀리고 있었다.

"아픈 건 알겠는데…… 아예 못 움직일 정도야?"

그런 강혁을 마주하고 있는 한유림은 어쩐지 불만이 가득해 보였다.

"어, 어. 도저히 안 되겠는데."

"아이……. 짜증 나네, 이거."

당연한 일이었다. 숟가락으로 밥을 떠다 먹여줘야 했으니까. 게다가 그 상대가 강혁이라는 것이 더더욱 마음에 들지 않았다. 왜 쇠도 부러뜨릴 것처럼 생긴 놈에게 밥을 먹여줘야 된단 말인가.

"밥만 주네. 국도 좀 떠다 줘요. 고기도 주고."

"바라는 게 많아. 그냥 주는 대로 처먹어."

"와……. 아픈데…… 사람 살리느라 이렇게 된 건데……."

"아오."

열 받는 말인데, 또 틀린 말은 아니지 않은가. 한유림은 깊은 한숨을 푹 하고 쉬고는 젓가락을 집어 들었다. 하지만 뭐 어쩌겠는가. 다쳤고, 또 못 움직이겠다는데. 저 혼자 어디 놀러 가서 다친 거면 내갈겨 두기라도 하겠지만 사람 살리다가, 그것도 어제 본인이 수술에 들어갔던 사람을 살리다가 이렇게 된 것이지 않은가. 그 현장에 있었고, 또 고스란히 다치는 장면을 본 터라 어쩔 수가 없었다.

한창 식사 중에 전화기가 울렸다. 숙소동과 병원이 나뉘게 되면서 새로 마련한 전화였다. 마침 바로 옆에 있던 요다가 부리나케 전화를 받았다.

"네, 요다입니다."

"장입니다! 외…… 외상이에요!"

"외상? 이 아침에?"

요다는 창밖을 바라보았다. 이제 막 해가 떠오르고 있었다.

"네, 네! 하이웨이에서 엎어진 모양이에요!"

"하이웨이……? 설마 교통사고예요?"

"네! 바로 와달라고 하는데……, 일단 백 교수님 가능하시면……!"

강혁하고 한 번이라도 현장에 가본 사람이라면 어쩔 수가 없었다. 강혁이 가면 죽을 사람이 살아나니까. 하지만 지금은 불가능했다.

"안 돼, 나는."

엄살이 아니었다. 강혁은 정확히 자신의 상태를 파악하고 있었다. 이 손은 한동안 움직일 수가 없었다. 아니, 움직일 수는 있어도 제대로 움직일 수는 없었다. 특히 강혁처럼 초고난도 술기를 밥 먹듯 해야 하는 사람에게는 절대 무리였다.

"리처드가 가."

"네? 제가요? 저 오늘 외래……."

"외상 오는데 무슨 외래야. 둘이 수술 들어가야지."

"그럼 지금 바로 내려보낼게요!"

"네, 시동 걸었습니다!"

"네!"

대화 내용도 그렇고 말투도 시급했다. 강혁의 결정에 불만이 있다고 해서 무시할 만한 것이 아니란 얘기였다.

"에이, 그럼 갈게요."

리처드는 장이 운전하는 차에 올라탔다.

"어디래요?"

"바이패스 로드요."

"충돌이래요? 아니면 혼자 전복?"

"전복이라고 했어요. 운전자가 직접 신고한 거예요. 다친 사람은…… 동승자라고 했습니다. 근데 신호가 잘 안 잡혀서 그 이상은 파악하지 못했어요."

"전복이라. 뭐 얼마나 밟았…… 아."

리처드는 도로로 나서자마자 펼쳐진 풍경에 말을 더 잇지 못했다. 그러고 보니 아무리 한구가 구석에 있는 도시라 해도 신호가 약하다는 게 이상했는데 안개가 짙게 깔려 있었다. 아무래도 고원이다보니 이따금 이럴 때가 있다고는 들었는데, 워낙 병원 내에서만 지내다보니 직접 보는 건 처음이었다.

"이거…… 우리도 조심해야겠는데요?"

"그렇다고 느리게 가면 안 될 거 같은데. 오죽 급했으면 우리한테 신고했겠어요."

"하긴, 그것도 그렇습니다. 그럼…… 최대한 조심하면서 빨리 밟을게요."

장은 뭐가 더 잘 보이기라도 할 듯 눈을 부릅뜨고 안개 속을 달렸다.

"어, 다 왔네."

"다…… 온 거예요?"

"저기, 차 있잖아요."

"차……?"

애초에 파키스탄 시골 지역엔 가로등이라는 것이 없기 때문에 차에 더 밝은 전조등이 달려 있는데도 앞은 희미했다. 차를 멈춘 뒤 길에 내리고 나서야 구조물을 확인할 수 있었다.

"아."

아마도 동물을 싣고 가던 중이었던 모양이다. 지나치다 싶을 정도로 높게 개조된 트럭이 모로 누워 있었고 사방에 볏짚 같은 것들이 흩어져 있었다. 메에에. 몇몇 염소들은 한가로이 울고 있었지만, 그중 일부는 절명했거나 곧 죽을 것으로 보이는 녀석들도 있었다. 이것만으로도 충분히 처참한 광경이었지만 리처드나

장 모두 눈길을 오래 주진 못했다. 동물보단 사람 목숨이 급하지 않겠는가.

"이봐요!"

"어딨어요!"

"왜 사람이 이렇게 많지?"

리처드는 운전석도 조수석도 아닌 땅바닥에 쓰러져 있는 두 사람을 내려다보았다. 둘 다 눈을 부릅뜬 상태였는데 굳이 맥을 짚을 필요도 없어 보였다. 이미 사망한 지 오래였다.

"여기선…… 뭐라도 탈 게 있으면 그게 교통수단이니까요."

"아."

리처드가 눈을 감겨주는 사이, 장이 답했다. 온 지 얼마 안 됐지만 정확한 답이었다. 방금 장이 말한 것처럼 이곳엔 마땅한 대중교통이랄 게 없었다. 따라서 차가 없는 사람들은 어떤 차든 도시 밖을 향하는 차가 있으면 소정의 돈을 주고 얻어 타야 했다. 거기엔 그 어떤 안전장치나 규제도 존재하지 않았다. 아마 대개는 괜찮았을 터였다. 하지만 지금은 아니었다.

"어떻게 하지?"

리처드는 안타깝다는 얼굴을 한 채 시신과 앰뷸런스를 번갈아 바라보았다. 한구 병원의 앰뷸런스가 다른 앰뷸런스에 비하면 꽤 커다란 편이긴 했지만 그렇다고 시신 둘을 다 싣고 갈 수 있을 정도는 아니었다.

"우선……. 살아 있는 환자가 있는지 확인하는 게 좋을 거 같아요. 분명 전화 건 사람은 목소리에 힘이 있었거든요."

"그냥 두자고?"

"어쩔 수 없잖아요."

"음."

장의 말은 아주 단호했다. 맞는 말이였다. 그의 말대로 정말 어쩔 수 없는 일이었다. 그렇다고 씁쓸하지 않은 건 아니었지만.

"알았어요, 일단 환자부터…… 찾죠."

장은 먼저 트럭 앞쪽으로 달려갔다. 그러곤 입을 틀어막은 채 머뭇거리고만 있었다. 이상한 일이었다. 장은 비록 응급 구조사로 나선 지는 오래되지 않았지만 로지스티션으로서의 경력은 어마어마한 사람이었다. 그가 놀랄 만한 일은 그리 많지 않다는 얘기였다.

"뭐야, 뭔데 그래!"

쎄한 느낌에 리처드는 서둘러 달렸다.

"저, 저기."

"임신부……? 이런 망할. 왜 신고에는."

"신고자는…… 저깄잖아요. 전화만 하고……. 이게 신호가 안 좋은 게 아니었나봐요."

"아."

아마도 운전석에 있었을 남자는 휴대폰을 한 손에 꼭 쥔 채, 다른 한 손으로는 임신부의 배를 가리고 있었다.

"이런 망할."

배에는 부러진 유리창이 박혀 있었는데 손으로 막았어도 별 소용 없을 만큼 큰 구멍이 나 있었다. 그냥 구멍만 난 거라면 모르겠는데 하필이면 만삭 임신부의 배 아니던가. 복막에 닿아 있다시피 하던 자궁벽에마저 유리창이 박혀 있었다.

'제거하면 좆된다……. 지금은 안 돼.'

둘은 동시에 임신부를 들어다 들것으로 천천히 움직였다. 그리 어렵지 않게 임신부를 들것에 올려놓을 수 있었고, 또 들것 채로 앰뷸런스에 옮길 수 있었다. 문제가 있다면 다음이었다.

"우선 라인 달았고…… 혈압 낮은데……. 이거 안에 출혈 있는 거 아닐까요?"

"아마도?"

"아마도가 뭐예요. 째든지 해요."

"그……. 이분이 임신부라…… 내가 좀……."

"그…… 하……."

"전화로라도 물어볼까요? 영상 통화."

"아……. 그게. 그거 좋은 생각이네요."

따르릉. 리처드는 포기가 빠른 편은 아니었지만 뭐가 어찌 되었건 자신이 할 수 있는 일인지 아닌지에 대한 판단이 무척 빠른 사람이었다. 덕분에 장은 별 논쟁도 벌이지 않은 채 제인에게 전화를 걸 수 있었다.

하지만 막상 전화를 받은 사람은 제인이 아니라 강혁이었다. 강혁은 갑자기 걸려온 전화에도 놀랐지만, 그게 영상 통화라는 데 더 놀란 얼굴이었다.

"장? 출동 간다더니 뭐 하냐? 이거 뭐야. 내 얼굴은 왜 떠."

"그…… 닥터 제인은…… 어디 갔어요?"

"애 받으러 갔지. 요새 몰라? 사방에서 오잖아."

"아……."

장은 무척 곤란한 얼굴이 되었다. 거의 기도하는 얼굴로, 뒤에 숨어 있다시피 한 리처드 또한 마찬가지였다. 사색이 되었다는 말이 이럴 때 쓰는 거라는 걸 누구라도 느낄 만한 상황이었다.

"응? 차야? 뒤에 리처드?"

"아……. 네, 교수님."

"이 새끼는 아는 척을 해야 인사를 하네. 아주 잘 돌아간다, 잘 돌아가."

"아니, 그게……."

"곤란해 보이네?"

강혁은 말끝을 흐리는 리처드를 보며 뭔가 사달이 났다는 것을 곧장 눈치챘다.

"음, 옷에 피도 묻었고. 뭐야, 갔더니 환자분이 돌아가셨나?"

리처드는 차마 '환자를 데리러 왔는데 가는 동안 치료를 못 하겠습니다'라는 말은 못 하고 고개를 숙였다.

"아니지, 돌아가셨으면 그냥 와야지. 시신 싣고. 그게 아니라……."

강혁은 말을 하다말고 장과 리처드의 얼굴을 번갈아 바라보았다.

"여자 환자구나? 임신부야?"

"네?"

임신부라고 한 건가, 지금. 리처드와 장은 모두 눈이 동그래진 채 서로를 바라보았다. 점쟁이 빤쓰라도 뒤집어쓴 건지 뭔지……. 대체 저 멀리서 어떻게 이걸 안단 말인가. 눈을 씻고 휴대폰 화면을 봐도 환자 얼굴이나 신체 특성은 보이지 않았다.

"뭘 그렇게 놀래. 네가 못 보겠어서 제인한테 건 거 아냐? 외상이 심해서 건 거면 나한테 걸었겠지."

"아……."

"환자 좀 보여줘."

"네? 아니, 근데 백 교수님도 임신부는……."

"시끄럽고. 일단 보여줘."

"어……. 네."

장은 고개를 끄덕이는 리처드를 보고는 휴대폰을 기울여 환자를 보여주었다. 더 정확히 말하자면 환자의 배였다. 유리가 박혀 있는.

"어우."

어찌나 끔찍했던지 강혁마저 고개를 절레절레 저어댈 지경이었다. 그 모습을 본 리처드는 그럴 줄 알았다는 얼굴로 투덜거렸다.

"이걸 우리가 어쩌냐고요……."

평범한 외상이라면 또 몰라도, 임신부에게 발생한 외상은 얘기가 좀 다를 수밖에 없었다.

'이건 제아무리 백 교수님이라도 안 돼.'

리처드는 체념한 얼굴이 되고야 말았다. 애써 달려와 환자를 끄집어냈지만 소득이 없었던 셈 아닌가.

“일단 바지 잘라.”

보아하니 강혁은 아는 모양이었다. 어차피 이대로 있는 것보단 강혁의 말을 따르는 게 낫지 않겠는가. 해서 리처드는 강혁이 시킨 대로 바지를 제거했다. 그러자 속옷이 보였는데, 상태가 이상했다.

“어…… 이게 왜…….”

“붉어?”

“약간요.”

“새빨간 거야, 아니면 물든 정도야.”

“물든…… 정도?”

“음.”

강혁은 환부를 보지도 않은 채 인상을 찌푸렸다.

‘임신부의 신체에…… 커다란 위협이 가해지면 분만이 시작되는 경우가 있지.’

게다가 상처가 배에 났다면 그 가능성은 훨씬 더 커지기 마련이었다.

“제왕 절개 해본 적 있냐?”

“네?”

리처드는 여전히 멍한 얼굴이었다.

‘제왕 절개라니. 이게 뭔 소리야……. 이 양반이.’

하지만 강혁은 강경하기만 했다.

“해야 돼. 그래야 둘 다 살 수 있어.”

“하…… 하라고요? 여기서?”

"리처드. 라인은 잡았잖아. 벤틸 연결해. 마취하라고."

"진짜 제가 해요?"

"지금 안 하면, 너 이따 내가 네 배 쨀 거야. 빨리 마취 걸어."

"어……. 그게…… 임신부한테 그래도 되나…… 요?"

"자신 있으면 척추 마취하든가."

"죄송합니다. 전신 마취 걸겠습니다."

"그래. 빨리 걸어. 근이완제도 주고. 삽관은 잘하지, 너?"

"아, 그럼요. 맨날 하는 게 이건데. 설마."

"임신부는 목 부어서 생각보다…… 오, 빠르네."

"이제 어떻게 해요?"

"자……. 이제부터 중요해. 1초도 허투루 쓰면 안 돼."

"하아."

"환자 죽어. 애도 죽고."

"하아……."

"잘해야 된다."

"아……."

지체되면 죽는다. 좀 자세히 물어볼걸. 아니, 누구라도 하나 붙잡고 같이 올걸. 다양한 후회가 사정없이 부유하고 있었다. 그중엔 장에 대한 원망도 뒤섞여 있었다.

'아니, 이놈은…… 신고자한테 환자가 어떤 상태인지 묻지도 못하나?'

"야! 메스 들어!"

"읏."

내면 속으로 침잠하던 리처드를 강제로 끌어올린 것은 강혁이었다.

"너 제왕 절개 해본 적 한 번도 없다고 했지?"

"네."

"상처도 본 적이 없나?"

"아……. 있죠."

리처드의 외과 짬밥이 어언 10년이지 않은가. 사실 경험한 시간만 따져보자면 강혁과 그렇게 차이도 없었다. C-SEC, 즉 제왕 절개로 인한 흉터 정도는 얼마든지 본 적이 있었다.

"그거 생각하고 그으면 안 돼. 그건 보통 가로 절개거든."

"어……. 그럼, 그럼 어떻게 해요?"

"전통적인 방식으로 째야지."

"전통……?"

"그래. 세로로 째. 배 수술하는 것처럼."

"알겠습니다. 그럼 세로로…… 범위는 어떻게 하죠?"

"지금 박혀 있는 유리창에 닿지만 않게 해."

"아, 네."

"그을 때 너무 깊숙이 그으면 태아가 베이니까, 그거 주의하고. 그렇다고 레이어 다 신경 써서 들어가기에는 시간이 없어. 적당히 째야 해. 어렵지 않지?"

"아, 알겠습니다."

리처드는 한숨과 함께 칼을 환자의 배 위로 가져갔다. 붉은 핏물이 알알이 맺혀 동그랗게 솟아오른 임신부의 배 양옆으로 굴러떨어졌다.

"아."

그리고 리처드는 그제야 배 안에 있는 태아의 움직임을 느낄 수 있었다. 강혁은 리처드의 반응만 보고서도 태동이 있다는 걸 알아차렸다.

"태동이 있어?"

"아, 네! 살아 있어요!"

리처드의 목소리에도 힘이 실렸다.

"그럼 빨리 빼!"

"네, 네!"

리처드는 무척 능숙한 손길로 절개를 이어나갔다. 딱 복막만 째고 자궁벽은 건드리지 않은 정도의 적당한 절개였다.

"휘유. 이게 자궁벽 같은데. 계속 째요?"

"어. 일단 장이 양옆으로 쫙 당겨. 애 빼는 게 중요하니까."

"아. 네."

"옳지. 지금 잘하고 있다."

"네."

"자, 다시 걸어! 자궁벽을 양옆으로 당겨!"

그와 동시에 강혁은 장을 향해 외쳤고. 직접 절개하던 리처드만큼이나 긴장하고 있던 장은 곧장 손을 움직여 방금 벌어진 자궁벽을 양옆으로 당겼다.

"우, 우와."

"이게……."

동시에 리처드와 장은 태아를 내려다볼 수 있었다. 이쪽에 있던 강혁이나 카심도 몸을 있는 대로 틀었지만 허사였다. 휴대폰은 이미 앰뷸런스 어딘가에 고정이 되어 있었기 때문이었다. 아주 깊숙한 곳까지 확인하는 건 어려웠기에, 그저 용틀임에 불과할 뿐이었다.

"뭐 해요?"

"어? 아니, 몸이 찌뿌둥해서."

"설마 여기 애 보려고 그런 건 아니죠? 귀여우시네."

"새꺄. 쓸데없는 소리 하지 말고 애나 꺼내. 빨리 꺼낸답시고 훅 당기지 말고. 그러다 다친다."

"자……."

리처드의 굵직한 손이 태아를 조심스럽게 밖으로 빼내기 시작했다.

"와……."

이런 건 아예 처음 보는 장의 입에선 연신 감탄만 새어 나왔다. 생명의 경이로움을 느끼고 있을 테니 그럴 만도 했다. 생각 같아선 계속 그 감동을 온전히 느낄 수 있도록 두고 싶었지만 불행히도 지금은 응급 상황이었다.

"장, 이제부터 내 말 잘 들어요."

해서 강혁 옆에 있던 카심은 아이가 완전히 다 빠져나오기 전에 입을 열었다.

"아, 네."

"제일 중요한 건 호흡이에요."

“호흡…….”

“제법 빨리 처치되긴 했지만, 입안에 양수가 들어가 있을 수 있어요. 우선 그걸 훑어주세요.”

“아, 네.”

“그리고 울려요. 보통 그러면 됩니다.”

“안 되…… 안 되면요?”

“그럼 큰일이죠. 둘만으론 안 될 거예요.”

“아무튼, 애 나왔어요! 빨리!”

“네!”

리처드는 곧장 장에게 아이를 넘겨주면서였다.

“자, 방금 말해준 대로 하세요! 어려울 거 없어요!”

“네, 네.”

장과 카심은 부산을 떨어가면서 아이를 돌보기 시작했다. 리처드도 아주 잠시 아이를 바라보았다. 지금껏 수많은 생명을 살려왔지만 새 생명을 받은 건 난생처음이지 않은가. 이래서 산부인과를 하는구나 하는 생각마저 들었다.

“정신 차려! 임신부도 살려야지!”

아이에게 시선을 뺏기지 않은 건 오직 하나. 백강혁뿐이었다. 그는 유리 조각에서 눈을 떼지 못하고 있었다. 보통의 차 유리창보다 훨씬 얇고, 뾰족한 유리 조각.

“일단 좀 버티라고. 사람 보냈으니까.”

강혁은 방금 전에 개인 차편을 통해 출발한 한유림과 미유키 그리고 간호사 몇몇을 떠올렸다.

"한 교수님이랑 미유키야. 도착하려면 꽤 걸리긴 할 텐데…… 그래도 도착하면 바로 맡기면 돼."

"오."

한유림에 미유키라. 그야말로 지금 상황에서는 천군만마 같은 사람들이라 할 수 있었다. 장이나 리처드 모두 누가 먼저라 할 것 없이 반색했다. 강혁은 그중 리처드를 꼭 집어 소리쳤다.

"리처드, 넌 아냐. 급하다 너는."

"아."

"방금 출발한 거야. 한유림 그 양반 차 타봤는데 밟는 편이 아니거든? 그러니까 적어도 20분은 걸릴 텐데. 그 시간이면 환자 죽어."

"알겠어요. 계속 진행할게요."

"오케이. 일단 자궁 절제술부터 진행해. 유리는 건드리지 말고. 잘했어. 이제 천천히…… 유리창 빼봐. 장도 애 내려놓고 리처드 좀 도와."

"음, 네."

장은 내내 안고 있던, 본인의 체온으로 데우고 있던 아이를 잠시 내려두었다. 앰뷸런스가 일반적인 크기였다면 도저히 공간이 안 나왔을 텐데, 이 앰뷸런스는 가능했다.

"뭘…… 도우면 될까요?"

"장은 그냥, 지금 박힌 데 보이지?"

"네."

"양옆에 눌러. 세게 눌러도 돼. 피 흘러나와도 어차피 고여 있던 거야. 묶었다고 하니까 맘 놓고 눌러. 그렇다고 막 알지? 미친 듯이 누르면 안 되는 거. 적당히 눌러."

"어…… 네."

적당히라. 그게 도대체 어느 정도를 말하는 걸까.

"리처드. 너는 흔들지 말고 뽑아. 자신 없으면 칼집 넣고 해."

"아……. 칼집을요?"

"그게 뽑다가 부러뜨리는 것보다는 나아. 그렇게 되면 진짜 다 째야 되잖아."

"음. 하긴. 그것도 그렇긴 하네요."

리처드는 유난히 얇은 유리창을 돌아보았다. 저거 잘못 뽑다가 부러지기라도 하면 절대 그냥은 안 나올 터였다. 만약 상처에 박힌 부분이 부러지면서 이리저리 어긋나기라도 한다면 더 끔찍했다.

'백 퍼센트 죽어, 그렇게 되면.'

지금도 출혈량이 많은 데다가 장기에도 광범위 손상이 있는 상황 아닌가. 일반적인 상태도 아니고 임신한 상태였다. 엎친 데 덮친 격인데 거기다 사고까지 칠 수는 없었다.

"알겠어요. 칼집을 넣어야겠다."

리처드는 칼집을 넣었다. 유리창이 박힌 주변으로 하나, 둘. 원래 같았으면 리처드도 기함할 만한 짓이었지만. 지금은 어쩔 도리가 없었다.

'이렇게 보니까 더 얇네.'

"옳지. 거기까지 해. 대강 빠질 거 같아."

덕분에 강혁은 여전히 건조하기는 했지만, 아까보단 안도감이 감도는 목소리로 고개를 끄덕일 수 있었다. 그 말을 들은 리처드 또한 옅은 미소를 지었다.

"그럴까요?"

"어. 흔들려, 지금."

"아……. 네."

물론 강혁이 말하는 걸 다 눈으로 확인할 수는 없었다.

'어디가 흔들려?'

진동 같은 걸 흔들린다고 표현하는 건가? 몇 번이나 더 확인했지만, 역시나 흔들린다는 말을 쓸 수는 없을 거 같았다. 하지만 리처드는 양손으로 유리창을 아주 조심스럽게 쥐었다.

'믿자. 흔들린다고 했잖아.'

"뽑을까요?"

"아니, 넌 그냥 쥐고만 있어. 일단."

"네. 그럼?"

뽑으라고 하면 확 당기려고 했던 리처드는 조금 맥 빠진다는 표정을 지었다. 강혁이 말을 이었다. 이번엔 리처드가 아니라 장을 보면서였다.

"장. 너가 배를 아래로 눌러. 생각보다 확 내려갈 거야."

"어……. 이거보다 더요?"

장 또한 당황한 얼굴이 되었다. 지금도 꽤 세게 누르고 있는 거 같은데, 여기서 더 누르라고?

"저…… 진짜 세게 누르고 있어요."

"더 눌러도 돼! 애 나갔잖아! 안에 텅 빈 거라고!"

"다, 단단한데……."

"망가져봐야 절제할 자궁밖에 더 망가져? 뼈 안 부러지니까 빨리 눌러!"

"네, 알겠습니다!"

해서 장은 배를 있는 힘껏 눌렀다. 뿌극. 안에서 무언가 단단한 것이 내려앉는 느낌이 전달되었다.

"힉?"

"뼈 아니라고!"

이상한 소리와 함께 손에 힘을 빼려니 강혁이 한 번 더 다그쳤다. 그 말을 듣고 곰곰이 생각해보니 확실히 뼈는 아니었다. 얇은 플라스틱 바구니 같은 것이 부러지는 느낌이라고 해야 하나?

"장, 눌러요!"

"눌러! 새꺄!"

'누르자, 눌러. 어차피 책임은 이 둘이 지겠지.'

바로 유리창이 뽑혔다. 임신부의 배에 박혀 있으면서 동시에 생명을 위협하고 있던 유리 조각. 그야말로 날카롭기 그지없는 모양새를 하고 있었다. 삐죽한 끝을 통해 핏방울이 하나하나 환자의 배 위로 떨어졌다.

"돼, 됐다!"

끔찍한 광경이었지만. 그 누구도 참담한 표정을 짓고 있진 않았다. 리처드는 기쁜 기색을 감추지 못한 채 유리창을 기구대 위에 내려놓았다. 나름 조심한다고 했는데도 순식간에 네 조각이 났다. 이게 몸속에서 깨졌다면 어떻게 됐을까. 제거하다가 죽었을 것이 뻔했다.

"후."

"된 거죠?"

장은 급히 손을 떼며 확인을 구했다.

"어, 됐어. 됐어."

무려 같은 말을 두 번이나 반복했다. 장도 지쳐서 서로 미친 소리를 해대고 있을 무렵, 누군가 앰뷸런스 뒷문을 열었다.

"잘돼?"

한유림이었다.

"오!"

리처드는 정말 반가운 얼굴로 외쳤다. 한유림만 봐서 그런 건 아니었다.

"닥터 미유키!"

이 상황에서 산부인과 의사라니. 구세주라고 해도 좋을 거 같았다. 어려운 부분이야 다 끝나가고 있다고 해도 마찬가지였다. 진짜 괜찮은 건지, 이제 다 끝난 건지……. 묻고 싶은 게 너무 많았다.

"난 안 보여?"

한유림은 섭섭하다는 표정을 지으면서도 부리나케 차 위로 올라탔다. 그러곤 뒤를 향해 손을 내밀었다.

"너 말고."

먼저 그의 손을 잡으려고 한 건 다른 간호사였는데, 한유림은 매몰차게 손등을 찰싹 때렸다. 평소 알려진 그의 인품을 감안하고 보면 말도 안 되는 일이었다.

"미유키, 위로 올라와요."

한유림은 간호사가 노망 운운하거나 말거나 신경 쓰지 않은 채 미유키만 바라보았다.

"아, 감사합니다."

다행히 미유키는 예의가 바른 편이라 한유림의 손등을 때리거나 하진 않았다. 대신 콱 잡고는 위로 뛰어올라 환자에게로 다가갔다.

"음."

임신부라고, 만삭이라는 말도 들었고, 또 유리에 찔렸다는 말도 들었는데 솔직히 이 지경이 되었을 줄은 몰랐더랬다.

"음."

그래서 그런지 뭔가 의미 있는 말 대신 자꾸만 탄식이 흘러나왔다.

"어……. 뭐가 잘못됐나요?"

그럴수록 불안해지는 건 역시나 리처드였다. 최대한, 정말 최대한 노력하긴 했지만 이 분야는 너무 낯선 분야 아니던가. 사실 제대로 했으면 그게 더 이상한 일이라고 할 수도 있었다.

"아……. 아뇨. 아뇨. 아닙니다, 닥터 리처드."

미유키는 사색이 된 리처드를 확인하고는 우선 손사래를 쳤다. 하지만 그렇다고 가만히 두고 보고만 있지는 않았다. 앰뷸런스 내에 비치된 간이 개수대에 손을 닦았다. 누가 봐도 수술에 들어오겠다는 제스처였고, 리처드는 또다시 불안해졌다. 아니라고 하는 것치고는 묘하게 서두르는 느낌 아닌가.

"그…… 정말 괜찮나요?"

"네, 뭐……."

미유키는 잠시 기구대 위에 올라간 자궁과 유리 조각을 바라보았다. 저런 게 박혀 있었다면, 아마 자신이라고 해도 절제술을 택해야만 했을 터였다. 아이를 살려야 했을 테니까.

'잠깐, 아이?'

자궁이 나왔으면 아이도 나왔을 텐데, 앰뷸런스 안이 너무 조용했다.

'익스파이어…… 했나?'

그럴 수 있었다. 난산이라는 말도 좀 모자랄 만한 상황이었을 테니까.

"어이구, 이 녀석 이쁜 거 봐라."

그런데 어디선가 평화로운 목소리가 들려왔다. 바로 한유림이었다.

"응?"

고개를 돌려보니, 한유림은 구석에 눕혀 뒀던 아이를 안고 있었다. 강혁에게 말한 적은 없지만, 한때 소아과 의사를 꿈꿨을 만큼이나 아이들을 좋아하는 게 한유림 아니던가. 지금도 한구병원에 찾아오는 아이들 중 거의 3분의 1은 한유림이 보고 있었다. 강혁이 아이는 어지간히 아픈 거 아니면 못 보겠다고 한 탓이었다.

"어이구, 그래. 이놈. 배냇짓 하는 거 봐."

게다가 이미 딸 지영이 결혼해서 애 낳으면 무조건 한유림에게 맡겨야겠다고 생각했을 정도로 애를 잘 보는 편이기도 했다. 여기서 잘 본다는 건 비단 잘 놀아주는 것에 국한되진 않았다. 명색이 의사이니만큼 상태도 아주 잘 살폈다. 지금도 그랬다.

"아프가…… 하시는 거예요?"

"아, 네. 별 의미는 없겠지만요. 그래도 기록은 해둬야죠."

마냥 이뻐하는 게 아니라 아이의 상태를 정확히 평가하고 있었다.

"그…… 그럼 아이는 닥터 한에게 맡길게요. 그래도 되죠?"

"물론이죠. 저 애 잘 봐요."

"네, 그런 거 같아요. 음."

그사이 미유키는 한유림 쪽을 잠깐 더 바라보다가 이내 수술 부위를 향해 고개를 돌렸다. 어느새 리처드가 보조의 위치에 서 있었다.

"닥터 리처드, 우선 절제술은 정말 잘됐어요."

"아, 그런가요?"

"네."

"그럼 뭐가…… 문제죠?"

시비조가 아니라 정말 궁금해서 묻는 것이었다. 뭘 잘못했는지 알아야 다음엔 같은 실수를 안 하지 않겠냐, 뭐 이런 문장이 얼굴에 달라붙은 느낌이었다. 미유키는 역시 이 병원은 좋은 병원이란 것을 한 번 더 느끼며 입을 열었다.

"자궁이 없다고 해서…… 여성 호르몬이 불필요해지는 건 아니에요."

"아."

사람들이 그저 좋기만 한 게 아니라 똑똑하기까지 했다. 리처드는 딱 거기까지만 듣고도 모든 걸 알겠다는 얼굴이 되었다.

"네. 그런데…… 묶어두셨어요. 이러면 안 돼요. 난소는 죽으면 큰일 납니다."

"아……. 아, 그렇군요. 그럼 이건 풀까요?"

"아뇨. 여긴 제가 할게요. 저기, 피 나는 곳을 해결해주세요. 거긴 제 능력으로는 무리니까."

"알겠……, 알겠습니다. 감사합니다."

리처드는 말을 참 예쁘게 하는 사람이라고 생각하며 배의 상처로 시선을 돌렸다.

'뭐……. 좋은 사람 같긴 해.'

"장, 손 좀 빌려줘요."

"아, 네."

리처드는 장에게 유리창이 박혀 있던 부위를 벌리도록 한 후, 다시 한번 상처 평가에 들어갔다. 아까 이미 다 보긴 했지만, 그건 자궁이 안에 있을 때 본 것이지 않은가. 왜곡되어 있을 가능성이 컸다.

"음. 여기가 좀 그렇네. 실 줘봐요."

"네."

아니나 다를까, 아까는 보이지 않았던 상처가 있었다. 리처드는 최선을 다해 작은 상처 하나하나를 봉합하고 또 지졌다. 그렇게 내부를 정리한 후에야 비로소 겉에 난 상처를 봉합하기 시작했다. 오히려 이건 쉬웠다.

"휴. 그나마 얼추 다 된 거 같은데."

덕분에 리처드는 그리 오랜 시간이 지나지 않아 봉합을 마칠 수 있었다. 고개를 돌려 보니 미유키도 리처드가 묶어두었던 난소로 향하는 혈관들을 풀고, 세로로 난 절개 면을 닫고 있었다.

"아, 벌써 다 했어요?"

"네, 제가 위에서 돕겠습니다."

"감사해요."

리처드는 자세를 바꾸면서 동시에 장에게 말했다.

"장, 이제 슬슬 출발해도 될 거 같아요."

"아, 네. 알겠습니다."

장은 그 즉시 앰뷸런스 뒷문을 열고 밖으로 뛰어내린 후 운전석으로 향했다.

"그럼 갑니다!"

"어, 아직 봉합 중이니까, 너무 흔들리진 않게 부탁해요."

"네, 맡겨주세요."

게다가 환자 상태도 좋지 않은가. 바닥에 널브러진 채 방치되고 있는 시신을 생각하면 우울해질 수 있을 테지만, 지금 이 순간만큼은 리처드나 장 모두 거기까지 생각할 수 없었다. 앰뷸런스는 더 없이 좋은 분위기 속에서 출발했다. 우울감 비슷한 것을 느끼고 있는 건 그 안에 있지 않으면서 동시에 수술에 참여한 강혁뿐이었다.

'이제 겨우 하루…… 아니, 반나절인데.'

벌써 중요한 수술 하나를 놓쳐버리지 않았는가. 게다가 방금 저 수술을 보면서 생명 살리는 일의 의미를 다시 한번 되새길 수 있었는데. 직접 집도를 하려면 적어도 일주일은 필요했다.

'아……. 뭘 해야 하지. 뭘 해야…… 이 일주일을 잘 보낼 수 있을까.'

물론 강혁은 우울감이 자신을 지배하도록 놔두는 인간은 아니었다. 그는 곧장 고민을 하기 시작했다. 일주일을 어떻게 보내야 할까에 대한 고민을.

*

한유림은 리처드, 미유키, 장 그리고 로컬 간호사 하마드와 함께 크게 다친 임신부와 신생아를 데리고 돌아온 참이었다.

'난 오늘 잘했어.'

리처드는 심지어 당당하게 어깨를 펴기까지 했다. 어찌 보면 당연한 일이기도 했다.

'나 아니었으면 둘 다 죽었다고.'

그냥 하는 소리가 아니라 미유키가 해준 말이었다.

"너 오늘 보니까 산부인과 쪽은 영 안 되겠더라."

"아니……. 자궁 절제술 했는데요?"

"하라고 해서 한 거잖아. 방법도 내가 다 알려줬고. 어디를 째라, 뭘 묶어라."

"그……."

그게 대단한 거 아닙니까, 라는 말이 입 안에서 맴돌았다.

'아니……. 시키는 대로 하는 게 얼마나 대단한 건데…….'

이게 무슨 레고 조립하는 것도 아니고, 수술이지 않은가, 수술. 어디 시신 가지고 하는 해부도 아니었다. 정말 사람을 대상으로 한 수술이었다.

"솔직히 그냥 로봇 수술 같은 거지. 음성 인식 로봇."

"그건 또 뭔……."

"걍 내가 한 거라고. 영상 통화 보면서 잘 움직이지도 않는 로봇 가르치고 채근해가면서."

"와……. 이걸 이렇게…… 와……. 내가……."

"나 없었으면 됐을 거 같아?"

"그……."

분명 원통하고 분한데, 왜 할 말이 자꾸만 적어지다가 종래에는 없어지고야 마는 걸까. 강혁은 이제 조용해진 둘을 희미한 미소와 함께 번갈아 바라보았다.

"할 일은 계속하고. 남는 시간엔 나랑 좀 봅시다."

"지, 지금도 보고 있는데 뭘 또 봐."

세상엔 아주 안 보면 서운하지만, 그렇다고 너무 자주 봐서는 안 되는 그런 종류의 인간도 있는 법이었다. 한유림에게는 강혁이 딱 그런 거 같았다.

"가르쳐주겠다고. 영상 보면서."

"그…… 뭘?"

"수술이지 뭐야. 실습할 대상도 가져오고 있어요."

"대상을 가져와?"

한유림은 고개를 갸웃거리다가 그만 별로 좋지 못한 상상에 닿았다.

'설마 진짜 노예라도 잡아오나?'

실습할 대상을 가져온다니. 이게 대체 무슨 소리란 말인가.

"사사사사사람 잡아와?"

해서 눈을 동그랗게 뜨고 있으려니 오히려 강혁이 호통을 쳐댔다.

'휴. 내가 먼저 말 안 해서 다행.'

그 모습을 보면서 리처드는 몰래 안도의 한숨을 쉬었다. 사람 잡아온다는 게 말도 안 되는 소리라는 건 그도 알고 있긴 했지만, 강혁이 하는 일이라고 하면 어쩐지 그럴싸하단 생각이 들었기 때문이다.

"이 양반이 뭔 미친 생각을 하는 거야. 맞을래요?"

강혁은 그런 리처드는 뒤로한 채 한유림을 향해 발차기하는 시늉을 해댔다. 붕. 입으로 내는 소리가 아니라 진짜 바람 가르는 소리가 났다. 말이 좋아 시늉이지, 저기 스치기라도 하면 한유림 같은 노인은 며칠 끙끙 앓게 될 터였다.

"그, 그럼 뭔데."

"아, 마침 오네."

다행인지 뭔지 마침 트럭 하나가 숙소동 마당 안으로 들어서고 있었다.

"갑시다."

"어…… 어."

강혁은 그걸 확인하는 순간, 자리를 박차고 일어나 아래로 향했다. 나머지 둘 또한 영문을 모르겠다는 얼굴을 한 채 뒤를 따랐다.

"오랜만입니다, 닥터 백."

트럭을 몰고 온 이는 리처드처럼 강혁에게 부림을 당하고 있는 또 다른 미군인 한스였다. 한 가지 차이가 있다면 한스는 리처드와는 달리 강혁의 말 듣는 걸 기꺼워한다는 것 정도였다.

"아, 그래. 어떻게 가져온 거야?"

"간부 중에 입맛 까다로운 사람들도 있어서요."

"아하."

강혁은 알 수 없는 소리를 해가면서 트럭으로 다가갔다. 그러자 그가 완전히 트럭에 닿기 전에 사복 차림의 병사 하나가 뒷문을 열어주었다.

"오."

"이, 이 안에 있어? 대상이?"

한유림은 트럭 뒷칸에 뭔가가 타고 있다는 것을 깨닫고 비척거리며 다가갔다.

'사람은 아니겠지.'

여기서 그런 걸 봤다간 너무 힘들어질 거 같았다. 리처드도 비슷한 생각인지 다가오기는 하는데 막 적극적이진 않았다. 반면 강혁은 벌써 안으로 들어가 있었다.

"거기 둘, 와서 받아!"

그러곤 발로 돼지 한 마리를 걷어차, 미군 둘에게 토스했다. 자는 것처럼 보이는 녀석이었다. 아니, 펄떡거리는 것을 보니 자고 있던 녀석이었다. 팔다리가 묶여 있어서 움직임이 자유롭진 않았다.

"이거……?"

"이게…… 이게 대상이에요?"

"어, 이거. 정확히 14마리가 있어. 매일 두 마리씩 배달 올 거야."

강혁은 딱히 둘의 질문에 답하는 대신 원래 하려고 했던 말로 입을 열었다. 문맥은 대강 맞았기 때문에 대화는 얼추 이어질 수 있었다.

"14마리?"

"각각 하루 한 마리씩, 일주일 쓸 양이지. 가능한 모든 수술을 할 거야. 백내장부터 외상 처치, 각종 절제술."

"어……. 그, 외상이요?"

"아, 그전에."

"그전에?"

"일단 묵념. 얘네들의 희생으로 얼마나 많은 사람들이 살게 되겠어? 두 사람 실력이 확 늘 텐데."

"근데……."

"근데 뭐요."

"백내장은 왜 하는 거야?"

"그러니까요. 백내장을 우리가 왜 해야 돼요?"

한유림과 리처드는 거의 동시에 의문을 표했다. 둘 다 그냥 외과 의사 아니던가. 솔직히 말하면 눈의 구조에 대해서는 학생보다도 몰랐다. 그런데 뭔 놈의 수술을 하란 말인가.

"안과는 여기 안 오잖아. 부를 사람 있어?"

"어……."

하지만 강혁은 아주 명쾌한 논리로 둘을 격파했다. 둘 다 꽤나 인맥이 괜찮은 사람들이지만 그렇다고 한구까지 와줄 안과 의사를 찾을 수 있을까.

"외래 진료 보면서 느꼈을 거 아냐. 여기 백내장 진짜 많아. 수술하긴 해야 해."

"그, 그래도 돼지 눈깔 갈아 끼웠다고 사람한테 하는 건……."

"누가 바로 하랬나. 단기로라도 오면 옆에서 보조해야 할 거 아냐. 그러다 할 수 있을 거 같으면 하고. 그래야지."

"아."

단기가 있었구나. 그래, 장기로 올 사람 찾는 건 정말 어려울 터였다. 안과 의사들이 특별히 봉사 정신이 없어서가 아니라 그저 사람 자체가 적어서였다. 하지만 단기로 올 사람 정도는 얼마든지 찾을 수 있을 거 같았다.

"뭐, 여기 초음파 절삭기 같은 건 없으니까 그냥 구식으로 갑시다. 그래, 거기 칼 들고."

"근데 이거 현미경 없이 막 이렇게 해도 되나?"

"현미경 살 돈이 없는데 뭔 현미경 타령이에요. 루페라도 끼든가."

꽤 효율적인 교육법이었다. 막말로 한유림이 어디 가서 백내장 수술을 해보겠는가. 별로 관심도 없었기에 구경해본 기억도 없었다. 그런데 뒤에서 강혁이 종알거리는 것을 들으며 하다보니 어느새 수정체를 제거하고, 강혁이 건네준 인공 수정체를 집어넣고 있었다. 뭔가 말리는 느낌이 들었지만 리처드는 일단 직진하기로 했다.

'어차피 망했어.'

손 다친 김에 어디 가서 푹 쉴 줄 알았는데, 일과가 끝나자마자 돼지를 잡을 줄이야.

이번 돼지를 이용한 수술 연습은 비단 한유림과 리처드에게만 도움이 된 건 아니었다. 강혁에게도 그러했다.

'기본기는 둘 다 탄탄해. 실력도 비슷하고. 아주 좋은데?'

"그래, 이걸 뭐 일주일을 해. 시간이 좀 줄긴 할 텐데……. 사실 우리 이미 낭비 없이 움직이는 거야."

"2시간 20분 걸렸나? 어휴, 이만하면 뭐 기네스 기록 나가도 될걸요? 근데 수술이 뭐 경연 대회는 아니잖아요. 사람 살리는 데 쓸모가 있어야지, 쓰잘머리 없이 돼지로 빨라지면 뭐 해."

"리처드 말이 맞아. 틀린 게 없어. 허허. 고만하자고. 백 교수도 아프다며. 좀 쉬어."

"그래요. 쉬어요. 그러다 덧나면 어쩌려고. 수술 못 해요."

"뭐, 내일 하는 거 봐서 결정하죠."

"어? 내일도 잘하면 이 짓 안 하는 거야?"

"그럼요."

"말했다, 너?"

"전 녹음했습니다."

"뭐…… 내가 한 입으로 두말하는 거 봤나?"

"아주 많이."

"네. 그래서 저도 여깄는 거고요."

"허."

"내일 보자고. 내일도 잘하면 끝. 내가 약속한다."

"오."

*

며칠 뒤,

"츠요시, 영상 보여줘."

"어……. 네."

마취과 의사로만이 아니라, 촬영 기사로도 끌려온 츠요시가 아까 찍은 한유림의 수술 영상을 틀었다.

"이것보단 잘해야 해. 알지?"

아무튼, 강혁은 패드에 재생 중인 한유림의 수술 장면을 가리키며 리처드를 바라보았다. 이게 만약 강혁의 수술 장면이었다면 짜증만 났을 터였다. 어차피 아무리 노력해봐야 따라잡을 수 없다는 걸 알고 있었으니까. 하지만 상대는 괴물 백강혁이 아니라 상대적으로 만만한 한유림이었다.

'내가 저 양반보단 낫지.'

리처드는 자연히 지난 6일간의 전적을 떠올렸다. 엎치락뒤치락했다가 정답일 만큼 팽팽한 대결이었다. 처음엔 무슨 수술을 경연 대회 하듯 평가하느냐고 둘 다 반발했었지만, 막상 강혁이 아주 진지한 얼굴로 절개부터 지혈 및 수술의 종류 및 마무리까지 조목조목 따져가며 평가해주고 난 후에는 상황이 아예 달라져 있었다.

'내가 왜? 내가 왜 졌어?'

'절개에서 제가 이겼다잖아요, 한 교수님. 핫핫.'

결과 하나에 일희일비하기 시작하는데, 정작 평가하는 강혁도 놀랄 정도로 반응이 격했다. 덕분에 강혁은 모든 어른 마음속엔 잊은 줄 알았던 어린이가 살고 있단 것을 깨달을 수 있었다. 그 어린애가 얼마나 어린가 하면 심지어 진 다음 날 아침엔 앞에 놓인 반찬을 건네주지 않을 만큼 치졸한 모습을 보이기도 했다. 보다보면 내가 이렇게까지 해서 이들을 가르쳐야 하나 싶을 지경이었다.

'그래도 뭐 효과는 확실하지.'

그러나 강혁은 좋은 결과를 위해서라면 그 어떤 짓도 할 수 있는 사람이었다.

"자, 그럼 해봐. 오늘은 마지막 날이니까……. 이긴 놈은 나랑 맥주 파티."

"어……."

"그리고 진 놈은 돼지 한 마리 더 해."

"응?"

"뭔 미친 소리야. 이제 다 잡았는데."

돼지 한 마리가 더 있다고? 분명 약속한 14마리 다 잡지 않았나? 이런 저런 생각들이 리처드, 한유림 두 사람의 머릿속에 떠올랐다. 강혁은 당황한 이들을 둘러보며 말을 이었다.

"아……. 한스가 도축해줘서 고맙다고 한 마리 줬어. 새끼래. 우리 병원에서 충분히 먹을 수 있는 양이야."

"그럼 그냥 먹자……."

강혁과 맥주 먹는 게 상인지 뭔지는 모르겠지만 새끼 돼지 가지고 수술하는 게 벌칙인 거 하나는 확실했다. 해서 감정이 점점 격해지고 있었다. 강혁이 둘을 완전히 라이벌 사이로 만든 것도 한 가지 원인이겠지만, 지난 한 주 동안 너무 힘들었던 탓도 있긴 할 터였다.

한유림이나 리처드나 따지고 들 시간이 없었다. 이미 수술에 다시 몰입한 지 오래였다. 비록 돼지를 대상으로 한 수술이라 가운도 없이 장갑만 끼고 덤비고 있었지만, 표정은 거의 무슨 은인이라도 마주한 듯 진지하기 이를 데 없었다.

'음……. 확실히 내기가 붙으면 더 잘하네.'

굳이 내기가 아니더라도 실력이 더 붙어 있었다. 강혁이 일일이 첨삭 지도한 것도 한 가지 이유였는데, 그보다 더 큰 것은 준엄하기 그지없는 평가 시간에 있었다. 강혁이라는 인간 자체가 칭찬보다는 비판에 최적화된 사람 아니던가. 그러다보니 잘한 것보다는 잘못한 것을 지적할 때 훨씬 빛을 발했다.

'여기 한 교수님 절개 봐. 개판이네.'

'여기서 왜 굳이 여길 박리했지? 이리로 갔으면 시간이 훨씬 절약되잖아.'

'보라고. 나 같으면 안 건들지. 봐, 피 나지?'

뭐 이런 식이었다. 그럴 때마다 한유림과 리처드는 비난의 대상이 된 상대방을 보며 웃으면서 동시에 나는 저러지 말아야지 하는 일념으로 열심히 배웠다. 그 결과, 둘의 실력은 그야말로 일취월장해 있었다. 강혁조차도 굳이 마지막 날 둘 중 하나를 골라 벌을 줘야 하나, 하는 생각이 들 만큼.

한유림과 리처드는 뭔가에 홀린 듯 수술에 임했다. 그리고 그 결과물은 더없이 훌륭했다. 어느 정도였냐고 한다면 강혁마저도 흡족할 지경이었다.

'데칼코마니 같네.'

둘의 실력이 비슷한 건 사실이었지만 대체 어떻게 이렇게까지 똑같은 결과물을 낼 수 있었을까. 강혁이 둘을 바라보았다. 인자한 미소를 지은 채였다.

"무승부야. 오늘 벌칙은 없고, 상만 주지."

"응?"

"그럼 새끼 돼지는 누가 잡아요?"

강혁은 대답 없이 손에 감겨 있던 붕대를 풀었다. 어느새 깨끗해진 손이 모습을 드러냈다.

"기다려봐. 돼지 데려올게."

"허……."

그러곤 잠시 1층으로 내려가더니 한스와 다른 병사들 그리고 새끼 돼지와 함께 올라왔다. 다 큰 돼지야 그렇다 치더라도 새끼 잡는 걸 어떻게 보나 했던 한유림은 저도 모르게 안도의 한숨을 쉬었다. 돼지는 이미 손질이 되어 있었다.

누군가 실습실로 들어왔다. 카심이었다. 웬일인지 몰라도 얼굴이 허옇게 질려 있었다. 어지간한 일로는 눈도 꿈쩍 안 하는 놈이 저런 반응이라, 폭탄이라도 터졌나 하는 생각이 들 지경이었다.

"뭐야?"

"카…… 카슈미르에서 연락이 왔어요."

카슈미르. 파키스탄 동쪽에 위치한, 전 세계적으로 유명한 분쟁 지역이었다. 물론 이 근처에 아프가니스탄도 있고, 이란도 있고, 심지어 그리 멀지 않은 곳에 IS까지 있어 상대적으로 관심이 덜하긴 했지만, 객관적으로 보면 어마어마한 곳이라 할 수 있었다. 인도와 파키스탄이 끊임없이 이 지역을 두고 싸우고 있기 때문이었다. 심지어 최근엔 중국마저 숟가락 들고 덤비고 있어서 더더욱 혼란은 가중되고 있었다.

"거기서 왜 전화가 와?"

워낙 중요한 지역 중 하나인지라 제인에게 꽤 많은 것을 주워들은 참이었다. 게다가 리처드와 같은 미군은 오기 전에 대강 교육도 받았기 때문에 아는 것도 많았다. 카슈미르에 대해 알 만큼은 알고 있다고 해도 과언이 아니란 얘기. 하지만 거기서 왜 연락이 왔는지는 알 길이 없었다.

"어……."

카심은 영문을 모르겠다는 얼굴을 하고 있는 강혁을 보며 쉬이 말을 잇지 못했다.

"뭐여."

카심은 처음 볼 때도 꽤 당찬 사람이지 않았던가. 요새는 강혁과도 꽤 친해졌다 여기는지 앞에서 쓸데없이 시간 뭉개는 경우가 거의 없어진 참이었다. 그런데 지금은 머뭇거리고만 있으니 이상한 일이란 생각이 들었다.

"뭔데."

"그…… 글쎄요."

"응?"

"전화 건 사람이 카슈미르라고 전달하면 알아들을 거라고 했는데. 거기 뭐 친구 없어요?"

"뭔 개소리여. 카슈미르가 여기서 얼마나 먼데. 가본 적도 없구만."

강혁이 평소에 사기를 좀 치는 편이기는 하지만, 금전이나 다른 이익이 걸려 있지 않은 상황에서는 오직 진실만을 말하지 않은가. 굳이 말하자면 거의 팩트 폭행러처럼. 때문에 카심은 강혁이 알면서 모르는 척하는 건 아니라고 확신할 수 있었다.

"아. 그럼 진짜 몰라요?"

"전화 끊었어? 어떤 새끼지?"

"아, 아뇨. 거실에 홀딩해놨어요."

강혁은 카심과 함께 거실로 들어섰다. 안에는 제인, 미유키, 댄, 장규선 등이 있었다. 어쩐지 다들 심각한 얼굴이었는데, 시선은 전화기를 향하고 있었다.

"뭐야."

"빨리 받아보시죠."

강혁은 해명을 요구했지만 카심도 제인도 그저 전화기만 가리킬 따름이었다.

'카슈미르에 내가 아는 사람이 있나?'

반응이 영 심상찮아 보이자, 강혁도 좀 이상하단 생각이 들었다. 하지만 도무지 떠오르질 않았다. 최근에 저 지명을 들은 기억은 있었지만 기억이 명확하진 않았다. 그럴 수밖에 없지 않은가. 지난 한 주 강혁은 정말이지 너무 많은 일을 겪었다.

"음. 백강혁입니다."

해서 강혁은 고개를 갸웃거리며 전화를 받았다.

"아, 닥터 백! 저는 이번 카슈미르 긴급구호팀 팀장으로 온 마이클입니다."

"마이클?"

마이클이라. 들어본 적이 있는 이름일 뿐만 아니라 아는 이름이기도 했다. 하지만 워낙에 흔한 이름이라서 그런 것이지, 이 사람을 알아서는 아니었다. 하늘에 맹세코 처음 들어보는 이름이었다.

"네네. 그…… 드니스라고 아시죠? 친하다고 했는데."

"아."

하지만 드니스라는 이름은 듣자마자 고개를 끄덕일 수 있었다. 로지스티션 드니스. 강혁을 이슬라마바드에서 한구까지 데려다준 장본인일 뿐만 아니라, 현재 한구 병원에서 쓰이는 모든 물품을 이송해주는 사람이기도 했다. 한유림은 강혁에게도 친구가 있냐고 놀려댔지만 강혁은 이런 사람이라면 얼마든지 친구라고 불러줄 용의가 있었다. 비록 나이도, 출신 지역도 잘 모르지만.

"네, 친합니다. 무슨 일 있나요?"

"그……."

마이클은 잠시 뜸을 들였다가 말을 이었다. 아까까지만 해도 이놈이 누군가 하는 생각에 골몰해 있어서 몰랐는데, 목소리에서 어딘지 모를 다급함이 느껴졌다. 강혁마저 긴장시키는 그런 목소리였다.

"지금 카슈미르에는 구호소가 두 군데 있어요. 하나는 제가 있는 곳이고, 또 다른 하나는…… 인도 접경지대랑 가까이 있는 곳인데, 드니스가 그쪽으로 백신을 싣고 간 이후 연락이 두절됐습니다."

"연락이 두절돼?"

"네."

"근데……."

이걸 왜 자신한테 말을 한단 말인가. 국경없는의사회 정도 되는 단체라면 긴급 상황에 대한 대처 매뉴얼 정도는 다 있을 텐데. 심지어 지금 국경없는의사회 파키스탄 지부는 한구 병원 덕에 파키스탄 정부와도 아주 가까운 협력 관계에 있었다. 마이클은 이러한 강혁의 의문을 다 알고 있다는 듯, 서둘러 말을 이었다.

"파키스탄 정부에 도움을 요청했지만……. 태도가 아주 미온적이에요."

"응? 왜 그렇죠? 우리가 총리 동생 살린 지 얼마나 됐다고."

"안 그래도 그 얘기를 하면서 미안해하기는 했는데……."

마이클은 바로 얼마 전 파키스탄 대공포로 인해 인도 전투기가 추락했던 일을 언급했다. 격추된 지역이 바로 이 인근이며 아직도 시신 인도가 안 되고 있다는 사실까지 덧붙였다. 한마디로 겁나게 사이가 안 좋은데, 이번에 더 안 좋아졌다 이 말이었다. 항간에서는 여기서 혹시 핵전쟁이 나는 거 아니냐 하는 말까지 나돌 지경이었다. 그 와중에 정부군에게 인도 국경 접경지대로 가달라고 하는 건 너무한 요청이기는 했다.

"아니, 그렇다고 나한테 뭘…… 어쩌라고. 총 쏘면서 구하라 이건가?"

강혁은 황당함을 감추지 못하면서도 한편으로는 자신의 손을 내려다보았다.

'오랜만이긴 한데. 단순히 원주민하고 생긴 트러블이라면 뭐…….'

제대로 훈련받은 특수 부대랑 붙는 건 당연히 무리였다. 주먹다짐으로 간다면야 가능성이 조금이라도 있겠지만, 각종 은·엄폐물이 있는 곳에서 특수 부대랑 총 들고 싸우는 건 그냥 자살행위나 다름없었다.

"아, 아뇨. 아마 사고가 있었을 거예요. 그제 폭우가 내렸거든요. 길이 무너져내렸을 정도로."

"계속해봐요."

"지금 저희 쪽 인원들이 나서서 복구하고 있기는 한데……. 이게 잘 안 돼요. 지금도 계속 부슬비가 내리고 있기도 하고……."

"구조를 해달라고?"

"그 전에 구조가 되면 좋겠지만, 그렇다고 해도 의학적 처치가 필요할 겁니다. 저도 알아요. 이게…… 이상한 요구라는 걸요. 하지만 저희가 가진 자원이 너무 없습니다. 도움 요청할 만한 곳도 마땅치 않고요."

절박한 사정이라는 건 딱히 말을 알아듣지 못하는 상황이라도 알 수 있을 지경이었다. 그냥 목소리만 들어도 문제없이 전달될 정도였으니까.

'구호팀 팀장이라고 했지?'

그 말은 곧 제인과 같은 입장이라는 뜻일 터였다. 제인만큼 훌륭한 사람일까는 또 다른 문제이긴 했지만……. 지금 드니스를 걱정하고 있는 걸 보면 이 사람도 어지간히 훌륭해 보이긴 했다. 그리고 강혁은 이런 사람에게 약한 인간이기도 했다. 싸가지는 없지만, 또 잔정은 많은 그런 사람.

'마침 손도 다 나았지.'

하늘의 계시일까. 뭐, 이런 생각마저 들었다.

"갈게요. 가겠습니다."

"아, 감사합니다!"

"그런데……, 어떻게 가죠? 여기서 카슈미르가 보통 먼 게 아닌데."

"그건……."

망설이는 폼이 전혀 준비한 게 없어 보였다. 하긴 그럴 수 있는 사람이었다면 지금쯤 드니스를 구해냈을 터였다. 강혁은 오히려 웬만한 구호팀장보다는 자신이 사용 가능한 수단이 훨씬 많다는 것을 떠올리고는 고개를 가로저었다.

"아니, 일단 알아서 가죠. 가서 전화할 테니까, 번호나 줘요."

"아, 네. 그 이슬라마바드 지부에 오시면…… 거기서부터는 안내가 가능합니다. 번호도 드리긴 할 텐데 제가 있는 곳이 통신이 불안정해서요."

"알겠습니다. 일단 가는 걸로 할게요."

마이클이나 드니스가 있다는 카슈미르는 실상 카슈미르라기보다는 스카두 지방이라고 보는 것이 맞을 터였다. 파키스탄에서는 파키스탄령 카슈미르라고 부르기는 하는데 인도에서는 인정하질 않았다. 그 때문에 생긴 분쟁은 두 나라의 사이를 더더욱 나쁘게 만들고 있을 뿐 아니라, 그 지역 사람들까지 불행하게 만들고 있었다. 고래 싸움에 새우 등 터진다는 말이 딱 어울리는 곳이었다.

"가실 거예요?"

제인은 전화를 끊은 강혁을 보며 물었다. 표정을 보아하니, 이미 갈 줄 알고 있었던 것 같았다. 그렇게까지 놀라지도, 또 당황스러워하지도 않고 있었다.

"가야지. 드니스 죽을 수도 있어."

"음……."

그저 연락이 잠깐 두절된 것일 가능성도 있었다. 뭐 그런 정도라면 마이클처럼 능숙한 팀장이 이렇게까지 다급하게 연락해올 이유는 없겠지만.

"정말 위험한 상황이라면 교수님도 위험할 수도 있어요……."

"그럴 상황이면 마이클이랬나? 이 사람하고 같이 몸 빼야지. 근데…… 뭐 습격을 당한 것 같진 않아. 사고를 당했으면 당했지."

"무리하진 않을 거죠?"

"그래야지. 나 얼마 전에 손 다쳐서 고생했잖아. 또 그럴 생각은 없어."

"그렇다면 다행이기는 한데……. 거기까진 대체 어떻게 가려고요?"

제인이 그 말을 할 때, 마침 리처드가 위로 올라왔다.

"왜……, 왜 저를 그렇게 봐요?"

리처드는 갑자기 자신에게 쏟아진 눈길에 잠시 당황했다. 예전 그의 모습을 기억하는 이라면 이상하게 여길 만한 장면이었다. 원래 리처드는 이런 식의 스포트라이트에 익숙한 사람이었다. 미식축구부 주장에 성적도 톱, 외모 준수. 고등학교 시절부터 인기가 많았고, 대학 가서는 더했던 그였으니까.

'뭐지, 뭘 잘못했나?'

하지만 강혁과 함께 지낸 지 몇 달 만에 사람이 조금 변해 있었다.

"뭘 그렇게 놀라?"

그를 그렇게 만든 장본인 강혁이 껄껄 웃으며 다가갔다. 뒤에 있던 츠요시는 자신에게 온 게 아니란 걸 알면서도 뒤로 살짝 물러섰다.

"으아."

계단이 있던지라 하마터면 죽을 뻔했는데, 한유림이 막아주었다. 고개를 절레절레 저어가면서였다.

'얘가 요새 좀 심하게 당하긴 했지.'

처음엔 그저 깨소금이긴 했다. 솔직히 너무 망나니 아니었던가. 한유림이나 리처드나 이런 놈은 좀 패서라도 바꿔야 된다고 생각했다.

"가, 감사합니다."

"어. 어, 울지 말고. 왜 또 눈물이야."

"이상하게 요새 눈물이 많아져서."

"그…… 그래."

하지만 이 정도까지 바꿀 필요가 있었을까 싶을 정도로 애가 변해 있었다. 이쯤 되면 강혁도 한 번쯤은 측은지심으로 츠요시를 바라봐줄 법도 한데, 그는 역시나 별 관심이 없었다.

"리처드, 너 데니스 전화번호 알지?"

그저 자신의 용무에만 관심을 보일 따름이었다. 츠요시에게는 어떠했을지 몰라도 리처드에게는 다행한 일이었다. 뭐가 어찌 되었건 자신이 뭘 잘못해서 다가온 건 아니라는 걸 알 수 있었으니.

"네? 어…… 알죠. 근데 그건 교수님도 마찬가지 아닌가요?"

"그 새끼 요새 내 전화 안 받아. 왜 그러는지 모르겠어."

"아……."

그 이유를 정말 모르시려나. 리처드는 농담처럼 여기고 웃으려 하다가 이내 입을 다물었다. 강혁이라면 충분히 그럴 수 있었다. 이 인간은 자기가 유리한 방향으로만 눈치가 빠른 사람이지 않은가. 그 외에는 세상에 이래도 되나 싶을 정도로 둔한 인간이었다.

"전화해봐. 이리로 오라고."

"왜……, 왜요?"

"야, 넌 왜 이렇게 인정이 없니. 돼지 이거 우리가 다 먹을 수 있어? 걔도 여기 온 이후론 한 번도 못 먹었을 거 아냐."

"아……. 네, 네. 알겠습니다."

리처드는 그래도 강혁이 양심이 있긴 하구나 싶었다.

'하긴 데니스 챙겨야지.'

아무짝에도 쓸모없는 건물을 돈 받고 빌려준 것도 모자라 청소에 리모델링까지 시키고, 심지어 데니스가 거기 있는 덕분에 이 주변에 대한 CIA 측 경비도 더 철저해져 있었다. 천문학적인 돈을 들여도 가능할까 말까 한 일을, 데니스에게 돈을 받고 해결해버렸다는 얘기였다.

"어, 데니스."

강혁 전화는 죽어도 안 받던 데니스가 재까닥 전화를 받았다.

그에게 리처드는 이 삭막한 곳에서 유일한 아군으로 여겨지기 때문이었다. 리처드에게 데니스 또한 비슷한 느낌인지라, 둘 사이는 각별했다.

'정말 돼지 먹으러 오라는 거 맞나?'

한편 한유림은 의심의 눈초리로 강혁을 바라보았다. 실제로 강혁이 잔정 많은 성격인 것은 맞았다. 하지만 그건 아주 결정적인 도움을 줄 수 있을 때를 말하는 것이지, 이런 일상적인 나눔을 말하는 건 아니었다.

'카슈미르에서 전화가 왔다고 했었잖아.'

세상에 카슈미르라니. 거기에 대면 한구는 안전지대라고 해도 좋을 지경이었다. 저기 한국에 있는 사람들에게는 생소하거나, 아니면 전투기 떨어지는 정도의 뉴스만 났겠지만, 이곳에 있는 사람들은 훨씬 다양한 소식을 접할 수 있었다. 그리고 그 소식들 중에 좋은 소식은 거의 없었다.

'이웃 데니스가 아니라 CIA 데니스를 부르는 느낌인데.'

이제 거의 백강혁 전문가라고 해도 좋을 한유림의 머릿속에 아주 그럴싸한 생각이 스쳐 지나갔다. 하지만 그걸 입 밖에 내진 못했다.

"조용하고, 와서 고기나 구웁시다."

강혁이 껄껄 웃으며 한유림을 잡아끌었기 때문이었다.

"어……."

"이것도 다 수련의 일환이에요. 알죠? 고기 굽는 거 얼마나 세심할 수 있는 작업인지."

개수작에 거절하기도 쉽지 않았다. 게다가 마냥 개소리도 아니었다. 강혁이 구운 고기는 정말 어디가 달라도 달랐다. 고기 굽는 데 있어서는 천재라 자평하는 경원도 강혁은 특별하다고 했을 정도였다.

"자, 보라고. 일단은 불."

심지어 이젠 숙소동 설비도 좋아져서 불 조절도 미세하게 할 수 있었다.

"음……."

"색을 봐. 눈 풀지 말고. 왜 자꾸 셀프로 최면에 걸려?"

"아니, 빛 흔들리는 거 보면 이렇게 된다고. 너도 나이 들어봐라. 어지럽지."

"불리할 때만 노인 코스프레야, 아주."

"코, 코스프레라니!"

"소리 지르지 말고. 미유키 상이 보고 있는데."

"하."

여기서 미유키를 들먹일 줄이야. 거짓말이겠거니 하고 뒤를 돌아봤는데, 진짜로 미유키가 눈을 빛내며 한유림 쪽을 바라보고 있었다.

'헐……. 역시 우리 통한 건가.'

실상은 여기 와서 통 맛보지 못한 돼지고기를 향한 눈빛이었지만, 한유림의 심장은 또다시 사춘기 소년의 그것처럼 달떴다.

"집중할게."

"뭐여, 갑자기."

"아, 굽자고."

"알았어요. 자, 그래. 이때. 이거야. 보여요? 프라이팬 달궈지는 거?"

"음."

사람 눈이 무슨 적외선 판별기도 아니고. 어떻게 쇠를 보고 온도를 가늠할 수 있단 말인가. 처음엔 정말 이렇게 생각했었는데, 지금은 아니었다. 치이익. 물 한 방울 정도 떨어뜨렸을 때 기화되는 속도를 보고 알 수 있었다.

"적당해졌네."

"그래. 자 그럼 고기 구워야지. 보라고. 결이 어떻게 변하는지. 육즙이 어떻게 갇히는지."

"어……."

이게 이렇게까지 진지할 일인가 싶었지만, 어쩌겠는가. 수술에도 도움이 된다는데. 솔직히 개소리로 치부하고 구워진 거 먹고 싶어도 그러기가 쉽지 않았다. 아무튼 강혁은 세계 최고의 의사 아니던가. 그 사람이 말하는 수련법을 허튼수작으로 보기는 어려운 일이었다.

"햐, 냄새 봐라."

게다가 아까운 돼지고기를 그냥 막 구워 재끼기도 싫었다. 확실히 공을 들이면 들일수록 고기는 노릇하게 잘 구워졌고, 맛은 더 기가 막혔다. 그렇게 맛있는 냄새가 공간을 가득 메워갈 때쯤, 데니스가 올라왔다.

"와, 이거 무슨 냄새예요?"

코를 벌름거리면서였다. 리처드는 그런 데니스의 어깨를 꽉 잡으면서 눈빛을 보냈다.

"어, 잘 왔어. 우리 돼지고기 들어와서, 지금 굽고 있어."

"오……. 돼지……."

사실 돼지는 미국에 있을 때 그렇게 좋아하던 고기도 아니었는데, 못 먹게 되니까 어찌나 생각이 나던지. 침이 절로 넘어갔다. 강혁은 이미 구워진 고기 중 지방과 근육 비율이 제일 적절한 것으로 골라 집어 들었다. 그러곤 데니스에게 다가갔다.

"야, 요새 고생 많지? 이거 하나 먹어라."

"엇……. 감사합니다."

원래 맨날 잘해주던 사람이 잘해주는 건 그렇게까지 임팩트가 없었다. 하지만 강혁 같은 새끼 아니, 놈이 잘해주는 건 그만큼 큰 효과가 있었다.

"와……."

게다가 고기가 이렇게까지 맛있다면 의미가 더욱 대단해지는 법이었다. 세상에 어지간한 스테이크 전문점에서도 못 먹어볼 법한 맛이 입 안에서 춤을 추고 있었다. 적당한 기름기에 어떻게 한 건지 모르겠지만 불맛이 났고, 풍부한 육즙까지…….

"잘 먹네. 하나 더 먹어."

"네, 네."

"한 교수님, 그거 저기 식탁에도 좀 놔요. 나는 얘랑 여기서 알아서 먹을 테니까."

"응? 어, 응."

"미유키 옆 비었네."

"인마. 하지 마."

강혁은 자연스럽게 한유림을 식탁으로 보냈다. 싫은 척했지만, 미유키 얘기를 꺼내자마자 날아가다시피 해서 사라졌다. 덕분에 강혁은 데니스와 단둘이 남았고, 구워지는 족족 녀석의 입안에 고기를 처넣을 수 있었다. 속도가 꽤 빨랐지만, 데니스는 벅차다거나 하는 생각이 들지 않았다. 아니, 오히려 고기가 줄어들고 있어서 초조했다.

'이렇게 맛있는 고기는 생전 처음이야…….'

없이 산 것도 아닌데 내가 왜 이럴까. 왜 이렇게 식탐을 부리고 있을까. 이런 생각이 들기도 했지만, 그것도 아주 잠시뿐이었다. 강혁이 건네는 고기는 악마의 유혹처럼 아주 달콤했다.

"많이 먹었냐?"

그리고 끊기는 것도 갑작스러웠다.

"네?"

"많이 먹었냐고. 너 혼자 거의 1.5kg은 먹은 거 같은데. 더 먹을 거야?"

"아……. 어우, 그러고 보니."

세상에 1.5kg을 먹었다고? 한창 대학교에서 럭비 할 때도 1kg 정도가 한계였는데. 슬며시 아래를 내려다보니 배가 불룩 나와 있었다. 평소 단련을 게을리하지 않았기에 망정이지. 그렇지 않았다면 더 나왔을 터였다.

"소화도 시킬 겸 드라이브나 갈까?"

"네?"

"어이, 츠요시. 너도 많이 먹었지? 일로 와봐."

"네, 네!"

강혁의 말에 츠요시는 먹던 것을 즉시 멈추고 뛰어왔다. 그 모습을 본 강혁은 너털웃음을 터뜨렸다.

"야, 뭘 그렇게 쫄고 그래. 고기 더 먹고 싶으면 이거 챙겨. 내가 구운 고기는 식어도 맛있어. 그래, 옳지."

그러곤 얼마간 위로를 해주었다. 데니스는 그런 강혁을 향해 물었다. 슬슬 먹은 고기가 얹히는 듯한 느낌을 받으면서였다.

"드라…… 이브요? 이 야밤에?"

"어, 뭐. 왜? 눈 어두워? 백내장이라도 있어?"

"아뇨, 그건 아니지만……. 좀 뜬금없어서."

"너 어차피 한동안 여기 일 없잖아. 송장 다 보냈고. 커피 농장에서 커피 보내오려면 시간 걸리지 않아?"

"그걸…… 그걸 어떻게……."

최근 전화도 안 받고, 온다는 얘기 들으면 위층으로 도망갔었는데 어찌 속사정까지 다 알고 있단 말인가.

'이걸 얘기한 사람은 스미스하고 리처드, 리처드 너 이 새끼?'

고개를 돌려 보니 리처드는 이미 아예 몸을 돌리고 앉아 있었다. 맛있는 돼지고기를 꾸역꾸역 처먹으면서.

"어디 봐?"

"아, 근데 저희 차가……, 차가 좀 문제가……."

"아, 괜찮아. 우리 차 타고 갈 거야."

"우리 차요? 한구 병원 차라면……."

"앰뷸런스."

"앰뷸런스를 왜……. 앰뷸런스로 무슨 드라이브를 나가요."

앰뷸런스라는 물건을 단 한 번이라도 타본 사람이라면 알 터였다. 이건 드라이브를 위해 만들어진 게 아니라는 걸. 사용자를 편하게 만드는 데 목적이 있지 않고 오로지 조그마한 공간 속에 되도록 많은 기능을 쑤셔 넣은 차량 아니던가. 이제 데니스는 내가 체했구나 싶은 지경에 이르렀다.

"왜? 우리 차 되게 좋아. 오프로드 기능도 있어. 저기 뭐야, 하이웨이도 막 달린다니까? 자, 가보자고. 츠요시, 넌 가면서 좀 자게, 뒷자리에 누워."

"자요? 그 정도로 오래 간다고요?"

"많이 먹었잖아. 하하. 뭐 몇 시간 다니는 건 일도 아니지."

"아니……. 저기……. 어딜……, 어디 가려고."

"응? 아, 못 가봤겠다, 참. 경치 좋은 데 있대. 근처에."

"어디요. 페샤와르?"

페샤와르만 해도 많이 쓴 것이었다. 거기도 어마어마하게 먼 도시니까. 하지만 강혁은 발랄한 얼굴로 고개를 저었다.

"아니, 거기 말고."

묘한 운율이 사람 기분을 참으로 나쁘게 만들고 있었다.

"어, 어딘데요."

"카슈미르."

"카슈미르라고……?"

데니스는 어느새 1층에 내려와 있었다. 츠요시와 함께였는데, 정작 둘을 끌고 온 강혁은 잊은 게 있다며 위로 뛰어 올라갔다.

"닥터 츠요시, 뭐 아는 거 있나요?"

데니스는 한참 전에 끊은 담배를 찾아 헤매다가 민망해진 손을 주머니에 꽂은 채 츠요시를 바라보았다. 츠요시는 뭘 알까 싶어서였다. 물론 츠요시라고 뾰족한 수는 없었다. 아니, 오히려 데니스보다 더 아는 게 없었다.

"저…… 전 일단 카슈미르가 어딘지도 몰라요."

"아."

데니스는 츠요시의 멍한 얼굴을 보고 나서야, 리처드가 노예 하나 길들이고 있다고 말했던 걸 떠올릴 수 있었다. 일부러 밖에 나가게 하고 탈레반과 마주치게 했다던가. 술이 좀 된 상황에서 들은 얘기이기도 하고, 너무 허무맹랑한 얘기이기도 해서 믿지 않고 있었는데. 뭐가 어찌 되었건 멍한 놈 하나 잡아온 건 사실인 모양이었다. 잠시 무료하게 서 있으려니 숙소동 쪽에서 발자국 소리가 일었다. 아마도 강혁이겠거니 하는 생각으로 고개를 그쪽으로 돌린 데니스는 자신의 두 눈을 의심해야만 했다.

"초…… 총이에요?"

"사, 살려주세요!"

츠요시는 벌써 두 손을 들고 있었다. 데니스도 강혁에게 당한 게 많다 여기고 있긴 하겠지만, 아무래도 츠요시가 강혁에게 당한 건 그 종류와 깊이가 다르지 않은가. 은연중에 그 어떤 짓도 당할 수 있다고 생각하고 있었다. 그리고 그중엔 총에 맞는 것도 포함이었다.

"뭘 살려, 미친놈이. 누가 쏜대? 그냥 챙기는 거야. 요새 드라이브 길이 좀 험하다고 들어서."

"뭔 놈의 드라이브에 총이 필요합니까! 솔직히 말해. 카슈미르라니, 무슨 수작입니까!"

"응? 뭘 또 그리 흥분해. 들짐승 나올 수도 있잖아. 이 주변에 코요테도 있고 위로 가면 곰도 있다던데?"

"드…… 들짐승을 어떤 미친놈이 권총으로 잡아! 그것도 곰을!"

권총이 살상 무기인 것은 맞았다. 하지만 그건 같은 사람에게나 통용되는 말이었다. 상대적으로 가죽이 두껍고 덩치도 큰 곰한테 권총 같은 거 믿고 함부로 까불다가는 골로 가는 수가 있었다.

"혹시 몰라서 가져가는 거야. 운전할 줄 알지?"

"아니……."

강혁은 데니스에게 물은 건 질문이 아니라 그냥 명령이었다는 듯 막무가내로 운전석으로 내몰았다. 그러곤 겁먹은 채 머뭇거리고 있던 츠요시는 뒷자리로 밀어 넣었다.

"그럼 저거 타. 츠요시 넌 뒤에 타. 누워도 돼. 야, 나 진짜 착하지 않냐."

착하지 않냐는 둥 개소리를 시전하면서였다. 하지만 적어도 이 둘 중에서는 그 누구도 토를 달지 못했다. 오히려 뒤따라 나온 리처드와 한유림이 소란을 피웠다.

"갑자기 이렇게 가요?"

"그러니까. 전화받고 거길 가겠다고?"

물론 데니스와 츠요시를 왜 데려가냐는 얘기가 나오진 않았다. 그냥 거길 왜 가는냐는 내용이 주를 이룰 따름이었다.

"그럼 어떡해. 사람이 연락이 안 된다는데."

"백 교수가 가면 뭐 추적이 돼?"

"되죠."

"거봐, 안…… 돼? 된다고? 된다고 한 거야?"

"나 말 안 했나? 블랙 워터스 있을 때, 레스큐 팀이기도 했는데. 내가 왜 돈이 많겠어요. 메스만 휘두른다고 돈 안 줘, 개네."

"어……."

레스큐라. 한유림은 지금도 한국에서 수많은 국민들을 구해내고 있을 안중헌 단장을 떠올렸다. 주황색 옷을 입은, 그 거친 손으로 지금까지 대체 몇 명의 사람을 건져 올렸을까.

'갑자기 찡해지네?'

사람이 늙으면 눈물이 많아진다더니. 자신이 딱 그짝이었다.

'레스큐……?'

반면 리처드는 같은 단어를 들었음에도 전혀 다른 반응을 보이고 있었다. 리처드라고 해서 블랙 워터스와 같은 본격적인 전쟁 용병들에 대해 잘 알고 있는 건 아니었다. 하지만 뭐가 되었건 이런 지역에 나와 있는 미군이라면 어떻게든 한두 번쯤은 마주칠 수밖에 없는 것도 사실이었다.

'거기 완전 정예 아닌가……?'

전투 그 자체를 위한 부대는 아니라고 들었던 거 같았다. 하지만 그렇다고 전투력이 떨어지는 것도 아니라고 들었다. 실제로 리처드와 맥주 한잔 걸쳤던 병사들 중 몇몇도 블랙 워터스 레스큐 팀에 의해 구조를 받았다고 했었다.

"아무튼, 뭐…… 적진 한복판도 아니고. 사고가 났겠지. 그런 거 구해오는 건 일도 아니니까, 걱정 붙들어 매셔."

강혁은 완전히 상반된 둘의 얼굴을 번갈아 보며 말을 이었다. 둘 다 자신을 걱정하고 있을 거라 가정하고서였다. 한유림은 당연하다는 듯 고개를 저었다.

"어……. 백 교수. 내 말은 그게 아니라."

"뭐요."

"이번 주에도 쉬었잖아. 우리 힘들어……."

"와, 이 양반, 양심도 없네. 드니스 몰라요? 드니스?"

"알지……. 아는데 괜히 가는 거 아닐까? 베테랑이라며. 그거 꼴랑 이틀 연락 두절 됐다고 꼭 사고 났다고 판단할 수 있을까? 여기도 비 오면 막 왔다 갔다 하잖아."

"이 양반이? 아, 아니지. 음."

강혁은 이걸 한 대 후려칠까 하다가 손을 내렸다.

'하긴 한유림, 이 사람이 언제 뭐 그런 데 가봤겠어.'

기껏해야 군의관 복무한 것이 군 경험의 전부 아니겠는가. 지금이야 군의관들도 제법 빡세졌다곤 하지만, 그때 군의관들은 그야말로 망고땡이었다고 들었다. 그 시절 외에는 세계에서 제일 안전한 나라 중 하나인 대한민국, 그것도 서울에서 있던 사람이었다. 대한민국에서 드니스만 한 사내가 한 이틀 정도 연락두절 되는 일은 그리 걱정할 만한 일이 아닐 터였다. 한구라면 좀 불안해할 수도 있겠는데, 여긴 또 통신이 불안정해서 그런가보다 할 수도 있었다. 하지만 카슈미르는 어떨까.

"나중에 기회 되면 같이 가요. 그런 덴……. 그런 데서는 한 교수님 같은 사람은 1시간만 연락 끊겨도 죽었다고 봐야 해."

"에이, 내가 뭐 앤가."

"거기선 애예요."

"그……."

말도 안 되는 소리라고 하려고 했는데, 자신을 바라보는 강혁의 눈이 너무 진지해서 그럴 수가 없었다. 해서 잠시 말을 잃었는데, 그새 강혁은 차에 타버렸다. 한유림의 어깨를 툭 치고서였다.

"다녀올게. 둘이 어떻게든 잘 버티고 있어. 이번 주 잘했더만."

"어……, 야!"

그러곤 짤막한 인사 한마디만 남기고 차를 출발시켰다. 한유림은 그런 강혁을 황망히 바라보다가, 차가 완전히 숙소동 마당을 빠져나가기 직전에 간신히 큰 소리로 외칠 수 있었다.

"백 교수! 가…… 가는 김에 진짜 위험한 거면 꼭 구해! 개 장가도 못 갔더라!"

곧바로 차는 골목으로 빠져나가버려서 불확실했지만, 어쩐지 꼭 그러겠다는 답을 들은 거 같았다.

"흠……. 저렇게 가는 것 보니까 별일 아닌 건 아닌 모양인데…….”

하긴 아무 일도 아니었다면, 그쪽 구호팀장이 연락을 해올 일도 없었을 터였다. 구호팀장이면 적어도 제인하고 동급이라는 얘긴데, 제인이 그렇게까지 경솔한 행동을 하진 않으니까. 산전수전 겪은 사람이니만큼, 도리어 신중하기 그지없었다.

“한 교수님.”

“응?”

“금방…… 오겠죠? 오래 안 걸리겠죠?”

해서 뒤늦게 드니스 걱정을 하고 있으려니, 리처드가 물어왔다. 아주 초조한 얼굴을 하고서였다. 이놈이 이러니까 걱정은 오히려 더 깊어졌다. 생긴 건 제법 터프하게 생겨가지고선 왜 이렇게 소심하게 굴까.

“모르지, 나도.”

“카슈미르면……. 국제적인 분쟁 지역인 데다가…… 꽤 울창하다던데, 거기 비 와서 미끄러졌다고 하면……. 어쩌면.”

“재수 없는 소리 하지 말고.”

“재수 없는 소리가 아니라, 진짜 위험한 곳이라니까요?”

위험한 곳이라. 그 말을 듣고 있으려니 어쩐지 웃음이 흘러나왔다. 지금 한유림이 리처드와 대화를 나누고 있는 곳이 서울은 아니지 않은가. 하다못해 이슬라마바드도 아니었다. 불과 1년 전까지만 해도 심심하면 폭탄 테러 소식이 들리던 도시, 한구였다. 이 지역에서 이렇게 한가로운 대화를 나눌 수 있게 된 것은, 아마 대부분 강혁 덕분이겠지.

"백강혁이 갔잖아."

"음."

"백 교수가 갔으니까 괜찮을 거야."

"하긴……. 백 교수님이 갔으니까, 어떻게든 되겠죠."

그래서 그런가 강혁을 떠올리고 나니, 카슈미르라 해도 괜찮을 거 같다는 생각이 들었다. 특히 레스큐 팀이 무엇인지 아는 리처드는 더더욱 그러했다.

"들어가자고. 백 교수 없는 일주일을 더 견뎌야 해."

"하아."

한유림은 잠시 밤공기를 들이쉬다가 리처드의 어깨를 두드렸다. 강혁이 있으면 외과 의사가 셋이니 적어도 사흘에 하루씩은 통으로 쉴 수 있었지만, 둘만 있으면 단 하루도 빠짐없이 근무를 돌아야 했다. 어지간한 수술이야 혼자서 들어갔지만, 중증 외상이면 둘이 들어가야 했으니 사실상 당직도 매일 서야 한다는 뜻이었다. 잘 수 있을 때 자야 했다. 리처드 또한 한유림의 의중을 바로 알아듣고는 고개를 끄덕였다. 희미한 미소를 지으면서였다.

"그래도……, 이번엔 돼지랑 씨름 안 해도 돼서 좋네요."

"아, 진짜. 그놈의 돼지 그거……."

"도움이 되긴 된 것 같은데. 아닌 게 아니라 수술할 때, 약간…… 뭐라고 해야 되지? 좀 늘었어요, 저."

"나도 그렇긴 해. 그리고 뭐 백내장 수술 팀이라도 오면 보조는 할 수 있겠어."

둘은 건물 안으로 들어선 후에도 두런두런 대화를 나누었다.

꽤 친숙해 보였는데, 당연한 일이었다. 원래 인간이란 공동의 적을 만나면 안 맞던 사람들끼리도 잘 지내게 되는 법이었으니까. 실제로 강혁의 제자들은 거의 다 잘 지내는 편이었다. 강혁이란 존재가 워낙에 거대했기 때문이었다.

"아, 그런데 말이야."

얘기를 잘 이어나가던 한유림이 아주 심각한 얼굴이 되어 리처드를 바라보았다. 한유림이 이런 표정을 짓는 것은 퍽 드문 일이었기에 리처드 또한 긴장했다.

"네? 왜요?"

"이런 말…… 혹시라도 새어 나가지 않게 하라고. 백강혁이 알게 되면……."

"아. 아……."

생각만 해도 끔찍했다.

'뭐? 돼지 잡는 일이 결국 도움이 됐다고? 내가 그럴 줄 알았다니까!'

이 비슷한 말을 하면서 다음에는 뭘 시킬지 알 수가 없었다. 어쩌면 어디서 다른 이상한 동물을 잡아올 수도 있었다.

"안 되죠. 안 돼."

"그래. 닥치고 있자고. 그냥 일이나 하면서 말이야."

"네, 네."

아직 살아 있어

어느새 앰뷸런스는 바이패스 로드를 지나 코핫 한구 로드로 접어들었다. 운전대를 잡고 있는 데니스는 당연하게도 똥 씹은 얼굴이었다.

"저기, 백 교수님."

"응?"

"진짜로 카슈미르로 가는 거예요?"

하지만 감히 반항하거나 하지는 못했다. 강혁은 여전히 숙소에서 가지고 나온 총을 허벅지 위에 올려놓고 있었기 때문이었다. 대체 저 총이 어디서 난 걸까, 뭐 이런 의문은 들지도 않았다. 어떤 잘못을 하면 쏠까, 이런 게 궁금했다.

"아냐, 아냐."

"어어. 총 든 손으로 휘젓지 마요!"

"응? 아직 총알 안 넣었는데."

"아."

"넌 요원이라는 애가 딱 보면 모르냐?"

"그……. 하."

데니스는 속으로 리처드가 가르쳐주었던 욕을 몇 번인가 반복했다. 주문 같은 느낌이었는데, 그러면 거짓말처럼 기분이 조금은 나아졌다.

"뭐여, 이 새끼."

강혁은 뭐라뭐라 중얼거리다가 돌연 웃어버리는 데니스를 보며 잠깐 당황했다. 하지만 오래지 않아 다시 말을 이었다.

"카슈미르가 아니라, 이슬라마바드로 갈 거야. 거기까지만 가, 일단."

"음……."

이슬라마바드도 더럽게 먼 곳이었다. 하지만 카슈미르로 가는 줄 알았다가 그 지명이 나오니까 어쩐지 이득인 기분이었다.

"알겠어요. 좀 밟을게요."

"어, CIA 애들이 잘 밟더라, 전에 보니까. 빨리 가자고."

한구에서 이슬라마바드는 밟으면 6시간, 그렇지 않으면 대체 얼마나 걸릴지 알 수 없을 정도로 멀리 떨어져 있었다. 여기서 밟는 건 대한민국에서 속도를 내는 것과는 의미가 조금 달랐다. 그저 잘 닦인 도로를 쭈욱 달리는 게 아니기 때문이다.

"으어……."

뒷자리, 그러니까 환자 침대 쪽에 누워 있던 츠요시 입에서 끊임없이 신음이 새어 나왔다. 이제 더 이상 누워 있지도 못했다. 앞 좌석과 뒷좌석 사이에 가로 놓인 창살을 부여잡고 있었다.

"야, 장난 아닌데? 이 길이 맞아?"

강혁마저 손잡이를 잡은 채였다. 미심쩍다는 듯한 그의 말에 데니스가 고개를 끄덕였다. 시선은 정면을 주시한 채였다.

"맞아요. 긴급 탈출용 도로로 가고 있는 거예요. 교수님이 좋아하는 그곳에서 직접 짜준 최단 거리, 최단 시간 도로니까…….
일단은 참으세요.”

“타이어 터지는 거 아냐, 이거?”

“이 차 완전 오프로드용이잖아요. 평소에 못 느꼈어요? 승차감 개판일 텐데.”

“승차감? 나 파키스탄 온 이후론 그런 단어 안 써.”

“하긴. 그야 그렇죠.”

좋은 차가 아예 없는 건 아니었다. 파키스탄에도 부자는 있었고, 그들은 세단을 타기도 했으니까. 하지만 문제는 도로 사정이었다. 하이웨이, 그러니까 고속도로에도 움푹 팬 곳이 도처에 널려 있을 정도였다. 지금 달리고 있는 국도는 더더욱 열악했다. 때문에 부자들마저 어지간한 곳에서는 지프를 몰아야 했다. 우당탕. 그렇다고 이렇게까지 험악한 도로를 달려야 하는 걸까?

‘이 새끼가 혹시 소심한 복수 중인 건 아닐까.’

강혁이 이런 생각을 할 정도로 도로는 정비가 아예 안 되어 있었다. 심지어 어느 구간은 국도도 아니었다. 험악하게 생긴 사설 요원들이 돈을 거둬들이는 것을 보면 알 수 있었다. 한 가지 다행인 점은 이 차는 한구 병원 앰뷸런스였고, 한구 병원의 명성이 꽤 멀리까지 퍼져 있단 것이었다.

“당신들 돈은 안 받아. 그냥 가.”

덕분에 차량은 총 든 이들에게 인사까지 받아가며 쏜살같이 달릴 수 있었다.

“저기 보이네요. 와, 여길 해뜨기 전에 왔네.”

데니스는 칠흑같이 어두운 와중에 별처럼 빛나는 도시를 가리켰다. 모양새만 보면 꼭 사막 한가운데 있는 도시 같아 보이지만, 사실 한구 주변으로도 마을은 많았다. 그저 한밤중에 불을 켤 만큼 전기 공급이 원활하지 않을 뿐이었다.

"언제 와도 삭막하구만."

도시 안에 들어선 후에도 적막감은 쉬이 가시지 않았다. 동트기 전부터 수많은 사람들이 출근하는 도시, 서울에서 온 강혁에게는 도저히 익숙해질 수 없는 광경이라 할 수 있었다.

"자, 이제 왔으니까 저는 갈게요."

한편 데니스는 삭막이고 개나발이고 도망가고 싶은 마음뿐이었다. 이 망할 놈의 도시까지 온 것도 억울한데 한시라도 더 있고 싶지 않았다. 차편이 없다는 아주 중차대한 문제마저도 지금은 떠올리기 싫었다.

"응? 뭔 소리야. 너도 가야지."

차가 없으면 걸어서라도 탈출할 생각이었는데, 강혁은 뚱한 얼굴로 데니스를 바라볼 따름이었다.

"저도……, 간다뇨. 제가 가기는 어딜 가요."

"카슈미르."

"아까, 아까는 여기까지만 가자며……!"

"가는 길이지 여기는. 카슈미르가 뭐 어디 동네 개 이름이냐? 거기가 얼마나 넓은데. 여기 지부로 가면 안내자가 있을 거라고 했어. 우리가 너무 빨리 와서 왔을지는 모르겠다만."

"이……. 나, 나 내릴 거야."

카슈미르라. 이름부터가 심상치 않은 곳이지 않은가. 아마 잘 모르는 사람이라고 해도 이 지명을 듣는 순간 불안감에 휩싸일 터였다. 더군다나 데니스는 CIA 요원으로서 근처 현장에 대한 아주 사소한 정보까지 다 배우고 온 마당이었다. 한구에 있는 것만 해도 어지간한 애국심으론 어려운 일인데, 순전히 남의 일 때문에 카슈미르를 가? 미친 짓이었다.

"어어, 내리면 안 되지."

강혁이 그의 손을 잡았다. 혹시 총으로 협박이라도 할 생각인가 했더니, 그것도 아니었다. 그렇다면 더 볼 것도 없었다.

"때릴 거면 때려요!"

총알이라면 몰라도 주먹이라면 얼마든지 맞아줄 용의가 있었다.

'며칠 앓고 말지, 뭐.'

설마하니 그래도 지금까지 해준 게 얼만데 죽자고 패겠는가.

"흠."

"어, 어. 그거 뭐야."

해서 맞을 각오를 하고 있었더니, 강혁이 무언가 굵직한 것을 불쑥 꺼냈다. 시커멓고 중량도 있어 보여서 긴장이 됐다. 다시 보니 그저 휴대폰이었다. 평범한 스마트폰인데 왜 무기처럼 보였을까.

"뭐, 그걸로 패려고요? 때려라, 때려."

"아니, 이 비싼 걸로 왜 사람을 때려. 미쳤냐. 망가지면 어쩌려고."

"그럼 뭐예요."

"잠만 있어봐."

강혁은 한 손으로 데니스를 잡은 채 어디론가 전화를 걸었다. 마음 같아서는 이거 떨치고 튀고 싶은데, 표정이 진중한 것이 어디로 거는 건지 몰라 그냥 있었다.

'솔직히 떨쳐낼 자신도 없고…….'

그래도 데니스는 요원 아닌가. 그것도 현장 요원이었다. 어마어마한 훈련을 받았고, 또 지금도 수련을 게을리하고 있지 않다는 뜻인데. 그럼에도 강혁의 손을 떨쳐낼 수 있을 거 같진 않았다. 뭔 놈의 손이 철근 같았다.

"아아, 오랜만이야."

그사이 강혁은 반가운 인사를 건넸다. 받은 상대도 반가운지 어떤지는 알 수 없었지만.

"오, 백 교수."

"다름이 아니라 부탁이 하나 있는데, 들어줄 수 있을까?"

"또 돈 얘긴가? 안 돼. 이번에 물품 나를 때 우리 자원을 너무 많이 썼어. 들통나서 짐 싼 곳도 있다고."

아니나 다를까 상대는 뭔 얘긴지 듣지도 않고 난색을 표했다. 옆에서 듣기만 해도 평소 강혁이 상대를 얼마나 들들 볶아댔는지 알 수 있었다.

"아니, 아니. 돈 얘기 아냐."

"음. 그럼 뭐지?"

"사람 좀 빌리려고."

"사람? 우리 사람? 이미 하나 빌렸잖아. 의사가 뭐 하늘에서 뚝뚝 떨어지는 줄 아시나."

상대는 스미스였다. 예전엔 강혁을 어려워했지만, 이놈이 사람 새낀지 개새낀지 모르게 하도 약탈을 해가니까 저도 모르게 말이 세게 나간 적이 있었다. 해놓고도 살짝 움찔했는데, 강혁이 그런 거 따지는 인간이 아니라는 걸 알게 되었고, 그 이후로 스미스도 막 나가고 있었다.

"아아, 의사 아니고. 현장 요원."

"현장 요원……? 왜, 누구 죽이려고?"

CIA가 사적인 이유로 누군가를 죽인다……. 무척 큰일이지만, 강혁의 요청이라면 한 번쯤 고민해볼 만하다는 게 스미스의 생각이었다. 이 인간은 CIA의 자원 중에서도 아주 특별한 자원이었으니까. 잘만 협조하면 한 사람의 개인이라곤 감히 상상도 하지 못할 만큼 어마어마한 도움을 받을 수 있었다.

"미쳤나, 내가 누굴 왜 죽여. 그리고 그럴 새끼 있으면 도움 안 받지."

"아."

그러고 보니까 또 그렇긴 했다.

'백강혁이 무서운 인간이지.'

이미 신뢰할 수 있는 인간이라는 건 스미스도 알고 있었다. 하지만 그럼에도 불안해서 뒤를 더 캐봤더니, 블랙 워터스에서 폐기한 줄 알았던 자료가 나왔다.

-레스큐 팀장 백강혁

그 문서를 봤을 때 스미스는 눈알이 튀어나오는 줄 알았고, 동시에 백강혁이 왜 그렇게 무서운 놈인지 딱 이해할 수 있었다. 이놈은 블랙 워터스에서 군의관으로만 활동한 게 아니라 진짜 군사 훈련도 받은 놈이었다. 워낙 현장에서 일반인들 진료도 했던 만큼 얼굴이 알려져 있어 다른 활동하는 건 비밀에 부쳤던 모양이었다.

"그럼 뭔데?"

"사람 하나가 카슈미르에서 실종됐어. 사고를 당한 모양인데, 구출해서 치료하려고."

"하."

개 같은 곳에서 개 같은 일이 생겨서 더 개 같은 일을 할 사람이 필요하다는 말이었다. 카슈미르, 실종, 구출. 어느 것 하나 딱히 맡고 싶은 일은 없지 않은가.

'이 인간한테 빚이 많지.'

해준 것도 더럽게 많긴 하지만, 그럼에도 받은 게 훨씬 많았다. 다음에 또 어려운 일을 시키려면 빚을 좀 더는 게 좋았다.

"언제까지 준비해야 되지? 실종이면 빨라야 할 텐데. 카슈미르 근처에 있는 요원 중에는 그럴 만한 요원은 없어."

"아……. 지금 당장 필요해."

"그건 좀……."

"데니스 어때? 마침 이슬라마바드에 같이 왔어."

"응? 그게 뭔 소리여. 걔가 왜 이슬라마바드에 가?"

바로 어제 보고를 받지 않았던가. 이제 급한 일 끝냈으니까 잠시 쉬면서 한구 지역 동향 파악에 나서겠다고. 그런 놈이 왜 강혁과 이슬라마바드에 갔을까.

"산책하다보니까 여기까지 왔네. 아무튼, 얘 좀 빌려줘. 할 일 없다고 하던데, 마침."

"어……. 잠깐만. 데니스가……."

데니스. 스미스가 직접 찍어다가 데려다놓은 인물이었다. 여러모로 우수한 인물인데, 아마 무슨 일을 하더라도 도움이 되긴 할 터였다.

"흠, 본인은 어쩐대?"

"튀려고 하는데 그것 좀 말려줘. 상급자니까."

"바꿔봐."

"오케이."

강혁은 허허 웃으며 데니스를 바라보았다.

"어, 데니스."

"네. 듣고 있습니다."

"통화도 다 들었지? 음량 키워놓은 거 같던데."

"네."

"그럼 그냥 다녀와. 휴가 겸해서."

'이 자식이 남의 일이라고, 뭐 휴가?'

하지만 엄연한 상급자 아니던가.

"네, 그렇게 하겠습니다."

"이왕 가는 거 최선을 다해 도우라고. 내가 이런 거 다 기억하는 거 알고 있지?"

"네."

그렇게 통화는 종료되었고, 데니스는 말이 없었다.

"오케이. 잘됐네. 그럼 지부로 가자고. 가서 브리핑이라도 들을 수 있으면 듣고, 아니면 그냥 가고."

데니스의 속이 어쩌건 간에 강혁은 허허 웃었다.

'실종 후 42시간 경과…….'

속으론 드니스의 생존 가능성을 셈해가면서였다.

이슬라마바드 지부에 도착하자마자, 지부장 얼굴을 볼 수 있었다.

"지금 바로 가시는 게 좋겠습니다."

며칠 잠을 못 잤는지 수척해 보였다. 어찌 보면 당연한 일이었다. 드니스는 한구뿐 아니라 파키스탄 전역에서 활약 중인 사람이었으니까. 게다가 그를 카슈미르로 보낸 장본인이 바로 이 지부장이기도 했다.

"제발 찾아주십쇼. 드니스 그 친구……, 이렇게 가면 안 됩니다."

"최선이야 다하죠, 당연히."

"부탁입니다, 백 교수님. 그리고……. 아, 닥터 츠요시도 가시는군요."

"네, 저도 갑니다. 최선을 다하겠습니다."

"네."

지부장은 경황이 없는 와중에도 츠요시의 변화에 잠시 당황했다. 분명 처음 봤을 때만 해도 진짜 개새끼였는데. 이렇게 순한 양이 되었을 줄이야.

'호되게 당했다고 하더니. 아, 드니스…….'

생각해보니 그 말을 전해준 것도 드니스였다. 이래저래 드니스는 지부장 아니, 파키스탄 국경없는의사회 속에 깊숙이 박혀 있는 인물이었다. 강혁은 계속 표정이 어두워지기만 하는 지부장의 어깨를 두드려주었다.

"하여간 발견할 때까지 살아만 있으면 살려서 올 테니까, 일단은 너무 걱정 마시죠."

강혁은 아마도 그들이 제일 듣고 싶어 할 만한 말을 해주었다.

'실종 후 42시간 30분…….'

보통 산악에서 성인 남성이 사고로 실종되었을 경우 넉넉하게 잡으면 48시간을 골든 아워로 보았다. 물론 기온이나 날씨에 따라 달라질 수는 있겠지만, 다행히 카슈미르는 고원 지대긴 해도 영하로 떨어지는 곳은 아니었다. 그렇다면 희망을 가질 수 있었다. 특히 구조에 나설 사람들이라면 더더욱 희망을 가져야 했다.

'드니스는 체격이 아주 좋은 사람이야. 체력도 좋고, 경험도 많지.'

"길 알죠?"

이미 스미스 덕에 마음을 굳힌 데니스 또한 결연한 얼굴을 하고 있었다. 어차피 이곳에 파견 나온 목적 중 하나가 바로 백강혁과의 긴밀한 협조 아니었던가.

"우리가 가야 하는 곳은 리파예요."

한시가 급한 만큼 차로 이동하면서 설명을 계속 들었다. 특정 지역을 콕 집어서 들어가야 했다. 다행히 마이클이 보내준 팀원, 마지드는 지리에 아주 밝았다. 나중에 안 사실이지만, 그는 '무자파라바드'라는 파키스탄령 카슈미르의 주도 출신이었다. 10년도 더 전에 진도 7이 넘는 대지진이 있었고 당시 국경없는의사회에 도움받은 것이 인연이 되어 활동가가 되었다고 했다.

"리파라. 처음 듣는 지명인데."

"네, 아주 작은 타운이에요. 잠슈 카슈미르……. 인도와 국경이 접한 곳에 있어서 제대로 된 도로도 없어요. 당연히 병원 같은 건 없죠."

"음."

"마이클 팀장님은 그곳에 본부를 세우고 백신 사업을 시작했어요. 한……, 1년 정도 됐을 거예요."

"아하……. 백신."

병원 접근성이 떨어지는 곳에서 무엇보다 중요한 것은 치료가 아닌 예방이었다. 거의 모든 NGO들이 제일 먼저 해야 할 사업으로 괜히 백신을 고르는 게 아니었다.

"처음엔 일단 맞게 하는 게 일이었어요. 아무래도 문명하고 좀 동떨어진 사람들이라……. 특히 현대 의학에 대해서는 불신이 있거든요. 정확히 말하자면 외국인이라고 하는 게 맞겠지만. 하지만 일단 맞은 사람들……, 특히 애들이 병치레 없이 넘어가는 걸 보게 된 거예요. 딱 우리가 진출한 마을에서만 소아 사망자가 확 줄었거든요."

"아하. 그럼 다른 마을에서도 원하게 됐겠네."

"네. 그런데 다 와서 맞을 수는 없었어요. 길이……. 뭐 거의 없다시피 한 곳이라서요. 애들이 올 수는 없죠. 그래서 드니스가……. 아무튼, 드니스는 정말 대단한 사람이에요. 길이 없는 곳도 차로 달릴 수 있었어요. 마체테로 길을 내기도 하고, 삽으로 돌을 치우기도 하면서요. 그러다……. 폭우가 쏟아졌어요. 강수량이 그렇게 많은 지역이 아니어서 금방 그칠 거라 생각했어요. 우리 모두…… 그렇게 믿었는데. 그게 하루 종일 쏟아지더라고요. 그리고 연락이 두절됐어요."

"주변 수색은 했죠?"

"했죠. 하지만…… 이미 빗물 때문에 더 나가기도 어렵고, 흔적도 찾기 어려웠어요. 마이클은 이러다 사상자가 더 늘어날 거라 여겼는지 수색을 중단했고요."

"그럼 실종을 인지한 게 언제지? 정확히?"

"어제요. 그러고 나서 백방으로 수소문하다가 교수님한테 연락이 닿은 거예요."

"드니스가 출발한 건 그제…… 오전 9시고?"

"네."

"그럼……. 흠."

강혁은 이동하는 내내 드니스가 출발하자마자 사고를 당했다고 가정하고 움직이고 있었다.

'실종 후 45시간째…….'

그렇다면 이제 생존 가능성은 희미해지고 있단 얘기였다. 만약 차량 사고가 났다면 그 당시에 사망했을 가능성도 있다. 아니, 그게 더 가능성이 높았다. 그냥 도로에서 혼자 사고가 난다면 잘못될 가능성이 적지만, 야산에서 오프로드 길을 달리다 나는 사고는 대개 치명상으로 이어지기 마련이었다. 사방에 뻗은 나뭇가지들이 일종의 흉기처럼 작용하기 때문이었다.

'그래도 포기는 안 돼.'

"자, 이제부터 본격적인 산길이에요. 꽉 잡으세요."

차량은 곧 카슈미르 고원 지대로 올라가기 시작했다. 산을 빙빙 깎아 만든 도로는 인간의 평형 기능을 시험하는 듯했다. 아니나 다를까, 츠요시는 금세 얼굴이 하얗게 떠서 침대에 누워야 할 지경에 이르고 말았다.

"으어."

이러다 딱 죽겠다 싶을 때쯤,

"아야. 응?"

강혁은 그에게 라인을 달고는 약을 주입해주었다. 일종의 진정제인데, 지금은 그냥 수면제 용도로 쓴 것이었다.

"너 어차피 구조에는 못 나설 거잖아. 차에서 자고 있어."

"어……, 어……."

"그래, 자."

"어……."

강혁은 그렇게 잠이 든 츠요시를 뒤로한 채 밖을 내다보았다. 풍경은 빠르게 바뀌고 있었다.

"다 왔습니다."

"어, 그래?"

"그……, 그 친구는 어떻게 할까요?"

"얘? 얘야, 뭐. 수술할 거 아니면 필요도 없어. 그냥 둬."

하지만 강혁은 애초부터 기대했던 바가 없었다는 듯 손을 휘저었다. 뒷문을 열고 훌쩍 뛰어내리면서였다. 어제까지 내린 비 때문인지 곳곳이 진창이었다. 사람 발도 이렇게 빠지는데, 차량 타이어는 어떨까. 뒤를 돌아보니 타고 온 앰뷸런스 또한 타이어가 엉망이었다.

"마이클?"

강혁은 진창을 지나 진흙빛이 된, 원래는 새하얬을 국경없는 의사회 천막 안으로 들어섰다. 안에는 여러 명이 서성이고 있었는데 그중 유독 핏발이 선 사람이 하나 있었다. 강혁은 이 사람이 바로 마이클일 거라 확신했다.

"마이클 맞습니까?"

그는 강혁이 두어 번인가 더 부를 때까지도 정신을 차리지 못했다. 그러다 강혁이 어깨를 두드리고 나서야 강혁을 인지했는지 눈을 껌뻑였다. 오랫동안 수면을 취하지 못한 이의 피곤함이 잔뜩 배여 있는 눈이었다.

"누구……?"

"백강혁입니다. 어제 통화했었는데."

"아, 아!"

하지만 백강혁이라는 이름을 듣자마자 모든 피로를 떨친 듯

자리를 박차고 일어났다. 그러곤 가타부타 말도 없이 강혁을 천막 밖으로 인도했다. 손가락으로 어딘가를 가리키면서였다.

"드니스, 드니스가 저쪽으로 갔어요. 저희가 수색을 나가려고 했는데……, 보다시피."

손가락은 수풀 저편에서 진창 쪽을 향해 돌아갔다. 그 끝에는 부목을 댄 이가 몇 있었다. 부러진 거 같진 않은데 그래도 심하게 삔 모양이었다.

'뭐, 둬도 죽진 않겠네.'

마이클과 대화를 마친 강혁은 천막을 나서며 데니스를 찾았다.

"데니스, 구조 요청자는 행방불명된 지 이제 49시간째야. 그나마 마지막으로 연락이 닿은 게 48시간 전이었다고 하니까, 긍정적으로 생각하면 아직 만 이틀이 안 지난 거지."

강혁은 데니스를 보며 다짜고짜 브리핑을 시작했다. 아마 강혁을 처음 보는 사이였다면 제법 당황하긴 했을 텐데, 다행히 데니스는 한두 번 당하는 일이 아니라 바로 집중할 수 있었다.

"사라진 방향은 저쪽이고, 차량 모델은 도요타 픽업트럭이야, 알지? 뭔지는."

중동에 파견 나온 사람치고 도요타 픽업트럭이 뭔지 모르는 사람은 없다고 보면 되었다. 여전히 험준한 산길을 오가는 데에는 주로 쓰이는 차종이었다.

"네, 알죠. 그걸로 1시간 달렸다, 이 말이에요?"

"산길이고 비는 그 전부터 왔다고 하니까 그렇게 빠르진 않았을걸."

"그래도……, 거의 10km 이상은 갔을 거 같은데."

"1시간에 5, 6km는 갈 수 있잖아?"

"어……."

글쎄. 트랙에서는 1시간에 15km도 달릴 수 있을 터였다. 하지만 이런 길을 5, 6km? 그것도 구조 용품을 메고?

"하……."

한숨이 절로 나오는 상황이었다.

"할 수 있지? 그래서 데려온 거야. 아니면 스미스한테 반품한다?"

하지만 눈앞에 있는 개…… 아니, 강혁은 그게 마치 사람이라면 당연히 가능해야 한다는 것처럼 말하고 있었다. 은근히 협박까지 곁들이면서였다. 세상에 보스한테 반품을 하겠다니. 사람을 물건처럼 말하는 건 둘째 치고서라도 소름 돋는 발상 아닌가.

"갑니다……. 가요."

"그래. 솔직히 뒤쳐지지만 않으면 돼."

"거참. 내가 그래도 현역인데. 교수님보다 느릴까봐요?"

"두고 보면 알 일이지. 아무튼, 방향대로 가보자고. 흔적은 거의 없을 거야. 그래도 뭐 방법은 있겠지."

"알겠습니다……. 알겠어요. 가죠."

"내가 디딘 곳만 밟아. 아닌 곳은 발 푹 빠진다. 그럼 존나 힘들어. 못 가, 절대."

"어……. 네."

강혁은 지나칠 정도로 예민한 눈을 이용해 땅을 살피고 있었다. 어디의 지반이 더 단단한지, 어디를 밟으면 망하는지를 실시간으로 파악할 수 있단 얘기였다. 데니스는 그게 말이 되나 하면서도 우선 강혁이 디딘 곳만 밟아나갔다. 어떻게 된 게 단 한 번도 빗나가는 법이 없었기 때문이었다.

그때 강혁이 발걸음을 멈추었다. GPS를 보니, 이제 막 5km 지점을 지나고 있었다. 아직 차량을 만나기엔 좀 이르단 얘기였다.

"이거, 드니스가 옮기던 물건이겠지?"

"네?"

"이거 말야."

강혁은 허리를 숙이곤 진흙 속에 있던 무언가를 꺼내 들었다. 앰플이었다. 백신 앰플.

"아……."

데니스는 그 앰플을 받아 들었다. 이미 깨져 있었긴 했지만 그다지 주의를 기울이진 않았다. 끼고 있는 장갑의 성능을 믿었다.

"이상한데요? 박스에 담아서 옮겼을 텐데. 아까 천막에서 본 백신들도 다 박스에 있었어요."

"그렇지? 테이프로 마감까지 해두었다고. 아무리 차가 흔들려도 이게 떨어지는 건 좀 이상해."

"사고가 났을까요?"

"그랬을 가능성이 있지. 일단은 계속 가자. 가다가 이런 게 계속 나오면 정말 달렸다는 증거가 되지."

"그러는 게 좋겠어요."

그렇게 향한 길에서 백신 앰플 서너 개를 더 발견했고, 둘 모두 아까 수색하지 않은 것을 다행이라 여길 수 있었다.

"이제 8km 지점이야. 좀 더 신경 써서 보라고. 당시 기상 상황하고 도로 사정 따져보면 이쯤에 있을 수 있어."

"네."

"어……, 잠시만."

"왜요."

"냄새. 냄새 안 나?"

"뭔……. 아, 이거……."

데니스는 강혁을 따라 코를 벌름거리다가 인상을 썼다. 누린내라고 해야 할까? 맹수 특유의 끔찍한 냄새가 이 공간 전체에 자욱했다. 맡는 것만으로 오금이 저릴 것 같은 그런 냄새였다.

"곰이야. 근데 조용해."

"습격하기 전에 그러지 않아요? 이런 시발."

"우리가 아닌 거 같은데."

"그럼 누굴……?"

"이 밑에 봐."

"허."

데니스는 그제야 방금 난 바스락 소리가 자갈이 아닌 깨진 앰플에서 난 소리란 것을 깨달았다. 도처에 진흙에 덮인 앰플과 박스가 보였다. 바퀴 자국이야 당연히 보이지 않았지만, 여기서 사고를 당한 게 분명했다.

"드니스를 노린 거예요?"

"조용히 해봐. 어딘지 모르겠잖아. 이 곰 새끼는 좀 씻지. 냄새가 뭐야, 이게."

"비 와서 더 심해졌을 거예요. 원래 가죽이……."

"닥치라니까."

"네."

강혁은 주절거리는 데니스를 조용히 시킨 후, 총을 빼 들었다. 어느새 가방은 내려놓은 상태였다.

'아니, 권총으로 곰을 어떻게 상대하겠다는 거야.'

데니스는 어느새 강혁을 따라 비탈을 내려가고 있었다. 으르르. 위에선 잘 들리지 않던 울음이 들려왔다. 야생의 흉포함이 그대로 성대를 통해 뿜어져 나오는 듯한 그런 울음소리였다.

"흐."

데니스는 저도 모르게 지팡이를 양손으로 쥐었다. 최대한 숨소리를 죽이면서였다.

"요놈, 요놈!"

하지만 강혁은 도리어 소리까지 쳐가면서 달려나갔다.

"미친놈아, 뭐 해!"

데니스는 그런 강혁을 혼비백산한 얼굴로 따라나섰다. 그와 동시에 나무를 들이받은 채 멈춰선 차량 하나와 안에서 겨우 빠져나온 듯한 드니스를 마주할 수 있었다. 이렇게만 시야에 들어왔다면 울컥하는 마음이 들었을 텐데, 하필 그 사이에 곰이 있어서 덜컥하는 마음도 들었다.

"시, 시바……."

"야, 잘 봐. 생각보다 작잖아."

"응?"

"원래 곰이 겁나 큰 애들만 있는 게 아니라고."

"그래도 곰이잖아요."

"그렇지. 싸우면 지지. 여기저기 찢기겠지? 뒤지게 아플 듯."

"왜 뛰어왔어요, 그럼! 그런 말 아무렇지도 않게 하지 말……어?"

둘이 정신 놓고 소리 높여 싸우고 있으려니 곰이 슬그머니 사라져갔다. 토실한 엉덩이를 씰룩거리면서였는데, 어쩐지 지금까지 무서워했던 게 좀 우습게 느껴질 정도로 귀여워 보였다.

"가지? 재도 무섭다니까, 우리. 드니스도 발견한 지도 꽤 됐을걸. 그러다 무력화된 걸 확인하고 나서야 온 걸 거야."

"무력화……?"

"드니스가 뒤지기 직전이란 뜻이지. 빨리 가보자."

드니스는 차량 운전석 쪽 옆에 쓰러져 있었다. 아마 처음에는 바퀴 쪽에 몸을 기대고 있었을 거 같은데, 지금은 아니었다.

"살아는…… 있는 건가?"

데니스는 부리나케 뛰느라 강혁의 말을 잊은 참이었다. 계속 강혁의 발만 보고 뛰었어야 했는데. 진창에 발이 빠지고야 말았다.

"아이, 이거 왜 안 빠져."

"어이구, 등신. 다 와서 뒤처지네."

"아니……. 이게 제가 더 무거워서 이러는 걸 수도 있다니까요?"

"알아서 빠져나와. 곰한테 발 걸린 거 들키진 말고. 알아채는 순간 와서 후려칠걸."

"그렇게 걱정되면 와서 도와요!"

"일단 드니스 살았는지나 좀 보고."

강혁은 냉정하게 데니스를 뒤로하고 계속 앞으로 나아갔다.

'숨소리가……, 음.'

숨소리가 약한 건지, 아니면 이미 끊어진 건지 헷갈릴 지경이었다. 심지어 강혁의 그 예민한 눈으로 봐도 움직임이 잘 보이지 않았다.

'죽었나, 진짜.'

시에라리온에서, 시리아에서, 또 예멘과 아프가니스탄 그리고 파키스탄에서. 세상에서 가장 위험하고 절실한 곳만 골라 다녔던 사람이 이렇게 간다고? 강혁은 용납하기 어려웠다. 해서 좀 더 서둘렀다. 툭. 강혁은 드니스에게 바짝 붙는 동시에 손으로 맥부터 짚었다. 심장에서 가장 가까우면서 동시에 겉으로 드러난 동맥, 경동맥을 이용했다.

통. 아주, 아주 미약한 심장 박동이 있었다. 이걸 혈압으로 환산하면 대충 얼마나 될까.

'50? 40?'

예민한 사람이 아니라면 맥이 없다고 판단할 수도 있는 그런 수준이었다. 아마 데니스가 발견했다면 죽었다고 생각했을 가능성도 있었을 터였다. 하지만 강혁은 이미 드니스가 살았다는 걸 확신한 참 아니던가. 그렇다면 다음은 치료였다. 우선 드니스를 아까부터 봐두었던 그나마 평평한 곳에 눕혔다. 진창이 군데군데 있는 곳치고는 잡초 덕에 부드럽기까지 했다. 전혀 깨끗하진 않겠지만.

"살았어요?"

"일단은."

"일단은?"

"곧 죽을 거 같아. 곰도 그러니까 왔겠지."

"곰이 의사예요? 그런 걸 알게?"

"맨날 죽기 직전의 사냥감 노리다 보면 알게 되긴 하겠지."

곰은 힘겨운 사냥을 그리 즐기지 않는 동물이었다. 생긴 건 둔하게 생겼지만 대단히 약은 녀석 아니겠는가. 그러다보니 다 죽게 생긴 놈들만 골라 먹으러 다니는 게 보통이었다. 아마 드니스도 더 약해지길 기다리다가 이제야 접근하고 있었을 가능성이 컸다.

"일단 멀뚱히 있지 말고 가방이나 좀 풀어. 거기 어지간한 건 다 들었어."

"아, 네."

데니스는 급히 메고 있던 가방을 내려놓았다. 드니스의 가슴엔 핸들 자국이 선명하게 남아 있었다. 심지어 아래쪽 갈비뼈는 몇 개 부러져 있기까지 했다. 그리고 그 갈비뼈 중 일부는 장기를 찌른 상황이었다.

"내출혈이 있어. 수혈할 거야."

"수혈이요? 피가……. 피가 있네. 이런 시발, 어쩐지 무겁더라니!"

데니스는 강혁의 요구에 황당해하다가 이내 화를 냈다. 배낭 크기도 좀 지나치게 크다 싶었는데, 아니나 다를까 별의별 놈의 것들이 다 들어 있었다. 그중에는 방금 강혁이 요청한 혈액 팩도 있었다. 그냥 든 게 아니라, 아이스박스에 들어 있었다.

그때 사실 데니스는 이런 불만을 토해내는 대신 혈액 팩에 쓰인 글씨를 좀 더 유심히 봤어야 했다. Rh- B형. 공교롭게도 데니스의 혈액형과 같았다. 그게 과연 우연일까? 백강혁이 괜히 데니스를 꼭 집어다가 왔을까? 이런 걸 의심했어야만 했다.

강혁은 데니스가 고개를 가로젓는 그 짧은 순간에 드니스의 팔에 라인을 잡고 피를 연결했다. 걸이는 역시나 데니스 배낭 안에 있던 간이 걸이대로 해결했다. 그러자 피가 안으로 스멀스멀 들어가기 시작했다.

"혈압 잴 줄 모르지?"

"어……. 모르죠. 약은 놓을 줄 아는데."

"정맥 주사는 못 놓잖아."

"근육은 되죠."

"쓸모가 없네?"

강혁은 고개를 가로저으며 혈압, 산소 포화도 등을 달았다.

"아니, 이런 것도 들고 왔어요?"

"간이 모니터는 있어야지, 새꺄."

"그걸 왜 다 내 거에만 넣었냐고."

"시끄럽고. 항생제 놔, 빨리."

"이건 근육으로 해요?"

"어. 괜찮아. 빨리 놔."

"어……. 네."

제아무리 피가 들어가고 있고, 또 약을 줬다고 하지만 과연 버틸 수 있을까? 절로 고개가 저어지는 상황이었다.

"GPS 좌표 저쪽에 알려줘. 통신 되지?"

"어……. 네. 잡혀요."

강혁이 어느새 데니스 배 위에 소독을 하더니, 아주 작은 절개를 넣기 시작했다.

"구조 요청 보내. 요청자 살아 있고, 2시간 이내로 와야 된다고. 빨리 불러. 난 뭐 좀 하고 있을 테니까."

"도움은…… 필요 없고요?"

"내가 달라는 거 주고, 그러면 돼."

"어……. 알겠습니다."

"일단은 연락부터 때리고."

"네."

강혁은 딱 거기까지 말하고 다시 환자를 내려다보았다. 피가 들어가서 그런가, 아까보다는 혈압이 올라가 있었다. 강혁은 그런 생각을 하며 메스를 그었다. 국소 마취를 했으니 통증이 심하진 않을 터였다. 그렇다 해도 무언가 지나간다는 느낌은 있을 텐데, 역시나 미동도 하지 않았다.

'그래, 가만히 있어라. 가만히.'

"야, 연락됐지?"

"네? 아 네. 천천히 온다고 합니다. 그 앰뷸런스 가지고요."

"오케이. 그럼 이거 들어."

"이거요? 불?"

무영등 대신 쓸 수 있는 야외용 불이었다. 원래는 캠핑용으로 개발된 물건이었는데, 여러 NGO 단체에서 수술용으로도 쓰고 있었다.

"그걸로 내가 벌려둔 여기 있지?"

"아, 네."

"여기 비추고. 2라고 하면 옆에 비춰. 여긴 1이고, 여긴 2. 어렵지 않지?"

"어……. 네. 근데 뭘 어떻게 하시……, 아."

강혁은 데니스가 절개 틈새로 비춰준 빛을 이용해 간의 출혈을 잡기 시작했다. 어차피 2차 수술이 필요할 거라 여겼기에 거칠기 짝이 없는 손놀림이었다. 하지만 효과는 대단했다.

'피가…… 멎는 게 보여…….'

문외한인 데니스조차 한눈에 알아볼 수 있을 지경이었다. 이 인간은 벌써 한 30분 넘게 고작해야 4cm 길이로밖에 째지 않은 절개면 틈을 통해 부러진 갈비뼈를 제거하고, 그로 인해 발생했던 상처를 봉합하고 있었다.

"오케이. 간은 다 됐고."

"괜……, 괜찮은 거예요?"

어찌 사람이 이토록 집중할 수 있을까. 벌써 40분이 넘도록 대꾸도 없이 수술만 하고 있었다.

'드니스……. 잘 버티는데?'

수혈과 동시에 하트만 솔루션을 넣고, 또 수액 하나를 더 넣고 있는 게 주효한 건지, 아니면 드니스의 체력이 대단한 건지 조금 헷갈릴 정도로 잘 버텨주고 있었다. 죽기 직전에 발견해서 수술에 들어간 것치고는 거의 기적이라 할 수 있었다.

'서둘러서 간부터 봉합하길 잘했어.'

메스 대기 전까진 강혁마저도 생환 확률을 절반보다도 아래로 두고 있었다. 아니, 솔직히 발견했으니까 칼이라도 대보잔 마음이기도 했다. 사고가 난 채 이틀 가까이 방치된 상황에서 수술이라니.

'어쩌면…… 진짜 살 수 있을지도 몰라.'

하지만 이젠 희망이 있었다. 강혁은 비장에 난 상처를 봉합하며 한 사람을 떠올렸다. 츠요시였다.

"후."

"야, 일어나."

그때 강혁이 입을 열었다. 한없이 진중한 목소리였다. 데니스는 자신이 죽을죄를 지었나 싶어서 강혁을 바라보았다.

"일어나라고."

"네? 왜, 왜요?"

"안 들려? 이 소리?"

"어……."

시발, 또 곰인가. 데니스는 옆에 내려놓았던 지팡이를 집어 들었다. 그러나 잔뜩 긴장했던 그의 귓가에 울린 건 곰의 으르렁거리는 소리가 아니라, 엔진 소리였다.

“아…….”

“길로 뛰어나가. 여깄다고 알려.”

“아, 네. 네, 교수님!”

데니스는 강혁은 어떻게 자신보다 훨씬 먼저 차량 접근을 알아차렸을까를 떠올리다가 이내 내달렸다.

“여기! 여기! 여기야, 여기!”

미군에서 준비해준 앰뷸런스는 성능이 어마어마한 녀석이었다. 단순히 사륜구동인 것을 떠나 8기통 엔진인 덕에 어디에서건 쭉쭉 나갔다. 드니스를 애타게 찾던 두 사람이 차에서 내렸다.

“차, 찾았습니까?”

“어……. 살아는 있는데.”

“곧 죽어요?”

“그, 수술은 했어요.”

“수술을? 여기서? 아이고.”

“네, 일단 들것을…… 들고 가죠.”

“아. 네.”

“그……, 그래요.”

둘은 뒷문으로 우르르 달려갔다.

“으으으으음.”

뒷문을 열자 여전히 뻗어 있는 츠요시가 눈에 들어왔다. 멀미에 안정제까지 맞아서 그런가, 아예 정신을 놓고 곯아떨어져 있었다.

‘누군 배낭 메고 여기까지 왔는데 누군 자네.’

데니스는 순간 빡쳤지만 참기로 했다. 어차피 저놈은 당할 테니까. 강혁에게.

"어, 어디로 가요?"

"그냥 나 따라 뛰어요. 왼발에 구호 넣고. 하나, 하나, 하나."

"하나, 하나, 하나."

데니스는 두 사람이 차에서 내리자마자 진흙탕에 미끄러지기라도 할까봐 구호를 넣으며 들것을 옮겼다. 하지만 마이클이나 마지드는 훈련을 받아본 경험이 많지 않아 가는 내내 삐걱거렸다. 심지어 진창이 군데군데 있어서 마지드는 한 번 넘어지기까지 했다.

"얼씨구."

마침 대강의 봉합을 마무리하고 기다리고 있던 강혁은 그 모습을 보며 고개를 가로저었다. 진흙투성이가 된 채 뛰어오는 꼴이라니.

"드니스!"

"살아 있어요?"

"살아 있어! 급하지 않으니까 천천히 와! 괜히 넘어져서 환자 더 만들지 말고."

"아."

"살아……, 살아 있구나!"

강혁은 그들의 희망에 재 뿌리고 싶지 않아서 '아직은'이라는 단어는 뺐다.

'여기선 절대 무리야.'

지금 한 수술도 응급 처치에 불과할 뿐, 이대로 두면 드니스는 죽고 말 터였다. 앞으로 적어도 한 번, 어쩌면 두 번, 세 번의 수술이 더 필요할 수 있었다.

'감염은……. 건들지도 못했어.'

"드니스!"

"자, 들것으로 옮겨!"

"네!"

"드니스, 내 말 들려?!"

강혁의 '살아 있다'는 말을 들은 마이클과 마지드는 이제 기절해 있는 드니스에게만 정신이 팔려 있었다. 강혁은 그런 둘을 말렸다.

"때리지 마! 미쳤어! 안 들려, 니들 말!"

다행히 혈압은 잘 유지되고 있었다. 이게 언제까지일지 알 수 없다는 게 문제였다.

'그거야 뭐.'

강혁도 신경 쓰긴 해야겠지만, 맡아줄 놈을 데려온 참 아닌가. 강혁은 그나마 다행이라는 생각을 하며 뒷문을 들여다보았다.

"드르렁."

그러자 여전히 코를 골며 뻗어 있는 츠요시가 눈에 들어왔다.

"저 새끼 아직도 자는 거야, 아니면 일어났다가 자는 거야?"

"네? 네. 오는 내내 자던데요?"

"미쳤나."

강혁은 자신이 준 약의 종류와 용량을 분명히 기억했다. 어지럼증 있을 때 안심하고 쓸 수 있을 정도로 안전한 약이었다. 노인이라면야 얘기가 달라지겠지만 츠요시는 어린 새끼 아닌가.

"야, 너 안 자지? 지금 일어나면 몇 대 맞고 끝나고, 맞고 일어나면 뒤진다."

"네, 일어났습니다."

"새끼가, 봉사 와서 뺑끼를 타네?"

"이, 일부러 그런 건 아니에요. 진짜……."

"지금 패고 싶은데, 환자 봐야 되니까 봐준다. 저 환자 좀 봐."

"어……."

"어 하지 말고 일단 비키고. 여기 누워야 해, 환자."

"아."

츠요시는 강혁의 발에 밀려 일어나면서 환자를 바라보았다. 이러니저러니 해도 기본은 잡힌 마취과 의사 아닌가. 게다가 여기 와서 강혁 밑에서 구르기도 해서 눈이 좋아진 참이었다.

'갈비뼈 골절에, 내출혈……, 감염 있을 거고, 출혈은 대강 잡혔는데……, 고름이 있어. 하……. 이거…….'

활력징후는 그에 반해 안정적이었지만 환자 상태가 좋아서가 아니라, 그냥 옆에 있는 이놈이 괴물 새끼라 가능한 것이었다.

드니스를 태운 차량은 산을 내려가는 내내 끊임없이 기우뚱거렸다. 제아무리 사륜구동에 8기통 차량이라고 해도 길이 너무 엉망이지 않은가.

"밟아."

"여기서 더 밟으면 전복돼요……."

“너무 느린 거 같잖아. 장미 있었으면 벌써 내려가고 있겠다.”

“장미가 누군데요?”

“있어, 조폭.”

“조폭……? 갱? 무슨 놈의 갱이 운전을 나보다 잘해.”

“나중에 보여주면 놀랄걸.”

“험악해서요? 탈레반도 노상 보는데 뭘…….”

데니스는 툴툴거리면서도 액셀은 성의 있게 밟았다. 핸들을 쉴 새 없이 꺾어대면서였다. 덕분에 차량은 어느새 수풀 더미를 지나 구호 본부가 있는 곳을 지나쳐 국도로 접어들 수 있었다.

‘대단한데?’

강혁마저 놀랄 정도의 솜씨였다. 그냥 지금 운전만 놓고 봐도 훌륭했지만, 이 녀석은 지금 밤새 한구에서 여기까지 오고, 배낭 메고 사람 구출하고 또 운전하는 길이지 않은가. 그럼에도 한 치의 흐트러짐이 없었다.

‘어마어마하네.’

역시나 스미스에게 요청해서 요원 빌려오길 잘했단 생각이 들었다.

“아무튼, 밟아. 최대한 빨리 내려가자고. 아무리 나라도……, 구불거리는 산길에서는 뭐 못해.”

“뭘 또 해야 돼요?”

“2차 수술을 하긴 해야지. 얼마나 버텨주느냐가 문젠데. 그건 드니스랑 이놈한테 달렸어.”

“츠요시?”

"어."

"잘 못한다며?"

"그거 되게 상처 되는 말인데요……."

츠요시는 이런 말 할 거면 귓속말로라도 했으면 좋겠다고 생각하며 대꾸했다. 물론 둘은 별로 아랑곳하지 않았다.

"그럼 환자 잘못되면 다 츠요시 탓이에요?"

"그렇지. 내 탓이겠냐, 설마."

"하긴."

"하긴은 뭔 놈의 하긴이에요?!"

츠요시가 잘해서인지, 아니면 데니스가 빨라서인지, 그것도 아니면 강혁이 애초에 1차 수술을 잘해서인지는 몰라도 드니스는 앰뷸런스가 이슬라마바드에 닿을 때까지 별 탈 없이 누워 있었다. 오히려 발견 직후보다 열도 내렸고, 혈압이나 심장박동 수도 더 안정적으로 변해 있었다.

"휴, 진짜 죽는 줄 알았네."

제일 먼저 생색을 낸 것은 츠요시였다. 아주 이해가 안 가는 일은 아니었다. 강혁이 눈을 감고 있는 동안에도 츠요시는 뒤지게 바빴으니까.

'좀 알아줘라, 이 새끼야. 박경원인지 나발인지 하는 놈하고 비교만 하지 말고.'

"뭘 죽는 줄 알어. 내내 안정적이었고만."

"아니……. 그걸 안정적이게 만든 게……."

"내 수술이지. 아냐?"

"그……."

"뭐."

"아뇨. 맞습니다."

강혁은 츠요시를 순식간에 침몰시켰다. 그사이 차량은 미끄러지듯 이슬라마바드 내로 진입했다. 출발할 땐 분명 동이 트기 한참 전이었는데, 지금은 한밤중이었다. 도착한 곳은 주파키스탄 미국 대사관이었다.

"멈춰!"

얼마 전 아프카니스탄 카불에서 폭탄 테러가 있었던 탓에 경계 단계는 최고조였다. 데니스는 별로 당황하지 않고 창문을 내렸다. 그러곤 미 대사관에서 발급해준 신분증을 내밀었다.

"아, 아까 연락 주신?"

"네. 뒤에 환자 타고 있어요."

"절차상 확인이 필요합니다, 괜찮습니까?"

"물론이죠."

제아무리 요원이라 해도 대사관 앞에서 깽판을 쳐댈 수는 없는 노릇이었다.

"안에 실례 좀 하겠습니다."

"얼마든지. 그냥 좀 서두르기만 해줘요."

강혁도 마찬가지였다. 대한민국 대사관도 아니고 미국 대사관 아닌가. 심지어 환자도 미국인이 아니라 프랑스인이었다. 막무가내로 수술실 빌려달라는 걸 들어준 것만으로도 감지덕지였다.

'진짜 대사관이 열리네……. 그것도 미 대사관이…….'

츠요시도 조용히 있었다. 둘과는 이유가 좀 다르긴 했지만, 그래서 더 조용했다.

'여기서 책 잡히면 안 돼…….'

둘이 체면을 차리고 있다고 한다면, 츠요시는 두려워하고 있었다. 어린 시절부터 들은 얘기가 있어서 그런가. 군복 입은 미국인은 무서웠다.

"좋습니다. 들어가시죠. 1층에 닥터 요한슨이 대기 중입니다."

"고마워요."

"별말씀을요."

하지만 정작 헌병은 그저 부드러운 미소만 지을 뿐이었다. 덕분에 차량은 더 이상의 망설임 없이 안으로 들어설 수 있었다. 무척 늦은 시간임에도 불구하고 1층엔 불이 환하게 들어와 있었다. 정규 업무 시간일 리는 없으니, 정말 딱 강혁의 요청 때문에 사람들이 기다리고 있다는 얘기였다.

'자식들. 역시 은혜를 알긴 안다니까. 이러다 국가 안보니 뭐니 하는 것에 방해된다면 망설임 없이 치워버릴 녀석들이긴 하지만……, 적당한 선에서는 그나마 얘들만큼 믿을 수 있는 애들도 없지.'

곧 차량이 멈춰 섰고, 대기 중이던 의료진들이 우르르 달려왔다.

"뒷문부터 열어!"

"내려, 내려! 지하로 바로 이동해!"

그러곤 지하에 마련된 수술실로 환자 드니스가 누운 침대를 끌고 갔다. 어찌나 일사불란한지 강혁이나 츠요시가 나설 필요도 없을 지경이었다. 잠시 손을 쉬고 있으려니 요한슨이 다가왔다.

"오랜만입니다, 닥터 백."

"네, 요한슨. 잘 지냈죠?"

"덕분에요. 그때 수술해주신 톨레도 상사도 건강히 잘 지내고 있습니다. 현장에서 물러나긴 했지만, 정보사로 이동했어요."

"아……. 잘됐네요. 몇 번 물어봤을 땐 대답 안 해주시더니?"

"아무래도 개인 신상을 유선상에서 언급하는 건 좀 그래서요."

"그렇죠. 탓하는 건 아닙니다."

둘은 지하로 계단을 통해 내려가면서 두런두런 대화를 나눴다. 데니스와 츠요시는 그런 둘의 뒤를 바짝 쫓았다.

'와……. 시설 봐라, 미쳤네.'

지하실에 CT, MRI까지 있을 줄이야. 그뿐만 아니라 내시경실도 있었다. 어지간한 건강 검진은 여기서 다 된다는 뜻이었다.

'한구 병원은 진짜 초라한 거구나.'

하긴, 한구 병원은 어디와 비교해도 좋다는 말이 나올 시설은 아니었다.

"야, 뭐 해. 따라와."

"아……. 네. 근데 여기도 마취과 있지 않나요?"

"있으면 환자 버리려고? 난 그럼 왜 들어가냐. 여기 닥터 요한슨도 외과 의산데."

"아니, 버린다뇨. 그런 뜻이 아니라……."

츠요시는 손을 흔들었다. 하지만 강혁은 이미 그를 보고 있지 않았다.

"죄송합니다, 요한슨. 전에 말했죠, 그……."

"아, 친일파요?"

"네, 네. 그래서 그런가. 애가 좀……. 가르치고 있기는 한데."

설마설마했는데 이 양반이 미 대사관 의사한테까지 친일 얘기를 했을 줄이야. 배신감에 치가 떨렸다.

"아니, 이 양반이 그런 얘기를 왜 아무 데서나!"

"싫으면 나라를 팔아먹지 말았어야지."

"제가……, 제가 판 건 아니잖아요……."

"다행인 거지. 네가 팔았잖아? 그럼 죽었어, 이미."

"하……."

"아무튼, 들어와. 참회하는 마음으로 임해라."

"아니……."

"습."

"네, 네. 알겠습니다."

수술실 안은 요청했던 것처럼 이미 준비가 다 마쳐져 있었다. 강혁은 웃으며 데니스를 내보냈다.

"나가서 자라. 고생했어."

"끄흑."

"울지는 말고. 오염돼. 나가, 빨리. 이놈이 눈물샘이 막혔나, 아니면 이른 갱년기가 왔나. 왜 이래."

"아니……."

"나가라고, 처맞기 전에."

마지막 말이 좀 거칠긴 했지만 데니스는 쉴 수 있다는 것에 감사의 눈물을 흘리며 나갔다. 남은 이는 요한슨이었다. 요한슨은 두려움 반 설렘 반의 얼굴을 하고 있었다.

'딱 하나 조건을 걸었지.'

이 모든 준비를 하는 대가로 요한슨은 강혁의 보조로 들어갈 수 있게 되었다. 강혁을 아는 사람들은 모두 왜 굳이 그런 짓을 하냐고, 인생 지루하냐고 했지만……. 어쩌겠는가. 세계 최고의 외과 의사에게 매료됐는데. 콩닥거리는 가슴을 안고 서 있으려니 강혁이 입을 열었다.

"뭐 하고 서 있어요? 손 닦고 오세요."

"어……, 네."

"베타딘."

"아, 네."

"많이 필요할 거예요. 아예 소독액을 따로 희석해서 준비해요. 데워도 주시고."

"네, 그렇게 하겠습니다."

강혁은 마취가 제대로 되기도 전부터 드니스의 배를 베타딘으로 다시 닦기 시작했다. 아까 수술을 한 번 하기는 했지만, 풀밭에서 이루어진 수술 아니던가. 상처까지는 몰라도 몸은 더러울 수밖에 없었다. 그리고 이 더러운 것들을 방치했다가는 추후에 아주 심각한 문제를 일으킬 수도 있었다. 강혁은 그저 베타딘으로 배를 문질러 닦는 데에만 그치지 않고, 희석액을 통째로 들이부었다. 순식간에 드니스의 등판에 묻어 있던 진흙과 피 그리고 오물 등이 수술실 바닥으로 흘러내렸다. 깨끗한 것을 넘어 멸균 상태로 유지되었던 수술실 바닥이 순식간에 오염되는 순간이었다. 하지만 관리를 맡은 간호사는 눈살을 찌푸리는 대신 베타딘을 다시 건네주었다. 미리 준비해두었던 막가위도 가리키면서였다.

“바지도 자르실 거죠? 소변줄……. 해야 할 거 같은데.”

“오, 해야죠. 안 그래도 이제 슬슬 폐에 물 찰 타이밍인데, 역시. 달라.”

강혁은 그 막가위를 받은 후 드니스의 바지를 서걱서걱 소리 내며 잘랐다. 사고 당시 흘러나왔을 것으로 예상되는 대소변과 함께 악취가 번졌다. 간호사는 아주 능숙하게 베타딘액을 들이부었고, 강혁은 장갑 낀 손으로 대강 닦아내 바닥으로 흘려보냈다. 바닥은 다른 간호사 하나가 다급히 달려와 걸레와 청소기로 밀었다.

“닥터 요한슨, 여긴 내가 다 했으니까, 일단 드랩만 하고 있어요.”

“네.”

“어유, 드랩도 잘 치시네. 역시.”

“아, 그렇습니까?”

“근데 범위가 조금 좁아요. 1차 수술은 이렇게 했지만……. 2차는 좀 크게 째야 해요. 아깐 감염 때문에 그런 거예요. 여길…… 이렇게.”

“아……. 그렇군요.”

"절제하고 세척하고 하려면 이거론 안 되죠."

강혁은 메스를 그을 때도, 상처를 벌릴 때도 입을 쉬지 않았다.

"잘 봐요. 아까 수술해놓은 부분이 이제 잘 보이죠?"

요한슨이 보기엔 절개도 단순 절개로만 보기 좀 어렵단 생각이 들었다. 어쩜 저리 자로 잰 듯이 그을 수 있을까. 그런데 피는 적게 났다. 메스로 그은 부분엔 혈관이 없나 싶을 지경이었다.

"아……. 이게……."

하지만 진짜는 아까 1차로 해놓았다던 부분이었다. 드문드문 난 절개 틈새로 뭔가 했구나 싶었는데 이렇게 완전한 수술이 되어 있을 줄이야.

'앰뷸런스에 복강경이 있나……?'

어찌나 놀랐는지 말도 안 되는 상상마저 들 지경이었다.

"임기응변인데, 저 2개의 절개 틈새로 빛을 쏴주고, 여길 통해서 보면서 수술하는 거예요. 간이랑 비장 부분마다 3개의 절개면이 있고 가운데 하나 있죠?"

"복강경의 원리인가요?"

"음, 비슷한데. 그것보다는 갑상선 내시경 수술에서 힌트를 얻은 거죠."

"갑상선……?"

요한슨은 고개를 갸웃거리며 예전에 배웠던 갑상선 수술을 떠올렸다.

"원래 갑상선 내시경 수술이 겨드랑이 쪽에서 파고 들어가잖아요. 흉터 안 남기겠다고."

"아……. 아, 네."

듣다보니 학회에서 본 기억이 났다. 그렇게 하면 목에 아예 흉터가 없다고. 하지만 단점도 분명히 있었다.

"근데 그러면 솔직히 수술 부위랑 절개 부위랑 너무 멀거든. 게다가 가슴 쪽 살이 분리되었다가 내려와서 해당 부위 감각이 떨어지기도 하고."

"음, 그렇겠네요. 삶의 질이나 수술 후 통증에 있어서는 별로겠는데요?"

"그래서 유럽에서 시도되고 있는 게 있는데, 거긴 목 가장자리네 군데에 구멍을 뚫고 들어가더라고. 그럼 흉터는 여전히 잘 안 보이는데 절개 부위랑 수술 부위가 가깝지."

"아하……. 이것도 그럼?"

"거기서 힌트를 얻은 건데 맨눈, 맨손으로 한 게 차이죠."

이걸 맨손, 맨눈으로 했다라. 요한슨은 이제 배운다는 기분이라기보다는 구경하는 기분이 더 들었다. 다 배우려고 하기보다는 배울 수 있는 것만 배우잔 생각을 하게 되었다. 이런 건 아무리 배워봐야 따라 할 수는 없을 테니까.

강혁은 그런 와중에도 계속 간 절제술을 이어나갔다. 전기 칼로 톡톡 점을 찍는가 싶더니 그대로 그어나가는데 수술적 해부학 구조에 한 치의 어긋남이 없었다. 수술이라기보다는 마법 같았다. 강혁의 수술은 보는 이로 하여금 정신이 휘딱 나가게 하는 힘이 있었다.

'피가 안 나……. 근데 간은 나와…….'

감염이 심한 부분은 어김없이 잘려져 나오고 있었다. 그런데 피는 거의 안 나왔다. 그래서 그런가 츠요시는 여유로웠고, 구경하는 요한슨은 정신이 나갈 거 같았다.

'내가 뭘 보고 있는 거야…….'

강혁은 어느새 간을 뛰어넘어 비장으로 옮겨가 있었다.

"백 교수님, 저거…… 갈비뼈 조각이 위에 박혀 있는 거죠?"

"아, 네. 아깐 안 보였는데, 들어와서 보니까 떡하니 있네요. 위에 박힌 거잖아요. 저런 건 조심해야 해요. 진짜 큰일 난다고."

강혁은 방심하지 않았다. 곧장 손을 간호사에게 내밀었다. 장미였다면 바로 무언가를 건네주었겠지만 지금 강혁이 마주한 것은 그저 의문에 가득 찬 얼굴뿐이었다.

"네?"

"아. 아, 맞아. 실 좀 줘요. 두꺼운 거로."

"실…… 이요?"

"네. 실. 바이크릴 4 정도면 되겠다."

"아."

두꺼운 거라기에 2나 3을 뒤적이고 있던 간호사는 다시 바늘 쪽을 돌아보았다. 바이크릴 4번이면 보통 목 수술할 때나 쓰는 얇은 거 아닌가 하는 생각을 하면서였다.

"여깄습니다."

"땡큐."

간호사는 부리나케 강혁이 요청했던 바이크릴 4번 실을 건네주었다. 강혁은 그 실을 받자마자 우선 뼈가 박힌 부위 근처에 돌려가며 봉합을 해나가기 시작했다. 뼈가 빠지더라도 위에 있던 내용물이 흘러나오지 않게 하기 위해서였다. 지금까지 내내 감염 있는 부위를 잘라냈는데 이제와서 뭔가 또 흘러나오면 말짱 꽝 아니겠는가. 강혁의 손은 언제나 그러하듯 빨랐다. 옆에서 보조하고 있는 사람의 눈이 돌아가게 만들기 충분한 수준으로 빨랐다. 특히나 강혁의 수술을 처음 보는 사람에게라면 더더욱 그러했다.

위에 난 구멍이 순식간에 메워지는가 싶더니 어느새 갈비뼈 조각이 밖으로 나와 있었다. 안쪽 수질 부분은 살짝 녹아 있었다. 위를 뚫고 들어가 있던 건 맞았던 모양이다. 저걸 녹인 건 필시 위산일 테니.

"좋아. 흠. 다시 한번 볼까. 요한슨도 봐봐요. 어디 지저분한 데 있으면 기탄없이 말해주고."

"어……. 네."

"여기 희석액입니다. 데워놨어요."

간호사는 베타딘 희석액을 건넸다. 강혁은 아까보다 더 환하게 웃으며 그것을 받아다 배 속에 들이부었다. 그러곤 장갑 낀 손으로 구석구석을 문질러 닦았다.

"음. 피도 다 멎었고, 고름도 다 씻었고……. 드레인 줘봐요."

"네."

수술은 잘 되어가고 있었다. 간과 비장 쪽에 각각 드레인이 들어갔고, 아까 대강 정리만 해두었던 봉합도 다 끝나갔다. 여전히 흉부 쪽 갈비뼈는 몇 대 나가 있긴 했지만 그건 굳이 열어서 고정해줄 필요는 없어 보였다. 몇 주 고생하긴 하겠지만, 브레이스(brace: 신체를 고정시켜주는 장치) 차고 지내다보면 저절로 붙을 정도의 상처였다.

"오케이. 나갈까."

"깨울까요? 아니면……, 그냥 나가요?"

강혁의 말에 츠요시는 아까부터 망설였던 말을 꺼냈다.

'이상하게 이 인간 수술은 수술 후에 어찌할지 감이 영 잡히지 않는단 말이지.'

보통 이 정도로 큰 수술을 연속으로 한 후에는 우선 재운 채로 나가서 벤틸레이터에 연결하는 게 맞았다. 하지만 강혁은 수술을 워낙 잘해서 그런가, 바로 깨우는 경우도 있었다.

"넌 수술하는 내내 뭐 봤냐?"

엄밀히 말하면 모르는 게 정상이었다. 화낼 만한 상황이 아니란 얘긴데, 그런데도 화를 냈다.

"일단 재워야 될 거 아냐. 재수술 들어갈 수도 있는데. 중환자 아냐!"

"아……. 네, 죄송합니다."

츠요시는 일단 고개를 숙이면서 입을 비죽거렸다.

"저, 백 교수님. 수술도 잘 끝났는데 너무 나무라지 마시죠. 명성에 누가 될 거 같습니다. 인격자 아니십니까. 허허."

인격자라. 강혁은 그 말은 마음에 들었다. 마음속 깊은 곳에서 그건 좀 아니라고 외치고 있었지만, 무시하기로 했다.

"그럴까요? 그러죠, 그럼. 일단 나갑시다. 허허."

강혁과 츠요시 그리고 요한슨은 환자를 데리고 수술실을 나섰다. 한구 병원과는 달리 정말 제대로 된 수술실이었기에 딱 나서자마자 공기의 질이 달라지는 것을 느낄 수 있었다. 음압 환기 장치는 물론이고, 온도 조절도 완벽하게 이루어지고 있었다.

"츠요시. 세팅해. 여기 간호사들하고 손발 맞춰서."

"어……. 네."

강혁은 싸늘한 어조로 츠요시를 향해 명령을 내렸다. 강혁은 대사관 2층으로 올라갔다. 당연히 요한슨을 대동한 채였다.

"원래 대사께서도 오시려고 했는데……. 오늘 파티가 있었거든요. 지금 잠드셨을 겁니다."

"시간이 늦었는데요, 뭐. 닥터 요한슨이 온 것만으로도 과합니다."

"어이구, 과찬이십니다. 수술 보면서 정말 많이 배웠습니다."

"아뇨, 아뇨. 제가 인상적이었어요. 수술방 분위기 하며 돌아가는 시스템이 거의 완벽하더군요."

"아……. 그렇게 보셨습니까? 그렇다면 정말 영광입니다."

"혹시 실례가 되지 않는다면 질문 하나 해도 됩니까?"

강혁은 2층 테라스에 선 채 요한슨을 돌아보았다.

"으음. 무엇이든…… 물어보시죠."

"수술방 관련한 교육은 닥터 요한슨이 하고 계십니까?"

"아……. 네, 아무래도 그렇죠. 물론 기본적인 교육이야 다 받고 오긴 합니다. 오늘 어시 섰던 간호사도 그렇고 군 간호장교 출신이에요, 거의."

"아하. 간호장교 출신이에요? 어쩐지 절도가 좀 있더라니."

"네. 지금도 간호 감 떨어지지 않게 1년에 2개월 정도는 괌 기지에 가서 연수를 받고 옵니다."

"오……."

연수라. 그럴 것 같긴 했다. 대사관에 속한 의료 시설에서 큰 수술 할 일이 1년에 많아봐야 몇 번이나 되겠는가. 기껏해야 서너 번이 고작일 터였다.

"역시……. 다르더라고요. 수술 읽는 솜씨며 하는 것들이. 요한슨의 보조가 워낙 뛰어나서 예상은 했지만, 다들 요한슨의 제자라고 해도 좋겠군요."

"하하. 이거야 원. 너무 칭찬만 해주시니까 몸 둘 바를 모르겠습니다."

강혁은 여전히 달빛 아래 서 있었다. 요한슨은 그런 강혁을 보며 정말 몸 둘 바를 모르는 사람처럼 쩔쩔매고 있었고, 홀랑 넘어오다 못해 어디에 서야 할지 갈피를 못 잡고 있었다. 그 말은 곧 무슨 말을 해도 들어줄 거다, 이 말이었다. 아무리 부하를 팔아먹는 일이라 할지라도.

불길한 예감은 지하까지 전달되었다. 츠요시와 손발을 맞추고 있던 간호장교 샘은 이게 뭔 일인가 해서 자신의 팔뚝을 내려다보았다. 어지간한 환자를 봐도 멀쩡하던 팔인데, 지금은 솜털이 오소소 서 있었다.

"아, 샘이요? 좋죠. 아마 본인도 좋아할걸요?"

딱 요한슨이 샘을 팔아먹을 때쯤에 벌어진 일이었다.

미처 예상하지 못한 선물

밤사이 드니스의 체온은 오르내리길 반복했다. 아무리 감염이 가장 심한 곳을 제거했다고 해도, 이미 핏속으로 번져버린 염증은 남아 있었기 때문이었다. 게다가 지난 48시간 동안 탈수가 진행되었을뿐만 아니라, 출혈까지 있지 않았던가. 이를 보상하기 위해 피와 수액을 줄 수밖에 없었는데, 이게 장시간의 수술과 동반되다보니 폐에 물까지 차버렸다.

"괜찮은 건가?"

강혁은 인상을 쓴 채 츠요시를 바라보았다. 츠요시는 거의 반 죽어가는 얼굴을 하고 있었는데, 드니스 때문에 밤을 새운 탓이었다. 그만큼 노력을 기울였음에도 그는 선뜻 고개를 끄덕이지 못했다.

"음……. 아직은 경과를 좀 보긴 봐야 합니다."

"경과라."

"네."

"문제 목록이 뭐가 있는데?"

"일단……."

츠요시는 지끈거리는 머리를 매만지고는 옆에 있던 내과 의사와 함께 짤막한 브리핑을 시작했다. 사실 중환자 관리에서는 아무래도 마취과 의사보다는 내과 의사의 역할이 크기 때문에 주로 입을 연 것은 내과 의사, 토머스였다.

"아이오(I/O)가 안 맞습니다. 이거야 뭐 원체 들어간 양이 많아서 그런 거긴 한데. 아시다시피 외상 환자에서는……. 특히 이렇게 오랫동안 방치된 환자에서는 장기 기능이 전반적으로 떨어져 있기 때문에 자칫하면 신부전으로 이어질 가능성도 있습니다. 최악의 경우 단기 투석도 염두에 두고 있는 상황입니다."

"그렇군요, 그럼 다른 문제는?"

모르는 사람이 보면 정말로 몰라서 묻는 것처럼 느껴질 터였다. 하지만 아마 한유림이나 양재원이 이 자리에 있었다면 이 양반이 또 무슨 흉계를 꾸미고 있는지부터 의심했을 게 뻔했다. 지금 강혁은 아주 친밀한 사람들만이 알아볼 수 있는 얼굴, 그러니까 사기꾼의 얼굴을 하고 있었다.

"그 때문에 폐에 살짝 물이 찼습니다. 라식스(이뇨제) 반 앰플 로딩했고……. 반응 봐서 증량할 생각입니다. 아마 밤새 열난 거에 이것도 한몫했을 겁니다."

"폐렴 가능성은 적어 보이죠?"

"포터블 엑스레이로 찍었는데, 우선은 그냥 물 찬 것으로 보입니다. 양이 많진 않아요. 더 지켜봐도 됩니다."

"그렇군……. 랩은 혹시 더 나간 게 있나요?"

"아아, 네. 나갔죠. 여기서 바로 검사 가능한 게 많지는 않은데, 그래도 결과는 몇 개 나왔습니다. 급한 건 이슬라마바드대학병원에 의뢰했고, 나머지는 새벽 항공편으로 괌 기지에 보냈어요."

"오……."

"우선 헤모글로빈이 이니셜 대비 떨어졌어요. 원래도 9였는데, 지금은 7.7입니다."

"흠. 그 이니셜이라는 게 도착하자마자 나간 거 말하는 거죠?"

"네. 어제 수술방 들어와서 라인 하나 더 달면서 바로 나갔습니다."

강혁은 상대의 말을 받아주며 아주 자연스럽게 다음 주제로 넘어갔다.

'얘도 쓸 만하네.'

토머스라는 사람에게 눈독을 들이기 시작하면서였다.

"아무튼……, 배양 검사도 나갔죠?"

"아……. 네. 어제 수술장에서 나온 검체에서도 나가고, 혈액도 채취해서 나갔습니다. 이건 괌 기지로 보냈습니다. 아무래도 그쪽이 더 신뢰할 만할 거 같아서요."

"어차피 시간 걸릴 테니, 잘하셨네요. 그럼 항생제는 뭐가 들어가고 있죠?"

"오염된 상처라……. 트리플로 들어갑니다. 세프트리악손, 레보플로사신, 메트로니다졸."

"아."

각각의 항생제가 다 광범위 항생제의 일종이었다. 그걸 3개를 동시에 쓰고 있다는 건 균이 뭘 싫어할지 몰라서 다 준비했어, 뭐 이런 느낌이라고 보면 되었다.

'마음에 든다.'

"혈압이 조금 낮아서 어제 새벽에 도파 달았습니다. 그러고 나서는……. 수축기 100 이상으로 나옵니다. 이러다 다발성 장기 부전으로 갈 수도 있어서 유의하고 있습니다."

"말단은 괜찮아요?"

"아……. 엠볼라이요? 걱정 안 하셔도 됩니다. 그럴 만한 컨디션은 아니에요."

"좋군요."

정말 좋았다.

'얘도 빌려야겠다.'

당장 결심을 내린 만큼, 그 후로도 몇 가지 대화가 이어졌고, 강혁은 흡족한 미소를 지을 수 있었다.

'둘도 더 배우긴 해야지.'

요다나 장규선도 훌륭한 내과 의사긴 하지만, 아무래도 외상 환자의 수술 후 처치에 있어서는 좀 처지는 편이었다. 여기서 둘을 데려가면 아주 큰 도움이 될 것이었다.

브리핑이 끝나고 밖으로 나오자, 데니스를 볼 수 있었다. 어제 수술 시작할 때부터 귀신같이 사라지더니 내내 잔 모양이었다. 눈만 부은 게 아니라 얼굴 전체가 다 부어 있었다.

"내가 밥 사줄게. 나와."

"어……. 밥을 사요?"

"그래."

"여기서요?"

그러던 데니스가 긴장을 푼 것은 사복 차림의 요한슨과 샘이라는 간호사 그리고 츠요시가 다 같이 강혁을 따라 나오는 것을 보고 난 후였다.

"토머스한테 미안한데. 츠요시, 너는 좀 있지."

"아니……."

"괜찮습니다. 하루 정도는 뭐, 하하."

강혁은 아무래도 츠요시는 두고 갈 생각이었던 듯했지만, 토머스와 요한슨의 배려로 츠요시도 따라 나올 수 있었다.

"여기서 별로 안 멀어. 뭐, 이슬라마바드가 넓지도 않지만."

강혁은 그렇게 말하면서 자연스럽게 조수석에 앉았다. 데니스를 운전석에 밀어 넣으면서였다.

"또 하라고요?"

"나 여기서 운전해본 적 없단 말이야. 다 죽고 싶어?"

"어휴."

"가까워, 가까워. 그리고 진짜 맛있어. 제대로 하는 집이야."

"알았어요……."

생각해보니 지난 이틀간 새끼 돼지 바비큐를 끝으로 맛있는 음식을 먹어본 기억이 없었다. 아니, 제대로 된 음식 자체가 없었다. 어젠 에너지바로 버티지 않았던가.

데니스는 액셀을 거칠게 밟았다. 대사관에 속한 차라 꽤 좋은 차이기도 하거니와, 이 주변은 도로 정비가 꽤 잘 되어 있어서 속도가 나왔다. 그러나 강혁의 말대로 얼마 못 가 잘 나가던 차를 멈춰야 했다.

"여기 맞아요?"

"어."

"뭐라고……, 이거……. 이거 한국어 같은데?"

"응. 이슬라마바드 1호 한국 음식점이야."

어렵사리 도착한 곳은 역시나 '연'이었다. 미리 강혁에게 전화를 받고 대기 중인 김영수 사장이 창틈을 통해 보였다. 딱히 장사가 아주 잘 되는 것으로 보이진 않았다. 가게는 여전히 허름했고, 사람도 낡아 있었다.

'거참……. 맛있는데 잘 안 되네. 역시 이 인간도 기회 되면 한구로 데려가야겠어.'

강혁은 그런 생각을 하며 안으로 들어섰다.

"아이고, 교수님! 오랜만이에요!"

"잘 지냈어요?"

"덕분에 아주 잘 지냈죠! 저번에 단기 팀 왔을 때……. 그때 주신 수고비 덕에 지금도 잘 버티고 있습니다!"

강혁은 호들갑을 떠는 김영수 사장을 한쪽 팔로 끌어안은 채 차례로 들어서는 이들을 가리켰다.

"아, 이쪽은 새 식구 된 매국…… 아니, 츠요시고. 저기는 한구에서 커피 사업하는 박 사장. 데니스라고 부르면 돼."

"아, 네. 안녕하세요."

"여긴 닥터 요한슨. 미 대사관에 있고, 외과 의산데 실력 좋아."

"아, 반갑습니다. 김영수입니다."

"그리고 여긴 샘. 간호사이신데 이번에 나 한구 갈 때 같이 가려고."

"네?"

"네?"

샘은 정말이지 황당하다는 얼굴이 된 채 강혁을 바라보았다. 어디 민간단체 소속도 아니고 미 대사관 소속 공무원이지 않은가. 그런 자신을 어디 동네 똥개 끌고 가겠다는 듯 가볍게 말할 수는 없는 일이었다.

"허허."

그런데 누군가 자신의 어깨를 두드렸다. 고개를 돌려보니, 요한슨이었다.

'이……, 이 사람이 왜 이렇게 웃지?'

"왜……."

"어제 수술하면서 여기 백 교수님이 정말 감명을 받은 모양이야."

"감명…… 이요?"

"그래, 너무 잘한다고. 허허. 샘, 자네 실력이 우리 센터 최고지."

요한슨은 또다시 환한 미소를 지어 보이며 샘의 어깨를 두드려주었다.

"빈말 아닙니다. 한구로 와서 우리 간호사들……. 교육 좀 해주시죠."

"어……."

"샘, 내 체면 좀 살려줘. 이렇게 훌륭한 선생님이 요청하는 데……. 거절하는 게 도리가 아냐. 내가 출장으로 만들어줄게."

"다 사람 사는 곳이에요. 알잖아요, 국경없는의사회가 위험한 곳에 가긴 하는데, 무리는 안 한다니까. 우리가 무슨 종군 기자도 아니고……. 총탄 쏟아지는 그런 데는 안 보내요. 그런 위험한 데에 다른 사람을 어떻게 불러. 말도 안 되지."

"음……. 듣고 보니까……, 그렇긴 하네요."

'그래……. 말이 안 되긴 해. 백강혁 같은 실력자가 굳이 목숨 왔다 갔다 하는 곳에 가겠어? 단기간 하고 다시 돌아가겠지. 본국에서는 떵떵거리며 살 텐데.'

이 자리에 있는 게 츠요시가 아니라 리처드나 양재원, 하다못해 한유림만 있었어도 뜯어말렸겠지만, 안타깝게도 그들은 여기 없었다.

"알겠습니다. 출장……, 가겠습니다."

"아이구, 감사합니다. 샘 같은 분이 와주시면 우리에게는 정말 커다란 도움이 될 겁니다."

"아니에요. 좋은 일 하는데 도와야죠."

"자자, 그럼 식사합시다. 여긴 내가 쏘는 자리니까. 김 사장님. 제일 자신 있는 걸로 싹 깔아주세요. 아침이라고 빼지 말고, 고기 위주로."

결국, 샘은 구렁텅이에 빠지고 말았다. 덕분에 기분이 좋아진 강혁은 연기가 아니라 진짜로 너털웃음을 터뜨릴 수 있었다.

'얘 시작으로 해서 하나하나 다 빌려 가야지.'

"자, 우선 뚝배기인데. 맵지 않게 했어요. 프랑스 대사관이나 영국, 스페인 대사관 쪽 분들도 잘 먹더라고요."

"오."

"이건 불고기. 아무래도 양고기 구하는 게 쉬워서 양으로 한 건데, 풍미가 좋아요. 백 교수님도 처음 드셔보실 텐데, 맛있어요. 전 이제 소보다 양이 낫더라고요."

"오호."

"이건……. 이건 제육인데. 돼지예요. 한국 대사관 납품용인데 백 교수님 덕에 저도 좀 구해왔어요. 메뉴에는 못 올리고 한국분들 오시면 가끔 폅니다."

"오호호."

그 외에도 갈비찜, 각종 나물에 심지어 생선구이까지 줄줄이 딸려 나왔다. 처음 앉을 땐 사장까지 해봐야 꼴랑 사람 여섯 앉을 텐데 테이블이 너무 큰 거 아닌가 했는데, 나오는 음식들을 보니 이제는 좀 작게까지 느껴졌다.

"와아……. 이건……."

강혁을 제외한 이 중 제일 얼굴이 좋아진 건 데니스였다. 아무래도 어린 시절 먹던 음식과 비슷해서였는데 맛은 이게 월등히 나았다.

"아니, 이거 게장이잖아? 이건 귀한 건데……."

"다른 분들도 드셔보세요. 들어서 알겠지만, 완전 한식이 아니고 약간 퓨전이라 입맛에 맞을걸요."

"네네. 감사합니다."

강혁의 호언대로 츠요시는 말할 것도 없고, 요한슨과 샘도 허겁지겁 먹기 시작했다. 고기와 신선한 채소를 아낌없이 쓴 데다가 자극적이지 않은 양념으로 맛을 냈으니 당연한 일이었다. 특히 요한슨처럼 여기저기 대사 모임 따라다니면서 그래도 좋은 음식 먹었던 사람과는 달리, 주말 바비큐 말고는 딱히 먹을 게 없던 샘이 제일 집중하고 있었다. 강혁과 데니스 그리고 츠요시는 그런 샘을 보면서 한마음 한뜻이 되어 생각했다.

'최후의 만찬이다, 이놈아.'

*

"음……."

로지스티션 드니스가 눈을 뜬 것은 그로부터 3일 후였다. 강혁은 그보다 좀 더 일찍 깨우고 싶어 했지만, 내과 의사 토머스가 기다려보자고 한 탓이었다.

'수술이 잘된 건 맞습니다만……. 환자 체력이 너무 소모됐어요. 좀 더 재우면서 약을 쓰는 게 좋겠습니다. 그게 더 회복에 좋아요.'

강혁도 그의 말에 동의했고, 드니스는 3일 동안 조금 더 안정을 찾은 뒤 깨어날 수 있었다.

"환자! 드니스! 눈 뜨고 숨을 쉬세요! 아까 말씀드린 대로!"

"으으음."

"드니스, 괜찮아?"

손끝, 발끝으로 가는 혈류야 벌써 하루 전에 완전히 돌아와 있던 참이었다. 색만 그런 게 아니라, 돌고 있는 피의 속도도 그랬다.

"아……."

드니스의 흐릿했던 눈에 초점이 잡혀갔다. 강혁은 그의 망막에 자신의 상이 맺혔다는 것을 확신한 채 말을 이었다.

"그래, 백강혁이에요. 드니스, 당신 죽을 뻔했어."

"허……."

드니스는 이 상황이 믿기지 않는다는 듯한 표정이었다. 분명 비 오는 정글에서 사고가 나서 나무에 차를 갖다 박지 않았던가. 그 순간 드니스가 떠올릴 수 있었던 건 오직 죽음뿐이었다. 그런데 눈앞에 강혁이 있다니. 이게 대체 어찌 된 일인가.

"눈, 눈 뜬 거 아닌가?"

"이봐, 이봐! 괜찮은 거지?"

"저 마이클이에요!"

순간 방 안이 소란스러워졌다. 바로 지척에 있던 지부장은 물론이고, 저 멀리 카슈미르에 있던 마이클과 마지드까지 와 있던 덕이었다.

"진짜 살았네."

이 모든 것을 가능케 해준 요한슨은 한 걸음 뒤에 떨어져 서 있었다. 드니스가 처음 실려 왔던 때의 몰골을 떠올리면서였다. 그야말로 산송장이나 다름없었더랬다. 사실 강혁에게 걸려온 전화를 받았을 때만 해도 수술 준비를 해야 하는 건지, 아니면 장례 준비를 해야 하는 건지 헷갈릴 지경이었다. 핸들 아래쪽에 부딪히면서 양측 하부 갈비뼈가 죄 부러졌고, 그렇게 40시간 넘게 방치가 되었다가 이제 구조돼서 온다지 않았던가.

'그게 죽었다는 말 하고 뭐가 다르냐고.'

근데 웬걸? 와서 보니 어디 세계 최고의 센터라도 다녀온 건가 싶을 정도로 상처가 안정적으로 변해 있었다.

'1차 수술이……, 결정적이었어. 여기서 한 수술도 대단하긴 했지만…….'

우선 상처를 악화시킬 만한 갈비뼈 조각들은 모두 제거되어 있었는데, 동시에 절개 면 자체는 또 적었다.

'그걸……. 그냥 손전등 비춰서 했다는 게…… 미친 거지.'

직접 보지 않았다면 절대로 믿지 못했을 수술이었다. 하지만 눈앞에서 펼쳐진 2차 수술을 보고 나니 사실이라는 것을 받아들이지 않을 수가 없었다. 더없이 고마운 일은, 강혁이 그럴 때마다 직접 강의를 해주었다는 점이었다.

'토머스도 빌려달라고 하셨지.'

강의 도중 강혁이 넌지시 이런 수술은 처치가 참 어렵다고 하면서 훌륭한 내과 의사가 필요하다고 했다. 그러면서 동시에 토머스를 가리켰는데, 요한슨은 차마 거기다 대고 고개를 흔들 수 없었다. 사실 이 센터의 루틴 업무는 그리 힘든 게 아니라 보내는 게 어려운 일도 아니긴 했다. 그야말로 예비 전력일 뿐이지 않은가. 평소엔 저 훌륭한 내과 의사가 그저 당뇨약이나 고지혈증약만 리피트 처방하고 있는데, 그 수마저도 적었다. 대상이 대사관 직원에 한했으니 당연한 일이었다.

"드니스! 얼마나 걱정했다고!"

"어어, 너무 가까이 가지 마세요. 감염되면 큰일 나. 마스크 내리지 말고. 누구야, 마스크. 뒤질라고."

그사이 여기저기서 몰려온 면회객들이 드니스에게 달라붙어 각자의 반가움을 표현하고 있었다. 무엇보다 드니스가 아주 반가워하고 있었다. 좋은 소견이었다.

"자, 이제 그만할게요. 아직 환자는 안정이 필요합니다."

물론 그게 한없이 이어진다고 또 좋은 건 아니었다. 토머스는 시계를 바라보고 있다가 30분이 되는 순간 모두를 밖으로 내몰았다.

"아."

"다음에 또 부를게요. 매일 올 수 있도록 조치 취해두겠습니다."

"감사합니다. 정말……."

순식간에 안에는 의료진들과 데니스만 남게 되었다. 그중에서 제일 먼저 드니스에게 다가간 것은 역시나 강혁이었다.

"드니스."

"닥터 백……."

"뒤질 뻔한 건 알죠?"

"아……. 알죠."

"열심인 건 좋은데 자기 몸은 돌봐가면서 하라고. 정글에서 죽으면 보통은 시체도 못 찾아. 알죠?"

드니스는 무언가 말을 하려다 입을 다물었다. 뭔가 중요한 건 이게 아니란 생각이 들어서였다. 깨어난 지 얼마 안 되기도 했거니와 워낙에 심하게 다쳐서 안 돌아가던 머리는 시야에 붕대가 들어오고 나서야 해야 할 말을 떠올릴 수 있었다.

“아, 근데……. 저 누가 구해 온 겁니까?”

“누구긴 누구야. 나라니까.”

“거기……. 차로요?”

“발견은 도보로, 데려오는 건 차로. 다행히 해가 나서 그런가 메인 도로는 금방 마르더라고.”

“어떻……, 어떻게?”

“얘기 안 했었구나, 내가. 나 블랙 워터스 있을 때 레스큐 팀이었어요.”

“레스큐…….”

베테랑 중의 베테랑들. 드니스는 그제야 백강혁이 왜 그렇게 여유로운지 알 수 있었다. 아마 여기서 겪는 대부분의 상황이 레스큐 팀 시절에 비하면 아무것도 아닐 터였다. 한구 병원을 비롯해 파키스탄 전역에서 이루어지고 있는 봉사 활동이 흡사 전쟁터 같다고 하지만, 강혁은 실제 총알이 빗발치는 곳에 있다가 온 사람이었다. 그 근처 의무실에 있었던 것도 아니고 실제 용병들과 함께 뛰어다녔다는 뜻이었다.

‘왜 그놈의 문신을 했나 했더니…….’

“좀 졸릴 거예요. 졸리면 자는 게 좋아요. 아직은 몸이 회복된 게 아니라……. 내일부터는 슬슬 휠체어 타고 다녀보죠.”

약이 곧 드니스의 혈관으로 흘러 들어갔다. 진정제가 아닌 진통제였기에 바로 의식이 날아가거나 하진 않았다. 다만 눈을 뜨기 어려울 정도의 졸음이 밀려올 따름이었다.

"그럼……. 이제 가십니까?"

"가야지. 한구 병원에서 전화 맨날 와. 죽겠다는데, 어째. 가야지."

"그렇군요."

"아쉬워할 필요는 없어. 어차피 곧 볼걸."

"기대하고 있겠습니다."

강혁과 드니스는 생명의 은인과 환자라기엔 너무 담백한 인사를 나누었다.

한편 선택의 기로에 놓인 토머스는 지난 3일간 강혁과 나눴던 대화를 떠올렸다. 탁월한 유머 감각에 풍부한 지식과 어마어마한 경험까지. 마음먹고 사람 꼬시기에 나선 강혁은 정말이지 매력적인 인간이었다. 아마 츠요시와 좀만 더 대화를 나눌 수 있었다면 조금쯤은 생각이 달라졌을 텐데. 츠요시는 데니스에게 끌려다니느라 토머스는 강혁이 있을 때만 볼 수 있었다. 제대로 된 정보를 들을 기회조차 없었다는 것이다.

*

한구 병원 상황은 생각했던 것보다는 훨씬 나았다. 아무래도 인력이 조금이라도 충원되었던 것이 커다란 힘을 발휘한 모양이었다. 그 힘이 제일 절실하게 느껴진 곳은 산부인과였다. 혼자 하다가 둘이 되었으니 당연했다.

"선생님! 환자 진통 더 심해집니다!"

제일 커다란 변화는 간호사 교육이었다. 장미가 상당한 영향을 끼치고 돌아가긴 했으나, 여전히 산과 간호사는 엉망이었다. 정작 장미도 산과는 아예 모르다보니 본격적인 교육이 이루어지지 못했었다. 카심 또한 비슷한 처지인 데다가, 세속주의라 해도 무슬림이긴 해서 산과 보조는 무리였다. 정 급할 땐 여장이라도 하고 들어간다고 하지만 한계가 있었다.

"네, 나일! 제가 가서 볼게요!"

"네! 아직 다 열리진 않았습니다."

산부인과 의사가 둘이 되다보니 한 사람은 남는 시간에 교육할 수 있게 된 참이었다. 덕분에 몇몇 간호사들은 제법 진짜 산과 간호사들처럼 도움이 되어주고 있었다. 그중에서도 나일은 발군이었다. 원체 머리가 영민한 데다가 열심이었다.

"우선 더 지켜보죠. 호흡법 지키게 해주고요. 좀 더 열리면 그때 다시 불러줘요."

"네, 선생님."

"닥터 미유키는 어딨죠?"

"로야랑 분만장에 있어요."

"아."

로야는 나일과 함께 산과 간호사 투 톱을 달리는 인재였다.

"그럼 걱정할 거 없겠네요, 그쪽은."

"네."

"여기만 봐줘요."

"네, 선생님."

제인은 나일에게 대기실을 맡긴 후, 병실을 빠져나왔다.

'2층이나 가볼까.'

리처드와 요다가 있는 외과, 내과의 공간이었다.

"어, 닥터 제인."

엘리베이터에서 내리자마자 카심이 눈에 들어왔다. 늘 지쳐 보이기만 했던 그는 이제 커피를 한 손에 들고 뉴스까지 읽을 정도로 제법 여유가 있었다.

"환자는 좀 어때요?"

"특별히 문제 환자는 없어요. 어제 차 사고로 온 환자가 좀 위독하긴 한데, 요다랑 한유림 교수님이 같이 보고 있어요."

"아, 그 둘이 같이?"

"네. 닥터 장도 가 있긴 한데……. 닥터 장은 거의 배우는 입장 같고요."

장규선의 실력이 객관적으로 볼 때 그리 나쁜 건 아니었다. 하지만 여전히 배우는 태도를 견지하고 있었다. 제인은 사람 참 잘 들어왔다고 생각하며 말을 이었다.

"닥터 장……. 외래 만족도는 제일 높지?"

"아……. 네. 압도적이에요. 말도 안 되게 높아요."

게다가 외래를 생각하면 정말 대단한 사람이라는 생각만 들 따름이었다. 관상이라도 보는 건지 환자의 요구 사항을 기가 막

히게 알았다. 말이 안 통한다는 걸 감안하면 거의 신기였다. 게다가 할 줄 아는 것도 너무 많았고, 볼 줄 아는 질환도 많았다. 강혁이 주구장창 한 가지 분야만 판 장인이라면, 장규선은 두루두루 다 아우르는 종합상사 같은 느낌이었다.

"정말 못 하는 게 없어요. 백 교수님도 기회 되면 외래 들어가서 참관하고 싶다고 했다니까요. 별의별 진단명을 다 아는데……. 약도 다양하게 쓰고요."

"감기도 그렇다며?"

"전 감기에 약을 그렇게 다르고 다양하게 쓰는지 처음 알았어요. 1차 진료 학회 다녀온 요다도 학회 다 필요 없고 장규선 선생님한테 배워야 된다고 하더라고요."

장규선은 대한민국 개원의 출신이자 일본 진출에도 성공한 원장님의 위력을 몸소 보여주고 있는 셈이었다.

"여유만 있으면 대기실에 잡지도 좀 꽂아두고……. 소아들을 위한 게임방도 만들고 싶다고 하시는데, 그건 어렵겠죠?"

"게임…… 방?"

"네. 기다리는 동안 게임 하고 놀라고요. 열나는 애들은 안 되고."

"아……. 아니, 한국은 그렇게 한대?"

"그런 곳도 있다고 하네요. 뭔……. 뭐라더라. 장식도 만화 캐릭터를 쓴다는데요? 애들 좋아하게."

"허."

제인은 망치로 뒤통수를 얻어맞은 듯한 기분이 들었다. 매일

매일 환자들을 위해왔다고, 그러기 위해 최선을 다하고 있다고 생각했지만 이런 식의 서비스는 처음 떠올려보는 개념이었다. 콜럼버스가 이런 기분이었을까. 제인은 신세계라도 접한 느낌이었다.

"그, 오늘 나 분만 하나 하고 나면 얘기 좀 하자고 전해줄래?"

"아, 물론이죠. 얘기 들어보시면 깜짝 놀랄걸요. 좀 수줍어하시는 듯한데……. 말문 트이면 나중에 막는 게 문제예요. 요새 저 친해져가지고 밤에 꼭 2시간은 얘기 듣고 잔다니까요. 근데……. 배우는 게 있어요. 확실히 성공한 사람은 괜히 그런 게 아니더라고요."

"그래, 환자는 별문제 없다 이거지?"

"네. 여기 뭐 다 베테랑인데요."

"음, 그래. 잘하고 있어."

"1층 가려고요?"

"응? 어."

"가면 리처드 있을 텐데. 조심해요. 그 인간 자꾸 화단에 오줌 싸요. 그 꼴 보면……."

"어?"

제인은 엘리베이터 버튼을 누르려다 말고 뒤를 돌아보았다.

"거름이래요. 꽃 잘 자라는 거 다 자기 덕분이라고. 미친놈이에요, 진짜……."

제인은 저도 모르게 자기 발을 내려다보았다. 맨발로 화단 이쪽저쪽을 누비며 잡초도 뽑고 했으니 아주 높은 확률로 리처드의 소변을 밟았을 가능성이 있었다.

"이 시발 놈이?"

그때였다. 다들 생각만 하고 있던 욕이 터져 나온 건. 마당 쪽이었다. 창밖을 내다보니, 어느새 돌아온 강혁이 리처드를 마주하고 있었다. 리처드의 손이 지나치다 싶을 정도로 바빠 보였는데, 아마도 바지춤을 끌어올리고 있는 것 같았다.

"어……. 언제 오셨어요?"

"힘들다고 난리 쳐서 바로 왔더니 저녁에 술 진탕 처먹고 취해서 오줌 싸고 있네, 이 미친놈이."

"술 안 먹었어요……."

"술도 안 먹고 왜 오줌을 싸! 미쳤어?"

"그…… 거름……."

"뭔 소리야. 뭔 미친 소리냐고."

"꽃……. 잘 자라게……."

"뭔……."

강혁은 계속 뭐라고 하려다가, 자꾸 뒤에 젖은 흙이 보이는 바람에 욕만 지껄일 거 같아 아예 고개를 돌렸다. 황당한 얼굴의 샘이 서 있었다. 잘못 왔나 하는 얼굴이라고도 생각됐다. 해서 강혁은 허허 웃었다.

"얘기했잖아요. 나 힘들다고. 아주 또라이밖에 없어."

"그렇……, 그렇네요."

"그러니까 좀 도와줘요. 죽겠어, 진짜. 이놈들 땜에."

"나 정말 억울합니다, 예?"

리처드는 숙소동에 들어가, 하필이면 리처드와 같은 방에 배정받았다고 한숨을 쉬고 있는 샘을 두고 하소연하기 시작했다. 샘이라고 마음이 편하진 않았다. 백강혁 믿고 온 거긴 하지만 한구 지역이라는 곳은 처음이지 않은가. 게다가 샘은 닥터 요한슨과 함께 아프가니스탄 전쟁 당시 후방 의료 지원에 나섰던 인물이었다. 이곳이 이슬라마바드에 비하면 아프가니스탄과 훨씬 가까운 곳이라는 걸 들은 후로는 심장 박동이 평소보다 빨라져 있었다.

'그나마 데니스한테 리처드라고 미군 하나 있다고 들었을 땐 안심이 됐었는데…….'

하필 그 미군이 남들 앞에서 고추 까는 게 취미인 미친놈일 줄이야.

"어이, 오줌싸개. 일어났으면 거름 주러 가야지."

도착하자마자 뻗었던 강혁이 눈 뜨자마자 리처드에게 시비를 걸어왔다. 늘 그렇듯 거기에 그치지 않고, 밖으로 내몰았기 때문에 리처드는 머리 위로 떠오르는 햇빛 아래서 거름을 주어야만 했다.

"시발."

리처드가 욕설과 함께 소변 보고 있을 때쯤, 강혁은 샘과 함께 식사 중이었다. 총리가 보증해준 것이 기름뿐인 것은 아니어서 이제 식사도 꽤 괜찮아져 있었다. 갓 만든 빵에 향긋한 버터 그리고 피넛버터 그레이프 잼, 우유에 베이컨까지. 나름 훌륭한 정찬이었다.

"맛있는데요? 대사관보다 나아요."

샘은 이런 좋은 환경에서 대체 왜 리처드라는 새끼는 약쟁이처럼 오줌이나 싸 갈기는 걸까 하는 생각을 하며 강혁을 바라보았다.

"많이 먹어요."

"아, 네. 감사합니다."

"많이 먹어야 부려먹기 좋지."

"네?"

"응? 많이 드시라고. 하하."

순간 불안감이 스쳐 지나갔지만, 아직은 알지 못했다. 앞으로 어떤 미래가 닥치게 될지. 강혁이 금세 제인을 향해 고개를 돌렸기 때문이었다.

"일렉티브 수술은 다 미뤄둔 거지?"

"아, 네. 싹 미뤄놨죠. 오늘부터 잡혀 있는데……. 수가 좀 많아요. 조정 가능할 텐데, 몇 개는 미룰까요?"

이제 외과 의사 셋에 마취과 의사도 둘이나 됐겠다, 한구 병원도 슬슬 일반 수술을 잡기 시작한 참이었다. 처음부터 빡센 수술을 하기는 어렵기도 하거니와, 솔직히 강혁이나 리처드는 오히려 일반 수술은 잘 알지도 못하지 않은가. 해서 한유림이 주도적으로 항문 수술부터 하게 됐는데, 바로 시작하지는 못했다. 할라치면 누가 사라지곤 해서였다.

“아니, 그냥 바로 다 하자고. 이러다 또 어디서 부르면 가야 하니까……. 하나도 못 하겠어.”

“저도 그렇게 생각하긴 했어요. 근데 좀 피로해 보여서요.”

“응? 아, 츠요시? 잰 가서 한 것도 없는데. 맨날 잤어. 원래 사람이 자다보면 더 졸리잖아.”

“아…….”

“그리고 여기 샘이 엄청 도와줄 거야. 가르쳐주기도 할 거고. 그렇죠?”

샘은 강혁의 갑작스러운 물음에 일단 고개를 끄덕였다. 강혁은 그런 샘의 어깨를 쿵쿵 두드렸다.

“진짜 실력이 대단해. 여기 한 2주 있을 거라고 했는데, 내가 요한슨한테 샤바샤바 해서 더 있게 될 수도 있거든?”

동시에 샘의 심장도 쿵쿵 두드려지는 느낌이었다. 2주인 줄 알았는데, 더 있을 수도 있다고?

“그동안 뽑아 먹을 수 있는 건 다 뽑자고. 낮에는 근무, 밤에는 교육. 수습들 이참에 다 정규로 올려버려. 다 할 줄 안대. 카심 혼자 돌리기엔 좀 무리잖아?”

*

“응급입니다! 우측 위팔뼈 골절! 개방형 골절이고……. 활력징후는 안정적입니다!”

장이 수술실 안으로 들이닥쳤다. 걸치고 있던 가운에 피가 좀 튀어 있었다. 어떻게 보면 피가 튀었다는 것만으로도 긴장될 만한 상황이지만, 그 양이 적어서 그런가 다들 침착한 반응이었다. 그사이 강혁은 장과 함께 내달렸다.

"응급실에 있어?"

"네."

"어쩌다 그랬대?"

"뭐 걸어놓은 거 당기다가 떨어진 모양이에요. 그나마 밑에 뭐가 있어서 망정이지. 다른 곳으로 떨어졌으면 그냥 골절로 안 끝났을 거 같아요."

"몇 층……. 몇 층인데? 떨어진 곳이."

강혁은 어쩐지 찜찜한 기분이 들었다. 대학 병원이었다면 지금 장의 노티를 의심하지 않았을 터였다. 보통 응급구조사가 됐건, 간호사가 됐건, 인턴이 됐건 이렇게 노티할 때는 그 근거가 있기 마련이었으니까. 그리고 그 근거는 보통 엑스레이나 CT였다.

'여긴 그딴 거 없지.'

그 말은 곧 다른 곳의 골절이 있는지 없는지 알 수 없다는 뜻이었다. 외관상 아무 이상 없어 보였던 환자가 실은 골반 골절이었고, 그 조각이 장을 헤집어 사망에 이르게 했던 사례를 대보라고 한다면 강혁은 끝도 없이 읊을 수 있었다. 사람 몸은 생각보다 단단하지만, 또 생각보다 쉬이 망가지기도 했다.

"3층입니다. 그래봐야……. 일반적인 2층 수준이에요."

"아, 그래?"

다행히 이곳은 추락사할 만큼 높은 건물이 거의 없었다. 층수만 따지면 5층짜리 건물도 꽤 있었지만, 층고가 낮아서 별 의미는 없었다. 키가 큰 편에 속하는 강혁은 어지간한 건물 안으로 들어설 때 고개를 숙여야 할 지경이었다.

"어딨지?"

강혁이 응급실 안으로 들어서며 물었다. 그보다 좀 더 뒤처진 장이 숨을 헐떡이며 한쪽을 가리켰다.

"저, 저기요."

"음."

더 빨리 뛰어놓고 숨도 안 찬 건지, 강혁은 곧장 환자에게 다가갔다.

"으아아아!"

사실 어딨는지 물어볼 필요도 없었다. 환자는 부러진 팔을 바라보며 하염없이 비명을 지르고 있었다. 보아하니, 진통제는 들어간 거 같은데 시각적인 충격이 가시지 않는 모양이었다.

"쉬……."

해서 강혁은 우선 그의 눈을 가리며 자신이 낼 수 있는 가장 편안한 주파수의 소리를 내주었다.

"으……."

그러자 놀랍게도 환자는 한결 편안한 얼굴이 되었다. 따라온 장은 역시 이 사람은 괴물이란 생각을 하면서 입을 열었다.

"다친 지는 한 30분? 40분가량 되었다고 합니다. 신고 없이 그냥 이리로 와서 정확하지는 않아요."

"어떻게 왔지?"

"어떻게라뇨?"

"들것? 아니면 걸어서?"

"아."

대한민국에서는 그렇게까지 중요한 질문은 아니었다. 절대다수의 환자가 119에 실려 오니까. 하지만 여긴 아니었다. 119가 있다고는 하는데, 어디 있는지 확인하기가 어려웠다. 강혁은 아마도 한구에는 없는 게 아닌가 하고 있을 지경이었다.

"부축받아서 왔습니다. 저기, 저 두 분이 같이 왔어요."

장은 고개를 끄덕이며 옆에 앉아 쉬고 있던 두 사람을 가리켰다. 둘 다 상의가 피에 축축하게 젖어 있었다. 그중에서도 유독 한 사람의 한쪽 어깨 및 배 부근이 더 젖어 있었다. 들은 대로 부축받아서 걸어왔다는 뜻이었다.

'경추, 허리 그리고 골반, 다리는 괜찮군.'

덕분에 강혁은 정황과 자신이 본 바를 종합해서 결론을 내릴 수 있었다. CT도 엑스레이도 없었지만 가능했다. 백강혁이니까.

"좋아, 그럼 일단 생리식염수 줘봐. 세척해야지."

"아, 네. 여기…… 여깄습니다."

"장갑 어딨지?"

"저기요."

"오케이. 음."

강혁은 가운을 벗어젖히고 장갑을 끼려다 말고 환자의 상처를 바라보았다. 부러진 위팔뼈가 살갗을 찢고 밖으로 튀어나와 있었다. 진통제가 들어갔다고는 하지만 더럽게 아플 터였다. 거친 삶을 살아온 사람들다운 터프함으로 견디고 있다곤 해도, 거기에만 의지하는 의사는 나쁜 의사일 터였다.

"일단 로컬 마취 좀 하고 하자. 상처 벌리면 너무 아플 거 같아."

"아……. 네."

장이야 거기까지 생각이 미칠 만큼 경험이 쌓인 의료진은 아니었지만, 어쨌든 강혁의 말이라면 무조건 따라야 한다는 것 정도는 알고 있었다.

"좀 따끔해요."

"아."

"뭐 잘 안 느껴질 수도 있습니다."

강혁은 유창하다 못해 모국어로까지 느껴지는 우르두어로 환자를 안심시키면서 주사를 찔러 넣었다. 워낙에 국소 마취도 완벽하게 하는 강혁이 아니던가. 환자는 딱 첫 방에만 살짝 인상을 찌푸리나 싶더니, 이후론 편안해 보였다. 적어도 살갗의 통증은 경감된 덕이었다.

"좋아. 이제 벌려."

"으윽."

"좀 아파요. 근데 어쩔 수가 없어. 이거 감염되면 잘라야 해."

"히익."

"지금 자른다는 게 아니라, 이거 안 하면 잘라야 한다고. 그러니까 참아요."

"으으."

물론 아주 커다란 위안이 되진 않았다. 그나마 벌릴 땐 주사 맞지 않은 것보단 나을 거란 바람뿐이었다. 강혁은 그렇게 벌려진 상처에 생리식염수를 쏟아부었다. 말이야 세척한다고 했지만, 정말 세척만 할 생각은 없었다. 만약 그럴 거라면 그냥 처방만 내려도 될 일 아니던가. 강혁이 굳이 직접 이렇게 나선 것은 그보다 더 적극적일 이유가 있었다.

'신경은…… 좀 다치긴 했는데……. 그래도 감각 신경이 다야. 움직이는 데는 이상 없어.'

손상에 대한 평가였다. MRI는커녕 CT도 엑스레이도 없는 이곳에서는 육안으로 확인하는 게 절대적이었다.

'혈관은……. 잔가지만 좀 터졌고. 그나마도 출혈은 많지 않아. 문제는…….'

보통 골절에서 신경과 혈관이 괜찮다면 안심할 수 있었다. 하지만 이 환자의 경우 근육이 너무 심하게 찢겨나가 있었다.

'음…….'

이걸 이대로 대강 봉합한다면 어떻게 될까. 어쩔 수 없이 움직임의 제한이 발생하게 될 터였다. 그리고 이곳에서 신체적인 제한은 궁핍한 생활로 이어졌다. 강혁은 끙 하는 소리와 함께 환자의 얼굴을 돌아보았다. 옛날 같았으면 한 쉰쯤 됐나 했겠지만, 이곳에서 제법 오래 지낸 지금은 좀 다르게 평가할 수 있었다.

'이제 겨우 서른 좀 넘었을 텐데. 완전 가장이겠지?'

애가 얼마나 있을지 가늠도 하기 어려웠다. 강혁은 굳은 얼굴이 되어 수술실 쪽을 돌아보았다. 리처드, 한유림이 있는 곳. 둘이라면 어떤 응급이라도 대강 처치 가능할 터였다. 그 말은 곧 이 환자에게 시간을 어느 정도 들여도 좋다는 뜻이었다.

"장, 수술……. 처치실에서 하도록 하지."

"국소 마취로요? 수술방에 얘기해서 바꿔도……."

"아니, 괜찮아. 아까 다른 환자 들어가는 거 봤어. 국소로 해. 댄 불러서 재워달라고 하면 돼."

"아……. 네. 근데 재우는 건 그냥 하셔도……."

"오래 걸릴 거야. 마취과 의사가 있어야 해."

"알겠습니다."

"난 일단 세척하고 있을 테니까, 천천히 준비해."

"네."

장은 강혁의 지시를 받고는 곧장 처치실로 향했다. 팔 다친 환자를 생각하면 지체해선 안 되었다. 서두른다고 예후가 얼마나 더 좋아질는지는 모르겠지만, 이제 장도 이 근방의 생활에 어느 정도 익숙해진 참 아니던가. 대를 이어온 가난이 온 지역을 짓누르고 있었다. 자연환경은 척박한 데다가 천연자원이 많은 것도 아닌데 인구는 2억에 달했다. 인구 자체가 경쟁력이 될 수 있는 시대가 다시금 도래하고 있긴 하지만 정치, 지리적인 이유로 아직까지는 적극적인 개발이 이루어지고 있지 못했다. 덕분에 실업이 만연했는데, 그 와중에 장애가 있는 사람은 아예 취업이 불가하다고 봐야 했다.

'그나마 데니스가 하는 커피 농장에서 장애인들을 쓰고 있긴 하지만…….'

서비스 업종이 아닌 1차 생산직에서 장애인이 할 수 있는 일은 아무래도 제한적이었다. 데니스 또한 사회적 기업을 표방하고 있는 만큼 최선을 다하고 있지만, 그 수는 적었다.

'서두르자.'

"무슨 수술이에요?"

불려온 댄은 너무도 익숙하게 장갑을 끼며 물었다.

"우측 위팔뼈 골절입니다. 개방형이……. 지금 백 교수님이 응급실에서 보고 계십니다."

"아……. 그거 그냥 국소로 한다고?"

"네. 국소로 한다고 합니다."

"어려울 거 같은데……. 하긴 그 양반 수술 걱정할 필욘 없지. 그럼 언제 오죠?"

"그건……. 아, 오는 거 같은데요?"

장은 저 멀리, 병원 입구에서부터 들려오는 드르륵 소리를 들으며 말했다. 그가 특별히 청력이 좋은 건 아니었기에 댄도 똑똑히 들을 수 있었다.

"그렇네요. 바로 할 수 있게 서두릅시다."

"네."

둘이 말한 대로 환자는 곧 처치실 안으로 들이닥쳤다.

"댄, 일단 재워서 합시다."

"네."

"활력징후 챙겨주고요. 피가 많이 나진 않았는데……. 그래도 혹시 모르니까."

"네, 걱정 마세요."

"장, 수술 기구는?"

"일단 있는 대로 꺼냈습니다."

"음, 뭐 잘했어. 오염 안 되게 다루는 법은 알지?"

"그건 알죠."

"일단 쭉 깔아놔봐. 필요한 거 있으면 달라고 하든지, 알아서 집든지 할 테니까."

"네."

"그리고……. 흠."

강혁은 상처와 댄 그리고 장을 번갈아 바라보았다. 댄은 일단 마취를 맡아주어야만 했다. 아주 급하다면야 댄에게도 보조를 맡기겠지만, 여긴 그럴 만한 곳이 아니었다.

'그렇다고 장한테 하기도 뭣하지.'

장은 지금 본연의 업무 외에 다른 일을 하기 위해 끌려온 마당 아닌가. 여기서 뭘 더 하라고 하는 건 좀 너무했다.

"수습 하나만 부르자."

"아, 네."

해서 강혁은 수습의 손이라도 하나 빌리기로 작정했다. 밖에 있던 보안 요원 하나가 어슬렁거리던 것을 멈추고 수술실로 향했다. 현재 한구 병원 내의 모든 수습은 거기 있었기 때문이었다. 그가 곧 수습 하나를 데리고 처치실로 왔다.

"그래……. 음. 수습인가? 언제 들어왔지?"

"요번 달 초입니다."

"와……. 간호사 면허는 있고?"

"네."

"오케이. 그럼 여기 이렇게. 이렇게 딱 당겨. 댄은 이제 환자 재워주고. 이제부터 나 정말 집중해야 하거든? 그러니까 어지간하면 입 열지 마. 다 조용히 해줘."

강혁은 오히려 부러진 뼈를 잘 맞춰서 플레이트까지 댄 다음부터 더 신중해졌다.

"후."

강혁의 얼굴에 땀이 촉촉하게 배어 나오기 시작했다. 처치가 계속되고 한 땀 한 땀 봉합이 이어질수록 땀은 더 많이 났다. 수습이나 장은 이러한 수술을 처음 보는 것이었지만, 그럼에도 어마어마한 수술이라는 것 정도는 알 수 있었다. 완전히 망가져서 손을 쓸 수 없을 거 같았던 근육이 천천히 제자리를 찾아가고 있었으니까. 이미 봉합된 부위는 단 한 번도 다치지 않았던 것처럼도 보여서 오히려 생경한 느낌을 주었다. 아직 봉합이 되지 않은 부위와의 대비가 극명하다보니 더 심하게 다친 것처럼 느껴지기도 했고. 마법이라고 해야 할지, 아니면 기적이라고 해야 할지 모르겠는 봉합이 계속되고 있었다.

수술 전이랑 비교하자면 말도 안 될 정도로 호전되어 있긴 하지만, 여전히 장애가 남을 수준이기는 했다. 끝까지, 말 그대로 끝까지 최선을 다해야만 했다.

"환자 상태 어때?"

"네? 아, 네. 지금 바이털 보면서 약 주고 있습니다. 자발 호흡

유지될 정도로만요."

"오케이. 움직이지 않게만 해줘. 아직 멀었어."

"네."

"그럼 다시 시작한다."

처치실 안에는 다시금 봉합하는 소리만 울리기 시작했다. 바늘이 근육 결을 뚫고 정확히 끊어졌던 반대편 결을 뚫고 나와 연결하는, 기적 같으면서도 지리한 과정의 반복이었다.

그사이 다른 환자가 수술실로 향했다. 강혁의 귀에도 분명 소리가 들렸지만, 고개도 돌리지 않았다. 그렇게 강혁은 초인적인 집중력으로 수술을 마쳤고, 그가 환자와 처치실에서 나올 때까지 수술실의 문은 닫혀 있었다.

*

한유림과 리처드가 숙소로 돌아온 것은 밤 10시가 넘어서였다. 뭐 어디 놀러 갔다 온 게 아니라 정말 수술실에서만 있다가 온 둘이었다. 이번 주에 잡혀 있던 치질 수술을 다 끝낸 참이었기에 온몸에서 피곤이 뚝뚝 떨어졌다.

"어이구, 우리 한구 병원의 동량들이 오시네."

골절 환자 말고는 더 응급도 없던 날이라 일찌감치 돌아와 쉬고 있던 강혁은 소파에 누워 있었다.

"죽어라 수술하고 왔는데, 그렇게 웃어? 비켜, 비켜."

"누가 보면 뭐 응급이라도 하고 오신 줄 알겠네."

"응급이지, 그럼. 똥 못 싸는 게 얼마나 괴로운데. 하루라도 빨리 낫게 해줘야지. 원래 오늘 예정되어 있던 수술만 한 거야. 그래도 오래 걸려서 힘들었어. 쉰 소리 그만하고 비켜, 비켜. 진짜 힘들어……."

하지만 앉으려는 그의 계획은 무산되고야 말았다. 강혁이 신묘한 몸놀림을 구사하더니, 두 다리로 온몸을 결박하다시피 했기 때문이었다. 나머지 한 팔로는 반대편에 앉으려던 리처드를 가로막고 있었고, 다른 한 손으로는 코를 싸매고 있었다.

"어어, 잠깐. 샤워는 하셨어들?"

"뭐……, 뭔 소리야."

"냄새나. 냄새난다고."

"아니……. 무슨 냄새가 난다고."

"인간적으로 하루 종일 후비고 온 거 다 아는데, 어딜 그냥 앉어. 저기 샘 봐. 샘처럼 일단 방으로 가서 닦으라고."

"음."

한유림의 입 안엔 내뱉고 싶은 문장들이 맴돌았다. 하지만 더 버티기는 어려웠다.

"알았다, 일단 씻고 올게. 리처드. 자네도 씻자고."

"아, 네. 하하."

그사이 먼저 샤워실에 들어온 샘은 바닥에 주저앉아 있었다. 예상했던 것보단 시설은 썩 좋았다. 지금도 뜨끈한 물이 콸콸 쏟아져 내려오고 있지 않은가.

"흐아."

하지만 이건 힘들어도 너무 힘들었다. 세상에 하루에 치질 수술을 혼자서 열 건도 넘게 보조하게 될 줄이야. 마지막 몇 건은 아예 세어보지도 못했는데, 아마 열보다 스물에 가까운 수였다. 솔직히 수술이란 게 오전에 하나, 오후에 하나 이렇게 해야 맞는 거 아닌가.

'미친 새끼들…….'

물론 이렇게 욕하는 게 옳지 않다는 건 알고 있었다. 아무래도 직접 수술에 참여한 집도의들이 체력적으로 더 힘들 수밖에 없었을 테니까. 하지만 다른 사람들이 죽도록 힘들다고 해서 내가 편해지는 건 아니었다.

'와……. 이거 어떻게 버티지?'

이 먼 곳에 꼴랑 열흘 남짓한 출장이라 좀 짧나 싶었던 게 바로 어제였는데, 이젠 그 열흘도 길어 보였다. 하루빨리 튀고 싶었다. 좀 더 뜨끈한 물로 지지다 나가야겠다 하고 있는데 갑자기 문이 열렸다.

"어, 어!"

리처드였다. 이미 싹 벗고 있었는데, 누가 현역 군인 아니랄까 봐 우락부락했다. 저 몸을 해가지고 왜 강혁에게는 당하고 사나 하는 생각이 들 지경이었다.

"아……. 하고 계시구나. 저도 좀 할게요."

"뭐, 뭘 해!"

"응? 샤워요."

"아."

"왜 그래요."

"아니. 그……, 그래도 둘이 여기서 같이 샤워를 한다는 게……."

"뭐 어때서요. 저쪽에 숙소 있을 땐 셋이서도 했는데."

"아."

환경이 열악해서 그런가. 하긴 여기가 무슨 대사관은 아니지 않은가.

'그래, 여긴 봉사 단체야…….'

셋이서 씻는 거보단 둘이 씻는 게 낫겠지 하는 생각이 들었다. 그 둘 중 하나가 리처드가 아니었으면 더 좋았겠지만. 어쩌겠는가. 어렵게 샘이 마음을 다잡고 있으려니 누군가 또 들어왔다.

"뭐, 뭡니까?"

둘까지는 참겠는데 셋은 안 되겠다 싶었던 샘은 수건을 집어 들었다. 들어온 사람이 샘을 밖으로 잡아끌었다. 예상과는 달리 샘을 잡아당긴 건 강혁이었다. 방금까지만 해도 백수처럼 늘어져 있더니, 지금은 참전을 앞둔 군인처럼 긴장감이 팽팽해져 있었다.

"어……."

"환자 왔대. 병원 가자."

"네? 아니, 저 방금……. 방금 여기 왔는데요."

"무슨 상관이야, 그게. 당직이잖아."

"네? 저 당직이에요?"

생각해보니 여기 와서 당직표는 고사하고 근무표도 본 적이 없는 거 같았다. 근데 다짜고짜 당직이라고? 멍한 얼굴을 하고 있으려니, 강혁의 말이 계속되었다.

"어제 쉬었잖아? 잤잖아?"

"아……. 잤죠. 잤는데."

분명 먼 길 와서 고생했으니까 푹 자라고 하지 않았나? 그래서 그런 줄 알고 잤는데, 바로 다음 날 당직을 준다고? 믿을 수가 없었다.

"그 표 좀……. 볼 수 있을까요?"

"아니, 환자 왔다는데 표를 언제 보고 앉았어. 아무거나 걸치고 일단 가자고."

"어……."

"이러다 환자 죽어, 죽는다고. 책임질래?"

"아, 알겠습니다."

하지만 일단 급한 건 환자였다.

"똑딱똑딱."

"하, 하지 마요. 더 초조해."

"초조하라고 하는 건데."

"다, 다 입었어요."

"오케이. 가자."

"근데 무슨 환자예요? 무슨 환자길래……."

강혁은 계단을 내려가면서, 대수롭지 않다는 듯한 얼굴로 대꾸했다.

"총에 맞았대."

"아, 총. 네? 총? 여기 안전하다더니?"

"안전하지. 안전해."

"근데 왜 사람이 총을 맞아요?"

"사고야, 사고."

강혁은 혀를 차는 대신 여전히 대수롭지 않다는 얼굴로 대꾸해주었다.

"총은 대부분 사고죠!"

"아……. 말뜻을 못 알아먹네."

"무슨……."

"일단 달려. 병원으로. 지금 사람들 있기는 한데……. 우리 간호사들 아직 좀 실력이 달려서."

"어, 어."

아직 납득이 다 된 건 아닌데, 얼결에 뛰다보니 응급실이었다. 안에는 의외로 아는 얼굴이 하나 보였다. 데니스였다.

"뭐야?"

강혁은 데니스에게 다가가 물었다. 그러자 데니스는 상처를 누르고 있느라 온 소매를 피에 잔뜩 적신 채 답했다.

"간만에 농장 어떻게 굴러가나 하고 보는데……. 갑자기 총소리가 나더라고요. 뛰어가봤더니, 야생 동물인 줄 알고 쐈다는데 사람이 맞았어요."

"뭐로 쐈는데."

"엽총."

"젠장. 안 좋은데……."

강혁은 장갑을 낀 후, 자연스럽게 데니스의 손을 밀어냈다. 총에 맞은 곳은 하복부였는데, 피가 끊임없이 새어 나오고 있었다. 양이 적지 않았다. 그나마 데니스가 배운 가락이 있어 망정이지, 그렇지 않았다면 죽었을 가능성이 컸다.

"반드시 살려야 해요. 겨우……. 겨우 자리 잡고 있는데 이런 사고가 나면……."

"그런 말 안 해도 살릴 거야."

"그래도……."

"이것저것 떠들 시간에 옮기는 거나 도와. 너 힘세잖아."

"아, 아! 네."

데니스는 강혁과 샘을 도와 침대로 옮겼다.

"보조 필요하겠는데, 요다 지금 병원이지? 중환 없으면 내려오라고 해. 어차피 다 항문 환자라 딱히 뭐 할 거 없을걸."

"아……. 네. 근데 요다 선생님 내관데……."

"과 따지게 생겼어, 지금? 노인네는 아까 보니까 딱 뒤지겠던데."

"알겠습니다. 부르겠습니다."

"어차피 어려운 거 안 시킬 거야. 댄은 지금 수술방에 있지?"

"네, 준비 중입니다."

"오케이."

강혁은 고개를 끄덕이는 동시에 침대를 밀었다.

"야."

멍하니 있는 데니스의 어깨를 강혁이 톡 하고 쳤다. 데니스와는 달리 편안한 얼굴이었다.

"에?"

"커피나 타놔. 금방 끝낼 테니까."

"아……."

"뭐 하고 있어. 가서 타라고. 식기 전에 끝낸다."

"허."

데니스는 닫힌 수술실 문을 바라보며 표한 감탄을 내뱉었다. 대체 뭔 놈의 수술이 커피가 식기 전에 끝난단 말인가.

"야, 안 튀어 가? 너 아직도 거기 있지? 숨소리 다 들려."

생각 같아서는 거기 서서 계속 투덜거리고 싶었는데, 더는 그럴 수도 없게 되었다. 어떻게 알았는지 강혁의 불만 어린 목소리가 방 너머에서부터 들려왔기 때문이었다.

'조용히 사라지자…….'

강혁은 수술방 문을 바라보며 한참을 더 고개를 저어대고는 댄을 바라보았다.

"마취됐지?"

"네. 근데 출혈량이 너무 많아요. 일단 수혈로 따라가고 있기는 한데……."

댄은 응급실에 오자마자 간호사들이 간이 검사해둔 것을 토대로 피를 달아둔 참이었다. 예전보다는 확실히 처치에 필요한 시간이 단축된 셈이었다.

"음."

강혁은 만족스러운 얼굴로 수액 라인을 따라 들어가고 있는 피를 보며 고개를 끄덕였다.

"일단 바이털 따라잡아줘. 출혈은 내가 최대한 빨리 정리할 테니까."

"아……. 네."

댄 또한 강혁을 보며 고개를 크게 끄덕였다. 처음 왔을 때만 해도 이 사람이 이상한 소리 할 때마다 의심이 불길처럼 치솟았었는데, 이제 와 그러기엔 보고 겪은 기적이 너무 많았다. 그저 짤막한 기도만 올릴 뿐이었다.

'감당할 수 있는 부상이었길……. 그리고 너무 늦지 않았기를…….'

강혁은 샘에게서 가운을 받아 걸치고 장갑을 끼웠다. 그러곤 잠시 강혁 대신 상처를 누르고 있던 수습 간호사를 옆으로 밀었다.

"이제 내가 할게. 수고했어."

"아……. 네, 네."

수습 간호사는 말 그대로 간호학교를 졸업하자마자 온 신입이었다. 대한민국처럼 제대로 된 간호대학을 나온 사람이라면야 실습 시절에 이미 여러 상황을 겪어봤겠지만, 안타깝게도 이 친구들은 그런 교육을 받아본 적이 없었다. 생전 처음 보는 중증외상 환자만 해도 과한데, 붉고 더운 피가 손을 적신 상황 아니던가. 아마 오늘 밤에 잠자기는 다 글렀을 터였다.

'그렇게 배우면 평생 가지.'

"칼."

"아, 네."

강혁은 한 손으로 상처를 누른 채, 다른 한 손을 내밀었다. 다행인지 불행인지 엽총은 딱 한 번 발사된 모양이었다. 엽총이라 상처는 여러 군데 나 있긴 했지만, 심각한 손상이 있는 곳은 한 손에 짚을 수 있는 수준이었다. 지이익. 강혁은 그 안쪽을 바로 바라볼 수 있는 위치에 망설임 없이 칼을 그었다.

'안 좋은데……. 엽총이라더니……. 상처가 여러 군데야.'

심지어 상처가 좀 얕은 곳에는 박혀 있는 펠릿이 보일 지경이었다. 대체 뭔 놈의 야생 동물이 나오길래 이런 걸 쐈나 하는 원망이 들었다.

"자, 이거 잡고 위로 당겨."

"아, 네, 네."

"눈이 왜 이렇게 흐리멍덩해. 빨리 당겨. 아까 못 들었어? 커피 식기 전에 갈 거라니까. 나도 졸려, 오늘은."

"어……. 네."

강혁은 말 그대로 서두르는 중이었다.

"클램프. 연달아 짚을 거니까……. 5개만 준비해서 계속 줘."

"네, 교수님."

강혁은 샘이 절개 면을 벌리기가 무섭게 안에 손상 지점을 파악한 참이었다. 강혁은 손이 눈을 따라갈 수 있는 몇 안 되는 사람이기도 하지 않던가. 거의 순식간에 출혈 지점을 클램프로 물었고, 그 출혈을 만든 펠릿들이 클램프에 물려 나왔다. 집힌 클램프가 늘어날수록 출혈은 드라마틱하게 줄어들었다.

"타이."

"아, 네."

"얼 빼지 마. 이제 더 속도 낼 거니까."

"네."

"봉합."

"네."

"아니, 이거보다 작은 거. 어차피 출혈 잡아서 급하게 닫을 필요도 없어."

"어……. 네."

펠릿이 두서없이 박혀 있던 복부 안 상처가 빠르게 닫히고 있었다. 심지어 장도 다친 곳이 있었는데 어느새 다 이어져 있었다. 장루 뽑을 생각을 하지 않는 걸 보니 본인 생각엔 완벽하게 이루어졌다고 믿는 모양이었다. 자세히 안 보면 저길 다쳤었나 싶을 지경이었다.

"바이털은 완전히 안정적입니다. 수혈량 줄이고……. 랩 따라가면서 보겠습니다."

"우리 이제 CBC는 되는 거지?"

"네. 그거랑 ABO는 바로바로 됩니다."

"오케이, 아주 좋네?"

"뭐……. 예전이랑 비교할 수 없는 수준이죠."

"좋아. 다 닫았고. 어때, 중환자실로 빼야 되나?"

"어……."

댄은 잠시 고개를 갸웃거리다가 말고 시계를 바라보았다. 시간이 불과 50분도 채 안 흘러 있었다. 다친 부위도 복부. 일반 병실로 빼도 문제없을 것 같았다.

"아뇨. 일반 병실로 가도 좋겠습니다."

"오케이……. 그럼 환자 빼고 커피나 한잔하지. 설마 디카페인으로 했겠지? 센스 있게? 안 그랬음 뒤졌다, 진짜."

강혁은 우선 수술이 끝난 환자를 일반 병동으로 올렸다. 예전 같았으면 수술에 참여했던 간호사와 의사가 후 처치까지 다 해야 했겠지만, 간호 인력이 늘어나고 있는 지금은 아니었다.

"네, 특별히 주의할 건 없을까요?"

"외상 환자니까 바이털 흔들리면 바로 콜 해줘. 일단 요다가 여기서 자니까 요다 부르고……. 나 부르는 건 요다 판단에 맡기지."

"네!"

"그럼 수고해요."

"네, 감사합니다."

해서 강혁은 간호사의 어깨를 툭 쳐주고는 병실을 빠져나왔다. 그러곤 댄과 샘을 대동한 채 데니스가 있는 건물로 향했다.

"어, 어!"

기별도 없이 찾아온 터라 데니스는 무척 놀란 표정을 지었다. 이번 총기 사고의 장본인이라고까지 할 수는 없어도, 어찌 되었건 제일 깊숙이 관여되어 있는 사람 아닌가. 수술이 어찌 될지 몰라 노심초사하고 있던 차였다. 이미 수술이 실패했을 경우를 상정해 플랜 B, C를 짜두기까지 했다.

'너무 빠르잖아?'

갑자기 강혁이 나타났으니 놀라울 수밖에 없었다. 저도 모르게 시계를 확인해보니 이제 겨우 수술에 들어간 지 1시간이 지났을 따름이었다. 빨라도 너무 빨랐다. 죽을 가능성이 없는, 쉬운 수술이라면 모르겠지만……. 보통 이런 경우라면 가능성은 한 가지로 수렴하기 마련이었다.

"주, 죽었습니까?"

"뭐래, 이놈이."

해서 어렵사리 입을 뗐더니 강혁은 대뜸 손을 내저었다. 너무도 자연스럽게 커피 내리는 곳 앞에 놓아둔 의자에 털썩 앉으면서였다. 거의 강혁의 개인 테라스라고 봐도 무방할 지경이었다. 아무 때고 찾아와 취향에 맞게 블렌딩 해서 커피 내리라고 하는데, 횡제가 따로 없었다. 즉 언제나 불청객이었단 뜻이었다. 하지만 오늘은 아니었다. 시큰둥한 반응이 이토록 반가울 수가 없었다.

"사, 살았어요?"

"살았지, 그럼. 내가 아까 말했지? 식기 전에 끝내겠다고. 커피는 어딨어."

"아……. 잠시만요."

자초지종을 묻고 싶었지만, 데니스는 어쩐지 아까 내려둔 커피를 내놓는 것이 먼저란 생각이 들었다.

"여기요."

늘 강혁이 마시는 조합으로 블렌딩한 커피였다. 하도 이것만 내리다보니 반강제적으로 한구 병원 사람들을 비롯해 데니스까지 취향이 바뀌고 있을 지경이었다. 그 말은 곧 고마워해야 마땅하다는 얘긴데, 어째 강혁의 얼굴은 묘하기만 했다.

"왜 식었어, 이게."

"네?"

"왜 식었냐고."

"어……. 그……."

'그건 네가 늦어서 그런 거 아닌가?'라는 말이 순식간에 입 안을 맴돌았다. 1시간이라는 시간이 수술로 치면 퍽 짧은 시간이지만, 커피가 따뜻하기엔 너무 긴 시간이지 않은가. 상식이 있는 사람이라면 이렇게 생각해야 할 텐데, 강혁은 생각이 좀 다른 모양이었다.

"커피를 어떻게 끓이길래 벌써 식냐고. 게다가 이 센스 없는 놈 봐."

"네?"

"이거 디카페인 아니지?"

"네? 아니……. 여기서 무슨 디카페인을 만들어요……. 그거……. 그게 얼마나 어려운 건데."

"아니, 센스가 이래가지고 저 환자 계속 숨 붙어 있게 할 수 있겠어, 이거?"

"네? 환자……. 환자 수술 끝난 거 아니에요?"

"엽총에 맞았잖아. 펠릿이 한두 개야? 일단 눈에 보이는 것만 제거했지. 몸 안에 미처 제거하지 못한 게 있을 수 있다고."

사실 강혁이 자기 눈에 보이는 것만 제거했다고 하면, 거기 있는 건 다 제거했다고 보면 되었다. 하지만 강혁과 같은 눈을 지니지 못한 사람들로서는 아, 몸 안에 남았겠구나 할 수밖에 없었다.

"어……. 그럼 잘못될 수도 있단 거예요?"

"확인은 필요할 수 있지."

"어, 어떻게 확인하는데요."

"그……. 에이, 아냐. 센스 없는 놈한테 뭘 부탁하냐. 스미스한테 바로 전화해야지……. 여기 커피 농장에서 총 맞은 민간인 살려야 되는데 필요한 게 있다고."

"어어, 아니죠. 아뇨. 아뇨!"

지금 협박하는 거지? 이 미친놈이 총기 사고 꼰지르겠다고 협박하는 거지?

"저한테……. 저한테 우선 말씀해보세요."

"그래도 되나 몰라, 이거."

"해……, 해보세요, 제발."

"뭐 이렇게까지 나오는데 설마 안 해주진 않겠지? 해줄 거지?"

"뭔지는, 뭔지는 알아야 저도 확답을……."

"역시 얘기는 제일 윗놈이랑 해야지."

"어어어어! 해줄게! 해줄게!"

데니스는 강혁이 휴대폰을 꺼내 들자마자 지킬 수 없는 약속을 하고야 말았다. 강혁은 그런 데니스를 보며 씨익 웃었다. 데니스뿐만 아니라, 야밤에 내키지도 않던 커피 마시러 왔던 댄이나 샘마저 섬찟한 느낌이 들게 하는 그런 미소였다.

"뭐…… 뭔데요."

"엑스레이."

"네?"

"엑스레이 몰라? 뢴트겐이 발견한 거잖아. 우리 몸 투사해서 딱 보는 거. 혹시 가방끈이 짧아서 그래? 내가 상처 준 거면 미안하고."

"아니……. 아니, 그런 얘기가 아니라……."

"알아? 그럼 얘기 편하겠네. 그거 좀 사줘."

"어……."

엑스레이 기기를 사달라니. 말투만 보면 무슨 어린이날 레고 정도로 생각하는 듯했다. 그게 생각보다 안 비싼 건가, 뭐 이런 생각마저 들 지경이었다.

"어, 얼만데요?"

"중고로 사면 한 천만 원? 흉부만 볼 거면 더 싸지는데……. 우리 외상도 보잖아. 앞으로 다른 질환도 볼 거고. 천만 원이면 돼."

"천만 원……."

인사 고과 불이익과 천만 원이라. 둘 중에 뭘 선택해야 할지는 자명한 일이었지만, 좀 가혹하다는 생각이 들었다. 뒤에 있던 댄이나 샘도 그렇게 생각했다. 다들 한마음 한뜻으로 백강혁 너무하다를 외치게 됐을 무렵, 강혁이 다시 한번 웃었다. 이번 미소는 그렇게 소름 끼치는 종류의 것은 아니었다.

"좀 큰돈인가?"

"네? 네, 좀…… 그래도 스미스한테 얘기하시는 거보다는."

"아니, 아냐. 내가 돈을 댈게."

"저, 정말입니까?

"그래, 후불로 줄 테니까. 물건만 대령해놔. 어디서 어떻게 산 물건이든 난 상관 안 해. 잘 찍히기만 하면 돼."

"오……. 근데 그럼 이송 비용은……."

이건 내가 내야겠지란 생각을 하고 있는데, 강혁이 고개를 저었다.

"후불로 청구해. 내가 내줄 테니까."

"아……. 감사, 감사합니다."

"감사해야 되는 건 아니 다행이네."

"아, 네. 그…… 그렇죠."

"그럼 나 여기 종종 커피 마시러 와도 되지?"

"네?"

어차피 지금도 마시러 오지 않나요, 라는 말이 입 안을 빙빙 돌았다. 강혁은 어리둥절해하는 데니스의 얼굴을 보며 말을 이었다.

"와서 커피만 마시나? 이런저런 얘기도 좀 하는 거지. 재미난 얘기 있으면 얘기해줘. 나도 스미스랑 얘기하는 거보다는 너랑 얘기하는 게 편하니까."

"아."

끄나풀이 되라는 소리였다.

"심각한 얘기는 말고. 재미난 거."

스파이라기보다는, 좀 많이 친한 친구 느낌의 끄나풀이 되라는 소리였다.

"그건 그렇고, 왜 커피 안 줘? 디카페인 만들어봐. 모르겠으면 인터넷 검색해보고."

결국, 강혁은 데니스에게 끝끝내 디카페인까지는 아니더라도 그 비슷한 무언가를 얻어먹고서야 숙소에 돌아와 뻗었다. 애초에 여독이 풀리지 않은 상황이었고, 또 한구의 하루는 누구에게라도 만만치 않은지라 뻗은 건 당연한 일이었다.

'하아.'

비단 강혁뿐 아니라 다른 이들도 모두 곯아떨어진 상황이었다. 단 한 명, 샘만 빼고.

'너무 힘든데?'

샘이라고 한구까지 오는 데 헬기 타고 온 것은 아니지 않은가. 강혁과 같은 차를, 그것도 앰뷸런스라 불편하기 짝이 없는 차를 타고 온 참이었다. 그거까지는 별로 불만스럽지 않았다. 어차피 파키스탄 국도나 하이웨이가 열악하다는 것도 잘 알고 있었고, 한구 병원 사정도 익히 잘 알고 있었으니까. 하지만 와서 정말이지, 노예처럼 일하게 될 줄은 몰랐다. 설마 내일도 당직을 시키진 않겠지. 그 정도라면 얼마든지 응해줄 용의가 있었다. 어느 정도는 봉사 차원에서 온 몸이었으니까. 요한슨의 부탁도 있었고.

'그래……. 자자……. 내일 일어나자마자 당직표 달라고 해야지.'

한번 긍정적으로 생각하고 나니 마음이 한결 편안해졌다. 좋은 일 했다는 생각까지 들자, 뿌듯한 생각마저 들었다. 샘의 마음이 다시 불편해진 것은 새벽녘이었다. 따르르릉. 바로 옆에서 전화기가 울렸다. 벌써 아침인가 싶어서 고개를 돌려보니 이제 겨우 새벽 3시였다. 방에 들어온 게 1시 반이었으니, 바로 잠에 들었다고 쳐도 1시간 반밖에 못 잤다는 얘기였다.

'아, 뭐야…….'

리처드라는 놈은 알람도 이상한 시간에 맞춰놓나 싶어서 노려보고 있으려니, 리처드도 어지간히 짜증 난 얼굴로 몸을 일으켰다.

"으."

그러곤 시계를 확인하고는 방금 샘이 그랬던 것처럼 한숨을 푹 쉬었다.

"에이, 시발."

무슨 욕설을 내뱉더니 전화를 받았다.

"리처드입니다."

"아, 네, 선생님. 저 카심이에요."

"카심……. 환자예요?"

"네."

"이 시간에 웬일이래요?"

리처드는 다시 한번 시계를 내려다보았다. 점멸하는 숫자 형태로 새벽 3시란 시간이 무심히 찍혀 있었다.

'이상하네.'

제아무리 열악한 한구 병원이라지만, 이 시간에 환자가 오는 건 드물었다. 한구 병원뿐 아니라 한구 도시 전체가 열악하기 때문이었다. 새벽에는 오가는 차도 거의 없었고, 전기도 없어서 나다니는 사람도 없었다. 보통은 산부인과 환자 말고는 병원문을 두드리는 사람은 보기 힘들었다.

"아……. 맹장 같습니다. 일단 초음파 준비시켜놨어요."

"아, 맹장. 그럼 봐야지. 알았어요. 아……. 백 교수님 운 좋네. 통으로 자네, 오늘."

"그건……. 그건 그렇네요. 아무튼, 내려오세요. 환자 피지컬은 보고 약 주려고 대기 중이에요."

"아아, 어. 빨리 갈게."

리처드는 우당탕 소리를 내며 방을 빠져나갔다.

내려가보니 카심의 말대로 단순 맹장 환자였고, 리처드와 샘은 어렵지 않게 수술을 할 수 있었다.

"오케이. 수술 끝냅시다."

이제 리처드도 맹장 수술 정도는 가볍게 할 수 있는 수준이 되어, 이번 수술도 아주 빠르게 또 문제없이 끝나버렸다. 리처드는 방금 전까지 들고 있던 봉합 기구를 기구대 위에 땡그랑 소리와 함께 내려놓았다. 그것을 신호로 해서 츠요시는 환자를 깨우기 시작했다. 예전엔 케타민만 써서 꽤 저항이 있었지만. 이젠 아니었다.

"환자분! 일어나요! 수술 잘 끝났습니다!"

"드드드."

"깨물지 말고요! 그래요. 자, 눈 뜨고. 눈 떠요. 오케이. 뺍니다."

거의 대학 병원과 같은 느낌으로 마취를 끝낼 수 있었다.

몇 시간을 더 잔 후, 리처드는 다시 수술방에 서 있었다. 치질 수술 때문이었는데, 한유림이 아닌 강혁과 함께였다. 옆에는 샘도 있었다. 리처드가 한유림에게 배운 치질 수술을 강혁에게 알려주는 보기 드문 시간이었다.

"어디 한번 해봐."

"여기, 벌림개 있습니다."

샘은 밤새 잠을 설쳤음에도 불구하고 체력은 그럭저럭 괜찮은 편이었다.

"잘 보라고요. 나도 뭐 이거 하다보니까 금방 하겠더라고."

리처드는 샘에게 벌림개를 받아 들고는 으스댔다. 외래에 가 있는 한유림이 이 말을 들었으면 화를 내다 못해 수술상을 엎었을 가능성마저 있었다. 어제 정말이지 죽을 고생을 다해가며 가르쳤으니까. 리처드의 손이 둔한 것도 아니고, 머리가 나쁜 것도 아니고 그저 항문은 생명과 크게 상관이 없다는 생각 때문에 긴장하지 않은 게 가장 커다란 이유였다.

"그러니까 해보라고."

"알았어요. 자……. 갑니다."

다행히 똥 못 싸게 하겠다는 둥 협박을 일삼고 나서는 빠른 개선을 보였다. 덕분에 리처드의 치질 수술은 썩 괜찮은 축에 속했다.

"으음."

"잘하죠?"

"어, 뭐 나쁘지 않네."

"그렇다니까요. 나도 하면 잘해. 백 교수님만 잘하는 게 아니라고요."

"그래, 뭐……."

강혁은 어제 열 건이 넘는 치질 수술로 연습한 것을 이미 다 알고 있다고 말할까 말까 하는 고민이 생겼다. 그럼 지금 떠들어대는 리처드의 코를 납작하게 해줄 수 있을 텐데. 생각만으로도 즐거운 일이었다. 부정하고 싶은 일이지만, 강혁은 어찌 되었건 남을 놀리면서 힘을 얻는 타입의 못된 인간이었다.

"이제 보니까 수술이라는 게 세 번만 하면 되는 거더라고요."

"어, 그래……."

"역시 천재랄까."

누군가 수술실 안에 들어왔다. 장규선이었다. 성공한 원장 특유의 여유롭고 부드러운 미소를 지닌 그는 여태 한구 병원에 온 이래 단 한 번도 문제 행동을 한 적이 없었다. 아니, 그 정도가 아니라 아예 큰 감정 변화를 보인 적도 없었다.

"다들…… 다들 나와주세요!"

그런데 지금은 엄청 흥분해 있었다. 그 모습을 본 강혁과 리처드는 곧장 눈을 마주치고는 고개를 끄덕였다.

'터졌나.'

'터졌구나.'

협정 맺고 잘 유지되기에 안심하고 있었는데, 가까운 데서 폭탄이 터졌구나. 이런 생각이 머릿속을 바로 스치고 지나갔다. 고조되는 긴장감은 곧바로 보조하고 있던 샘에게 전달되었다.

“무, 무슨 일 있는 거죠? 역시 여기 안전할 리가 없어. 그러니까 정부랑……. 대형 재난…….”

“입 털지 말고. 장 원장님, 무슨 일이죠?”

의사들은 모두 일종의 과학자라고 할 수 있지만, 다들 크고 작은 미신 하나쯤은 품고 사는 사람들이기도 했다. 그중에서도 특히 응급실에서 ‘환자 없네 어쩌네’ 운운하는 것과 ‘환자 많이 올 것 같다’는 말은 감히 입에 올리면 안 될 정도로 전 세계적 금기어였다.

“왔어요……. 왔어.”

“누, 누구요. 탈레반?”

“미친놈이, 입 그만 털라니까?”

하지만 내내 점잖던 양반이 머리털 휘날리며 달려와 뭐가 왔다고 하는데 어찌 침착할 수 있을까. 솔직히 말하면 수술 중이던 리처드마저 넋 놓고 장규선만 보고 있었다. 이 자리에서 침착을 유지하고 있는 건 오로지 하나 강혁뿐이었다.

‘나쁜 일은 아닌 거 같은데?’

“장 원장님, 혹시 전에 말씀하시던 그거 온 거예요?”

“아, 네! 네! 어휴……. 닥터 츠요시가 기부한 거라던데……. 정말 감사합니다.”

장규선은 어리둥절한 얼굴이 된 츠요시를 향해 고개를 숙였다. 강혁은 그런 츠요시의 귀에 대고 속삭여주었다.

'전에 잡혀갔을 때, 그거야.'

'아……. 이런 시발.'

'뭐?'

'아뇨, 아뇨. 죄송합니다. 하하.'

오마르에게 잡혀갔을 당시, 츠요시가 풀려나면서 한 공약이 단지 한구 병원에서 일하는 것만은 아니지 않았던가. 이것만으로도 차고 넘칠 정도로 힘들고 괴로워서 잊고 있었지만, 강혁은 그때 돈도 요구했더랬다. 돈을 내지 않으면 츠요시가 저지른 외교적 결례를 공개하겠다는 협박과 함께. 그게 그냥 백강혁 개인의 입에서 나왔다면 모르겠는데, 어째서인지 주일본 미국 대사관 공식 의견으로 우에다 가문에 전달되었다. 당연하게도 츠요시의 아버지는 있는 자리에서 잘릴까봐 돈을 보내오겠다고 할 수밖에 없었다.

수술을 마무리한 의료진들이 병원 마당에 모였다.

"이것들 다 한두 푼 하는 게 아닌데……. 어휴……. 이거 근데 저 다시 돌아와서 사용하려면 또 한두 달은 있어야 할 텐데……."

장규선은 병원 앞에 놓인 큼지막한 기기들을 보며 감탄과 함께 탄식을 늘어놓았다. 그 뒤로는 아까의 긴장감이 무색하게 느껴질 만큼 여유로운 얼굴이 된 리처드와 샘 그리고 강혁이 있었다. 막상 이걸 기부(?)한 츠요시는 환자 정리하느라 따라오지도 못했다. 장규선의 말대로 한두 푼이 아니었음에도 그랬다. 강혁이 얼마나 많은 돈을 요구했는지, 그 부유한 츠요시 가문에서조차 시간이 좀 걸렸을 지경이었다. 아직 일부만 결과물이 되어 온 참인데, 장규선 원장이나 기타 의료진을 설레게 하기에 충분했다.

"뭐가 걱정입니까."

강혁은 아직 짐을 풀지도 못한, 박스째로 있는 물건을 쓰다듬으며 말을 이었다. 이게 그냥 마당에 놓여 있으니 실감이 안 났지만 이 물건을 사고, 어디 상하지 않게 여기까지 싣고 오는 데 수고한 이들의 이름을 열거하는 데에만도 꽤 시간이 걸릴 터였다. 강혁이 정부 인사가 됐건 CIA가 됐건 심지어 탈레반이 됐건 치료해주고 말도 안 되는 요구에 응해주는 게 괜히 하는 일이겠는가. 다 이런 거 부탁하려고 하는 짓이었다. 근데 이 귀한 걸 그냥 놀려둬? 안될 일이었다.

"우리가 원장님 가기 전에 최대한 배워야죠."

"네? 아니……."

장규선 원장은 당황한 얼굴로 강혁을 바라보았다. 위 내시경이나 대장 내시경은 아주 어려운 술기였다. 특히 대장은 위에 비해 조직이 얇아서 자칫하면 구멍이 나기도 했다.

'뭐 터진다고 이 병원에서 큰일이 날 거 같진 않은데…….'

보통은 내시경 할 줄 아는 의사만 있고, 뒷수습할 수 있는 의사가 없는 게 문젠데, 어떻게 된 게 이 병원은 거꾸로 되어 있었다. 아마 대장 내시경 하면서 발생할 수 있는 가장 큰 사고를 쳐도 수습이 되긴 할 터였다.

"어려운 건 알아요. 일단은 우리끼리 연습하죠, 뭐. 근데 연습도 가르쳐주셔야 가능한 거 아닙니까."

"아, 여기서 연습을 의료진끼리 한다고요?"

“당연하죠. 설마 우리가 미쳤다고 현지인들 상대로 바로 하겠어요.”

장규선은 자신감에 찬 강혁과 왜인지 모르게 고개를 돌리고 있는 나머지 의료진을 돌아보았다.

‘하긴 여기서 위 대장 내시경을 할 수 있게 되면……. 병원 위상이 달라져.’

많이 하진 못할 터였다. 기계가 1억을 훌쩍 넘는 고가의 물건이라 하나밖에 사지 못했다. 게다가 파키스탄은 평균 수명이 아직 66세에 불과해, 검진이 의미가 있을 만한 나이의 사람들도 그렇게 많지 않았다. 대부분은 현대인이 두려워하는 질환이 아니라 생각지도 못한 이유로 사망에 이르고 있었다. 하지만 그건 일반인에나 해당되는 일이었다. 이 근방 권력자들은 한국 사람들만큼은 아니더라도, 그에 준할 만큼이나 오래, 잘 살았다.

“아……. 하긴 그것도 그렇네요. 제가 이틀 후 출국이니까, 무리하면 열 번은 할 수 있을 겁니다. 위랑 대장.”

“오호…….”

“어차피 관장해야 하니 내일 하죠. 10명 정도만 뽑아주세요. 어차피 검진하셔야 될 나이들이시라 겸사겸사하면 될 거 같습니다.”

“10명이라……. 알겠습니다. 제가 추려보죠.”

“네, 교수님. 그럼 저는 이거 세팅 좀 하겠습니다.”

“네, 1층에 빈 곳 많은데……. 아마 닥터 제인이 정해둔 곳이 있을 거예요.”

"알겠습니다."

장규선은 일꾼들 그리고 병원 보안 요원들과 함께 기기를 나르기 시작했다. 내시경이라는 게 그저 카메라만 있다고 할 수 있는 게 아니라, 모니터, 광원 등 여러 중요한 기기도 있어야 했다. 그렇기에 볼륨이 상당했다.

"음."

강혁은 그렇게 낑낑거리는 장규선을 보내고 나서 나머지 인원을 돌아보았다.

"읏."

"왜 뒷걸음질을 쳐?"

"아니……."

"우리 리처드 몇 살이더라."

"제자 나이도 몰라요?"

"아니, 알지. 서른여덟이잖아. 대장 내시경 시작하기 딱 좋은 나이지."

"왜 쓸데없이 기억력이 좋아!"

"너랑 나랑 몇 살이나 차이 난다고 그걸 잊냐."

리처드가 사색이 되는 순간 샘은 고개를 돌렸다. 물론 고개만 돌렸을 뿐, 몸을 돌려 빼진 못했다. 갈고리 같은 강혁의 손이 샘의 목덜미를 휘감았다. 거의 무슨 당기기 기술에라도 걸린 느낌이었다.

"샘은 몇 살이지? 액면가는 리처드랑 비슷한데. 어디……."

"저, 저는."

몇 살이라고 해야 이걸 벗어날 수 있을까? 샘이 머리를 맹렬히 굴리는 동안 강혁도 굴렸다. 피부의 상태 및 얼굴 표정 그리고 눈빛 등을 보면 대강 나이를 알 수 있었다. 남들은 모르겠지만, 강혁은 가능했다.

"서른다섯이지? 지금 하고 마흔까지 까먹고 있다가 하면 되겠다."

"아……."

'이 귀신 같은 놈'이라는 말을 겨우 삼켰다.

"오, 츠요시."

츠요시는 이제 막 환자 정리하고 내려오는 길이었다. 눈치가 있었으면 둘의 썩은 표정을 보고 돌아갔을 텐데, 만약 그럴 수 있는 놈이었다면 탈레반에게 잡혀가기 전에 잘했을 터였다.

"네?"

"너도 준비하고 있어. 오늘 과일 같은 거 먹지 말고. 특히 씨 있는 거."

"무슨 말씀인지. 뭘 준비……."

"그렇게 알고 있으라고. 난 한유림 교수님한테 가볼 테니까."

"어……."

*

외래가 끝나자마자 들이닥친 강혁을 보면서도 한유림은 크게 당황하지 않았다.

"나 여기 오기 전에 싹 했는데?"

방금 말한 것처럼 국경없는의사회에 투신하기 전에 한국대학교 병원에서 VVIP 검진 세팅으로 싹 긁고 온 참이기 때문이었다. 내시경 정도가 아니라 저선량 폐 CT에 골밀도 검사 등등. 이 나이에 하면 좋지 않을까 하는 건 다 한 몸이었다.

"1년 정도 된 거 아닌가?"

그런데 강혁의 반응이 좀 이상했다. 지나칠 정도로 당당하다고 해야 할까.

"1년……. 그렇긴 하지. 내년에 들어가서 하려고 했는데."

생각해보니까 1년 정도 되긴 했더랬다. 검진하고 바로 파키스탄으로 오게 된 것은 아니었으니까. 우선 대한민국에서 봉사를 위해 기본적인 1차 진료에 대해 수련받는 시간이 있었다. 그 후에는 프랑스 파리에 있는 본부에서 봉사하는 내용에 대한 교육을 받았고.

'내가……. 내가 봉사 준비한 것까지 따지면 벌써 1년이구나.'

처음엔 1년 딱 깔끔하게 하고 다시 일상으로 돌아가려고 했는데. 어찌어찌 뭉개고 있다보니 여기가 일상이 된 것 같은 착각마저 들었다. 강혁은 어쩐지 회한에 젖은 얼굴이 된 한유림을 보며 말을 이었다. 무슨 말을 들어도 이미 결론을 내린 참이었기에 전혀 설득된 표정이 아니었다.

"아니지, 아니지."

"뭐가 아냐. 내년에 한다니까?"

"생각해봐요. 여기 와서 고생 많이 했지? 체중 얼마나 변했어.”

“어……. 한 5kg 빠졌지.”

“노화도 1년 더 된 거고.”

“그야…….”

세상에 1년 지났는데 나이 안 먹는 존재가 어디 있단 말인가. 무생물도 1년 지나면 그만큼 낡는 게 이 세상의 이치였다. 엔트로피 법칙도 있지 않은가.

“1년 나이 더 먹고, 5kg 체중 감소가 있고. 고위험군이네.”

“아니……. 난 살을 뺀 거지. 백 교수 때문에 매일 위에 끌려가서 운동을 그렇게 하는데?”

“여기서 먹는 음식들도 바뀌었잖아요. 속이 어디가 어떻게 변했을지 알아?”

“그……. 아니, 잠깐만. 그럼 백 교수도 할 거야?”

그래, 할 거면 너도 해야지. 백지장도 맞들면 더 가볍다는 말도 있지 않은가. 즐거움은 나눌수록 배가 된다는 말은 솔직히 잘 실감이 나지 않았지만. 고통은 혼자 겪는 게 아니라 남도 겪게 되면 적어도 마음만은 훈훈해지는 효과가 있었다. 60년 넘게 살아온 한유림이 몸소 체득한 사실이었다.

‘오, 잘한다.’

‘파이팅.’

뒤따라와 있던 샘이나 리처드, 츠요시 등도 주먹을 불끈 쥐었다. 혼자 당한다고 생각했을 때보다 강요했던 강혁도 당한다고 생각하니 훨씬 나았다. 얼마든지 궁둥짝을 깔 수 있겠단 생각마저 들 지경이었다.

“나? 나야 해야지. 당연히. 제일 먼저 할 건데?”

“아, 그래?”

그런데 너무 당연하다는 듯 하겠다고 하니 김이 팍 새는 기분이었다. 한편으로는 이놈이 하겠다고 하니, 절대로 빠져나가지 못하겠다는 느낌도 들었다. 그리고 그 느낌은 퍽 정확한 편이었다.

“내가 다 생각해둔 명단이 있거든. 하나라도 수틀리면 닥터 제인이나 닥터 미유키가 누워야 해. 그랬으면 좋겠어요?”

“어……? 왜, 왜?”

“이 양반이 이렇게 생각이 없다니까……. 다들 무슬림이잖아. 같은 공간에서 일하는 거야, 뭐 용납이 된다 쳐도, 어떻게 외간 여자 앞에서 남자가 궁둥짝을 까. 쿠란 위반하는 거지.”

“어…….”

한유림은 정말 그런가? 하는 얼굴로 주변을 둘러보았다. 마침 외래 수간호사 역할을 마치고 들어와 있던 카심이 눈에 띄었다. 뭐라도 병원에 궂은일을 하게 되면 무조건 자원했던 그가 한유림의 눈을 피했다.

“너, 넌 안 해?”

“저도 무슬림이라……. 교리에 위반되는 일은…….”

“카심, 너 나일론 신자잖아! 기도도 빼먹는 거 여러 번 봤는데?”

“어휴, 큰일 날 소리 하시네. 수술 시간 말고는 다 하거든요?”

“새벽 기도는 많이 빼먹잖아, 솔직히. 너 기도했으면 우리 다 그 시간에 깼을걸."

"그……. 너무 힘든 건 알라께서도 이해하실 겁니다."

"이건. 이건 못 하시고?"

"네. 확신합니다. 이맘께 여쭤봤어요."

조금만 생각해보면 이맘이 카심의 부탁을 거절할 수는 없는 입장이라는 것 정도는 알 수 있을 터였다. 얼마 전 칼에 찔려 반송장이 되어 온 것을 살려준 게 바로 이 한구 병원이었으니까. 하지만 한유림은 워낙에 정신이 없어서 거기까지는 미처 떠올리지도 못했다.

"와……."

이 새끼 이거 참 편리한 신앙 생활 하는구나. 한유림은 그에 비하면 그래도 일요일마다 온라인으로라도 예배드리는 자신은 독실한 편이라고 생각했다.

"그러니까 해야 된다니까. 요 며칠 아무거나 드셨을 테니까 그냥 저녁부터 굶어요."

"내 나이에 그렇게 굶으면 죽어!"

"건강한데 뭐."

"건강하면 왜 검진을 해?"

"혹시 모르니까. 아휴, 이 양반 이거 어떻게든 빠져나가려고. 그럼 나 닥터 미유키한테 가요? 그 사람은 거절 안 할 거 같은데."

닥터 미유키라. 한유림은 여전히 혼자만 마음에 품고 있는 그 사람을 떠올렸다. 처음 봤을 때부터 세상에서 제일 아름다운 사람이었던 아내를 닮아 좋았는데, 알고 지내면 지낼수록 좋은 사람이란 것만 배우고 있는 느낌이었다. 그 사람이라면 대장 내시경이 아니라 뭘 요청해도 들어줄 터였다.

"아, 안 돼. 그건…… 내가 할게."

"어차피 할 거면서 튕기긴."

"하아……."

한유림은 한숨과 함께 방 안에 있는 인원을 돌아보았다.

"잉."

보다보니 한 가지 의문이 떠올랐다. 백강혁, 한유림, 츠요시, 리처드, 샘에 이 자리에 없지만 아마도 하게 될 것이 뻔한 요다, 댄, 장까지 해봐야 모두 8명 아니던가. 근데 어디서 2명을 구해오겠다는 걸까.

"사람이 모자라지 않아?"

"아니, 딱 맞는데. 10명."

"우리 병원 8명…… 아닌가?"

"와……. 이 사람이 따뜻한 척하면서 이렇다니까. 츠요시 비서 잊었어요? 지금도 땀 흘려가면서 일하고 있을 텐데."

"아……. 아, 맞네. 근데 어디 갔어? 최근에 못 본 거 같은데."

한유림은 미안한 마음에 황급히 고개를 끄덕이다가 고개를 갸웃거렸다. 잊고 있었던 것이 당연하다 느껴질 만큼이나 오래도록 보이지 않았기 때문이었다.

"그러고 보니…… 어디 갔어요?"

심지어 츠요시도 비서를 잊고 있던 모양이었다. 역시 싸가지

없는 매국노라고 비난만 할 일은 아니었다. 츠요시도 카슈미르까지 끌려다녔을 만큼 정신없이 시달렸으니까. 게다가 리처드나 카심도 모르기는 매한가지였다. 그의 행방을 아는 것은 오직 하나, 백강혁뿐이었다.

"아, 몰랐나. 내가 얘기 안 했어?"

"안 했어요! 했으면 저는 기억하겠죠."

"방금 전까지 존재까지 까맣게 잊고 있던 놈이 할 말은 아닌 거 같은데."

"아, 아무튼. 어디 갔어요."

"커피 농장 갔지. 병원 일은 개가 아무래도 적성에 안 맞는 거 같아서."

"네……?"

농장에 갔다고? 일본에서는 그래도 정치 지망생이었던 내 비서가? 물론 함께 있을 땐 딱히 잘해준 기억은 없지만, 여기 와서는 거의 인격 개조라고 해도 좋을 만한 과정을 거친 츠요시 아닌가. 어느새 눈물이 글썽거렸다.

"파, 팔았어요?"

"미친놈이. 팔긴 뭘 팔아. 다 정당한 대가 받고 일하고 있어."

"근데 저는 생사도 모르고요?"

"궁금해한 적도 없잖아. 적어도 대장 내시경 받을 만큼은 건강해. 괜찮아."

"허……."

츠요시는 충격받은 얼굴로 비척거리다가 뒤에 있던 벽에 부딪히고는 그대로 주저앉았다. 한유림은 잠시 츠요시의 망연자실한 얼굴을 바라보고 있다가, 이내 입을 열었다. 생각해보니 여전히 하나가 비지 않은가. 생사도 몰랐던, 솔직히 말하면 이름도 모르는 비서까지 해봐야 9명뿐이었다.

"다른 하나는?"

"응? 아니, 이 양반 진짜 왜 이래. 우리 가족 같은 애 있잖아."

"가족……? 너 설마."

"그래, 데니스."

가족은 개뿔이. 맨날 뜯어먹기만 하는 게 무슨 놈의 가족이란 말인가. 그렇지 않아도 데니스 볼 때마다 죄지은 사람처럼 어깨가 움츠려졌었는데, 이젠 궁둥이까지 까겠다니. 이놈이야말로 악마 아닌가 하는 생각마저 들었다.

"너 그러다 진짜 자다가 총 맞아……."

"에이, 이번에 내가 얼마나 도와줬는데."

"의사가 사람 살리는 게 당연한 거지!"

"그 사람은 진짜 죽을 사람이었어, 나 아니면."

"그……."

이렇게 광오한 말이 또 있을까? 나 아니면 못 살렸을 거라니. 하지만 맞는 말이긴 해서 또 뭐라고 하기도 그랬다. 게다가 막상 찾아간 데니스가 보인 반응을 보니 더더욱 그랬다.

"공짜로 검진을요? 아유, 당연히 해야죠."

"궁둥짝을 온 병원 사람들한테 까야 되는데?"

"그거 뭐……. 다들 의료진인데요. 설마 녹화해요?"

"녹화는……. 대장 내시경 화면만 하기는 할 거야."

"그걸로 나 누군지 알아보면 그건 승복해야죠. 괜찮습니다."

"오호……."

이로써 제일 나쁜 놈인 강혁과 한구 병원과 제일 관계없는 사람인 데니스가 오히려 가장 흔쾌히 대장 내시경을 허락한 상황이 되고야 말았다. 먼저 얘기를 꺼냈던 한유림은 물론이고, 아직 말을 전해 듣지도 못한 사람들까지 도매급으로 싹 다 궁둥짝을 까게 되었다 이 말이었다. 장규선은 죽을상을 하고 모여든 인원에게 물통을 하나씩 건네주었다. 이번에 내시경 물품을 사면서 같이 구매한 관장용 약이었다. 어딘가에서는 알약도 나왔다고 하던데, 아직 그렇게 업데이트된 약까지 받기엔 돈이 모자랐던 모양이었다. 아니면 전달해준 인원의 능력이 모자랐던지.

'드니스가 다 나았으면 다를 텐데.'

잔뼈 굵은 로지스티션의 휴민트(첩보 활동) 대신 다른 걸 동원하려니 아무래도 애로 사항이 꽃 필 수밖에 없었다.

"자, 이제부터 이거 마시고……. 싸셔야 되는데, 아시다시피 숙소동 화장실이 총 3개뿐입니다. 쌀 사람은 열 분이고요."

"아……."

"그래서 말인데 병원에서 주무실 분 자원 받습니다. 어차피 화장실 끼고 주무셔야 될 거예요."

"그렇군요. 음."

한유림은 아무래도 내키지 않는단 눈으로 앞에 놓인 물통을 노려보았다. 마시기 좋으라고 넣은 레몬 향이 어쩐지 더 열 받게 하는 듯했다.

"그리고 우리 여성 분들 그리고 카심은 미안하지만 오늘은 좀 참아주세요. 여러분도 물론 마려울 수 있는데, 이분들은 진짜 죽어요."

"네, 물론입니다."

"감사합니다."

한유림의 감정이나 생각 따위가 중요한 것은 아니었다. 한구 지역에 제대로 된 내시경 설비를 갖춘, 그리고 그 내시경을 다룰 수 있는 의료진이 있는 병원이 생긴다는 건 어마어마한 일 아니겠는가. 팀장인 제인부터가 잔뜩 흥분해 있었다. 정말이지 1년 전까지만 해도 아니, 6개월 전까지만 해도 꿈도 못 꾸던 일이지 않은가. 만약 이 중 하나라도 펑크를 낸다면 얼마든지 깔 용의가 있었다. 하지만 강혁과 데니스가 하겠다는데 거기서 감히 안 하겠다고 나선 이는 없었다. 심지어 새벽녘까지 화장실 파티가 이어졌음에도 그랬다.

"자, 그럼 백 교수님부터 하시죠. 누우세요."

"네. 이거 되게 헐렁하네. 뒤가 나풀거리니까 이상해."

"뭐……. 그렇죠. 이게. 근데 진짜 수면으로 안 하실 거예요? 위는 몰라도 대장은 이게……."

"제가 깨어 있어야 더 잘 배우죠."

"이게 체험한다고 더 잘 배워지는 건 아닌데……."

"해보고 아니다 싶으면 남들은 재우죠."

"도움이 되면요?"

"다 맨정신에 하는 거지, 뭐."

강혁은 호기로운 말을 남기고 침대 위에 누웠다. 어깨높이로 맞춰둔 베개를 괴고서였다. 어깨가 하도 넓다보니 남들은 하나만 써도 될 걸 둘이나 썼는데도 고개가 약간 땅을 향해 기울어 있었다.

"어휴."

장규선은 그런 강혁을 내려다보면서 탄식을 내뱉었다. 원래 내시경 검사 시 쓰는 베개 높이에 무슨 규정 같은 게 있는 건 아니었다. 애초에 사람 어깨너비라는 게 특별한 일이 있지 않은 이상 거기서 거기였으니까. 물론 고개가 틀어져 있으면 내시경이 진입할 때 좀 짜증 나기는 하지만, 장규선이 기억하기로 그렇게까지 틀어지는 사람은 없었다.

'베개 2개 달랄 때 준비하길 잘했네.'

하지만 강혁의 경우에는 베개가 하나 없었다면 끔찍할 뻔했다.

"자, 백 교수님. 이제 시작할 텐데, 우선 위부터 할게요. 생으로 해보신 적 있나요?"

"위요? 위는 뭐……, 노상 생으로 했죠. 수면제 쓰면 업무에 지장이 있으니까."

"검진 날 업무를 해요?"

"외상센터 일이 녹록지는 않으니까요. 그렇다고 검진을 안 할 수도 없고. 타협안을 찾았죠."

"아……."

타협안이 아니라 그냥 일에 미친 사람 같은데. 방금 말했던 것처럼 녹록지 않은 외상센터 일을 검진을 받고도 했다니, 말하는 투를 보니 그냥 그게 일상이었던 모양이었다.

'이런 인간이 있으니……. 한구 병원이 좋아지지.'

강혁이라는 개인의 인생사만 두고 보면, 글쎄 정말 행복한 삶일까 하는 의구심이 들었지만 공공재로써의 강혁의 가치는 실로 어마어마하다고 할 수 있었다. 자기 자신보다 남들의 생명을 우선시하는 천재의 헌신은 그야말로 기적이라고 해도 좋았으니까.

"네, 그럼 시작할게요. 일단 이거 입에다 낄게요. 이제부터 대화는 어려울 겁니다."

"읍."

장규선은 잠시 강혁을 존경의 눈으로 바라보다가 이내 기구를 물려주었다. 중간에 내시경을 물거나 하는 것을 방지하는 것과 동시에 내시경 진입을 원활하게 하기 위한 기구이니만큼 크기는 꽤 커다랬다. 무는 것만으로도 불편감이 확 들 정도였다.

"자, 여러분 이쪽으로 오세요."

장규선은 그렇게 강혁의 입을 막아둔 후, 의료진들을 불렀다. 딱히 의료진만 있는 건 아니었다. 이제 곧 이 침대에 따라 누워야 하는 데니스와 츠요시의 비서도 있었다. 내시경에 관해서는 완전히 문외한이라고 할 수 있었는데, 적어도 이 자리에서는 그렇게 튀지 않았다. 대다수 간호사들과 수습들 또한 처음 보기는 매한가지였으니까.

"이제 내시경을 넣을 거예요. 내시경 끝을 바라보는 건, 자. 이게 마지막입니다. 여기 입안으로 들어갈 때."

장규선은 두려움과 기대, 호기심 등 다양한 감정이 뒤섞인 군중을 바라보며 말을 이었다. 목소리가 조금은 떨려왔는데, 생각해보면 당연한 일이었다. 장규선이 비록 경험 많은 임상의이긴 하지만 누군가를 이렇게 가르쳐본 경험은 없지 않겠는가. 교육기관에 없는 이상 그런 경험이 있다면 그게 더 이상한 일이었다.

"이제부터는 저기 모니터를 보세요. 보입니까? 이게 입안이에요. 밑으로 걸쳐 있는 게 혀인데 뿌리 쪽이라 분간이 어려울 겁니다."

"오……."

여기저기서 탄성이 터져 나왔다. 주로 이 자리에 누울 일 없는 사람들의 입에서였다. 조금 이따 누워야 할 사람들은 전부 우거지 죽상이 되어 있었다. 이 많은 사람들 앞에서 검사받는 거 하나만 해도 부끄러운 일인데, 그걸 맨정신으로 해야 한다니. 신체적, 정신적 괴로움이 전부 수반되는 일이라 할 수 있었다.

"여기 이 날렵해 보이는 것이 후두개고……. 뒤로 돌아가야 해요."

"와……."

"이거 지금 막 움직이는 거 있죠? 이게 성대인데. 왜 이렇게 움직여. 백 교수님 뭐 하고 싶으신 말 있어요?"

강혁은 방금 막 욕설을 내뱉던 참이었다. 생각해보니까 내시경 하기 전에 입안에, 특히 혀뿌리 쪽에는 마취액을 뿌렸어야 하지 않은가. 그렇게 하지 않으면 구역 반사를 일으킬 수 있었다. 뿌린다고 해도 아예 없어지는 건 아닐 정도로 강한 반사이니만큼 강혁은 지금 극한의 괴로움을 느끼고 있었다.

'이 인간도 긴장을 했나.'

장규선이 마취를 빼먹은 바람에 강혁은 구역감이 치밀어 오르는 중이었다.

'참자……. 참아……. 그냥 빨리 끝내자. 어차피 정상일 거야. 정상이면 빨리 끝난다…….'

생각 같아서는 지금 당장 빼라고 하고 싶었지만, 이미 몸속으로 내시경이 들어온 지도 꽤 시간이 지나지 않았던가. 이왕 시작한 거 그냥 이대로 끝내고 싶었다.

'음……. 참으려고 하니까 반사도 참아지네?'

게다가 강혁은 자신의 신체에 대해 한 가지 더 배우는 중이었다. 평소에도 신체 통제력이 좋다는 것 정도는 알고 있었는데 이제 보니 불수의적인 반응도 어느 정도 조절이 가능했다.

'나도 내가 어디까지 가능한지 모르겠네.'

강혁이 자신과의 싸움을 하며, 동시에 모니터를 뚫어지게 바라보는 사이 장규선은 성대, 그러니까 기도 뒤편에 있는 식도로 내시경을 집어넣었다.

"식도 입구 양옆으로도 오목한 부분이 있어요. 이게 피리폼 사이너스(Pyriform sinus)라고 하는데, 쉽게 하면 조롱박오목이에요. 이게 더 어렵나, 아무튼. 미숙할 때는 거기를 입구라고 생각해서 쑤시는 수가 있는데……. 여기 엄청 얇아요. 구멍 나면 바로 종격동까지 직행하거나 기종격(Pneumomedistinum: 흉부에 생긴 공간으로 공기가 들어간 상태) 만드는 수가 있어요. 그럼 죽을 수도 있으니까 주의해야 합니다."

"허."

"여기가 식도인데. 와……."

"왜요?"

"깨끗하네요. 뭐 원래 백 교수님 나이에 장상피화생(위의 점막이 장의 점막처럼 변한 것)이 없을 수 있긴 한데……. 보통 의사들은 있거든요."

'왜 의사들은 있나요'와 같은 멍청한 질문은 없었다. 격무와 스트레스에 시달리는 직군이지 않은가. 커피를 달고 살기 마련이고, 도무지 위와 식도가 건강하려야 건강할 수 없는 생활이었다. 그중에서 특히 커피 마니아를 자처하는 강혁이라면 조금은 망가졌을 거라 생각했는데 그렇지 않아 놀라울 따름이었다.

"건강 관리 철저하시구나, 진짜."

장규선은 혀를 내두르며 위 안으로 내시경을 집어넣었다. 그러곤 위의 각 부위를 샅샅이 뒤지는 법을 가르쳤다. 예상대로 정상이라 시간이 그리 오래 걸리진 않았다. 한 가지 특이한 점이 있다면 위벽 주름이 좀 빽빽하다는 것뿐이었다.

"마음먹고 먹으면 진짜 많이 먹을 수 있겠어요. 제가 일본 있을 때 먹방 유튜버들 본 적이 있는데 그분들도 위벽 주름이 이렇더라고요. 근데……. 와……. 백 교수님이 더 크겠는데? 먹방으로 나가셔도 돈 버시겠어요, 이거."

"그런 거 말고 못생긴 부분은 없어요?"

아까부터 불만 어린 얼굴을 하고 있던 한유림이 입을 열었다. 대체 이놈은 속도 잘생겼단 말인가? 그럼 너무 불공평하지 않은가.

"네? 아……. 네. 깨끗해요. 스무 살 위라고 해도 믿겠어요. 아니, 그냥 제가 본 위 중에 제일 깨끗한 축이에요."

"이런 망할."

하지만 장규선의 답은 절망적이기만 했다. 모든 게 완벽하다니. 심지어 검사받는 태도도 그랬다. 생으로 받고 있다는 게 믿기지 않을 만큼 조용했다.

"휴, 고생하셨어요. 이거 녹화 땄으니까 나중에 얼마든지 리뷰하셔도 좋아요."

덕분에 수월하게 검사를 끝낸 장규선은 내시경을 빼내곤 입에 물려두었던 기구를 빼주었다.

그와 동시에 강혁은 참았던 울분을 터뜨렸다.

"마취."

"네?"

"마취……. 안 했다고, 나. 입에 뿌리는 거, 리도카인."

"아? 아! 아이고. 아이고……. 어떻게 참았어요?"

"그걸……, 그걸 의사가 물으면 어째."

"이런 적이 없었는데! 제가 너무 긴장했나봅니다."

예상했던 대로 장규선은 몸 둘 바를 몰라 했다. 병원 운영하는 데 있어 철칙이 '환자에게 쓸데없는 불편감을 끼치지 말자'인 사람이 이런 실수를 했으니 당연한 일이었다.

'일부러 그랬을 리는 없지.'

강혁은 잠시 그 모습을 넌지시 바라보다가, 이내 고개를 끄덕였다.

"괜찮아요. 할 만하던데, 뭐."

"그럴 리가 없는데……."

"끝났잖아요. 남들한테나 잘하면 되지."

"어휴."

"아무튼, 이제 아래 합시다. 아래."

"아, 네."

"내가 이거 자세를 바꿔야 하나?"

"네? 아뇨, 아뇨. 그냥 그대로 누워 계시면 됩니다."

"네."

강혁은 몸을 일으키려다 다시 아까 그 자세로 돌아갔다. 그사이 장규선은 강혁의 엉덩이 쪽으로 자리를 옮겼고, 처치실이 붐비도록 들어와 있는 이들도 함께 자리를 옮겼다.

"자, 그럼……. 이거 들춰도 됩니까?"

장규선은 강혁의 엉덩이를 가리고 있는 헝겊 조각을 집으며 물었다. 바로 집어넣을 수 있도록 설계된 바지 아니던가. 이것만 치우면 만천하에 강혁의 엉덩이가 공개될 터였다. 어찌 보면 대단히 부끄러울 수 있는 일이건만, 강혁은 별 망설임도 없이 고개를 끄덕였다.

"네."

어차피 의학 아닌가. 학문을 수행하는 일에 항문 좀 깐다고 문제 될 건 없을 터였다.

'하……. 괜히 생으로 하자고 했나.'

제아무리 강혁이라고 해도 대장까지 생으로 해본 경험은 없기 때문이었다. 머릿속으로 수없이 많은 후기들이 지나갔다.

'진짜 뒤지는 줄 알았어.'

'돌아가신 할아버지랑 하이 파이브 하고 왔다니까?'

'내가 다시 생으로 하면 사람 새끼가 아니다.'

주로 주변에 있는 의료인들이 해준 얘기들이었다. 그중 의사에 소설가를 겸하고 있는 친구의 후기는 쓸데없이 세세했다. 요약하자면 절친한 친구 놈이 2년간 한국대학교 병원에서 내시경 수련을 받은 후 안 아프게 해주겠다고 해서 그냥 갔다가 절교했다는 스토리였다. 그땐 그냥 그런가보다, 했는데. 막상 내시경을 마주한 채 무방비 상태로, 심지어 항문을 덮고 있던 천을 뗀 채로 누워 있게 되자 느낌이 사뭇 달랐다.

"언제……, 언제 합니까?"

"아."

그리고 강혁의 두려움은 가장 가까이에 있던 장규선에게 고스란히 전해졌다.

'이 사람도 사람은 사람이구나.'

"이제 곧이요. 윤활제 바르고 들어갈 겁니다. 리도카인이 함유되어 있어서 별로 불편하지 않다고 말씀은 드리는데, 솔직히 불편하긴 할 거예요."

"알겠……. 읍."

"자, 들어갔어요. 다들 잘 보세요."

해서 장규선은 서둘러 내시경을 꽂았다. 그러곤 말이 없어진 강혁을 뒤로한 채 한구 병원 의료진들을 돌아보았다. 다들 무슨 말을 해야 할지 모르겠다는 얼굴을 하고 있었다. 몇 가지 문제가 있기는 하지만, 어찌 되었건 강혁은 이 병원의 정신적 지주이지 않은가. 누군가에게는 평생의 스승이자 동반자이기도 했다. 그런데 이런 몰골이라니.

"위 내시경과는 달리 입구 찾는 게 전혀 어렵지 않습니다."

다들 알다시피 장규선은 사려 깊은 사람이었다. 그는 고개를 틀자마자 느껴지는 어색함을 서둘러 없애기 위해 말을 평소보다 더 빨리 내뱉었다.

"여기 항문에 그냥 집어넣기만 하면 됩니다. 쉽죠?"

"아……. 그렇긴 하겠네요."

"그렇죠? 자. 이게 직장인데. 직장은 별로 어려움이 없어요. 특히 지금처럼 관장이 깨끗하게 된 상황에서는 그야말로 직진만 하면 됩니다."

그의 선택은 실로 현명한 것이었다.

"아하."

"흠, 그렇네."

"진짜."

다들 누가 의료진 아니랄까봐 술기가 진행되면 될수록 사람인 강혁보다는 술기 자체에 집중하기 시작했기 때문이었다. 생각해

보면 당연한 일이었다. 필요하면 배도 마구 열어 재끼는 사람들 아닌가. 고작 항문에 뭐 꽂았다고 이제 와 호들갑 떠는 건 우스웠다. 제아무리 그 주인공이 강혁이라 해도 마찬가지였다.

"대신 여기……. S상 결장 진입은 좀 어려워요. 말 그대로 S자로 휘어 있어서, 여기서 사고가 많이 나거든요. 잘 안 될 거 같으면 무리해서 넣는 거보다는 상급자를 부르는 게 좋아요."

장규선은 점점 더 사람들이 강혁의 항문보다는 모니터에 집중하고 있다는 것을 확인하고는 자신 있게 내시경을 진입시켰다. 말했던 것처럼 S상 결장 진입은 언제나 난제였다. 구불구불한 동시에 어두컴컴하고 좁은 관을 통과해야 하니 그럴 수밖에 없었다. 대장 파열 또는 천공 등의 심각한 합병증이 가장 빈번하게 발생하는 곳이기도 했다.

"그래도 이 케이스는 훨씬 낫네요. 복강이 좀 큰 편이라."

장규선은 내시경을 하행 결장에 진입시킨 후 잠시 움직임을 멈추었다. 나머지 인원을 돌아보면서였다. 한쪽 손으로는 강혁의 배를 가리키고 있었다.

"아주 마른 여자분들 같은 경우엔 이 과정이 정말 너무 어려울 수 있어요. 또는 암이나 다른 만성 질환이 오래되어서 암액질이 된 경우에도 그렇고요. 그런 케이스가 많지는 않겠지만……. 아무튼, 저 없을 때는 아예 케이스로 잡지 마세요."

"네."

장규선은 우렁찬 대답을 들으며 강혁을 다시 한번 돌아보았다. 눈을 부릅뜨고 있었는데, 저게 화가 나서 저런 건지 아니면 아파서인지 알 수가 없었다.

'물어보지는 말자.'

다행히 제일 큰 난관은 그리 어렵지 않게 통과한 참 아니던가. 관장도 아주 깔끔하게 되어 있어서 안을 관찰하기도 좋았다.

"자, 그럼 더 들어가볼게요. 이게 주의할 곳은 하행 결장에서 평행 결장으로 넘어가는 모서리랑 평행 결장에서 상행 결장으로 넘어가는 모서리 정도인데 S상 결장과 비교하면 훨씬 쉬워요."

강혁은 그의 예상과는 달리, 전혀 다른 생각 중이었다.

'S상 결장에서 구불거리면서 타고 넘었지? 그때 통증도 심했는데……. 뭐가 닿아서 그런 게 아냐.'

그저 최선을 다해 내시경 술기를 기억해내고 있을 뿐이었다.

'그래, 그때 가스를 더 주입한 거야. 좁아지는 부위이기도 하니까……. 최대한 안전하게 가려고. 환자가 조금 아픈 거야, 어쩔 수 없는 일이지.'

S상 결장 때의 술기만 곱씹고 있는 것은 아니었다.

'하행 결장부터는 진짜 모서리 통과할 때 말고는 빨라……. 하긴 빠르게 할 수 있는 부위는 빠르게 하는 게 맞겠지. 읍.'

중간중간 통증이 있기는 했다. 이 통증은 단언하건대 가스 때문은 아니었다. 내시경을 진입시키면서 항문 쪽에 전해지는 압력이 주된 원인이었다. 장은 기본적으로 안에서 밖으로 밀어내는 방향으로 운동하고 있지 않은가. 그런데 이 망할 놈의 내시경은 정반대로 움직이고 있으니 압력이 발생할 수밖에 없었다. 그럼에도 이만한 통증만 일으키고 있다는 건, 장규선이 퍽 훌륭한 실력자라는 얘기이기도 했다.

'말로만 들었는데……. 이게 진짜 뭐가 계속 마려운 느낌이네. 흠.'

그저 술기만 익히는 게 아니라, 환자의 고통도 익히고 있었다. 백문이 불여일견이라는 말도 있지 않은가. 수술을 백 번 보는 것보다 한 번 받아보는 것이, 어쩌면 그 수술을 가장 잘 이해할 수 있는 방법일지도 몰랐다. 내시경 정도라면 얼마든지 감내할 수 있었다.

"백 교수님? 괜찮으신 거예요?"

반면 장규선은 강혁이 워낙 말도 없이 얼굴만 붉히고 있자, 슬슬 불안한 마음이 들었다. 혈압이나 심장박동 수 등의 활력징후야 정상이기는 했지만, 환자의 불편이라는 건 이런 숫자 나부랭이로 설명할 수는 없는 법이었다.

"으, 으."

"안 괜찮다고요?"

"으."

반면 강혁은 새로운 환자의 불편감을 배우고 있었다. 생각보다 몸에 무언가를 꽂는다는 건 대단한 일이었다. 그 무언가가 장을 관통하고 있다면 더더욱 그러했다. 세상에 말도 제대로 안 나올 줄이야.

"뭐라시는 거지? 뭔 일 났나?"

아쉽게도 장규선은 오로지 수면으로만 받아본 사람이었다. 아니, 사실 이날 이때껏 천 건 넘는 대장 내시경을 해왔지만, 생으로 한 경우는 손에 꼽을 수 있을 지경이었다. 강혁의 심정을 온전히 이해할 수가 없었다.

"으."

"제대로 말해봐요."

"뽀."

"응?"

"뽑으라고, 시발!"

"아, 아, 네."

덕분에 장규선은 강혁의 직설적인 욕을 듣고 나서야 내시경을 뽑을 수 있었다. 원래 들어가는 게 어렵지, 나오는 건 쉬운 게 내시경이었다. 장의 흐름을 따르기만 하면 되지 않던가.

'뭐, 깨끗하시네.'

장규선은 서두르는 와중에도 강혁의 장을 스르륵 살핀 후 내시경을 뽑아냈다.

"으허."

그와 동시에 강혁의 입에서 기이한 신음이 터져 나왔다.

"괜찮으세요?"

"흐."

'실성하셨나?'

장규선은 대답 대신 침을 흘려가며 웃는 강혁을 보며 차마 말을 잇지 못했다. 강혁이 이렇게까지 흐트러진 모습을 보여준 건 처음이었으니까. 물론 그 혼돈의 시간이 그리 오래가진 않았다. 강혁은 금세, 정말이지 금세 정신을 차리고 침대에 걸터앉았다.

"저는 위, 아래 다 정상인 거죠?"

"아……. 네. 근데 굉장히 힘들어하시는 거 같던데……. 괜찮으신 건가요? 다른 분들은 수면으로 하는 게 어떨까 하는데."

장규선은 그런 강혁을 향해 어깨를 으쓱해 보이며 말을 이었다. 그러자 뒤에 있던 의료진 전원이, 그야말로 전원이 고개를 크게 끄덕였다. 강혁같이 강건한 인간도 이거 한 방에 녹초가 되다 못해 엉망이 되는데, 어찌 일반인이 견딜 수 있을까. 처음엔 공짜 검진이란 생각에 흔쾌히 허락했던 데니스도 슬금슬금 뒷걸음질 치고 있을 정도로 두려운 일이었다. 제아무리 강혁이라 해도 이건 이해해줘야 한다는 것이 중론이었다.

"아, 아뇨. 하나도 안 힘들던데."

"네, 역시……. 네?"

하지만 강혁이 어떤 위인인가. 당한 게 없어도 갚아주는 나쁜 사람이었다. 당한 게 있는데 그냥 보내줄 리는 없다고 보면 되었다.

"그리고 이거 해보니까, 확실히 환자가 어떤 게 불편할지 알겠어. 술기 할 때 왜 가스를 넣었다 빼는지도 알겠고. 이건 반드시 해봐야 해."

심지어 그럴싸한 이유까지 있었다.

"다 하자고. 다."

"하아."

반항이 아주 없었던 것은 아니었다. 특히 신체적으로 가장 뛰어난, 그러니까 개길 만한 수단이 있는 데니스와 리처드는 꽤 격

렬하기까지 했더랬다. 하지만 강혁의 분노는 감히 둘이 감당할 수 있는 게 아니었다.

"자, 이제 들어가요."

"읍."

물론 리처드의 불만은 별로 소용이 없었다. 이미 입에는 마우스피스가 물려 있었고, 그 안으로 내시경이 들어가고 있었다.

"읍."

"뭘 엄살이야. 나랑은 달리 마취제도 뿌려줬잖아."

"으읍."

"하긴 그래도 불편하긴 하겠지. 그게 환자의 불편이다. 참아."

강혁은 그런 리처드를 내려다보며 껄껄 웃었다.

"다음은 데니스예요? 데니스 합시다. 데니스. 누워, 새꺄."

하지만 검진이 누적되면 누적될수록, 그러니까 자유인이 하나하나 늘어날수록 강혁 같은 인간도 하나씩 늘어나고 있었다. 아까까지는 강제로 침대에 눕히는 인간이 강혁 하나였다면 지금은 리처드까지 둘이었다. 얼마 지나 데니스마저 희생을 치르고 나자 셋이 되었다. 그다음부터는 심지어 강혁이 나설 필요도 없을 지경이었다.

"이게 생각보다 도움이 된다니까? 적어도 환자가 얼마나 힘들지는 알겠더라고."

"그건……. 그건 그냥 힘들었다는 뜻이잖아!"

"그걸로 된 거 아닐까? 검사가 힘들다는 걸 알아야 우리도 환자에게 권할 때 조금이라도 더 주의하지."

"충분히 알겠어! 충분히 알겠다고! 힘든 거!"

"어허, 왜 이러실까, 애처럼."

"뭘 집어 든 거야? 그거 뭐야. 몽둥이야? 너, 너 이 새끼 일본 돌아가면 너!"

츠요시는 무려 자신의 비서에게 허벅지 및 등을 얻어맞고 나서야 자리에 누울 수 있었다. 그사이 먼저 검사를 끝낸 리처드, 데니스에게 끊임없이 이걸 함으로써 얻을 수 있는 유익에 대해 들었는데, 솔직히 힘들었다는 거 말고는 별 소득도 없어 보였다.

'내가 왜……. 내가 왜 이런 걸…….'

"읍."

"자, 들어갔어요."

"읍……."

고민하고 있는 사이, 장규선이 내시경을 꽂았다. 처음에 강혁에게 할 때는 그래도 미안해하는 구석은 있던 거 같은데, 이제는 기계 같았다. 장규선이 들고 있던 내시경은 그리 어렵지 않게 S자 모양의 능선을 타고 넘어 하행 결장에 이르렀다.

"음."

"으음."

그 순간 츠요시는 이상한 기분이 들었다. 강혁 이후론 S상 결장을 통과하면 다들 박수 쳐주는 분위기 아니었나. 실제로 고통을 겪은 이가 하나둘 늘수록 그 박수는 점점 더 커졌을뿐더러 진심까지 담기고 있었다. 그런데 지금은 조용했다. 왜 그럴까. 해서 어렵게 어렵게 고개를 틀어 모니터를 바라보았다.

"흠."

그렇게 바라본 모니터 안에 담긴 장면은 이전까지와는 좀 달랐다. 여러 가지 단어로 묘사될 수 있을 거 같은 광경이었다.

"개 같네, 이거."

강혁의 눈에는 개같이 보였던 모양이었다.

"하……. 츠요시……. 넌 진짜……. 어쩌려고 이러냐. 이런 걸……. 다 같이 보고 있는데 보여주고 싶었냐?"

리처드나 데니스 또한 고개를 절레절레 흔들었다.

"츠요시 군……. 미쳤나?"

심지어 꽤 점잖은 축에 드는 한유림의 입에서도 욕설이 튀어 나왔다. 그럼에도 억울한 마음이 들지 않는 건, 그럴 만도 하다는 생각이 들어서였다.

"어휴."

아니나 다를까, 장규선의 입에서도 한숨이 터져 나왔다. 시야가 너무 더러웠다.

"관장 안 했어요?"

"읍."

"참. 말을 잘 못 하지. 가스 좀 풀었어요. 관장 안 했어요?"

"해, 했는데……."

"했는데 이래요? 닥터 츠요시……. 장은 거짓말 안 해요. 대충 마셨죠? 솔직히 말해봐요. 뭐라고 안 할 테니까."

"그……. 관장은 했는데."

"했는데?"

"까먹고 뭘 먹었어요."

"허."

방 안에 모여 있던 거의 모든 사람들 입에서 탄식이 쏟아져 나왔다. 심지어 뒤에 있던 제인 입에서도 욕설이 튀어나왔다.

"뭐, 어쩌겠어요. 이대로는 진행이 안 됩니다. 사실……. 이것도 의미 있는 경험이라 할 수 있어요. 이……. 내시경의 정확도에 가장 큰 영향을 주는 것 중 하나가 바로 준비 상태거든요. 이대로라면……. 이건 솔직히 뭐 들어갈 수도 없는 상황이긴 한데……. 하아……. 이런 건 저도 처음 봅니다."

장규선은 츠요시가 아랫사람이었다면 내시경으로 후려칠 듯한 얼굴로 말을 이었다.

"다들 뭔가 느끼시는 게 있길 바라면서 지금은 빼겠습니다."

장규선은 그런 츠요시를 나무라는 얼굴로 내려다보면서 내시경을 잡아당겼다. 힘겹게 들어가던 때와는 달리 술술 밖으로 빠져나온 내시경은 촤르륵 소리와 함께 침대 위로 떨어졌다. 그와 함께 지저분한 것들도 함께 후두둑 떨어졌는데, 산전수전 다 겪은 이들마저 모두 고개를 돌리게 할 정도였다.

"에이, 뭐 하는 거야. 혼자 써?"

보다 못한 강혁이 츠요시에게 다가갔다. 츠요시의 몸이 마치 파블로프의 개처럼 굳었다. 이제 또 무슨 일을 당할까. 맞을까? 설마 제인이 보고 있는데 때릴까?

'생각해보면 맞은 적은 없는데…….'

왜 이렇게 몸은 급작스럽게 반응하는 걸까.

"츠요시."

"어, 네."

예상과는 달리 강혁의 이어지는 목소리는 제법 부드러웠다.

"넌 다시 해야겠다, 그치?"

"어……. 다시요? 네, 뭐. 그래야죠."

"근데 여기 장 원장님은 내일 돌아가시잖아. 그럼 두 달은 있어야 오신다고. 그동안 그냥 있을래?"

"어……."

말이 이어질수록 근원을 알 수 없는 불안감이 솟구쳤다. 장규선이 돌아가도 하겠다는 얘기란 말인가. 이 병원에 장규선 말고도 내시경 숙련자가 있나?

"어디 봐. 여기 이렇게 유망주가 많은데. 일단 내가 좀 연습할까?"

"네? 아니, 왜…… 왜 교수님이."

"잘 생각해봐. 여기 다 똑같은 상황이야. 다 처음이라고. 그럼 나한테 받는 게 제일 낫지 않겠냐?"

"아뇨, 받겠습니다. 받아요……."

"오케이. 그럼 결정. 다음이 누구지? 오, 벌써 마지막이네. 한 교수님, 누워요."

강혁은 핼쑥해진 츠요시를 저리로 보내고는, 더 핼쑥한 얼굴의 한유림을 불렀다.

"그러게 노인네, 빨리하라니까? 그 나이 되면 굶는 것만으로도 힘들다고."

"하아……. 이게……."

"왜 이렇게 망설여?"

"하아……. 아무튼, 그……. 잘 부탁합니다."

한유림은 한숨을 몇 번인가 더 반복하고 나서야 침대 위에 누웠다.

"일단 한국 갔다가 일본으로 가시는 거죠?"

강혁의 말에 장규선이 뒤를 돌아보았다. 이미 이틀 전부터 싸두었던 짐을 확인하다 말고서였다.

"아……. 그래야죠. 안 그래도 한국에 있는 동기들이 제 소식을 엄청 궁금해해서요."

"그중에 혹시 봉사 원하는 사람도 있을까요?"

"아."

그래도 두 달간 따로 떨어질 예정이니 뭔가 다정한 인사라도 하려나 싶었는데, 마지막까지 한다는 소리가 인력 수급에 관한 얘기뿐이었다. 물론 기분이 상하거나 하진 않았다.

'그래, 사람이 일관성이 있으려면 이쪽으로 있어야지.'

백강혁이 이런 사람이라서 수많은 봉사 예정지 중 이곳을 고른 거 아니겠는가.

"아마 있을 겁니다. 제 나이쯤 되면 슬슬 봉사 생각도 나는 법이거든요. 특히 의사들은 더하지 않을까요? 봉사하기 이만큼 좋은 직업도 없으니까요."

"그래요? 그럼 좀 잡아……, 아니지. 잡아오는 건 좀 그렇고."

제 딴에는 퍽 멋진 얘기를 했다고 생각했는데, 마주하고 있는 강혁은 감동적인 동기 따위엔 별 관심이 없는 듯했다. 오로지 이곳에 와서 일해줄 일꾼이 더 생기냐 마느냐에만 눈을 빛냈다.

"안과, 안과가 좋겠어요. 원장님도 보셔서 알겠지만 여기 뭐……. 백내장이 천지에 깔렸잖습니까. 그 사람들 다 백수 되고 굶어 죽게 생겼는데……. 그것만 교정해주면 팔다리는 멀쩡하니 먹고살 수 있을 거예요."

"아……. 안과. 음."

"왜요? 없어요? 안과 사람들이 대체적으로 좀 봉사에 관심이 없나?"

"아니, 아니. 그런 게 아니라. 애초에 수가 적잖아요. 그래도 뭐 찾아보긴 하겠습니다."

"그럼 부탁합니다."

"네. 교수님. 맡겨주세요. 어차피 단기라 휴가 대신 오라고 하면 올 친구들 많을 겁니다."

"네, 단기죠, 그럼. 장기는 저도 안 바라요. 한국대 병원도 들러주시고. 제 얘기해주면 애들 좋아할 겁니다."

"네, 네."

장규선은 자기 할 말만 남기고 떠나가는 강혁을 돌아보다가, 다시 가방 속을 뒤적거렸다.

"오!"

그때 밖에서 강혁의 목소리가 들려왔다. 누구 괴롭힐 때 말고는 좀처럼 하이톤이 나오지 않는 사람인데, 지금은 전심전력으로 목소리를 내고 있는 느낌이었다. 적잖이 즐거운 일이라도 생긴 모양이었다.

"오오!"

그런데 뒤이어 소리 지르는 친구가 리처드였다. 제인마저 하이 톤의 소리를 지른 후에야 장규선은 이게 뭔 일인가 싶어 밖으로 뛰쳐나왔다. 마당 쪽에 익숙한 실루엣이 보였다. 드니스였다.

"다 나은 건가?"

강혁은 드니스의 어깨 쪽을 부여잡고는 양해도 구하지 않고 웃옷을 훌렁 제꼈다. 그러자 강혁이 여러 차례 갈랐던 흉터가 대번에 눈에 들어왔다.

"어……."

드니스는 설마하니 이렇게 개방된 곳에서 옷이 벗겨질 줄은 몰랐는지 꽤 당황한 얼굴이 되었다. 아마 상대가 강혁이 아니었더라면 그 당황은 좀 더 지속되었을 터였다. 하지만 이곳에 오기로 한 순간부터 강혁을 대면하게 될 거란 것 정도는 각오하고 있지 않았던가. 무슨 일이 일어나도 놀라지 않아야지 하고 있던 참이기도 했다.

"네, 괜찮습니다. 덕분에……."

"그렇네. 기능도 다 괜찮지?"

"네. 비장 말고는 뭐……."

"그거 감염 주의해야 해. 이제 정글 같은 곳은 절대 무리야. 알지?"

"네, 그럼요. 예방 주사도 다 맞았어요."

"잘했네. 근데 벌써 일 시작하는 건가?"

강혁은 드니스 뒤로 세워져 있는 커다란 픽업트럭을 바라보며 물었다. 트럭엔 짐이 산더미처럼 쌓여 있었는데, 지금은 병원 직원들이 하나둘 내리고 있는 참이었다. 내시경 이후 아직 농장으로 돌아가지 못한 비서와 츠요시도 끼어서 일하고 있었다. 아마 저 물품들 중 태반이 츠요시 쪽이 부담한 200만 달러로 사들인 것이란 건 꿈에도 모를 게 뻔했다. 만약 그랬다면 고작 한국 김을 보며 얼굴에 화색이 돌진 않았을 테니까.

"몸도 다 좋아졌는데 더 쉬어서 뭐 하겠어요. 일해야죠."

"무리는 안 하는 게 좋은데. 외상이……. 이게 보통 일이 아니긴 하거든."

"그렇지 않아도 지부장님이 당분간은 이슬라마바드랑 한구 지역만 왕복하라고 하시더라고요. 이 길이야, 많아야 주 2회고 아니면 주 1회니까 부담은 안 됩니다."

강혁은 드니스를 바라보았다. 혈색이나 눈동자 색, 혀의 색 등을 미루어볼 때 어디 아픈 곳은 없어 보였다. 근육량은 전에도 원체 괜찮은 편이었던지라 지금도 썩 나빠진 않았고, 그렇다면 그 정도 업무는 괜찮을 터였다.

'내 수술이 쓸모가 있었구만.'

이럴 때가 외상 외과 의사로서 가장 보람 있는 순간이라 할 수 있었다. 단순히 목숨만 간신히 붙여놓은 게 아니라, 일상으로 복귀시켰다는 느낌이 들 때. 단언하건대 이러한 종류의 보람은 아마 다른 직종으로는 느끼기 쉽지 않을 터였다.

"그래, 딱 그 정도가 좋겠네. 운동은 하고 있나? 팔 만져보니까 좀 쉰 거 같은데."

"아……. 해도 됩니까? 웨이트도?"

"팔다리 다친 것도 아닌데 뭐. 신장에 무리 가지 않을 정도론 해도 돼. 일부러 무리 주려고 해도 그렇게까지 하기 어려우니까 그냥 열심히 해."

"음."

"알았어?"

"네, 네."

드니스는 건성으로 고개를 끄덕이며, 오랜만에 보자마자 질문 공세에 이어 잔소리만 늘어놓고 있는 강혁의 얼굴을 잠시 바라보았다.

'이 사람이 날 살려준 거야.'

그 어떤 대가도 바라지 않고 사람을 살리는 사람의 얼굴이었다. 돈이야 못 받는 경우가 태반이었고, 심지어 감사 인사도 제대로 못 받는 경우가 많았다. 그럼에도 늘 한결같이 최선을 다하고 있는 사람이기도 했다.

'어떻게 보답할 수 있을까?'

살아난 이후 내내 고민했지만, 알 수 없었다. 그나마 자신이 아는 사람 중 가장 현명한 사람인 지부장에게 물어도 뚜렷한 답을 들을 순 없었다.

"목숨 살려주셔서 감사합니다. 이 은혜는 평생 잊지 않을게요."

그렇다고 또 그런 마음을 일일이 늘어놓기엔 쑥스러웠다. 해서 그냥 의례적인 인사인 양 감사 인사를 하고 말았다. 강혁은 그런 드니스를 바라보다가 피식 웃었다.

"계속 하던 일 열심히 하라고. 오늘 저기 장규선 원장님 잘 모셔서 가고."

"네, 네. 그럼요. 안전하게 모시겠습니다."

강혁은 안심한 얼굴로 드니스를 떠나보낼 수 있었다.

"그럼 다녀오겠습니다."

동시에 장규선은 결연한 얼굴로 차에 올랐다. 우선 한국에 도착하면 한국대학교 병원부터 들를 생각을 하면서였다.

'양 센터장님이 좋아하시겠지? 백 교수님 얘기하면.'

장규선이 자신의 생각이 착각에 불과했다는 걸 깨닫게 된 것은 딱 한국대학교 병원 외상센터 입구에 들어선 직후였다.

"아, 네……. 그…… 백 교수님이랑 계시는 분이시라고요."

길고 긴 여정이지 않았던가. 육로로 하늘로, 심지어 비행기도 갈아타면서 와야만 했던 길. 딱 하루 인천 공항 근처에서 쉬고 온 터라 엄청 피곤했는데, 떨떠름한 얼굴을 마주하고 보니 더 피곤해지는 기분이었다.

"일단 잠시만 기다려주시겠어요? 저희 수간호사 선생님 모셔 올게요."

지민은, 그러니까 이미 외상센터에 합류한 지 수년이 지났지만, 여전히 강혁에게는 신규라 불리는 지민은 부리나케 안쪽으로 달려갔다.

'혹시 돌아온다는 건가? 선봉장으로 보낸 건가?'

이런 생각을 해가면서였다. 솔직히 강혁이 돌아온다면 어떨까 하는 생각을 단 한 번도 떠올려 보지 않은 사람은 없을 터였다. 물론 이제 양재원이나 이동주, 사대진의 실력이 일취월장하긴 했지만, 그럼에도 이들은 그냥 사람 아닌가. 괴물이 와야 살릴 수 있는 환자는 어찌할 수 없는 법이었다.

'그래도……. 그래도…….'

당연한 얘기지만, 그 생각이 오래간 적은 추호도 없었다. 강혁은 본인뿐만이 아니라 주변인들도 한계까지 몰아붙이는 사람이니까. 아마 계속 강혁이 여기 있었다면, 오히려 센터가 지금처럼 부흥하지 못했을 수도 있었다. 도망가는 사람이 워낙에 많았을 테니까.

'음……. 도망가는 느낌인데?'

한편 장규선은 지민이 앉으라고 했던 의자에 털썩 주저앉은 채 지민의 뒷모습을 바라보고 있었다. 처음에 국경없는의사회에서 봉사하고 있는 내과 의사인데 잠시 시간 괜찮겠냐는 말을 했을 때까지만 해도 더없이 친절했더랬다. 친절하기만 한 게 아니라 능숙하기까지 했다. 워낙에 다른 단체에서 견학을 많이 오기 때문일 터였다. 이제 한국대학교 병원 중증외상센터는 단지 이곳에 오는 환자들만 살리는 기관이 아니라, 전 세계 의료인들을 육성하는 교육 기관이기도 했다.

'근데 너무 빨리 뛰잖아?'

이런 대단한 기관에 있는 사람이 백강혁 이름 석 자를 듣자마자 혼비백산하는 꼴이라니. 환영할 거라고 했던 것과는 사뭇 다른 느낌이었다.

"음."

아무튼, 물을 마셔가며 기다리고 있으려니 누가 봐도 높아 보이는 사람 하나가 다가왔다. 명찰을 슥 하고 훑어보니 '중증외상센터 수간호사 백장미'라는 적지 않은 글씨가 빼곡히 적혀 있었다.

"안녕하세요, 백장미입니다."

"아, 네. 장규선입니다. 국경없는의사회 한구 병원에서 중단기 봉사 중입니다."

"네, 한구. 음."

장미는 고개를 끄덕이며 한구 병원을 떠올렸다.

"듣자니, 선생님도 오신 적이 있다고 하던데요?"

"아……. 백 교수님이 그러셨나요?"

"아뇨, 간호사들이."

"아……. 네. 하하."

좋은 얘기가 나오진 않았겠군, 하면서 장규선의 눈치를 살피니 과연 빠르게 시선을 피하고 있었다.

'그러고 나서 좀 나아졌으려나?'

확인하려면 다시 가야 할 텐데, 그러긴 싫었다. 해서 궁금증 자체를 지워야겠다고 마음먹고 있으려니 장규선이 말을 이었다.

"제가 여기 온 건……. 뭐 별건 아니고요. 백 교수님이 자기 소식 좀 전하라고 하시더라고요. 아주 좋아하실 거라고."

"아……."

"특히 양재원 선생님 있으면 꼭 좀 부르라고 하던데요."

"그……. 네. 지금 오고 있을 거예요. 아까 처치실에서 환자보고 있느라……. 아, 저기 오네요."

장미의 말에 고개를 돌려 보니 과연 의사 하나가 비척거리며 다가오고 있었다. 듣기론 꽤나 얌전하게 생겼다고 하더니, 수염을 길러서 그런가 지저분해 보였다.

"안녕하세요, 장규선 선생님."

다만 사람 본성이 어디 가는 건 아니라 말투는 나긋하기만 했다. 지나치게 지쳐 보인다는 것만 빼면, 가까이에서 본 인상도 썩 괜찮은 편이었다.

장규선은 강혁이 전달하라고 한 서류 봉투를 꺼내 들었다.

"안녕하세요. 이게 백 교수님이 전하라고 한 건데……."

"이걸요?"

"이게 뭔데요?"

"저도 잘 모릅니다. 열어보진 않아서요."

"아."

그렇다면 지금 열어봐야 한다는 뜻이었다. 마감이 뭐 단단하게 되어 있지는 않아서 뜯는 게 어렵진 않았다.

"사진이네요."

"셀카도 있네. 뭔 생각이야, 이거."

"그러게, 셀카는 왜 보내신 거야."

안에는 사진이 가득 들어 있었다. 요즘엔 보기 드문 필름 인화 사진이었다. 재원의 말대로 셀카도 드문드문 끼어 있었지만, 대부분은 환자 사진들이었다. 아니, 현장 사진이라고 하는 게 옳을 터였다. 거기엔 외상을 입고 실려 오는 환자들 사진만 있는 게 아니었다. 산부인과 교육을 받고 있는 히잡 쓴 여인들, 눈이 하얗게 변색 되어버린 노인, 벽돌을 나르고 있는 아이 등등. 한구가 그대로 담겨 있었다.

"오……. 이거…… 이걸 교수님이 찍으셨나?"

"사진을 원래 찍던가요? 너무 잘 찍었는데."

"그 양반은 원래 도깨비 같은 사람이잖아. 그냥 며칠 뚝딱 배우면 이 정도는 찍을 수도 있어."

"아……. 하긴. 괴물이지, 괴물."

장규선은 눈앞에서 스승에게 패드립을 늘어놓는 둘을 잠시 바라보았다. 기묘한 기분이었다. 나이도 지긋한 데다가, 수술실에 들어갈 일도 없어서 강혁에게 당한 적이 없기 때문이었다. 그저 강혁이 이룩한 결과만을 보았을 뿐이라 존경심만 그득그득 쌓였다.

"근데 이걸로 뭘 어쩌……. 아, 편지가 있네."

"뭐라고 썼……. 아. 이걸 올리라고. 아니, 자기가 좀……. 아, 한국대학교 SNS에 이걸 올리라고……."

"후원금 목적인가? 그때 분명히 돈이 아니라 사람이 부족하다고 했었……. 아, 동문회에도 올리라고……."

"그뿐이 아닌데요? 한국대학교 병원 정기 봉사 일정에 어떻게

든 낑겨보래요."

"아니, 이게 말이 되나. 거길 어떻게 가……. 지금 가는 데도 겨우 가는데."

"안 하면 뒤진다는데요?"

"힉."

그저 글로 적힌 걸 장미가 읽었을 뿐인데, 소름이 오소소 돋아났다. 재원은 오돌토돌해진 팔뚝을 쓸어내리며 장미에게 물었다. 설마 뭐가 더 남았나 싶은 얼굴을 하고서였다.

"이게 끝이지?"

"아……. 아뇨. 제일 중요한 내용은 밑에 있네요."

"뭐, 뭐래?"

"초대하신대요."

"한구? 안 가……. 나 그때 휴가 써서 간 거라고……. 너도 그렇지 않았어?"

강혁은 파키스탄이 분명히 휴가 써서 올 만한 곳이라고 했었다. 수도인 이슬라마바드엔 어느 정도 구경거리가 있긴 했지만, 하루면 다 보고도 시간이 남을 정도로 적었다. 게다가 대부분의 시간은 한구에서 보내지 않았던가. 고개를 절레절레 젓고 있으려니, 장미도 고개를 저었다.

"한구가 아니라, 괌으로 부르는데요?"

"응? 괌? 그……, 그 괌인가? 막 사람들 놀러 가는 곳?"

재원은 괌을 듣고 난 후에도 분명 다른 괌이 있을 거라 확신했다. 어디 중앙아시아나 중동이나 아니면 아프리카에라도. 강혁이 어디 놀러 갈 줄 알던 사람이던가. 한국에 있을 때도 휴가 한번 안 가본 인간이었다. 심지어 점심이나 저녁에 병원 밖에서 밥 먹는 일조차 특별하다고 여길 지경이었다.

"어……. 진짜 괌이에요."

"말도 안 되는 소리 하지 마."

"진짜라니까요?"

"에이."

"그래, 괌이구나. 진짜 괌으로…… 초대한다고?"

"네. 이미 리조트까지 예약했다는데요? 비행기랑."

"아니, 이 미친 사람이 휴가를 맘대로 정하네."

"어차피 만나는 사람도 없을 테니까 그냥 오래요."

"와……."

"가죠? 이거 봐요. 비행기 일등석이래. 이거 언제 타봐."

"응? 일등석?"

"네. 호텔은 어디냐, 이게. 두지터니? 이름만 봐도 좀 있어 보이는데. 여기 스위트래요."

"오……. 스위트……."

"근데 오려면 후원금을 받아내든지, 아니면 단기 팀이라도 보내라네요. 하, 내가 이럴 줄 알았다, 이 양반."

그럼 그렇지. 백강혁이 어떤 사람인데 공짜로 푼단 말인가.

"근데 뭐 해요?"

"어? 어, 올려야지. 몇 명 보내면 된대?"

"아니……. 이걸 꼭 가고 싶은 거예요?"

"가야지! 괌인데!"

"그……. 센터장님 집도 부자잖아요……."

"우리 엄마 아빠가 부자지, 내가 부잔가. 공짜로 갈 수 있으면 가야지. 안 갈 거야?"

"어……. 그렇게 말하니까 또 혹하기는 하는데……."

"어려운 일도 아니잖아. 말 잘 듣는 후배 많지 않아? 일주일만 가라고 하면 갈 거 같은데? 게다가 여기 가봐서 알지만, 진짜 도움도 많이 되잖아. 의미 있는 일이라고."

"음."

지금 재원에게 의미 있는 일이라는 게 한구 병원인지, 괌인지 모르겠지만. 아무튼, 장미는 재원이 이렇게 들떠 있는 거 자체가 기꺼웠다. 강혁과는 여러모로 다른 센터장 아니던가. 언제까지 짠한 이미지로 리더십을 발휘할 생각인지 알 수가 없었다. 가장 처음부터 함께했던 동료로서 지금처럼 웃는 얼굴이 조금이나마 많아졌으면 싶었다. 그러다보니 장미의 얼굴에도 어느새 미소가 번져 있었다.

'이러니저러니 해도……. 백 교수님 본다니까 다들 좋아하는구먼, 허허.'

규선은 그런 둘을 보며 또다시 이상한 착각을 하며 몸을 일으켰다.

"그럼, 저는 다른 약속이 있어서 가보겠습니다."

"아……. 네. 저희 소식도 전해주세요. 감사했습니다."

"네, 네. 하하."

장규선 원장이 재원과 장미와 헤어질 무렵, 한구에서는 제인과 시장이 마주 앉아 있었다.

"시장님."

"음, 닥터 제인."

시장은 조금 미심쩍은 얼굴을 하고 있긴 했지만, 그렇다고 본격적으로 의심의 눈초리를 보내고 있진 않았다. 다른 사람도 아니고 시술하는 사람이 백강혁이라지 않는가. 저 인간이 지금까지 보여준 결과들은 하나같이 기적이라 해도 좋았다. 매일 사원에서 마주치는 이맘을 볼 때마다, 이 사람이 살아 있는 게 과연 알라의 은총인지 아니면 강혁 덕분인지 헷갈릴 지경이었다. 무려 두터운 신앙심을 얼마간 뒤흔들 만큼이나 깊은 인상을 주었단 뜻이었다.

"내내 말씀드렸다시피……. 이미 선진국에서는 전 국민을 대상으로 하는 암 검진 사업의 일환으로 내시경을 시행하고 있습니다. 대한민국처럼 극히 저렴한 가격으로 시행하는가, 아니면 미국처럼 비싼 가격으로 시행하는가의 차이일 뿐. 그 효용성은 입증된 지 오래입니다."

"암이라. 음."

아직 암을 걱정하기엔 파키스탄의 평균 수명이 너무 낮은 거 아닌가 싶겠지만, 생각보다 파키스탄의 암에 대한 경각심은 높은 편이었다. 물론 인구 대다수를 차지하는 하층민들에게는 암보다 무서운 것들, 그러니까 절대적 빈곤과 같은 것들이 수도 없이 산재해 있긴 했다. 그러나 하층민이 아닌 소수의 지배층에게

암은 두려움의 대상이었다. 육식 위주의 식습관과 오염된 식수 및 무분별하게 배출되는 배기가스 등은 암 발병률을 높이기에 충분했다. 특히 유방암이나 대장암 발병률이 아주 높았다.

"그럼 이걸 꾸준히 하면 대장암이 안 생기는 건가?"

"아, 아뇨. 안 생기게 할 수는 없죠."

"그럼?"

"생긴 걸 재빨리 제거하거나……. 혹은 암이 되기 전에 제거할 수 있습니다. 그렇게 되면, 그러니까 조기 대장암을 발견하게 되면 대장을 절제하지 않고 내시경 시술만으로도 완전 제거가 가능합니다."

"아하."

한구 시장은 유학생 출신은 아니었지만. 이슬라마바드 대학을 졸업하고 석사까지 받은 재원이었다. 제인의 말을 완전히 다 이해하고도 남을 만한 배경 지식이 있단 뜻이었다.

"그럼 무조건 자주 하는 게 좋을까?"

"뭐……. 2년에 한 번 정도 하면 충분하죠. 해보시면 아시겠지만, 아주 편안한 검사는 아니에요."

"수면으로 하면 자면서 할 수 있다고 하지 않았나?"

"검사 전 과정이 힘듭니다. 관장이죠. 배 안에 뭐가 있으면 안 보일 테니까, 다 비워야 해요."

"아……."

시장은 이해했다는 얼굴로 고개를 끄덕이다가, 이내 말을 이었다.

"아내는 할 수 있나?"

"아……. 그건 아직 준비가 더 필요합니다. 저와 닥터 미유키가 수련을 받아야 하는데……. 전에 보셨던 닥터 장이 돌아와야 합니다. 올 때 내시경이 가능한 여 선생님을 데려오기로 했으니 아마 그때부터는 가능할 거라 생각합니다."

장규선이 이번 한국, 일본행에서 약속한 것은 한두 가지가 아니었다. 우선 백내장 수술 팀을 모셔와야 했다. 그리고 내시경이 가능한 여자 내과 선생님을 데려와야만 했다. 또한 가능하다면 치과 검진 팀까지 구해보기로 한 참이었다.

'정말 가능할까?'

"아하, 그렇구만. 그……. 유방암에 대해서는 초음파를 해야 한다고 하던데? 그건 어떻게 되는 거지?"

"그건……. 닥터 미유키가 할 수 있습니다. 설비도 있고요. 뭐……. 그냥 오시면 가능합니다만……. 우선 내시경까지 세팅이 된 다음에 정식으로 오픈하려고 하고 있어요."

"할 거면 제대로 한다 이건가."

"네, 그렇죠. 시장님."

씩씩한 얼굴로 고개를 끄덕이는 제인을 시장은 대견하다는 눈으로 바라보았다.

"뭐 도울 일이라도 있으면 언제라도 말하게. 내가 힘닿는 대로 다 도울 테니까."

"아……."

제인은 지금 딱히 도움이 필요 없는 상황이었다. 강혁 덕에 본인이 계획했던 것보다 훨씬 빠르게 일이 진행되고 있는 참 아니던가. 솔직히 말하면 이 병원에 내시경이 생기는 일조차 감히 떠올리지 못하고 있었더랬다. 때문에 제인은 그녀가 직접 답하는 대신 강혁을 돌아보았다. 제인이 대화하는 동안엔, 배려와 존중의 의미로 입을 다물고 있던 강혁은 시선이 얽히자마자 앞으로 한 걸음 나섰다.

"시장님, 제가 대신 말씀드려도 될까요?"

더없이 사람 좋은 미소를 지은 채였다.

'뭐……. 설마 나쁜 일 시키려고 하는 건 아니겠지.'

사람은 나쁜 사람 같은데 신기하게 하는 일은 다 좋은 일 아니던가. 덕분에 시장은 마른침을 한번 꿀꺽 삼키는 것만으로 불안한 마음도 어느 정도 삼킬 수 있었다.

"네, 물론이죠. 닥터 백."

"우선 첫 번째."

"아……."

부탁이 하나가 아니구나. 시장은 다시 한번 마른침을 꿀꺽 삼키곤 귀를 기울였다.

"박창수라고 알죠?"

박창수란 데니스 박의 작전용 이름이었다. 명색이 CIA 요원인데 원래 이름을 그대로 쓸 수는 없지 않겠는가. 이곳 한구에서 공식적으로 통하는 모든 서류엔 박창수란 이름이 쓰여 있었다. 심지어 발급 기관은 주파키스탄 한국 대사관이었다.

"아, 알죠."

일개 커피집 사장 이름을 시장이 기억하기란 정말 어려운 일이었지만, 현재 한구 내에 들어와 있는 외국인 사업체는 달랑 박창수의 커피집 하나였다.

"그 친구 이제 슬슬 모직도 좀 보고 있다던데……."

"모직? 옷이요?

"아니, 여기 스타일 옷을 어떻게 한국으로 수출하나."

"그럼……."

"카페트지. 카페트. 파키스탄이 그걸로 유명하다던데? 실제로 숙소에서 써보니까 썩 괜찮던데요?"

강혁은 병실 내에는 감염 우려로 인해 깔지 못하는 카페트를 떠올렸다. 무늬도 그렇고 색깔도 그렇고 꽤 예쁜 편이었다.

"어……. 근데 그런 거 기술자들은 페샤와르에나 가야 있을 텐데……."

"몇 명 오라고 해요. 그래서 한구 사람들한테 가르쳐주라고. 그럼 여기 기술자도 생기지, 운반 인력에 모직 가공 인력에, 어휴……. 노동력이 얼마나 생기는 거야, 이거."

"그게……."

"돈 준다니까요, 시장님. 이런 것도 못 해요? 우리가 여기 해주는 게 얼만데……. 말 한마디면 되겠구만."

"그……. 일단 알겠습니다. 노력……. 노력해보죠."

"오케이. 그리고 이건 또 다른 얘긴데."

"두 번째?"

"네, 두 번째."

하나만 들어도 좀 지치는 느낌인데 또 있다니. 시장은 한숨과 함께 고개를 끄덕였다. 강혁은 그런 시장을 보며 허허 웃었다.

"이건 좀 어려울 수도 있어요."

약을 잔뜩 팔면서였다.

"어, 어렵다고요?"

이 작자 입에서 어렵다는 말이 나올 줄이야. 아예 처음 듣는 말이었다면 차라리 나았을 터였다. 어떤 상황에서 어렵단 말을 쓰는지 전혀 몰랐을 테니. 하지만 기억을 더듬어보니, 한 번은 있었던 거 같았다.

'이맘께서 칼에 맞았을 때 그랬던 거 같은데…….'

누가 봐도 죽은 사람이지 않았던가. 제아무리 신앙심이 깊은 사람이라 해도 대번에 죽음을 떠올릴 수밖에 없을 만큼이나 끔찍한 몰골이었더랬다. 그때 딱 한 번, 강혁이 '이건 어렵겠는데'라고 중얼거린 것을 들은 적이 있었다.

"응, 어려워요. 근데 뭐……. 처음은 아니지."

"처음이 아니라고?

"시장님도 했어요, 한 번."

"제가 뭐……, 뭘 했죠?"

시장은 내가 지금까지 이놈 앞에서 한 일 중 잘못한 일이 있었나 하고 살아온 나날을 반추했다. 하지만 아무리 고민해봐도 강혁에게 직접적인 실례를 저지른 적은 없었더랬다.

"잠깐 저기를 좀 보실까요?"

"응?"

강혁은 병원 밖에 보이는 두 채의 건물을 가리키고 있었다. 시장과 다른 유지들이 삥 뜯기다시피 해서 한구 병원에 헌납한 바로 그 건물들이었다.

"저거 우리 시장님 돈으로 얻은 건물이잖아요. 리모델링까지 싹 하고."

"어……. 그, 그렇죠."

'또……. 또 건물을 해다 바치라는 건 아니겠지?'

병원은 점점 흥하고 있었다. 아까 들어오면서 보니, 외래도 꽉꽉 들어차고 있지 않던가.

'아……. 빠듯한데.'

하지만 건물을 또 내놓는 것은 좀 다른 문제였다. 마음 같아서는 대번에 거절하고 싶었다.

"아, 맞아. 아드님 지금 잘 계시나?"

"네?"

갑자기 강혁이 아들 얘기를 꺼냈다. 문맥과 전혀 관계가 없어 보이는 말이었지만 실상을 알고 보면 더없이 긴밀한 관계가 있는 말이었다.

'아들……. 아무리 봐도 이 사람 백으로 들어갔는데…….'

자식 이기는 부모 없다던가. 아직도 이슬라마바드로 가기 전날 밤, 눈을 빛내던 아들놈의 얼굴을 잊을 수가 없었다. 이제야 드디어 대학 다니던 그 시절 꿈꾸던 일을 하게 되었다는 말은 또 어떻고……. 부모된 도리로 자식의 꿈을 고작 돈 때문에 꺾을 수는 없지 않은가. 해서 시장은 스스로 결론을 내렸다. 이 새끼가 뭘 달라고 하든 간에 가능한 것이라면 고개를 끄덕이기로. 강혁은 복잡한 심경의 시장을 얄미운 얼굴로 바라보면서 말을 이었다.

"뭘 그렇게 눈알을 굴려요. 나 그렇게 경우 없는 사람 아닙니다. 설마 또 건물 달라고 할까봐?"

"응? 그게 아닙니까?"

"아니죠. 에이, 설마."

"그럼……. 그럼 뭡니까."

설마라고 말하는 표정이 너무 불안해서 차라리 건물이나 달라고 했으면 좋겠단 생각이 들었다.

"시장님, 시장님께서 세금을 걷으시죠?"

"응? 세금……. 세금을 건드리는 건 안 되는데."

이리저리 삥땅 치는 게 아주 없는 건 아니었다. 그렇지 않고서는 시장이 지금처럼 호화스러운 생활을 할 수는 없을 테니까. 중앙 정부에서도 어느 정도는 눈을 감아주고 있지 않은가.

"아니, 알죠. 대체 저를 뭐로 생각하는 겁니까?"

"그럼 세금 얘기를 왜 하는 거예요?"

"세금을 걷는다는 건 우리 지역민들 소득이나 재산에 대해서도 어느 정도는 파악하고 있다는 뜻이겠죠?"

"어……. 그야……, 그렇죠."

아마 좀 더 축소해서 알고 있다고 보면 맞을 터였다. 여기 있는 시장도 실제 재산보다 훨씬 줄여서 신고하고 있으니까. 하지만 대강이라도 알고 있냐고 한다면, 그건 맞았다. 어찌 되었건 세금을 먹이려면 참고할 만한 데이터가 필요하긴 하지 않겠는가.

"그럼 상위 10% 명단을 추려서 좀 알려주실 수 있어요?"

"어……. 왜, 왜요. 설마 찾아가서……."

"아니, 진짜 왜 이래. 내가 깡패예요?"

단지 깡패 정도로 불러준다면 고마워해야 하지 않을까. 시장은 뭐 이런 생각을 하면서 강혁을 바라보았다.

"그 사람들은 병원에서 공짜로 치료 받을 필요 없잖아. 그 명단에 있는 사람들은 돈 내고 하라고. 시장님 포함해서."

"아……. 진료를 돈 받고 하겠다고?"

"그래요. 우리라고 땅 파서 장사하는 건 아니잖아. 후원이야 꾸준히 들어오지만, 그게 꼭 영속적이란 보장은 없거든? 재정 건전성은 확보하면 할수록 좋아요. 알죠?"

"아……."

시장은 그제야 공포에서 벗어나 탄복한 얼굴이 되었다. 아니, 탄복이라기보다는 다른 의미로 놀란 얼굴이 되고야 말았다. 사실 지금까지는 단 한 번도 한구 병원의 돈이 어디서 나는지 궁금해해본 적도 없던 탓이었다.

'하긴, 이 사람들이라고 물만 먹고 사는 건 아니지.'

"시장님, 지금 이곳에서 한구 병원은 거의 필수적인 의료 기관이 되어가고 있어요. 이 병원 아니면 다시 모성 사망율이 오르고, 외상 입은 가장들은 죽거나 영원히 장애를 안고 살아야 할 겁니다. 맞죠?"

"그건…… 맞죠. 그렇습니다."

시장은 얼마 전 보고 받은 한구 지역 보건 데이터를 떠올렸다.

그전이랑 비교해봤으면 더 좋았을 텐데……. 부끄러운 일이지만, 예전엔 아예 데이터를 모을 생각도 하지 못했다.

'이제 파키스탄 평균과는 비교도 할 수 없어…….'

"지금 당장 국경없는의사회에서 한구 병원에 대한 지원을 검토하는 건 아니에요. 하지만 언제든지 그런 상황이 발생할 수 있어요. 지원이 줄어들 수도 있죠. 불경기라도 오면 사람들이 제일 먼저 줄이는 게 후원금이니까."

"그……. 그렇겠네요."

"그때를 대비해서 비축금을 남겨놔야 해요. 그러기 위해서는 시장님의 도움이 필요합니다. 도와주실 수 있겠죠?"

안 도와주면 죽일 거란 얼굴을 하고 있었다. 한 가지 다행인 점은, 시장 또한 도와줘야겠다고 진심으로 생각하게 되었단 점이었다.

"암요. 도와야죠."

"좋군요. 그럼……."

"뭡니까?"

"내일 내시경 한다면서요. 입원하시고 수면하실 거고 위, 대장 다 하니까……. 에이 인심 썼다. 100달러로 하죠."

"아니……. 그……. 수면으로 안 하면 얼만데요."

"그건……."

옆에 있던 한유림이 고개를 털며 분연히 이불을 떨치고 일어섰다.

"안 돼! 안 돼! 수면으로 해요. 수면!"

"아, 한 교수님."

"수면으로 해요, 수면. 안 돼, 너무 힘들어."

"아……. 네, 알겠습니다. 한 교수님 말씀대로 하죠."

"그럼……. 음식 조절을 좀 하셔야 되니까 당장 내일보다는 사흘 후에 하시죠."

강혁은 흔쾌히 고개를 끄덕이고 있는 시장을 향해 말을 건넸다. 시장은 고개를 끄덕이다가 의문에 찬 얼굴로 대꾸했다.

"그럼 내시경 검진 시작한다는 걸 알려도 될까요? 사원이나 의회에서는 원하긴 할 겁니다."

"아……. 아뇨. 너무 본격적으로 하는 건 아직 좀 어려워요. 지금 당장 시술이 가능한 건 저뿐이라. VIP들만 먼저 따로 연락을 취해서 하는 것으로 하겠습니다."

"아하. 이거야 원. 알겠습니다. 감사합니다. 하하."

예전의 강혁이었다면 이렇게 듣기 좋은 말 따위는 꿈도 못 꿨을 텐데. 덕분에 시장은 아주 흡족한 얼굴로 병실을 나설 수 있었고 아무래도 시장의 눈치를 좀 더 살펴야 하는, 그러니까 한구병원에 더 많은 책임이 있는 제인 또한 안도의 한숨을 쉴 수 있었다.

"휴. 괜히 긁어 부스럼 만드는 건 아닌가 했는데……. 좋아하는 거 같아서 다행이네요."

제인은 시장 에스코트를 끝낸 후에도 폭풍같이 이어진 일과를 끝내고, 소파에 털썩 주저앉으며 말했다. 어느새 딸각 소리와 함께 맥주까지 한 캔 딴 채였다. 강혁 또한 마찬가지였는데,

불과 몇 달 전까지만 해도 꿈도 못 꿀 만한 일이었다. 모든 인원이 24시간 당직으로 돌아가는데 어떻게 감히 술을 마신단 말인가. 물론 지금도 인사불성이 될 정도로 마시는 인간은 없긴 하지만……. 맥주 한 캔이라도, 인원이 어느 정도 충원이 되어서 가능한 일이었다.

"VIP 대우 해준다는데 싫어할 사람이 어디 있겠어. 적어도 나는 단 한 번도 못 봤어."

"그래도……. 사실 100불이면 아주 저렴하진 않잖아요. 돈 더 보태면 이슬라마바드나 페샤와르에 가서 더 좋은 시설에서 검진을 받을 수도 있는 일인데……. 너무 좋아해서 놀랐어요."

"일단 보태야 되는 돈이 꽤 많잖아. 왔다 갔다 하는 시간도 있고. 게다가 설비라는 게 이슬라마바드 말고는 여기 내시경처럼 좋은 것도 없을걸? 4K 아냐? 우리 모니터? 카메라도 그렇고."

"네? 4K예요? 어쩐지……. 화질이 미쳤더라니."

"문제가 있으면 무조건 보이는 수준이랬어. 이거 기부해준 츠요시에게 박수."

"와……. 진짜 감사합니다."

*

결국 시장은 사흘 뒤 저녁 입원해 내시경 받을 준비를 했다. 그리고 당연한 듯 강혁은 입원한 시장을 찾아갔다. 원래 대장 내시경 하나 하는데 입원씩이나 할 필요는 없지만 기왕 남아 있는 병실 놀리기도 뭐 하고, 또 열악한 병실 사정을 시장이 알게 되면 뭐라도 하지 않겠냐는 의견이 있었다.

"음."

과연 시장은 상당히 당황한 얼굴로 침대에 걸터앉아 있었다. 사실 병실에 새로 산 침대도 많은데, 일부러 옛날 침대를 제공한 탓이었다. 아마 눕자마자 허리 쪽이 푹 꺼졌을 터였다.

"왜, 어디 불편하세요?"

"아……. 이게…… 이게…… 침대가."

"아. 좀 오래돼서. 차차 돈 들어오는 대로 바꿀 예정입니다."

강혁은 그 중간에 끼어 있는 문장들까지 말해주진 않았다. 가령 'CT 하나만 사고'라든지, '마당에 있는 응급실 천막을 치우고 건물 더 올리고 난 뒤'라든지 하는 말들.

"그렇군요. 음."

"시장님이 내주신 돈이면 하나 살 수 있겠죠."

"그게 정말 요긴하게 쓰이긴 하겠군요."

사실 100불은 지금 한구 병원 재정을 생각하면 티끌 같다고도 할 수 있었다. 강혁이 여기저기서 뜯어낸 돈이 어마어마하기 때문이었다. 물론 여전히 강혁이 이루고자 하는 목표에 비하면 부족했지만 또 그렇게 턱없이 적은 돈도 아니었다.

'엄청 뜯었다, 정말.'

미국, 일본에서 통으로 뜯은 게 벌써 얼마란 말인가. 거기에 최 감독이 찍어준 미니 다큐멘터리를 보고 세계 각지에서 보내주는 후원금도 있었다.

'학교도 지어야지.'

당연히 강혁은 이와 같은 얘기는 전혀 시장에게 해주지 않았다. 제아무리 티끌 같은 돈이라고 해도 돈은 돈이지 않은가. 움켜쥘 수 있는 돈을 놔버리는 짓만큼 바보 같은 일은 없었다. 특히 언제 어떻게 돈이 나갈지 알 수 없는 봉사 단체에 속해 있다면 더더욱 그랬다.

"아무튼, 내일은 위, 대장 내시경을 할 거예요. 그럼 내일 봅시다."

"어……. 네."

강혁은 그렇게 의미심장한 분위기 속에서 회진을 마치고 숙소동으로 향했다. 그제야 옆에 있던 카심이 입을 열었다.

"저, 근데 교수님."

"응?"

"저번에 수술한 총상 환자요."

"어, 왜."

"정말 내일 퇴원입니까?"

"응. 잘 건잖아. 멀쩡해, 그 사람. 왜."

"너무 빠른 거 같아서……."

"빠르긴. 더 쉬면 그 양반 굶어 죽어. 다행히 데니스 쪽에서 돈 좀 주고 합의가 된 모양이긴 한데……. 아까 네가 그랬잖아. 유목민들 바빠진다고. 터질 염려 없어졌으면 보내야지."

"하긴……. 그것도 그렇긴 하네요. 그리고 또, 이 환자 말인데요."

대부분 병실 환자에 관한 얘기였다. 한유림이나 리처드와는 달리 강혁의 환자들은 루틴보다 거의 항상 빠르게 진행되기에 어쩔 수가 없는 일이었다. 이 사실은 강혁도 잘 알고 있는 바였기에 딱히 짜증을 내진 않았다. 그저 성심성의껏 얘기해줄 뿐이었다.

"교수님, 감사합니다. 그럼 그렇게 인계하겠습니다."

"어. 그래."

강혁은 지시 사항을 내린 후 카심과 헤어져 방으로 들어왔다.

"드르렁."

방 안에서는 코를 골며 쓰러져 있는 한유림을 마주할 수 있었다. 처음 봤을 땐 저 정도로 심하게 골진 않았었는데, 확실히 노화가 코골이에 미치는 영향이 있기는 한 모양이었다.

'이거 괜찮은지 낙준이한테 물어보긴 해야겠네.'

워낙 외상 외에는 관심 없던 시절부터 친하게 지내던 녀석 아닌가. 지나가는 이야기로 수면 무호흡이 있으면 돌연사 등의 사망률이 올라간다고 들은 거 같긴 한데, 오래돼서 그런가 기억이 온전치가 못했다.

'일정 나이 이상에서는 별 상관없다고도 했던 거 같은데…….'

혹 심각하다고 하면 영상 통화라도 해서 수술을 배울 참이었다. 수술로 해결되는 거면 배워서 해줘야 하지 않겠는가. 오로지 한 사람만을 위한 수고라고 하기엔 지나칠 지경이었지만 여기까지 군말 없이 따라와준 보답으로는 오히려 부족했다. 해서 강혁은 잠들기 전까지 한유림의 코 고는 모습을 녹화했다. 잠에서 깬 한유림이 기겁한 것은 당연한 일이었다.

"곧 죽을 거처럼 껙껙대길래 걱정돼서 좀 찍었지."

"껙껙은……. 뭔 개소리야."

"아무튼, 나 오늘 검진하는 거 알죠? 백 안 되니까 리처드랑 둘이서 잘해봐요."

"요새 응급도 없는데 뭐……."

"미쳤나, 이 양반이. 그런 소리를 하네. 외상 외과 짬밥이 몇 년인데. 환자 없네 어쩌네 하다가 몰려오는 거 몰라요?"

"한국 미신이잖아. 여기 파키스탄이라고. 괜찮아."

한유림은 정말 괜찮을 거라고 연신 중얼거리다가, 불안해졌는지 강혁을 바라보았다.

"그래도 혹시 모르니까 후딱 끝내. 검진 그거 뭐. 어?"

"잔뜩 쫄 거면서 왜 그딴 얘기는 하나."

"나도 모르게 나왔어."

"요새 진짜 좀 편했구만? 긴장 풀린 거 보니까."

"아……. 몰라. 괜찮겠지. 안 괜찮으면 어쩌지?"

"몰라요, 나도. 아침이나 먹어야지."

강혁은 정말 남의 일이라는 듯 손사래를 치고는 자리를 박차고 일어나 식당으로 갔다. 강혁은 거의 아침을 마시듯 밀어 넣고는 자리에서 일어나 계단으로 향했다. 강혁이 사라진 뒤 식탁 위에 있던 휴대폰이 시끄럽게 울렸다. 일부러 듣기 괴로운 소리로 설정해둔 벨소리였다. 발신인은 응급실일 터였다.

"네, 리처드입니다."

"네, 선생님. 대형……, 대형 재난입니다!"

이곳에도 대형 재난이

전화를 건 장은 전화를 받은 리처드를 향해 소리쳤다. 딱히 수화기를 들고 있지 않은 사람들에게도 다 들릴 정도로 큰 소리였다.

"대형…… 재난? 폭탄이라도 터졌어요?"

"아, 아뇨. 채석장이 무너졌답니다."

"채석장? 그런 곳이 있나?"

"요새 건물 보강하는 곳이 늘어서 새로 생긴 곳이라는데……. 아무튼, 빨리 와달라고 해요. 이미 몇 명은 실고 오고 있다고 하는데……. 심각한 사람들은 묻혀 있대요."

"이런 망할."

평화롭던 부엌 분위기가 난장판이 되는 데까지는 얼마 걸리지도 않았다. 대형 재난이라는 단어가 갖는 위력은 그야말로 어마어마했다.

"오늘 외래 닫아요. 진짜 급한 환자 말고는 못 보게 해."

"네!"

우선 닥터 제인은 외래부터 셧다운시켰다.

"응급실도 일반적인 환자는 받지 마요. 병원의 모든 역량을 대형 재난에 맞춥니다."

"네, 팀장님."

응급실 또한 마찬가지였다.

"일단 현장에 갈 팀이 필요한데……."

제인은 필요한 지시를 내린 후, 아직 부엌에 남아 있는 의료진을 돌아보았다. 산부인과인 미유키, 외과 리처드와 한유림, 마취과 츠요시, 내과 요다. 평소라면야 든든하기 짝이 없는 사람들이었지만, 방금 전해 들은 사고에 비하면 조촐하기 짝이 없었다.

'현장에는……, 일단 경험이 많은 사람이 가야 해.'

현장에서 수술할 일은 물론 거의 없을 터였다. 다른 현장도 그렇겠지만, 지금은 하필 채석장이지 않은가. 먼지 많은 데서 배라도 열었다간 그거 때문에라도 죽을 수 있었다.

'백 교수님이라면 모르겠지만……'

강혁이 이 자리에 있었다면 사실 별로 고민도 하지 않았을 터였다. 가장 경험도 많고, 뛰어난 외과 의사니까. 하지만 강혁은 이제 막 시장을 재우고 내시경을 꽂은 상황이지 않은가. 게다가 실려 오고 있다는 환자들 수술에 있어서도 필수였다. 그렇다면 눈앞에 있는 의사들 중 골라야 했다. 후보군은 당연히 리처드 아니면 한유림이었다.

"리처드, 리처드가 가주세요."

"어……."

그중 제인이 고른 것은 리처드였다. 경험만 따지고 본다면 한유림이 나을 수도 있겠지만, 현장은 험한 곳이었다. 이리 뛰고 저리 뛰려면 한 살이라도 젊은 사람이 나을 터였다. 한유림이 제아무리 운동으로 단련되어 있다고 해도, 이미 먹은 나이를 돌이킬 수는 없었다.

"환자 분류만 제대로 해주세요. 채석장에서 여기까지 오는 데 아무리 못해도 30분 이상은 걸린다고 하니까 그걸 고려해주세요. 아시겠죠?"

제인은 머릿속으로 자신의 판단을 다시 한번 확인하면서 말을 이었다.

"네, 알겠습니다. 그럼 바로 갈게요."

리처드야 그 유명한 강혁 밑에서 수련받은 사람 아닌가. 당연히 제인이 말하고자 하는 바를 찰떡같이 알아먹었다.

'너무 급한 레드는……. 블랙으로 상향해라, 이거지?'

분류에서 '레드'는 긴급한 치료를 요하는 상태였다. '블랙'은 가망이 없는 상태를 말했고. 뚜렷한 기준이 있는 게 아니어서 특히 대형 재난 사태에서는 현장에 있는 의사의 판단이 절대적일 수 있었다. 더군다나 한구 병원은 자원도 무척 한정적인 곳이었기에 가장 많은 사람을 살릴 수 있는 방향으로 판단을 해야만 했다.

'이런 젠장.'

다시 말하면 리처드가 생사를 정하는 일을 맡았단 얘기였다. 내가 뭐라고 다른 사람이 죽고 사는 문제를 결정해야 한단 말인가. 아무리 경험이 쌓인 의사라 해도 꺼려지는 일이었다. 동시에 외상 외과의의 숙명 같은 일이기도 했다.

"댄은 카심이랑 같이 수술방 준비해줘요."

"네."

"요다는 환자들 오면 최대한 버틸 수 있게 해주시고요."

"네."

"미유키, 미유키는 저랑 대기하다가 수술 보조를 하거나 요다 보조를 합시다."

"네, 팀장님."

간결하면서도 정확한 지시였다. 제인은 일사불란하게 움직이는 의료진들을 확인하고는 서둘러 계단을 따라 뛰어 내려갔다.

'일단……. 백 교수님이 빨리 준비돼야 해.'

일이 터질 때마다 의지하는 게 참 나쁜 버릇이란 생각도 들긴 했다. 물론 지금은 상황이 여의치가 않았다. 강혁 아니라 강혁 할아버지라도 있으면 불러야 했다. 모든 것이 부족한 곳에서 벌어지는 대형 재난은 그야말로 재난이었다.

부지런히 달린 덕에 제인은 곧 내시경실 앞에 도달할 수 있었다. 엉덩이를 까고 하는 검사가 이루어지는 곳인만큼 문은 잠겨 있었다. 똑똑똑.

"네, 누구시죠?"

보조를 서고 있던 간호사의 목소리가 들려왔다. 제인은 차마 그 말이 다 끝나기까지 기다리지도 못하고 외쳤다.

"제인이에요! 백 교수님……."

"아, 네."

상대 또한 마찬가지였다. 닥터 제인은 한구 병원의 팀장 아닌가. 단순히 지위가 높아서 열어준 게 아니라, 그만큼 신중하고 책임감도 막중한 사람이라는 뜻이었다. 그런 사람이 괜히 시술 중인 방문을 두드릴 리 없었다.

"백 교수님."

안으로 들어서자, 강혁의 등부터 마주할 수 있었다.

"어……. 왜? 나 이제 막 S상 결장 넘어가는데. 관장이 약간 미흡해서 시간이 좀 걸리겠어."

이를테면 내시경 하는 사람에게 있어 가장 귀찮은 상태다, 이 말이었다. 동시에 가장 집중해야 하는 상태이기도 했다. 아직 대장 내시경에 있어서는 초심자인 강혁에게는 지나치다 싶을 정도로 어려운 케이스였다.

"그……, 대형 재난이에요."

"어?"

그래서인지 강혁은 고개를 거의 모니터에 처박고 있었다. 하지만 대형 재난이라는 단어는 강혁의 고개를 완전히 들어올리게 만들기에 충분한 위력을 가지고 있었다.

"갑자기 웬…… 대형 재난?"

한국대학교 병원 같은 곳에 일할 때도 몇 번인가 겪어봤던 일이었다. 버스가 전복됐다든지, 추락을 했다든지, 혹은 불이 났다든지. 대도시 서울에서도 충분히 일어날 수 있는 사고들이었다. 하지만 한구에서 대형 재난이 생겼다고 하면 느낌이 많이 달랐다. 이곳은 얼마 전까지만 해도 바로 근처에서 심심하면 폭탄이 터졌던 곳이었다.

"아……. 폭탄은 아니에요. 총도 아니고. 진짜 사고예요."

"그나마……. 그나마 다행이네."

강혁은 애써 놀란 가슴을 진정시키면서도 제인에게서 눈을 떼지 못했다. 사고라 다행이란 말을 하긴 했지만, 어폐가 있다는 걸 그 말을 내뱉은 강혁이 제일 잘 알았기 때문이었다.

"어떤 사고지?"

"채석장이 무너졌어요."

"채석장? 이 근처에 그런 게 있나?"

"요새 한구 지역에 재정비 들어가는 건물이 좀 있잖아요. 저희도 그렇고, 데니스 측도 그렇고……. 돈이 좀 도니까요."

"아……. 그거 때문에 채석장이 생겨?"

"지천에 깔린 게 돌산이니, 살 사람만 있으면 깎고 싶겠죠."

"하긴, 그것도 그렇네."

강혁은 이 근처 지형을 떠올렸다. 그나마 커피 농장이 있는 곳은 편평한 초지를 이루고 있었지만 조금만 북쪽으로 가면 죄다 산이었다. 그것도 깎아 내지르는 듯한 돌산이었다. 그게 잠깐 있다가 마는 게 아니라, 아프가니스탄 전역으로 계속되는, 일종의 산맥이었다. 다른 자원은 부족하기 짝이 없어도 돌만큼은 충분하다는 뜻이었다.

"안 좋은데. 거기 뭐……. 설비가 제대로 되어 있었을까?"

"없었겠죠. 허가나 받았을지도 의문이고요."

"누가 갔지, 현장에?"

"리처드요."

"잘했네. 앰뷸이랑 차 따로 보냈나? 그래야 할 텐데."

"네. 그렇게 했습니다. 간호 인력 셋 딸려 보냈어요. 현장에서도 보조하고……. 이송 시에도 환자 봐야 하니까요."

"음."

강혁은 잘했다는 뜻을 담아 고개를 끄덕였다. 부족한 자원 내에서 아주 적절한 조치를 취하지 않았는가. 아마 지금 막 장갑에 뭐만 튀지 않았더라면 어깨라도 두드려주었을 터였다.

'안 되지, 이런 손으로는.'

강혁은 거뭇한 장갑을 내려다보고 나서야 지금 한창 내시경 중이었다는 사실을 떠올릴 수 있었다. 오늘 후비나 내일 후비나 이 사람의 생명에 지장이 있진 않겠지만, 이러나저러나 수면제까지 맞고 몸을 맡긴 사람 아닌가. 최선을 다해야만 했다. 그게 의사된 도리란 것을 최근 알게 되지 않았던가. 언제나 생사에 관련한 일만 신경 쓰던 강혁이 이렇게 된 것은 장규선 원장 덕이라고 보면 되었다. 그 사람은 정말이지 모든 일에 있어서 환자의 불편감을 줄이는 데 최선을 다했다.

"일단……. 빨리 끝내고 바로 합류하도록 할게. 그렇다고 대충하는 건 좀 그렇잖아. 여기서 내가 괜찮다고 했는데 암이 있으면, 난리 나지."

"그렇죠. 그래도 좀 빨리 부탁드릴게요. 연락 왔을 때 이미 환자 중에 몇몇은 출발한 거 같았어요."

"아, 오케이. 알았……."

강혁은 대답을 하다 말고 열린 문틈을 통해 밖을 내다보았다. 보이는 건 그저 복도가 다였지만, 소리에는 집중할 수 있었다. 오래된 엔진이 내뿜는 거친 소리가 들려왔다. 아마 트럭일 터였다.

"빨리! 빨리! 환자 다섯이나 있어요!"

마침 트럭에서 뛰어내린 기사는 손을 펴대며 외쳤다. 병원 마당이라고 해봐야 아주 크진 않아서 안쪽까지 다 들려왔다. 제인은 외침을 듣자마자 인사도 없이 뛰어나갔다. 강혁 또한 자신도 모르게 발걸음을 옮기다 겨우 멈춰설 수 있었다.

'아, 이거부터 끝내야지.'

가까스로 고개를 모니터를 향해 돌렸다. 보이는 것은 시장의 지저분한 대장이었다. 관장 좀 제대로 하지. 이게 다 뭐란 말인가. 제거하는 데만 한참이 걸릴 거 같았다.

"야……. 이 사람은 죽었어! 다른 사람한테 넘어가!"

"머리……. 머리에 개방형 골절이야! 어떡하죠, 한 교수님?"

"블랙! 우리 역량으로 무리야. 봐봐, 심장만 뛰지, 이미 죽었다고 봐야 해."

"아, 네!"

강혁을 더 환장하게 만드는 건 밖에서 들려오는 긴급한 대화였다. 꼴을 보아하니 벌써 다섯 중 둘이 죽은 모양이었다. 이런 상황에 시장 대장에서 변이나 제거하고 있는 꼴이라니.

'이건……. 이건 당신 잘못이야.'

안 될 일이었다. 강혁은 변이 최대한 잘 보이도록 사진을 찍어놓고는 간호사를 돌아보았다.

"깨우고, 관장 안 돼서 내일 다시 한다고 해줘요."

"네? 아니, 제가…… 제가 시장님한테. 아……. 벌써 나갔네."

간호사는 탄식과 함께 시장을 돌아보았다. 평소 근엄하기 짝이 없는 모습만 보여주던 그는 지금 궁둥짝을 깐 채 옆으로 누워 있었다. 위 내시경 한다고 꽂았던 마우스피스도 대충 빠져 있어서 이상한 말도 하고 있었다.

'잘못한 일이 많으신가……. 왜 이렇게 미안하다는 말을 하지.'

간호사가 아니라 비의료인이 들어와 있었다면 뭐라도 하나 건질 생각에 귀를 기울였을 터였다. 다른 사람도 아니고 시장이지 않은가. 하지만 미다졸람과 같은 수면제를 맞고 하는 말 중 태반은 무의식에서 발로한 것들이라고 보면 되었다. 별 의미 없는 말이다, 이 뜻이었다.

"아……. 어쩌지."

간호사는 흥미롭다는 얼굴보다는 그저 근심 걱정에 가득 찬 표정만 지어 보였다. 시장한테 대체 어떻게 설명해야 한단 말인가. 그렇다고 강혁을 다시 부르러 가자니, 그것도 무리였다. 그 인간은 벌써 침대를 밀면서 처치실을 지나쳐 간 지 오래였다.

"이름이 뭐야!"

강혁은 나가자마자 제일 급해 보이는 환자 한 명을 붙들고, 이제는 모국어처럼 자연스럽게 튀어나오는 우르두어를 외쳐댔다. 상대, 그러니까 환자는 두 팔이 축 늘어진 채 말없이 누워 있었다. 암만 봐도 죽은 거 같았다. 적어도 스쳐 지나가듯 본 간호사 생각에는 그랬다.

"압둘 하지드입니다!"

곧 복도 저편에서 우렁찬 목소리가 들려왔다. 환자가 낸 소리는 당연히 아니었다. 이렇게까지 큰 목소리를 낼 수 있다면 애초에 강혁이 침대에 싣지도 않았을 터였다. 현장에서부터 따라온 환자의 동료였다. 강혁은 어이가 없다는 얼굴로 그를 바라보았다.

"아니, 내가 댁한테 물은 게 아니잖아!"

"아……. 궁금해하시는 줄 알고."

이름과 장소, 시기를 묻는 게 환자 의식 상태 평가에 얼마나 중요한지 설명해줘야 하나 하는 고민을 하면서였다. 물론 고민하는 중간에 다른 생각이 팍 하고 끼어들었다.

"일단 나가. 방해되니까."

"어……, 네."

아주 효율적인 방법이지 않은가. 설명 대신 그냥 우람한 팔로 밀어내는 것. 강혁은 저만치 멀어져 가는 동료에게서 시선을 떼어낸 후, 환자를 내려다보았다.

"으……."

처음 봤을 때부터 이름 같은 건 말하지 못할 거라고 확신하긴 했었다. 손상 정도를 떠나서 통증이 너무 심하면 의식 수준도 낮아지는 법이었다. 외상 외과 일을 하다보면, 특히나 전쟁터에서 일하다보면 정말 통증만으로도 사람이 죽을 수 있다는 걸 경험할 수 있었다. 패인 쇼크(Pain shock)란 말이 괜히 있는 게 아니었다.

"진통제 들어갔어?"

해서 강혁은 다음 질문을 하기 전에 뒤를 돌아보았다. 막 수술실 문을 열고 안으로 들어가려던 댄이 고개를 끄덕였다.

"네? 아, 네."

"뭐 들어갔지? 왜 안 들어, 이거."

"일단 페치딘이요. 호흡기 생각하지 말고 더 때릴까요?"

페치딘도 마약성 진통제의 일종이었다. 다른 마약성 진통제에 비하면 순하디순한 맛이긴 했지만, 이게 잘 안 듣는다는 말은 곧 어지간한 놈은 안 듣는단 뜻이었다. 어쩔 수 없이 더 센 마약성 진통제를 써야 하는데, 그렇게 되면 필연적으로 호흡 부전이라는 부작용이 뒤따랐다.

"뭔 걱정이야. 나도 있고 댁도 있는데. 여차하면 꽂거나 가르면 되지. 어차피 수술하려면 넣어야 돼. 이거……. 이거 안 돼. 조절해줘야 해."

강혁은 고개를 절레절레 저어가며 말했다. 시선은 이제 환자의 다리 쪽으로 가 있었다. 아니, 다리가 온전히 있었던 쪽이라고 해야 옳을 터였다. 환자는 이제 양발이 없어진 상황이었으니까.

"네. 알겠습니다. 그럼……. 몰핀 들어갑니다."

"어."

페치딘에서 몰핀이라니. 중간 단계를 좀 너무 건너뛴 거 아닌가 하는 생각도 들었지만 아까 얘기했던 대로 강혁도 있고 댄도 있지 않은가. 적어도 호흡이 문제가 되는 일은 없을 터였다. 강혁은 약발이 돌기 전에 일단 수술실 문부터 열었다. 그러자 댄 또한 마취 기기 쪽으로 달려가 본격적인 마취 준비에 들어갔다.

'저긴 어떻게 되려나.'

강혁은 문이 닫히기 전에 밖을 내다보았다. 한유림과 츠요시

둘은 강혁이 정해준 다른 환자를 데리고 처치실 겸 수술실로 쓰이는 곳으로 들어가게 될 터였다.

'살리지 못해도 이상할 거 없는 상황이지.'

이쪽이 다리라면 저쪽은 한쪽 팔이었다. 하필 심장과 가까운 왼쪽이었는데, 반쯤 뜯겨나가 있었다. 그나마 트럭 기사가 응급처치를 했는지 칭칭 동여매고 와서 망정이지, 그렇지 않았다면 아마 출혈로 벌써 죽었을 터였다.

"환자!"

강혁은 곧 다른 환자 떠올리기를 중단하고, 눈앞에 있는 환자에 집중하기로 마음먹었다. 아까 이름을 물었으니 이제는 장소를 물을 차례. 하지만 환자는 눈을 감은 지 오래였다. 죽은 게 아니라, 몰핀 기운이 돌자 잠이 든 것이었다. 다행히 심각할 정도의 호흡 부전은 발생하지 않은 상황이었다.

"제인, 처음에만 도와주고……. 바로 나가서 다른 수술에 들어가거나 내가 남겨둔…… 다른 환자 처치를 좀 도와줘."

강혁은 우선 환자를 온전히 댄에게 맡긴 후, 먼저 들어와 있던 제인을 향해 입을 열었다. 제인은 강혁이 남겨두었다는 환자를 떠올리며 고개를 끄덕였다. 그 환자는 골반이 뭉개진 상황이었다. 안쪽에 있던 방광이며 대장이 터졌는지 환자를 덮고 온 천에는 피뿐만 아니라 각종 오물까지 다 튀어 있었다.

'그래……. 그 환자 하나를 살리려고 애쓰느니 두 명을 살리는 게 나아.'

트리아지. 즉 응급 환자 분류의 기본이 바로 모든 환자를 살리려고 애쓰지 말고 살릴 수 있는 환자의 수를 최대한 늘리는 것 아니겠는가. 자꾸만 살릴 수도 있는 환자를 포기했다는 죄책감이 치밀어 오르는 거야 어쩔 수 없지만, 지금은 속으로 삭여야만 했다.

"마취됐습니다!"

"오케이. 상태 좀만 더 자세히 볼게."

"네."

강혁은 그렇게 말하면서 생리식염수를 들이부었다. 왼쪽 발은 그나마 형상은 남아 있었으나, 그렇다고 희망을 품을 수 있는 수준은 아니었다. 돌멩이가 어찌나 살뜰히 부셔놨는지 동여매지도 않았는데 피가 흘러나오지 않을 지경이었다. 혈관이고 뭐고 다 얽히고설켜서 파괴되었다는 뜻이었다. 때문에 강혁의 시선은 발이 아니라 무릎 근처에 가 있었다. 이곳을 살릴 수 있냐 없냐가 환자의 예후에 절대적인 영향을 미칠 터였다.

"좋아. 왼쪽은 무릎 아래……. 여기서 자르면 될 거 같고."

"오른쪽은 이거 어쩌죠?"

그에 반해 우측은 큰일이었다. 전반적인 손상 범위 자체는 좌측과 크게 차이가 나지 않았는데, 하필 날카로운 정 같은 것이 허벅지에 박혀 있었다.

"아 씨, 운도 없지. 이게 뭐야."

정이 무슨 심각한 출혈을 야기하고 있는 건 아니었다. 그냥 그게 박힌 게 문제였다.

"파상풍은 놨죠? 닥터 댄."

"네? 아, 네. 물론이죠. 오자마자 5명 모두 놨습니다."

그중 둘은 이미 죽어버렸지만, 외상 환자 처치에 있어 기본인 감염 예방을 잊진 않았다는 뜻이었다. 그럼에도 강혁이나 제인의 미간에 잡힌 주름이 대번에 펴지는 일은 없었다. 파상풍 주사를 놓으면 뭐 하겠는가. 딱히 그 균만 있는 게 아닐 텐데.

"일단 뽑을까요?"

"뽑긴 뽑아야 되는데. 일단……. 잠깐만. 어디까지 손상이 갔을지 봐야 해."

"안 뽑고 봐요?"

"대강 만져보면 알긴 알겠더라고."

"아……. 네."

제인도 이제 강혁이 좀 이상한 사람이라는 건 알게 된 지 오래지 않은가. 말도 안 되는 일을 한다고 일일이 놀라기엔 시간이 많이 지났다 이 말이었다. 해서 제인은 강혁이 환자의 허벅지에 박힌 정을 톡톡 두드리거나, 살며시 흔드는 모습을 가만히 지켜보기만 했다.

"다행히 뼈에 박히진 않은 거 같은데. 그래도 흔들다가 괜히 다치겠어. 메스."

"네."

가장 경험이 많은 카심은 마당에 나가 있었다. 수술실보다 오히려 그쪽이 더 급하다는 게 제인의 판단이었기 때문이었다. 일단 실려 온 환자들의 상태가 너무 심각했다는 것도 한 가지 이유였지만, 진땀을 흘려가며 내린 트럭 기사가 해준 말이 더 결정적이었다.

‘두 대 더 오고 있습니다.’

한 대만 와도 병원이 마비가 될 지경인데, 두 대가 더 오고 있다고? 여기가 무슨 엠디 앤더슨이나 한국대학교 병원인 줄 아나. 제인은 저도 모르게 소리를 빽 질렀다.

‘병원이 여기만 있나요?’

그 말을 들은 트럭 기사는 그럼 대체 어디로 가야 하냐는 말과 함께 눈물을 글썽였다. 그제야 제인은 자신이 있는 곳이 한구고, 한구 병원을 제외하면 제대로 된 병원이라고는 100km 떨어진 페샤와르나 그보다 더 먼 이슬라마바드에나 가야 있다는 것을 떠올릴 수 있었다. 어떻게든 여기서 꾸역꾸역 살려내야 한다는 뜻이었다.

‘단기 팀이라도 있었으면…….’

저번 한국대학교에서 온 팀이 있었다면 별걱정도 안 들었을 터였다. 양재원, 강일구, 김인수 등 어마어마한 외과 의사들에 장미 간호사와 같은 베테랑 간호사들이 있었으니까. 하지만 지금은 그 어떤 지원도 없이 오롯이 한구 병원의 역량으로만 해결해야만 했다.

“제인, 정신 빼놓고 있지 말고. 여기 좀 눌러줘.”

“아, 미안해요. 어……. 절개가.”

“했어. 힘들지? 그래도 정신 차려야 해. 아까 보니까 이제 시작인 거 같던데.”

“네, 알겠어요. 음.”

“읏차.”

강혁이 넣은 절개는 정을 물고 있는 근육의 힘이 딱 풀어지기 좋게 들어가 있었다. 덕분에 강혁은 좌우로 단 1mm도 흔들지 않고 뽑아낼 수 있었다.

"에이, 시발.'

그렇게 모습을 드러낸 정은 두 의사를 절망에 빠지게 하기 충분한 몰골을 하고 있었다. 얼마나 오래되었는지 군데군데 녹이 슬어 있었다. 심지어 정 끝은 부러져 있었는데, 놀랍게도 몸 안에서 부러진 게 아니라 원래 부러진 상태로 박힌 것이었다.

"아……. 이거……."

"일단 세척합시다. 여기까지만 돕고 제인은 다시 나가요. 밖에 또 오는 거 같아."

"또?"

"아까 온다고 했는데 뭘 놀래."

"그래도 지금 이게……."

수술은 이제 막 시작했다고 해도 과언이 아닌 상황이지 않은가. 그런데 또 온다니. 마치 방어 불가능하게끔 설계해둔 타워 디펜스 게임에 참여하고 있는 기분이 들 지경이었다.

"오는 환자 못 살린다고 나무랄 사람도 없잖아. 최선을 다하자고. 그럼 원래 죽을 환자 중에 한둘이라도 더 살겠지."

"그……."

나무랄 사람이 없다라. 제인은 역시나 강혁이 보기보다 순진하다는 생각을 했다. 생각보다 사람들은 남을 바라볼 때는 지나치게 엄격한 눈을 하기 마련이었다. 본인들은 모든 설비와 인력이 갖춰진 곳에 있으면서, 딱 그곳의 기준으로 현장을 평가하는 인간들도 있었다.

'굳이 그런 얘기할 필요는 없겠지.'

다만 제인은 강혁의 순진하고 또 순수한 모습을 좋아하는 사람이었다. 해서 별말 없이 고개를 끄덕여주었다.

"고마워요."

"그래."

강혁은 또 강혁대로 제인이 자책하지 않음을 다행이라 여기며 머릿속으로는 딴생각을 했다. 방금 자신이 해준 조언과는 딱 반대되는 생각이었다.

'내 잘못이야. 발전이 되면……. 당연히 사고도 늘어나는 건데 그걸 생각 못 했어.'

세척을 마친 제인은 곧 수술실을 빠져나갔다. 강혁은 그런 제인의 뒷모습에는 눈길도 주지 않은 채 부지런히 정이 빠져나온 곳을 다시 한번 확인했다. 따뜻하게 데운 생리식염수로 닦아내긴 했지만, 여전히 미흡한 부분은 남아 있을 수밖에 없었다.

'이건 열어놔야겠지?'

안에 대체 무슨 균이 남아 있을까. 강혁은 아까 빼둔 정을 돌아보았다. 녹이 잔뜩 슨 정은 강혁에게 세균 배양기로만 보였다. 저게 박혔다 빠진 상황에서 섣불리 상처를 닫는 것은 살인 행위였다. 차라리 열어두고 매일매일 소독하는 편이 나았다.

'문제는……. 다리를 자른 상태에서 이게 가능하냐, 이건데.'

강혁의 입에서 나지막한 한숨이 새어 나왔다. 다른 사람도 아니고 강혁이 한숨이라니. 더욱이 수술실에서는 극히 드문 일이라고 보면 되었다. 자연히 보조로 들어와 있던 간호사의 눈이 강혁에게 고정되었다. 보아하니, 강혁은 자신이 방금 한숨을 쉬었는지 어쨌는지조차 깨닫지 못한 모양이었다. 여전히 눈을 동그랗게 뜨고 다리만 바라보고 있었다.

"일단……. 일단 톱."

"아, 네."

"발만 좀 잡아줘. 흔들리면 자를 때 골때리거든?"

"어……. 네. 근데 여기서 그냥 바로 자르시게요?"

"그럼 이걸 살려? 어떻게 살려."

"아니, 그런 얘기가 아니라……."

사지 절단이라는 게 말만 들으면 간단한 수술처럼 보일 수도 있었다. 막말로 그냥 자르면 되는 거 아닌가 싶을 테니까. 하지만 사실 절단이라는 건 꽤 어려운 수술이었다. 우선 뼈를 톱으로 자른다는 거 자체가 무척 도전적인 과제이지 않은가. 만화에서야 별로 두껍지도 않은 칼로 댕겅댕겅 자르는 게 팔다리라지만, 딱 한 번만이라도 직접 잘라보면 고개가 절로 흔들어졌다.

"일단 잡아. 자르는 건 나야. 집도의는 나라고. 책임도 내가 져."

"아……. 네. 알겠습니다."

집도의가 할 수 있다는데 뭐 어쩌겠는가. 간호사는 막막한 표정을 짓다가 이내 고개를 끄덕였다. 거의 그와 동시에 강혁은 톱으로 환자의 다리를 자르기 시작했다. 가가가각. 애초에 돌 때문에 뭉개진 터라 살점은 얼마 남아 있지도 않은 상황이었다. 톱을 가져다 대자마자 뼈부터 잘려나가는 느낌이라고 해야 할까. 순식간에 수술실 안은 소름 끼치는 소리로 가득 차기 시작했다. 발을 잡고 있던, 그나마도 덜렁거리는 발을 꽉 잡으려 애쓰고 있던 간호사에게는 기름과 피 그리고 뼛가루가 후두둑 튀었다.

"으……."

그야말로 신음이 절로 나오는 순간이었다. 그럼에도 간호사가 아무런 불평불만을 늘어놓지 못한 것은 강혁 때문이었다. 성질 더러운 강혁이 무서워서는 결코 아니었다. 강혁은 얼굴로 이 모든 것을 받아내고 있었다. 그러면서도 단 한마디 신음도 흘리지 않았다. 더 놀라운 점은 톱 또한 한 치의 오차를 보이지 않고 있다는 점이었다. 위에는 상처가 있고, 아래는 너덜거리는 상황이라는 것을 감안하면 거의 기적이었다.

"혈압은?"

한참 절단을 진행하던 강혁이 댄을 돌아보았다. 그렇지 않아도 수술 장면과 마취 기기를 번갈아 바라보고 있던 댄은 즉시 답할 수 있었다.

"괜찮습니다. 유지됩니다."

"오케이. 혹시 뭐 지방이라도 끼어들어가는 거 같으면 바로 말해줘."

"네. 걱정 마세요. 잘 묶어놓으셔서 그런지 전혀 변화 없습니다."

"그래야 되는데……."

색전증이라는 말은 다들 한 번쯤 들어봤을 터였다. 하지만 보통은 피딱지나 동맥 경화로 인한 것만 떠올릴 텐데, 사실 색전이라는 것은 그게 무엇이 됐건 간에 혈관을 막을 수 있는 물건이면 다 일으킬 수 있는 질환이었다. 지금처럼 골절을 다루거나, 뼈를 자를 때 특히 주의해야 하는 물질은 바로 뼈 안에 들어 있는 지방이었다. 간혹 지방 흡입을 하다가 환자가 잘못되는 경우, 범인은 백 퍼센트 이 지방으로 인한 색전증이라고 보면 되었다.

"오케이. 됐고, 세척합시다."

"네."

물론 강혁의 절단은 신속하기 그지없었고, 준비 또한 철저하기 짝이 없었다. 별문제 없이 절단을 끝낸 강혁은 절단 부위를 생리식염수 및 베타딘으로 닦아내었다.

"닫을 거. 실 그냥 두꺼운 거로 줘."

"아……. 네."

그리고는 자를 때부터 디자인해두었던 대로 상처를 닫았다. 얼마 남지 않았던 살점이 모여서 뼈의 절단면을 덮었다. 옆에서 지켜보고 있던 댄은 잠시 모니터 돌아보는 것도 잊은 채 그 모습을 지켜보았다.

'늘 몇 수 앞을 보는구나. 이 사람은…….'

그러려면 침착해야 할 텐데 지금 이 상황이 과연 침착할 수 있는 상황인가? 밖에서는 계속 비명과 고함이 들려오고 있었다. 원래 수술실로 지어진 곳이 아니었던 탓에 방음 따위는 기대할 수 없었다. 거의 복도에서 일어나는 일을 생중계로 듣는 기분이 들었다.

"좋아. 다시 톱. 반대편 발 잡고. 여기는 훨씬 쉬울 거야."

"어……. 네."

그러나 강혁은 마치 귀가 안 들리는 사람처럼, 그게 아니면 선택적 청각장애가 발생한 사람처럼 행동하고 있었다.

'진짜 대단하구나……. 나도 아직 멀었어.'

그 모습을 보고 있자니 싫어도 반성하는 마음이 들었다. 최근 마취과 의사의 임무에서 벗어나 장규선 원장에게 간단한 1차 진료도 배우고, 심지어 내시경까지 배우면서 나 정도면 정말 열심히 봉사한다는 생각을 하고 있었는데. 지금 강혁을 보니 이제 시작인가 싶을 지경이었다.

"좋아. 닫을 거."

그사이 강혁은 짤막한 절단을 마치고 봉합 기구를 집어 들었다. 아까 해둔 말이 있어서 그런지 간호사는 알아서 두꺼운 실을 건네주었다. 강혁은 두꺼운 실에 걸맞게 커다란 바늘을 이용해 푹푹 살점을 떠서 이어 붙였다. 이쪽은 오른쪽보다는 온전하게 남은 살이 좀 있어서 그렇게까지 어렵진 않았다.

"됐고……. 샘은 위에서 대기 중인가?"

강혁은 마침내 다 닫아버린 다리를 두드리며 물었다. 그러자 댄은 한 치의 망설임도 없이 고개를 끄덕여주었다.

"네. 현장 일 돕다가……. 지금 막 올라갔을 거예요. 제가 연락했습니다."

수술 과정 보다가 끝날 거 같으니까 연락한 모양이었다. 강혁은 엄지를 치켜들어주고는 방문 쪽으로 걸어 나갔다.

"오케이. 그럼 나는 나가볼게. 저기 오픈된 곳 소킹 드레싱 하라고 하고……. 안티 잘 쓰고."

댄에게 인계 사항을 전해주면서였는데, 중간부터는 간호사에게로 고개를 돌렸다.

"미안한데 다음 수술부터는 샘이랑 손 바꾸지. 속도전이라 빨리빨리 해야 할 거 같아. 수술방 쉬게 둘 틈도 없겠어."

"아……. 네. 그렇게 하겠습니다."

간호사는 당연하게도 섭섭함을 느끼지 않았다. 신규지만 열심히 해보겠습니다라고 외치기엔 상황이 너무 심각하지 않은가. 모든 사람이 능력껏 일할 수 있는 곳에 배치되어서 최선을 다한다 해도 어찌 될지 알 수 없는 상황이었다.

"댄은 츠요시랑 연락해서 병실 콜 놓치지 않게 해주고."

"네."

"그럼 이제 진짜 나간다."

강혁은 노파심에 줄줄이 지시를 늘어놓고는 밖으로 향했다. 제인이 나가고 불과 10분도 채 안 돼서였다.

'오케이. 이만하면 빨라.'

서두른 보람이 있단 생각을 하며 달리려는데, 누군가 그를 붙잡았다.

"뭐야. 아."

화를 내려고 했는데, 시장이었다. 별로 멀쩡한 몰골이 아니라 더더욱 화를 내기는 어려웠다. 여전히 궁둥짝이 나풀거리는 환자복을 입고 있지 않은가. 이런 사람에게 화를 낼 수 있다면, 그 사람 또한 보통 사람은 아닐 터였다. 아마 철천지원수라 해도 일단 옷은 입으라고 하지 않을까.

"어……. 어떻게 된 건가?"

시장 뒤쪽에 서 있는 간호사를 보니, 뭔가 대강이라도 설명은 한 모양이었다. 곤란하다는 얼굴로 아까 강혁이 찍어둔 사진을 가리키고 있었으니까. 그걸 보고 다시 시장 얼굴을 보니, 이 사람이 묻고 있는 게 자신의 처지에 대한 게 아니란 것을 깨달을 수 있었다.

"아, 사고요?"

"그래, 사고. 채석장 어쩌고 하던데……. 어디에 있는 채석장이지?"

"여기서 한 10km 떨어진 곳이라는데……. 왜요. 시장님 채석장이에요?"

"어……. 아니, 그건 아닌데. 얼마 전에 허가를 내주긴…… 했지."

"거기 무너져서 지금 수십 명이 다쳤어요. 얼마가 죽었는지도 파악이 안 되고. 팀이 가긴 했는데……. 이게 얼마나 살릴 수 있을지……."

"허……."

시장은 황망한 얼굴을 한 채 밖을 내다보았다. 이제야 사고에 대해 제대로 들은 탓이었다. 아까 제인이 지나가는 걸 보긴 했지만 붙잡지를 못했다. 그때까지만 해도 몽롱했고, 또 어쩌면 내일이나 모레쯤 이 검사를 또 해야 한다는 걸 듣고 난 후라 기운도 없었기 때문이었다.

"일단 가보겠습니다. 시장님도 빨리 지시를 좀 내려주시죠."

"어, 어떤 지시를?"

멍한 얼굴의 시장을 보며 강혁은 잠시 고민했다. 위급한 상황에 이런 무능한 반응이라니. 때려도 무죄 아닐까 하는 생각이 들었다. 하지만 강혁은 예전과는 달리 많이 유해진 후였고, 또 현명해진 참이었다.

"돌이라도 치워야죠. 우리 지금 꼴랑 4명 갔는데 장비도 없어요. 수색이 되겠습니까?"

"아……. 알겠네. 알겠어. 바로 보내야겠구만."

"보내기만 하지 말고 언론 몇 붙여다가 같이 가요. 지역구에 사고 났는데 그 정도 성의는 보여야지."

"아……. 아, 그래. 그렇지. 알겠어. 고맙네."

뭐가 어찌 되었건 간에 현직 한구 시장은 한구 병원에 무척 호의적인 사람 아니던가. 이것저것 얽힌 게 많으니 그럴 수밖에 없다곤 하지만……. 이런 일로 이 사람 모가지가 날아가고 다른 놈이 오면 골 아픈 건 한구 병원 측이었다. 운 좋게 말 통하는 사람이 올 수도 있겠으나, 대부분은 구관이 명관인 법이었다. 해서 강혁은 모자라지만 협조하고 있는 한구 시장을 지켜주기로 결심했다.

"일단 우리랑 협력하고 있는 쪽에도 연락을 해놨으니까, 알아서 포장 잘해봐요."

"협력?"

"데니스! 걔 사회 공헌한다고 난리잖아. 마침 농장 새로 짓네 어쩌네 하면서 뭐 들여와가지고 장비도 있더라고요."

"아……. 알았어, 알았어요."

그에 더해 데니스에게 힘도 좀 더 실어주기로 작정했다. 이미 잡은 물고기들이 더 강해지면 결국 편해지는 건 이쪽이란 생각에서였다.

"그럼 난 갑니다."

강혁은 거기까지 말한 후 냅다 달렸다. 복도에는 핏자국이 여기저기 떨어져 있었다. 아니, 피만 떨어져 있으면 다행이었다.

'어이구, 시발.'

누군가의 살점도 아무렇게나 나뒹굴고 있었다. 모르는 사람이 보면 여기서 폭탄이라도 터졌나 싶을 터였다.

'그래도 처치실에서는 잘하고 있네.'

한유림과 츠요시가 낑낑거리는 것이 보였다. 왼쪽 팔이 날아갔으니 처치가 아주 어려울 터였다. 환자가 죽을 수도 있는 상황이라는 뜻이었다. 하지만 강혁은 그냥 지나쳤다. 설령 환자가 죽더라도 납득할 수 없는 수술을 하진 않을 게 분명했다. 그렇다면 강혁이 가야 할 곳은 뻔했다. 마당에 있는 응급실이었다.

*

"닥터 백."

먼저 마당에 나가 있던 제인이 뒤를 돌아보았다. 마당과 응급실 천막의 풍경은 그저 지옥이었다.

"이런……."

응급실 한편으로 시신이 무려 다섯 구나 놓여 있었다. 장이 맡은 모양이었다. 표정을 보면 알 수 있었다. 아마 여태 일하면서 이렇게 끔찍한 몰골의 시신을, 그것도 이렇게 한꺼번에 본 적은 없었으리라.

'채석장에서 뭐가 터진 건가……?'

시신의 상태는 하나같이 온전치가 않았다. 심지어 목의 절반가량이 날아가는 바람에 머리가 덜렁거리는 형태의 시신마저 있었다. 장이 조심하지 않았다면 지금쯤 머리와 나머지 몸이 분리되지 않았을까, 하는 생각도 들었다. 그저 돌에 깔리는 것만으로는 불가능한 상처였다.

'냄새가…….'

그리고 아직 살아 있는 환자에게 다가가자, 먼지 냄새와 피비린내 사이로 탄 냄새가 섞여들어 왔다. 채석장에야 평생 단 한 번도 가본 일이 없지만, 탄 냄새에 대해서는 경험이 많지 않던가.

'돌을 빨리 깎으려고 폭탄을 썼구나!'

대체 어디서 화약을 구했는지는 딱히 궁금하지 않았다. 돈만 있으면 누구나 폭탄을 살 수 있었으니까. 문제가 있다면 단순 낙석으로 인한 사고보다, 폭발물 사고로 인한 인명 피해가 훨씬 더 심각할 수밖에 없다는 점이다. 그나마 다행이라면 미유키나 제인 그리고 장을 비롯한 다른 의료진들이 최선을 다해 경상 환자들을 처치를 하고 있다는 건데, 정작 위급한 환자들은 방치되고 있다시피 했다.

"망할."

강혁은 그중 하나, 그러니까 제인이 손으로 돌이 틀어박힌 상처를 누르고 있던 환자에게 다가갔다. 그러곤 제인의 손을 슬며시 밀어내고는 직접 누르기 시작했다. 짧은 사이에 손상 정도를 정확히 파악했기에, 아까보다는 흘러나오는 피가 현저히 줄어들었다.

"환자들 부상 정도가 너무 심각해요……. 트럭 기사 말이 아직 한참 더 있다고 하던데……."

"한참 더? 아니 채석장이 크면 얼마나 크다고?"

"여기 실업률이 높잖아요. 돈 조금만 쥐여줘도 험한 일 할 사람이 널렸어요. 아마 과밀한 상황에서 일했을 겁니다."

"아……."

과밀이라는 말을 듣자 떠오르는 장면이 있었다. 교육동 정리하던 때, 고작 청소만 하면 되는 일인데 한 층에만 10명 넘는 인원이 몰려들지 않았던가.

"그럼 우리만으로는 절대 무리인데."

강혁은 잠시 누르고 있던 손을 떼고, 다른 손으로 돌을 뽑아내는 동시에 번 거즈를 박아 넣으면서 중얼거렸다.

"으아아."

생살에 퍼석한 거즈가 틀어박히는 통증은 과연 어떨까. 모르긴 해도 의식을 잃어가던 환자 입에서 신음이 흘러나오게 하기엔 충분한 모양이었다.

"옳지."

배에 구멍이 난 채 비명 지르는 사람이라니. 익숙지 않은 사람이라면 공포심이 들게 할 광경이었다.

"혈압 오르나?"

"어……. 네."

"통증에 대한 반응도 이만하면 괜찮은 건데. 약 들어가고 있지?"

"물론이죠. 이제 응급실 인원들 수련 정도가 썩 괜찮아요."

강혁의 말에 제인은 고개를 끄덕이며 주변을 둘러보았다. 또 다른 중증 환자에게 미유키가 장과 함께 들러붙어 있었다. 나머지 경증 환자들은 간호 인력만으로도 충분해 보였다. 물론 강혁이 택하지 않았던 중증 환자는 이제 시신이 되어 싸늘하게 식어가고 있긴 했지만, 적어도 한구 병원의 설비와 인력 수준에서는 최고의 효율을 내고 있었다.

"일단 이 환자랑 저기 저 환자까지만 처치하고……. 전화 좀 해야겠는데."

"어디로요?"

강혁은 제인의 시선을 따라 응급실 전경을 다시 한번 눈에 담으면서 봉합 기구를 집어 들었다.

"도움이 되어줄 만한 곳이라면 어디든."

"아."

그러곤 방금 쑤셔 박았던 번 거즈를 쑥 하고 뽑아냈다.

"흐아아."

아무리 진통제가 들어가고 있다곤 하지만, 이렇게 갑작스러우면서도 커다란 통증은 어쩔 수 없었다.

"조용히 하시고. 치료하잖아요."

강혁은 아예 환자의 얼굴은 돌아보지도 않은 채 입을 다물게 하곤 상처를 살폈다. 아마 상황이 조금만 덜 급했더라면 제인이라도 환자를 제대로 위로했을 테지만, 아쉽게도 그렇지가 못했다.

'아직도 많아요! 돌 밑에는 더 많아요!'

제인은 여전히 트럭 기사의 말이 귓가에 맴도는 듯했다. 그건 말이 아니라 차라리 절규라고 해도 좋았다. 하루아침에 동료들을, 한 곳에서 나고 자란 친구들과 형제들을 잃게 생겼으니 당연한 일이었다.

"내장이 상한 건 아니라……. 그냥 닫아버리면 돼. 물 좀 줘봐."

"네."

생리식염수가 환자의 배 안으로 흘러 들어갔다. 동시에 피떡과 돌가루 같은 것들이 위로 둥둥 떠올랐다. 제인이 그것들을 제거하는 사이, 강혁은 장갑 낀 손으로 작은 거즈를 집어 들고는 출혈이 있을 거라 의심되는 곳을 눌러 닦았다. 그러곤 봉합 기구를 이용해 수처 타이를 시행해 출혈부터 막았다.

"마무리 해줘. 저쪽 가볼게. 심상치 않은 거 같아서."

"아, 네. 백 교수님. 도와주셔서 감사합니다."

"아니, 뭐. 혼자서도 할 수 있잖아."

"시간이……. 훨씬 많이 걸리죠."

"뭐……."

강혁은 제인에게 뭐라 더 말을 하려다 말았다. 리처드처럼 굴리다보면 확실히 외상에 대한 대응 능력이 좋아지긴 할 터였다. 하지만 그렇게 되면 임신부들은 대체 누가 돌본단 말인가. 그건 강혁조차 대체할 수 있는 일이 아니었다. 이 도시 내에서 오로지 두 사람, 제인과 미유키만이 가능했다.

'항문 놈은 이런 말 어떻게든 예쁘게 전달할 텐데.'

본인 입으로 하기엔 쑥스럽기도 할뿐더러 너무 길어지기만 할 거 같았다. 강혁은 고개를 절레절레 흔들며, 이따가 사태가 끝나고 나면 찬찬히 얘기해주기로 마음먹은 채 미유키에게로 달려갔다.

"바이폴라!"

이쪽은 제인 쪽보다 더 사정이 급해 보였다. 우선 함몰된 갈비뼈 사이로 간이 들여다보일 정도로 상처가 크고 깊었다. 그나마 몇 군데는 바이폴라, 즉 전기 소작기를 이용해 지져놓기는 했지만, 여전히 피는 철철 흘러나오고 있었다.

"미유키."

"아, 닥터 백!"

장과 함께 고군분투하고 있던 미유키의 얼굴에 미소가 번졌다.

"잠깐……. 좀 찌를게요."

"네?"

"보시면 알 거예요."

강혁은 에피네프린이 든 주사기로 상처 주변을 빠른 속도로 찔러 들어갔다. 자칫 혈관으로 들어갔다가는 도리어 환자를 죽일 수도 있는 약이기에 딱 결체 조직에만 찔러 넣었다.

"어……."

에피네프린은 아주 대표적인 혈관 수축제 아니던가. 순식간에 상처 주변에 있던 혈관들이 수축해 들어가면서 동시에 출혈이 확 줄어버렸다. 이렇게 해버리면 나중에 출혈 부위를 찾아 지지거나 하는 것이 어려워진다는 치명적인 단점이 있었지만, 강혁에게는 딱히 문제가 아니었다. 그에게는 여전히 보였으니까.

"자, 이제 바이폴라 줘보세요."

"어……. 네."

강혁은 그렇게 출혈이 줄어들어 시야가 한결 좋아진 상처 부위를 차근차근 지져나갔다. 그러자 곧 미유키도 강혁도 수술 부위를 한눈에 바라볼 수 있게 되었다. 갈비뼈는 거의 바스러져 있었는데, 지금은 그게 오히려 다행이었다. 갈비뼈가 충격을 거의 흡수하는 바람에 제일 중요한 장기라 할 수 있는 간은 껍질만 상했을 뿐, 멀쩡했다.

"뼈만 제거하고 닫으면 될 거 같은데요?"

"그건 제가 할게요, 닥터 백. 또 환자 올 수 있는데……. 그럼 수술방으로 데리고 가셔야죠."

"네. 닥터 미유키, 그럼 부탁합니다."

"네."

강혁은 미유키에게 뒷일을 맡기고 몸을 일으켰다. 수술실에서 바로 뛰어나온 데다가, 피투성이 환자 둘을 본 참이라 꼴은 엉망이 되어버린 상황이었다. 아예 발바닥까지 피가 줄줄 흘러내려오고 있을 지경이었다. 하지만 강혁은 멈추지 않았다. 환자가 계속 올 것이 뻔했고, 이곳의 역량으로는 모든 환자에게 제대로 된 처치를 제공하는 것이 도저히 무리였다. 다른 환자에게 가기 전, 휴대폰을 꺼내들었다.

"네, 닥터 백."

먼저 전화를 건 곳은 ISI였다. 파키스탄의 정보부가 왜 강혁의 전화를 밝게 받나 싶겠지만 한구 병원의 특수한 상황을 보면 당연한 일이기도 했다. 이곳은 파키스탄에서 유일하게 탈레반, CIA, NGO 그리고 ISI가 한데 모여 있는 곳이면서 동시에 환자들이 몰리는 곳이지 않은가. 이런저런 정보가 돌 수밖에 없었고, 그걸 가능하게 하는 건 오로지 강혁의 협조뿐이었다.

"알고 계시는지 모르겠는데……. 도움이 좀 필요합니다."

"도움…… 이요? 공격이라도 받았습니까?"

"아뇨, 아뇨. 병원인데 뭔 공격이에요. 환자 보는 거 도와달라는 거지."

"환자…… 요?"

ISI는 강혁을 정보원 정도로만 생각하고 있던 모양이었다. 환자 얘기를 하자 한참 망설이다가, 겨우 강혁이 의사란 것을 떠올렸는지 어색하게 말을 이었다.

"아……. 무슨 일이죠?"

"근처 채석장에서 매설한 폭탄이 터진 건지, 대형 재난이에요.

환자가 수십 명이 넘을 것으로 판단되는데……. 도저히 우리 힘으로는 감당이 안 됩니다."

"으음."

인구가 2억이 넘는 데다가, 워낙에 이런 식으로 죽어나가는 사람도 많은 곳이었다. ISI 측은 강혁의 절박함을 잘 이해하지 못했다.

"의료진 보내줘요. 차량들이랑."

"으음."

해서 망설이고만 있으려니, 강혁이 재차 입을 열었다. 지금까지 부탁이었다면 이제부터는 협박이었다.

"좋은 말로 할 때 보내. 내가 누구라고 생각하나?"

"어……."

ISI 요원은 아주 당황한 얼굴이 되었다. 보통 인권 개념이 희박한 나라일수록 비밀 정보국의 힘은 강해지는 법이지 않은가. 적어도 파키스탄 사람이라면 ISI 요원에게 절대로 함부로 말할 수 없었다. 그랬다간 정말로 쥐도 새도 모르게 사라지는 일이 발생할 수 있었다.

"하마드. 맞지?"

"어……."

상대가 놀라고 있는 동안에도 강혁은 입을 놀렸다. 오히려 아까보다도 더 험악해진 말투였다. 처음엔 화가 났는데, 듣다보니 그럴 만하긴 했다. 강혁을 단순히 정보원이라 여겼던 것은 요원의 아득한 착각일 뿐이었다.

“지금 파키스탄이랑 일본, 미국 그리고 대한민국이 경협 추진 중에 있지? 그중에서도 대한민국 경협 사이즈가 꽤 클 거야.”

박성민 대통령의 공약 중 하나가 해외 취업을 용이하게 하는 것이었다. 아무래도 국내 성장률은 둔화되고 있는 데다가, 가장 커다란 취업 시장인 제조업이 인건비 문제로 해외로 떠나가고 있지 않은가. 국내에서만 노력해서 취업률을 높이겠다고 하는 건 아둔한 생각이라는 게 박성민의 생각이었다. 그렇다고 무작정 나가세요, 하는 건 책임감 없는 발언이었다. 해서 여러 경협을 통해, 한국 기업의 해외 진출 및 소상공인들의 진출을 용이하게 하고 있었다.

“그…….”

“솔직히 잘 모르지? 너 같은 말단이 뭘 알겠어. 근데 말야. 난 잘 알거든. 전화 한 통이면 바로 실무자 선까지 연결될걸. 거기서 하마드란 이름이 나오면 어떻게 될까? ISI인 게 도움이 될까?”

“어…….”

“다른 방법도 있어. 모하메드 의원이…… 아마 지금 경협 추진 위원회일 거야.”

모하메드라고 하면 총리의 동생이자 현 파키스탄 여당의 중진 중의 중진이었다. 사실 말이 중진이지 거의 당 대표나 다름없는 힘을 가지고 있었다. 현재 파키스탄에 있어서 가장 중요한 경협 건을 괜히 맡았겠는가. 여기서 잘 해내면 전에 부상당한 건과 더해 차기 대권 주자로 우뚝 설 수 있을 터였다. 미국과의 경협에 대해서야 국민들의 지지가 거의 없다 할 수 있으나, 대한민국과의 경협은 압도적인 지지를 받고 있었다.

"거기 전화할까? 지금 해?"

강혁의 입에서 모하메드 이름이 나오고, 여전히 협박조가 이어지자 요원도 정신을 차릴 수 있었다.

'맞아……. 이 사람은 거물이야…….'

돌이켜보면 지금까지 단 한 번도 강혁에게 도움을 준 적은 없었더랬다. 반면 이쪽은 탈레반의 동향 파악만 해도 어마어마한 도움을 받고 있지 않은가. 사실상 한구 그리고 그 북쪽 지역에 대해서는 전적으로 강혁에게 의존하고 있다고 봐야 했다. 소문에 따르면 CIA와도 연관이 있다고 했다. 대한민국 대통령하고는 호형호제하는 사이라고도 했고.

"아, 아닙니다. 죄송합니다."

진심은 통하기 마련이었다. 강혁은 말투를 싹 바꾸어 재차 말을 이었다.

"그래야지. 의료진 보내요. 힘닿는 대로 많이."

"근데 제 권한에서는……."

"한구 병원 이름이랑 내 이름 대면 권한이 생길 테니까, 알아서 해요. 그럼, 내가 시간이 없어서."

"어……."

이름을 대면 권한이 생긴다니 이게 대체 무슨 말일까. 요원은 강혁과 통화를 마치고 여전히 알쏭달쏭한 얼굴을 한 채 다른 곳에 전화를 걸었다. 우선 상부에 보고하기 위함이었는데, 진짜 백

강혁 이름을 대자마자 강혁이 한 말이 정확히 무슨 뜻이었는지 알 수 있었다.

"안 그래도 한국 대사관 측에서 총리실로 연락을 해왔어. 일단 내가 전담해서 이슬라마바드 병원 수배할 테니까, 자네는 헬기 타고 페샤와르로 가."

"네? 헬기요?"

"그래, 가서……. HMC(하야타바드 종합의료원) 측 의료진 데리고 가. 아마 거리가 가까우니 그게 빠를 거야."

"어……."

이렇게까지 해야 하나, 싶었다. 실제로 지금까지 요원이 외면한 소시민의 불행은 셀 수 없을 만큼 많았다. 지금도 많은 도시가 탈레반 측에 점거되어 여학생들이 학교에 가지 못하게 되고, 또 그에 맞서던 시민들이 죽어나가고 있었다. 알면서도 건드리지 못하는 건, 이미 몇 차례 이슬라마바드를 포함한 주요 도시의 주요 시설에 폭탄 테러를 겪은 탓이었다.

"뭘 망설이고 있어? 헬기 준비할 테니까, 준비해서 타. 그사이에 HMC에 전화 넣고. 사정 설명하면 알아먹을 거야. 거기가 그나마……, 몇 번 의무 대기도 했었고……. 한구에 빚도 있어."

"빚이요?"

"모하메드 의원, 기억 안 나? 페샤와르에서 터졌는데……. 그 병원에서 못 하겠다고 한 거 아냐."

"아……."

정보 요원으로서 잊으면 안 되는 사안이었는데 잊고 있었다.

강혁은 모하메드 의원의 생명의 은인이었다.

"알겠습니다. 바로 가겠습니다."

"그래. 외교 작전이라고 생각해. 실제로 그만큼 비중 있는 인물이야. 나름…… 은혜를 아는 사람이라는 평판도 있고."

"네."

요원은 아까의 대화를 떠올리며 고개를 끄덕였다. 훈련받은 요원을 단순히 통화만으로 간담이 서늘하게 만들 수 있는 사람은 몇 되지 않았다. 그런 사람이라면 확실히 알아둬서 나쁠 건 없을 거 같았다.

"왜 안 받아, 이거."

요원이 그렇게 마음을 다잡고 있는 동안에도 강혁은 휴대폰을 내려놓지 못했다. 여기 와서 하도 벌려놓은 일이 많다보니, 아는 사람도 많아진 탓이었다.

"음, 닥터 백."

몇 번의 통화 대기음을 듣고 나서야 스미스의 목소리를 들을 수 있었다. 목소리에 다급함이 묻어나는 것으로 미루어볼 때, 뭔가 일이 있는 모양이었다. 생각해보면 당연한 일이긴 했다. 얼마 전 국경없는의사회 카불 지부가 폭탄에 당하지 않았던가. 아프가니스탄 탈레반이나 다에쉬가 폭탄을 던진 곳이 비단 그곳뿐만은 아니었다. 현재 카불은 불바다였다.

"도청했으니까, 알 텐데……. 지금 상황이 여의치가 않아서."

"채석장 사고 말인가?"

그 와중에도 병원 상황은 빠짐없이 파악하고 있던 모양이었다. 말을 꺼내자마자 스미스는 채석장 사고를 언급했다. 그뿐만 아니라, 방금 강혁이 파키스탄 정보국을 통해 도움을 요청했다는 사실도 입에 올렸다. 심지어 강혁은 아직 모르는 지원 상황도 알고 있었다.

“페샤와르의 HMC에서도 곧 지원 인력이 가긴 할 거야. HMC가……, 그래도 아프가니스탄 전쟁에서 도움이 되었던 곳이라 외상에 대해서는 경험이 있지.”

“HMC? 전에 모하메드 못 보고 던졌던 곳 아닌가?”

“그렇긴 한데……. 지금 그런 거 따질 상황은 아닌 거 같던데. 아닌가?”

“음…….”

분하지만 맞는 말이긴 했다. 지금 이 시간에도 트럭이 들어오고 있지 않은가. 이번엔 또 어떤 환자들이 얼마나 실려 있을지 걱정으로 심장이 두근거렸다.

“그러니까…… 댁들도 좀 도와줘.”

“거기 미군 헬기라도 띄우라고? 격추당할걸.”

협정은 기본적으로 비밀리에 이루어지지 않았는가. 반미정서가 여전한 한구 지역에 공공연히 미군 헬기가 떠 있는 게 다수의 눈에 발견이라도 되는 날에는 어디선가 날아든 RPG에 터져나갈 공산이 컸다. 아니, 백 퍼센트일 거라고 확신했다. 그렇지 않아도 파키스탄은 파키스탄 내에서 수행되었던 미군의 암살 작전, 즉 오사마 빈 라덴에 대한 참수 작전 때문에라도 노이로제가 있었으니까.

"아니, 그렇게 노골적으로는 말고. 이 근처에 의료진은 없어?"
"없지. 한구 병원에 전적으로 맡기고 있잖아."
"진짜 없어? 우리만 믿어?"
"응."
"허."
이 대책 없는 놈들 보소? 자타가 공인하는 세계 최강 미군이면 다 보완책이 있어야 하는 거 아닌가? 황당해하고 있자니, 스미스도 민망했는지 변명을 늘어놓았다.
"원래는 작전 수행이 있으니 근처에 있긴 있었지."
"근데, 근데 왜 없어."
"몇 달 있어도 수술 한 건 할 일이 없는데 뭐 하러 유지해. 게다가 요원들이고 병사들이고 다 한구 병원 가서 닥터 백, 댁 얼굴 보고 싶어 한다고."
"이거야 원. 잘나도 너무 잘난 게 문제구나."
"음."
이번엔 스미스의 말문이 막혔다. 실력이 있는 건 그 누구도 부인할 수 없는 사실이었다.
"아무튼, 너무 잘난 나 때문에 의료진은 안 되고……. 아예 뭐 없나?"
"미군을 보낼 수는 없어. 그랬다간 돌 맞아 죽어. 마침 채석장이고……."
"그건 그렇지."
과격한 발언이었지만 강혁도 도저히 부정할 수는 없었다. 이곳의 반미 의식은 너무도 뿌리 깊어서 단기간에 해결될 수는 없었다. 아니, 아마 해결되는 일은 없을 터였다. 그게 대한민국을 비롯한 다른 나라에는 그리 나쁜 일은 아니었다. 미국은 못 하는 일을 우리는 할 수 있다는 뜻이니까. 지금도 그렇지 않은가. 애초에 CIA에서 보낸 공작원조차 외모는 한국인이었다.

"그래도 아무것도 없나?"

"장비는 있지. 얼마나 도움이 될지는 모르겠지만……. 뭐……. 그래도 현지에 있는 것들보다는 훨씬 나을걸."

"근데 그걸……. 미국 이름으로 하면 안 되고, 한구 병원으로 해도 이상하지. 누가 봐도 그런 게 없잖아."

"데니스 이름으로 하면 되지. 안 그래도 여기서 데니스 평판 꽤 좋아지고 있는데……. 채석장 사고에 손 내밀어보라고. 어쩌면 다음 채석장 사업을 할 수 있게 될 수도 있어. 시장이 좋게 보기 시작하면."

"아……. 데니스……. 음."

스미스는 데니스의 수더분한 얼굴을 떠올렸다. 얘기 들어보면 맨날 강혁에게 당하는 거 같았지만 의외로 성과는 좋았다. 1년 이상 걸릴 거라고 생각했는데, 이미 지역 사회에 뿌리내린 지 오래지 않은가.

"그래, 그럼 데니스 통해서 보내지."

전화를 끊은 강혁은 부리나케 다시 마당으로 뛰어나갔다. 환자는 계속 밀려오고 있었다.

"뭐야, 트럭이 아니네?"

강혁은 방금 클랙슨을 울려댔던 차량이 트럭이 아니란 사실에 의아함을 표했다. 혹 뒤쪽으로 더 오고 있는 건 아닌가 하는 얼굴을 하고서였다. 다행인지 불행인지 이번 타임엔 이 차가 다인 모양이었다. 더는 따라붙는 차량이 보이지 않았다. 곧 차 문이 열리고 조수석 쪽에서 익숙한 얼굴이 나타났다. 아까 리처드와 함께 보냈던 간호사였다.

"뭐야. 왜 앰뷸로 안 오고?"

"앰뷸에서는 수술 중입니다."

"아……."

그래, 정 급하면 거기서라도 수술해야지. 간호사는 아무래도 진짜 현장에 있다 와서 그런가, 얼굴이 붉었다. 경험 적은 간호사에게 참혹한 현장은 지나치다 싶을 정도로 강한 자극을 주었을 터였다.

"뒷좌석에 있는 환자는……. 급한 대로 거기서 처치를 하고 온 환자입니다. 리처드 선생님께서는 일단 병실로 가서 관찰만 하면 될 거라고 하셨어요."

"어디, 한번 봐봐."

간호사는 강혁의 말에 따라 서둘러 뒷문을 열었다.

"환자는 폭발 현장에서 조금 떨어져 있었는데, 파편에 머리를 맞아 넘어진 상태로 발견됐습니다. 경막하 출혈 의심해서 천두술(Burr hole) 시행한 후 드레인 꽂은 상태입니다. 의식은 명료합니다."

"오호."

강혁은 연신 고개를 끄덕이며 환자 상태를 살폈다. 간호사가 방금 말한 대로 환자의 의식은 명료했다. 자신이 크게 다쳤고, 수술을 받았으며, 이제 병원에 도착했다는 것까지 전부 알고 있었다. 그 말은 곧 경막하 출혈이 발생하긴 했지만, 처치가 완벽하게 이루어져서 출혈 부위 및 이미 흘러나온 피딱지 전부가 제거되었단 뜻이었다. 물론 뇌가 약간 붓기는 했는지 활력징후가 완전히 정상은 아니긴 했지만 이만하면 대단한 성과라 할 만했다.

'잘했는데?'

지금 강혁의 얼굴을 리처드가 보았다면 기뻐 날뛰었을 터였다. 아마도 생전 처음 보는 얼굴일 테니까.

"닥터 리처드가 대단하네요."

리처드의 성과는 제인이나 다른 의료진들 역시 한눈에 알아볼 만큼 확연한 성과였다.

"대단은 무슨. 뇌가 부었잖아. 빨리 이송해서 스테로이드 주고……. 만니톨은 요다한테 상태 봐가면서 따라가라고 해줘."

"어……. 네."

간호사는 예상과는 조금 다른 강혁의 반응에 고개를 갸웃거리다가 환자를 데리고 안쪽으로 향했다. 강혁은 간호사와 환자 쪽을 바라보다가, 채석장이 있는 쪽으로 고개를 돌렸다.

'현장으로 나도 갈까?'

이미 충분히 바쁜 와중에 좀이 쑤신다는 표현이 적절할지 모르겠지만, 강혁은 정말이지 그 비슷한 감정을 느끼고 있었다. 대한민국에 있을 때도 사고가 나면 꼭 직접 가지 않았던가. 지금처럼 병원에서 기다리며 현장을 상상하거나 걱정하는 일은 익숙지 않았다.

"교수님! 환자 옵니다! 트럭이에요, 이번엔!"

하지만 상황이 그를 떠나게 두질 않았다. 험악하기 짝이 없을 것이 분명한 현장에서는 계속 환자를 보내고 있었다.

"응, 갈게! 한 교수님은?"

"거기 수술이……. 아, 나오는데요?"

"그래?"

무려 왼쪽 팔이 강제로 뜯겨나가다시피 했던 환자를 집도한 한유림이 가뿐한 얼굴로 뛰어나오고 있었다.

"생명에는 지장 없어! 의수는 해야겠지만……. 그거 우리 측에서 어떻게 보장되겠지?"

"나중에 생각해요, 그런 건. 일단 환자를 좀 봅시다."

"어……. 어, 그래. 아유, 또 오네."

"이번엔 몇 명……. 아, 또 다섯."

강혁은 트럭이 멈추자마자 우선 뒤 칸부터 살폈다. 사람들이 줄줄이 누워 있었다. 도로 사정도 개판인지라 먼지가 지금까지도 나풀거리고 있었다.

"어, 어떻게 될까요?"

"사, 살려주세요. 제발……. 제 동생이에요!"

사방에서 안타까운 말들이 쏟아져 나왔다. 그리고 그 말들과는 관계없이 강혁은 죽음을 보았다.

'이미 둘은 죽었어. 나머지 하나도……. 우리 모든 역량을 쏟

아부어도 무리야, 여기에서는.'

한국대학교라면 또 모를 일이었다. 거긴 에크모도 있고, 다른 의료진들과 설비가 많았으니까. 그야말로 당장 죽을 사람을 붙잡아둘 수 있는 방법이 있었지만 이곳에서는 무리였다.

"죄송합니다. 장! 여기……. 수습해줘!"

"아……. 네."

"어, 어! 왜 천으로!"

"죄송합니다."

"야, 너……!"

"죄송합니다."

예상대로 보호자들의 반발이 있었다. 그들이라고 해서 머리가 반쯤 열린 동생이나, 가슴이 벌어진 친구가 살아 있을 거라 기대할까. 장에게 성질이라도 부리는 게 그들 나름대로 이 갑작스러운 비극에 대처하는 방식일 터였다.

"한 교수님. 이 환자는 좀 심각해 보여. 아까……. 아까 그 환자랑 비슷해."

강혁은 금세 다른 환자에게로 시선을 돌렸다.

"블랙…… 줘?"

한유림은 다른 두 환자를 돌아보며 입을 열었다. 나머지는 분명 이 환자보다는 확연히 나아 보였다. 하지만 빨리 치료하지 않는다면 죽게 될 터였다. 그에 비해 골반이 뭉개진 환자는 빨리 치료한다고 해도 어찌 될지 알 수 없는 상황이었다. 그 말은 곧 포기해야 할 가능성이 크다는 뜻이기도 했다. 분명 최선을 다하고 있는데, 최선을 다하지 않은 듯한 기분이 드는 순간이었다.

"아니, 아냐. 일단 교수님이 미유키 데리고 이…… 개방형 골절 환자 끌고 들어가요."

"그럼 이 환자를 백 교수가 해?"

"응. 여기서 바로 닫고……. 병실로 올릴 거야. 그다음에 이 환자 간다."

"아……. 아니, 이걸 여기서 하겠다고?"

"앰뷸런스 안에서도 수술하는 놈이 있다는데, 여기서도 해야지."

"그런다고 저 사람이 버텨줄까……?"

한유림은 골절 환자와는 달리 당최 어딜 눌러야 피가 멈출지도 모르겠는 골반 골절 환자를 바라보았다. 강혁 또한 답이 안 보이는 건 마찬가지였다. 괜히 골반뼈가 그 안쪽 구조물을 껴안는 모양새를 하고 있겠는가. 다 안에 있는 것들이 너무 중요해서였다.

"제인이 버티게 해줄 거야."

"응?"

"네?"

한유림과 제인이 똑같은 얼굴로 강혁을 돌아보았다.

"생각해봐, 산부인과잖아. 이쪽 해부나 수술은 우리보다 낫다고. 여자가 아니라 남잔 게 문제긴 한데……. 더 쉽지 뭐. 뭔가 더 없는 건데."

강혁은 묘하게 설득력 있는 말을 했다.

"자, 빨리 환자 데리고 들어가고! 제인은 지혈하고! 나는 이거 끝낼게!"

이미 강혁은 응급실 내에 비치되어 있던 절개 배농 세트만 들고는 수술에 들어간 후였다.

"환자한테 집중해!"

의사라면 누구라도 뜨끔할 수밖에 없는 대사를 던지면서였다. 게다가 미유키가 다가오고 있었다. 멀리서도 강혁의 목소리는 잘 들리는 모양이었다.

"한 교수님, 가시죠."

"아……. 닥터 미유키……."

여기서 한유림이 뭘 더 할 수 있을까. 강혁의 말을 듣는 수밖에 다른 도리는 없었다.

"알겠습니다. 닥터 제인, 부탁해요."

그리고 제인은 강혁에 이어 한유림까지 나서서 부탁하자 또 거절하기 어려워졌다.

"알, 알겠습니다."

그렇게 한구 병원에서 트럭에 있는 환자들을 분류하고 있을 때 즈음, 리처드는 앰뷸런스에서 밖으로 빠져나왔다. 피 칠갑을 한 채였는데 누가 보면 의사가 아니라 살인자인 줄 알 것 같았다.

'겨우 살렸네, 시바…….'

강혁이라면 여기서 했을 거란 판단에 수술에 들어갔더랬다. 결론적으로 그 판단 자체는 틀리지 않았는데, 문제는 리처드와 강혁은 같은 사람이 아니란 것이었다.

'이제 깝치지 말아야……. 어, 저거 뭐야.

리처드의 눈에 띈 것은 포클레인이었다. 이 채석장에 있는 포클레인은 작디작은 미니 포클레인 하나가 다였다.

"오케이! 이쪽……. 이쪽! 그래! 거기……. 아주 조심스럽게!"

"저거……."

단지 수술만 하고 나왔을 뿐이었다. 그런데 마치 다른 공간에 나온 것처럼 현장이 달라져 있었다.

"조심! 조심!"

러닝셔츠만 입은 채 소리를 고래고래 지르고 있는 녀석은 데니스였다. 벌써 구조에 나선 지 한참 된 모양인지 온몸이 땀과 먼지로 범벅이었다.

'재가 여기서 왜 나오지.'

게다가 녀석이 움직이고 있는 건 거대한 포클레인이었다. 여기 있던 미니 사이즈가 아니라, 진짜 제대로 된 녀석이었다. 현대 문물의 위력은 과연 대단한 것이었다. 삽으로 깨작거리던 것은 말 그대로 삽질이었구나 싶을 지경이었다. 한 번 푹 파서 뜰 때마다 삽질 백번에 맞먹는 양의 돌이 치워지고 있었다.

"찾았다! 살아 있어!"

덕분에 구조 작업은 훨씬 수월해지고 있었다. 데니스의 외침에 따라 인부들이 우르르 달려나갔다. 어쩐지 인부들의 수도 늘어난 것 같다 생각하고 있으려니 또 익숙한 사람이 눈에 띄었다.

"시장?"

한구 시장이 와서 사람들을 진두지휘하고 있었다.

"환자는 어떻습니까?"

그때 또 한차례의 외침이 들렸다. 의료진이겠거니 하고 고개를 돌렸다. 이 자리에 의료진이라고는 자신들뿐일 테니 아는 얼굴이 보일 거라 기대하면서였다. 그런데 눈에 띈 것은 생전 처음 보는 사람들이었다. 가운도 그랬다.

'H…… MC?'

들어본 적 있는 이름이었다. 지금보다는 좀 더 미군스러운 일을 할 때였다. 그래, 아프가니스탄전 당시에 협조했던 병원 중 하나였던가. 페샤와르에 있을 텐데, 여기까지 의료진을 파견해 올 줄이야.

'여기 높은 사람이 갇혀 있나?'

한구에 있으면서 현지 사정에 밝아진 리처드로서는 당장 이런 생각밖에는 떠올리지 못했다. 실제 그가 겪은 한구는 그런 곳이기 때문이었다.

"닥터 리처드?"

그때, 누군가 다가와 말을 걸었다. 고개를 돌려 보니 수염을 깔끔하게 깎은, 심지어 양복까지 입은 파키스탄 사내가 서 있었다.

"누구……?"

"이슬라마바드에서 온 하마드라고 합니다."

"하마드?"

어디서 들어본 적이 있는 이름이었다. 누구의 입에서였더라.

'아……. 백 교수님……. 맞아, 모하메드 의원실이 바빠서 잘

연락 안 되니까 아예 따로 연락책을 구했다고 했지.'

그 말은 곧 하마드라는 녀석이 파키스탄 정보국, 즉 ISI 요원이라는 뜻이었다. 지금에 이르러서는 미국과 나름 경협도 논의하고 있는 나라긴 했지만 전통적으로 보면 거의 적국이라 해도 이상하지 않을 관계였다. 어찌해야 할지 몰라 갈팡질팡하고 있으려니 하마드가 먼저 입을 열었다.

"백 교수님 부탁에 따라 HMC에 의료진을 요청했습니다. 당장 수술이 필요한 환자가 아니라면……. 이제 HMC로 이송하겠습니다. 그래도 괜찮을까요?"

'앰뷸런스가 3대나 왔어. 의료진만 8명이 넘고……. HMC가 무슨 한국대학교 병원처럼 큰 곳도 아닐 텐데.'

"네, 하마드. 그렇게 해주시면 저희로서는 커다란 도움이 될 거 같습니다."

"그렇군요. 근데 닥터 백은 어디에 계십니까? 병원에 계신 건가요?"

"그건 왜요?"

"제가 연락 담당인데……. 한 번도 얼굴을 뵌 적이 없어서요. 여기까지 온 김에 인사나 하려고요."

"아."

그런 이유라면 딱히 알려주지 않을 이유도 없을 것 같았다.

"네, 병원에 있습니다. 근……."

"알겠습니다. 감사합니다."

하마드는 마침내 필요한 답은 다 얻었다는 얼굴로 돌아섰다.

덕분에 리처드는 말도 미처 다 못 끝낸 채로 하마드의 뒤통수를 봐야만 했는데, 싸가지 없다는 생각보다는 안됐다는 생각이 먼저 들었다.

'새끼……. 지금 가봐라. 네가 좋은 소리 듣나.'

현장도 아비규환이지만, 아마 병원도 크게 다르진 않을 터였다. 어지간한 대학 병원 응급실도 4인 가족이 탄 자동차 교통사고가 오면 한순간에 마비가 되기 일쑤인데, 지금 여기서 보낸 환자만 벌써 몇이란 말인가. 심지어 리처드가 도착하기 전에도 트럭이 출발했다고 들었다.

'백강혁이 그냥 만나도 지옥이지만……. 기분 나쁠 때 만나면 진짜…….'

리처드는 앞으로 하마드가 겪게 될 고난에 대해 미리 명복을 빌어준 후, 돌무더기를 향해 걸었다. 그사이에도 꾸준히 구조 작업은 진행되고 있었다.

"어, 어! 찾았다! 살았……. 아니, 아냐. 인부들!"

그중엔 살아 있는 사람도, 죽어 있는 사람도 있었다. 데니스는 숨만 쉰다 싶으면 의료진을 불렀고, 그게 아니다 싶으면 인부를 불렀다.

"수술 필요한 환자가 있습니까?"

리처드는 돌무더기 바로 앞에서 몸을 틀고는 HMC 측에서 파견한 앰뷸런스 쪽으로 향했다. 이미 앉을 수 있는 환자 서넛을 태운 한 대는 출발한 후였다.

"아……. 닥터 리처드?"

HMC에서 온 사람 중 하나가 리처드를 알아보았다.

"오, 저를 아세요?"

"몇 년 전 학회에서 본 적 있습니다. 닥터 백 제자 아닙니까?

"아……."

하지만 상대가 알아본 것은 닥터 리처드라기보다는 강혁의 제자 리처드였다. 리처드는 나직하게 고개를 끄덕였다. 그러나 상대는 무척 좋아했다. 뭐가 되었건 강혁의 제자를 만났단 사실이 영광스럽기만 한 모양이었다.

"와……. 정말 대단하십니다. 그분 아무나 제자로 들이지 않으신다던데. 실력이 대단하시겠어요."

"아, 뭐. 하하."

동시에 리처드의 자부심은 다시금 부풀었다. 아마 강혁이 옆에 있었다면 이 모습을 두고 뭐라고 한마디 정도는 했을 텐데. 아쉽게도 지금은 환자 아니면 돌무더기뿐이었다.

"아, 근데 수술 필요한 환자 없습니까?"

"있습니다. 있는데……. 상태가 너무 심각해서요."

"일단 한번 봅시다."

리처드는 상대의 목소리에서 포기와 체념을 읽어냈다. 아마 예전의 리처드라면 이 상황에서 어느 정도는 함께 포기하고 환자에게로 향했을 터였다. 하지만 강혁과 함께 부대끼다보니 이젠 그것조차 쉽지 않았다.

'반드시 살리겠다는 마음으로 덤벼. 상황이 여의치 않단 말은 하지 말라고. 핑계 대다보면 할 수 있는데 포기하는 상황이 생기

고, 그럼 후회가 남아. 후회가 쌓이면 메스 계속 쥐기 힘들어져.'

사람은 개차반 같은데, 간혹 잠들기 전이나 술 한잔 걸치고 나면 멋진 말을 하곤 했다. 그게 말로만 남지 않고, 가슴에 새겨지는 건 아마도 강혁은 자신이 내뱉은 말들을 이미 삶으로 실천하고 있기 때문일 터였다.

"이쪽입니다."

리처드는 환자에게 집중하기 위해 애써 생각을 털어버리고 환자를 들여다보았다.

"얼굴이……."

"네. 돌에……. 지금 살아 있는 게 기적입니다. 일단 급한 대로 기관 절개술만 했는데……. 이것도 시간 끌기예요. 위쪽에서 출혈을 잡지 못하면 죽을 겁니다."

"출혈을 잡으면 살겠네요."

"네, 여기선 무리……, 네?"

"손 남습니까? 앰뷸런스에서 해볼 테니까, 손 좀 빌려주시죠."

"어……."

HMC에서 온 의사는 잠시 망설였다.

"이 환자는 레드예요. 지금 당장 치료 안 하면 죽어요."

리처드 또한 뒤쪽에서 들려온 외침에 고개를 돌리고 있다가, 이내 HMC 의사를 향해 말을 이었다. HMC 의사이면서 동시에 몇 번인가 몰래 탈레반 인사들의 치료 및 필요로 하는 약을 전달해준 바 있는 아사르로서는 심경이 복잡해질 수밖에 없었다.

'이 사람은 진심이구만.'

뉴스에 나오는 미국놈들은 죄 제국주의의 앞잡이에 조국을 뜯어먹기 위해 혈안이 된 듯 보였는데, 이 인간은 그저 눈앞에 있는 환자, 그것도 이름도 모르는 사람의 생명을 살리기 위해 안달복달하고 있었다. 여기서 이 부탁을 거절하는 건 인간된 도리가 아닌 거 같았다.

"알겠습니다. 제가 돕죠."

"좋습니다. 저희 앰뷸런스에 수술 장비가 있으니……. 거기로 가시죠!"

흔쾌히 고개를 끄덕이며 앰뷸런스 위로 올라선 아사르는 본인이 좀 성급했다는 걸 인정해야만 했다. 앰뷸런스 바닥이 온통 피바다였다. 아니, 벽에도 피가 튀어 있었다. 그야말로 딱 수술대만 새로 닦았는지 반짝이고 있었고, 나머지는 피에 절어 있다고 해도 과언이 아니었다.

"어……."

"자, 환자 이쪽으로."

정작 그 짓을 저지른 장본인인 리처드는 태연하기만 했다. 강혁을 따라다니다보면 별의별 꼴을 다 보게 되기 마련 아니겠는가.

'이만하면 할 만한 수술이야.'

덕분에 얼굴에 돌이 날아와 박힌 환자를 보면서도 할 만하다는 생각을 할 수 있게 되었다.

"수술 기구 중 중복으로 있는 것들은 다 꺼냈습니다! 근데 하나만 있는 것들은 여기서 소독을 돌릴 수는 없어서요."

환자를 내려놓고 있는 동안에도 기구를 늘어놓고 있던 간호사가 입을 열었다.

"음……. 어쩔 수 없지. 원래 수술 여러 번 하라고 만든 설비가 아니니까. 부족하면 부족한 대로 해야지. 그래도 아까 아예 안 깐 것도 있죠?"

"네? 아, 네. 그……. 근데 그건 한번 확인해주셔야 합니다. 제가 아직 여기 설비에 익숙지가 않아서요."

"아, 그건 내가 봐줄게요. 일단 마취부터 하죠. 기관 절개는 되어 있으니까. 옳지. 거기 그렇게 연결하고, 약 틀고. 몇 kg야……. 72kg네. 자……. 오케이. 들어간다."

리처드는 마취과 댄 그리고 츠요시에게 반강제로 배운 마취 실력까지 뽐내고 있었다. 세상에 이렇게 만능에 가까운 의사들이 있다니. 누구라도 이런 환경에서 일하다보면 어마어마한 자신감이 생기긴 할 터였다.

"어……. 마취도 하시네요?"

아사르에게는 낯선 광경이었다. 현대 의학은 정말이지 어마어마한 속도로 발달하고 있지 않은가. 때문에 그 어느 때보다도 더 각 과로 역할이 나뉘고 있는 실정이었다. 즉 외과면 외과, 내과면 내과에 집중해야 한다는 뜻이었다. 심지어 외과도 그 안에서 얼마나 많이 갈리던가. 근데 외과 의사가 떡하니 마취를 걸 줄이야. 그것도 이렇게 빠르고 능숙하게. 이상하게 느껴지는 것이 당연했다.

'미국에서는 다 하나?'

의대 교육 과정이 다른가 하는 의심마저 들었다.

"아, 와서 배웠어요. 사람 하나라도 더 살리려면 이렇게 해야겠더라고."

리처드는 대수롭지 않은 일이라는 듯 고개를 가로저었다. 환자의 웃옷을 가위로 잘라내면서였다. 이쪽으로는 부상이 없는지 확인하기 위함이었는데, 다행히 괜찮았다. 당연하게도 아사르의 눈에는 존경심이 깃들었고, 강혁 밑에서 일하느라 눈치가 는 리처드는 대번에 그런 변화를 감지할 수 있었다.

"아, 그런 눈으로 볼 필요는 없습니다. 백 교수님이랑 같이 일하다보면 싫어도 다 배워요. 우리 마취과는 내시경도 한다니까, 물론 저도 잘하고요. 하하."

그리고 역시나 강혁에게 배운 은연중에 자기 자랑하기를 시전했다. 사전 정보가 없거나, 눈앞에서 펼쳐지고 있는 술기를 보지 못했다면 지랄한다 싶을 수도 있었겠지만, 이미 아사르는 리처드가 백강혁의 제자라는 것에서부터 눈에 콩깍지가 씌인 참이지 않은가. 거기에 더해 미국인에 대한 편견마저 박살 내고 있는 와중이다보니 존경심은 배에 배를 더하고만 있었다.

"대단……. 대단하십니다."

"일단 소변줄부터 꽂죠. 출혈이 장난이 아니네요. 아무래도……. 악 동맥이 다친 거 같은데……."

"네, 네."

"어디 보자……."

리처드는 아사르에게 소변줄 꽂는 것을 부탁한 후, 환자의 얼굴을 찬찬히 뜯어보았다. 아무래도 밖에서 보던 것보다는 훨씬 자세한 관찰이 가능했다. 말이 앰뷸런스지, 미군에서 이동 수술방으로 사용하기 위해 만들어둔 물건이지 않은가. 무영등만 해도 어지간한 시골 수술실보다는 더 밝았다.

'돌멩이라 이게 끝이 어떻게 생겼는지 모르는 게 함정이네.'

칼처럼 사람이 만든 물건이면 대강 박힌 모양만 봐도 길이나 생김새를 짐작할 수 있을 텐데, 돌멩이는 그게 아니지 않은가. 뜬금없이 박혀 있는 부분이 더 넓을 수도 있었다. 때문에 평가는 거의 바깥에 난 상처를 기반으로 이루어질 수밖에 없었다.

'우선 우측에서 좌측 방향이고. 다행히 눈을 건드린 건 아니지만……. 이 방향이면 좀만 길어도 코 가운데는 날아갔어. 입안은……. 입안은 어떻지?'

코의 바닥은 곧 입의 천장이지 않은가. 말로만 들으면 분리되어 있을 거 같지만 그냥 같은 뼈였다. 하나가 다치면 다른 하나도 다친다는 얘기였다. 해서 리처드는 인상을 잔뜩 찌푸린 채, 환자의 입안을 들여다보았다.

'이런 시발.'

그러곤 욕설을 내뱉었다. 환자의 입안을 들여다보니, 우측 입천장의 아치가 무너져 있었다. 간신히 점막은 찢어지지 않고 버틴 모양인데, 뼈는 박살 난 것이 분명해 보였다.

'이거……. 여기서 이걸 다 재건하는 건 절대 무리야.'

수술이라는 게 기본적으로 다 어렵다고 봐야 했지만 난이도의 차이가 있기 마련인데, 재건술은 그중 탑을 달린다고 보면 되었다. 물론 리처드 또한 설비만 제대로 되어 있다면 단독 집도가 가능하긴 했다. 하지만 여기선 무리였다. 그렇다고 이거 하자고 현장을 뜰 순 없었다.

"레드! 수술 필요해!"

지금도 구조가 계속되고 있지 않은가. HMC 의료진들이 와 있다고는 하지만 그렇다고 해서 한구 병원 의사가 자리를 뜨는 건 절대 안 될 일이었다.

'그래……. 대강 하고 백 교수님한테 던지자. 잘하겠지, 뭐.'

백 있어서 좋은 게 뭐란 말인가. 바로 이럴 때 쓰라고 평소에 갖은 구박을 견뎌온 거 아니겠나. 리처드는 아무래도 찜찜한 마음을 여러 핑계를 동원해 겨우 지워내고는 결정을 내렸다. 여기선 일단 출혈만 잡아서 후방으로 보내기로.

"좋아……. 거울이랑 불 줘봐요."

"네."

리처드가 요청한 물품은 다소 생뚱맞은 것이었다. 얼굴에 돌이 날아와 박혔는데 웬 거울이랑 불이란 말인가. 하지만 간호사는 경험이 없었기에 달라는 것을 내어줄 따름이었다.

'진짜 프로페셔널하네……. 간호사 교육을 어떻게 하길래…….'

그런 내막을 알 리 없는 아사르로서는 이런 생각만 들 따름이었다.

'왜 갑자기 감탄을 하지?'

아사르의 반응을 뒤로한 채, 리처드는 거울을 환자 목 안으로 집어넣었다. 워낙 많은 피가 흘러나온 터라 쉽지만은 않았다.

"석션."

"네."

리처드는 석션까지 해가며 거울을 집어넣어야 했다. 출혈이 지금도 계속되고 있다는 것을 석션을 통해서도 알 수 있는 상황이었다. 피떡이 후루룩 나오는 경우도 있었지만, 누가 봐도 방금 나온 것 같은 시뻘건 피가 나오는 경우도 있었다.

"음……. 뒤로 엄청 넘어오는데 이거."

겨우겨우 밀어 넣은 거울로 확인한 것은 코 뒤로 넘어오는 어마어마한 양의 피였다. 악 동맥이 다친 것을 확신할 수 있게 된 상황이었다. 한국대학교 병원이라면 당장 영상의학과 혈관중재 시술실에 연락해서 피 나는 혈관을 찾고 그 혈관을 막으면 될 일이었다. HMC도 나름 큰 병원인데 가능하지 않을까 하는 생각이 들었다.

"닥터 아사르?"

"아, 네."

"HMC에 가면 악 동맥에 대해 혈관중재시술이 가능할까요?"

"아……."

"무슨 뜻이죠?"

"안 됩니다. 논문에서만 봤어요. 파키스탄에서는…… 시술할 수 있는 사람이 없을 겁니다."

"아하."

생각해보면 물어볼 필요도 없는 일이긴 했다. 미국이나 대한민국이나 전 세계에서 최고를 달리는 의료 서비스를 자랑하는 나라들 아닌가. 그에 비하면 파키스탄의 의료는 수십 년 이상 낙후되었다고 해도 과언이 아니었다. 때문에 가장 합리적이면서 가장 효과적인 치료가 날아간 셈이었다. 그럼 좀 낙담할 수도 있는 일이었지만, 리처드는 그러지 않았다. 그러기엔 이미 너무 많은 상황을 겪어온 탓이었다.

"오케이, 알았어요. 그럼 여기서 할 수 있는 치료를 하죠. 메스."

간호사는 리처드의 말을 듣자마자 블레이드를 메스에 끼우기 시작했다. 그사이 리처드는 마침내 피에 절은 가운을 벗고 새 가운으로 갈아입었다. 옆에 있던 아사르 또한 마찬가지였다.

'앰뷸런스 안에 이만한 공간이 있네…….'

한구 병원의 약진은 페샤와르에서도 익히 들어 잘 알고 있었다. 실제로 강혁이 한구 병원에 간 이후로는 그 근처 환자들이 페샤와르로 이송되는 일조차 줄었다. 무조건 잘된 일이라고 보면 되었다. 너무 긴 이송 시간 탓에 대부분의 환자가 죽거나 돌이킬 수 없는 후유증에 시달리게 되기 일쑤였으니까.

'후원금을 많이 받고 있다더니, 이런 데다 다 투자하는 건가.'

앰뷸런스는 밖에서 볼 때와는 달리 무척 널찍하고 쾌적한 실내를 자랑했다. 말로만 들었던 캠핑카를 마주하고 있는 느낌마저 들었다. 푹신한 침대 대신 좁은 수술대가 놓여 있고, 탁자 대신 기구대가 놓여 있는 게 차이긴 했지만. 의사의 눈에는 그 어떠한 캠핑카보다 이게 더 럭셔리하게 보였다.

"닥터 아사르, 보조해줘요. 일단 여기 째고 들어가서 외경동맥

(External carotid artery) 분지를 싹 찾을 겁니다."

"아……. 외경동맥 전체가 아니라…… 외경동맥의 분지들을요?"

"음."

리처드는 멍한 얼굴이 된 아사르를 보며 묘한 기분이 들었다.

'이런 게 데자뷔인가?'

어디선가 이런 모습을 본 적이 있었다. 차이가 있다면 자신이 아사르 같은 표정을 짓고 있었을 거란 점이었다.

'하긴 옛날 나였으면 당연히 여차하면 외경동맥 전체를 묶을 생각을 했겠지…….'

우선 외경동맥과 내경동맥이 나눠는 분지 자체가 목에서 꽤 윗부분에 있지 않던가. 외경동맥만 묶으려고 해도 박리가 아주 쉽지만은 않았다. 환자의 자세를 지금처럼 틀어놔야만 했다. 그러니까, 부상이 의심되는 혈관 측 방향이 위로 올라오도록 고개를 돌린 상태에서 어깨에 둘둘 말은 방포를 받쳐놔야만 했다는 뜻이었다. 게다가 외경동맥에서 나가는 동맥들의 중요도는 내경동맥에 비하면 상대적으로 떨어지는 편이었다. 냅다 묶어도 된다는 뜻은 아니었지만, 생명이 위태로운 상황이라면 얼마든지 감수할 수 있는 위험이다, 이 뜻이었다.

'새꺄, 아무리 순환 동맥이 있어도 그렇지. 세상에 없어도 되는 동맥이 어딨냐?'

하지만 강혁이 늘 얘기하듯 세상에 없어도 되는 동맥은 없었다. 어쩔 수 없이 묶어야 되는 경우가 생긴다면, 되도록 그 개수를 줄이는 편이 환자를 위해서 옳았다.

“할 수 있으면 해야죠.”

“하지만 그렇게 하면 시간이……. 그리고 경부 절제술은 어렵지 않습니까……. 이건 이비인후과에서도 두경부외과 전문의들이 해야……”

“지금 없으니까 우리가 해야죠. 안 그렇습니까?”

“그렇기는…… 한데…….”

페샤와르의 HMC는 고도로 발달한 의료원은 아닐지라도, 어찌 되었건 제대로 된 모양새를 갖추고 있는 병원이기는 했다. 때문에 아사르는 전문 분야가 아닌 분야에 손대는 것에 익숙지 않았다. 물론 그건 훨씬 더 고도로 발달한 곳에 있던 리처드가 더더욱 심했지만, 이젠 아니었다.

“그만 종알거리고, 절개나 도와요. 상태 봐서 영 안 될 거 같으면 외경동맥 묶으면 되니까. 계획대로 다 되는 수술이 얼마나 되겠습니까.”

“아……. 알겠습니다. 네, 네. 죄송합니다.”

리처드는 짜증과 함께 메스를 집어 들었다. 동서고금 막론하고 칼 든 사람 앞에서 고개 저을 수 있는 사람은 거의 없었다. 아사르는 금세 고집을 접고는 리처드의 절개가 용이하도록 목의 피부를 쫙 벌리는 방향으로 눌러주었다. 리처드는 절개할 방향을 확인하고는 즉시 슥 하고 그었다.

“석션.”

“네.”

흘러나오는 피의 양은 적었다. 애초에 피부 언저리에서 피가 많이 나오기에는 혈압이 낮은 탓이었다. 수액과 피가 들어가고는 있다지만 동맥에서 흘러나오는 출혈량을 극복하기엔 턱없이 부족했다. 그럼에도 시야를 방해할 여지는 여전히 있었기에 아사르는 리처드의 명에 따라 흘러나오는 피를 빨아들였다.

"보비."

"네."

그사이 리처드는 메스를 내려두고는 보비를 집어 들었다. 세상에 앰뷸런스에 보비라니. 처음 봤을 땐, 대체 이 차의 전압은 얼마일까 싶었더랬다. 벤틸레이터에 보비, 석션 등의 의료 장비가 다 돌아갈 정도이지 않은가. 아마 어지간한 파키스탄 가정집보다는 전력 수급 사정도 훨씬 좋을 터였다. 티디딕. 몇 번 쓰다 보면 다 익숙해지기 마련이었다. 이제 리처드는 놀라움보다는 당연하다는 얼굴로 보비를 쓰고 있었다. 티디디딕. 이것도 광경근 하 박리를 위해 근육을 잘랐다. 우리 목에 있는 일종의 덮개와 같은 근육이라고 보면 되었는데, 이것을 잘 찾지 못하면 수술은 엉망이 된다고 보면 되었다.

"좋아."

반대로 찾기만 하면 박리는 쉬웠다. 리처드는 보비를 내려놓고는 장갑 낀 검지를 이용해 광경근 아래를 훅훅 쑤셨다. 그러자 연결 조직이 뜯어지면서 아래 부위가 모습을 드러내었다.

"여기 이렇게 당겨주시고."

"아, 네."

아사르는 좌우에 위치한 광경근에 후크를 걸어 잡아당겼다. 그러자 아까 잠시 보였던 아래 구조물들이 훨씬 더 잘 보였다. 바로 혈관이 딱 보이진 않았다. 아주 중요한 혈관이니만큼 커다란 근육에 의해 덮여 있었다. 흉쇄유돌근이라는 근육인데, 다행히 제끼는 게 그리 어려운 녀석은 아니었다.

"멧잼 줘봐요."

"네."

끝이 뭉툭하게 처리된 가위를 이용해 결체조직만 조금 정리해 주면 뒤로 젖힐 수 있었다.

"좋아 여기서 갈라지고……. 이 위로 가는데……."

"그럼 이게……."

아사르는 분명 해부학 시간에 배웠던 내용이라는 걸 떠올렸다. 하지만 정확한 이름이 툭 튀어나오진 않았다. 제아무리 의사라 해도 자기 분야가 아닌 걸 늘 기억하고 있을 수는 없었다. 반면 리처드는 달랐다. 백강혁 밑에서 혹독하게 수련받느라 이미 자기 분야가 뭔지도 잊은 지 오래였다.

"이거 세 개는 아마 상갑상선 동맥, 설동맥, 상행 인두 동맥이겠죠."

"그럼 이 위의 것이 안면 동맥이겠네요?"

말하자면 갑상샘, 혀, 인두 그리고 얼굴로 가는 혈관은 다 찾았단 뜻이었다. 모두 순환 동맥, 즉 이쪽 동맥이 막혀도 반대 측에서 먹여 살릴 수 있는 동맥이 어느 정도는 발달해 있는 곳이라 보면 되었다. 대개 우리 몸 중앙에 있는 구조물들은 그러했다.

뇌는 빼고.

“애네는 살리고……. 위로 가는 건 잡아야겠네요. 여기서 악 동맥까지 접근하려면…….”

리처드는 눈으로 환자의 목 위를 훑었다. 악 동맥이 있는 부위는 사실상 목이라기보다는 이미 귀 언저리라고 보면 되었다. 거기까지 파고 올라가려면야 올라갈 수도 있겠지만, 사실 무의미한 일이었다. 이제 남은 외경동맥의 분지라고 해봐야 귀 뒤로 가는 거 하나, 옆통수로 가는 거 하나 그리고 악 동맥이었다. 기껏해야 귀의 감각이나 머리의 감각 정도만 손상이 있을 텐데, 그거 두 개 살리자고 감수하기엔 너무 긴 시간이었고 수고였다.

“네. 이것만 살려도 괜찮을 거 같습니다.”

“오케이……. 그럼 일단 클램프 줘봐요. 출혈량이 주는지나 좀 보게.”

리처드는 아사르가 동의하는 것에 용기를 얻었다. 사실 리처드쯤 되는 외과 의사가 의지하기엔 실력 차가 어마어마하긴 했지만, 리처드는 아직 강혁처럼 온전히 혼자 서기엔 무리가 있는 사람이었다. 아마 실력이 지금보다 더 뛰어나게 된다 해도 그리 되긴 어려울 터였다. 타고난 성정이 달랐다. 간호사는 곧 클램프를 건네주었고, 리처드는 그걸로 외경동맥을 잡았다.

그와 동시에 위쪽의 동맥 혈관이 쪼그라드는 게 보였다. 이건 당연한 일이었다. 중요한 건 상처 부근의 출혈이 줄어드는지 보는 일이었다. 리처드는 홀린 듯 거울을 들고 환자의 입 쪽으로 향했다. 아까와는 달리 지금의 리처드는 오염되면 안 되는 상황이었기에 입을 벌려주는 건 간호사의 몫이었다.

"이렇게 하면 될까요?"

"어……. 어. 불 좀 잘 비춰봐요."

"이렇게요?"

"음……. 아니, 좀 더 옆. 지금 나 그림자만……. 어, 그래. 지금 좋네. 그대로 딱 있어요. 석션."

"네."

리처드는 아사르의 도움을 받아가며 입안에 또다시 흘러나와 있던 피를 정리했다. 아마 기관절개를 안 해놨다면 지금쯤 기도가 죄 피로 틀어 막혀서 죽었을 터였다.

'위로는 엄청 넘어갔겠는데…….'

혈압이 유지되고 있는 게 다행이라면 다행이었다. 성급하게 돌멩이를 뽑기라도 했다면 죽었을 게 뻔했다. 그나마 여기 있는 아사르가 조심성 있는 성격이라 살아 있다고 보면 되었다.

"으음."

석션을 하다보니 확실히 아까와는 달랐다. 피떡의 양이야 비슷했지만, 새빨간 피는 거의 없었다.

'아니네……. 없어. 새로 나오는 피는 없어……. 조금 있기는 하지만 이건 그냥 새어 나오는 수준이야. 오케이……. 출혈 잡았다.'

한참 더 석션을 해봐도 나오는 건 전혀 없었다. 이만하면 여기서 급하게 한 수술치고는 대단한 성과라고 볼 수 있었다. 생각 같아서는 수술 기구 집어 던지면서 환호성이라도 치고 싶을 지경이라고나 할까. 하지만 지금은 어려웠다. 우선 아사르의 눈빛이 부담스러웠고, 그의 존경심을 배신하고 싶진 않았다.

'중후하게 가자. 나도 백 교수님처럼……. 멋있을 때는 좀 멋있고 싶다…….'

강혁은 정말이지 멋이 나는 사람 아니던가. 수술 잘 끝내고 나서도 시크하게, 늘 그렇게 하는 것인 양 시큰둥하고.

"출혈 잡았네. 자, 그럼 묶읍시다. 타이."

"네."

해서 리처드는 최대한 무표정한 얼굴로 손을 내밀었다. 연신 아사르의 눈치를 살피면서였다.

"오……. 잡았습니까?"

다행히 아사르는 리처드의 바람대로 움직여줬다. 호들갑을 떨어줬다, 이 말이었다.

"네, 뭐. 그렇죠."

"와……. 이걸…… 이걸 이렇게 순식간에 잡다니. 과연……."

"어려운 일은 아닙니다. 돌멩이 박힌 방향을 보면 대강 어디가 문제겠구나라는 건 알 수 있으니까요."

"그래도 판단력이나……. 술기가 정말 대단합니다."

"하하."

이 대화에서 연기가 아니었던 건 마지막 웃음뿐이었다. 아니, 그마저도 최대한 작게 웃으려고 노력했으니 그저 거짓뿐인 대화였다고 보면 되었다. 하지만 술기만큼은 진짜였다. 어느새 혈관은 묶였으며, 절개 부위도 닫혀버렸다. 대단히 빠른 속도였기에 아사르의 감탄을 또다시 자아내는 데 부족함이 없었다.

"와……."

리처드는 애써 올라가는 입꼬리를 끌어 내리며 입을 열었다.

"아까 병원 갔던 차량, 돌아왔나?"

"네."

"이번에는 이 환자 보냅시다."

"네, 선생님."

"아……. 그리고 지금 거기 어떻대요? 한구 병원 분위기는?"

"그……. 얼굴이 하얗게 떠서 못 물어봤습니다."

"아."

"너 누구라고?"

"그……. 하마드…… 입니다."

"아, 맞아. 그런 이름이었지. 근데 아침 안 먹었냐? 왜 이렇게 애가 힘이 없어. 더 높이 안 들어?"

"그……. 으……."

리처드의 예상대로 ISI 요원 하마드는 병원에 오자마자 봉변을 당하고야 말았다. 일단 차에 아무도 싣지 않고, 그러니까 부상당한 환자들을 데리고 오지 않았다고 욕부터 먹었다.

'미쳤나? 요원이라는 놈이 거기 지천에 깔린 게 환자였을 텐데 그것도 안 데리고 왔어? 네가 환자니? 안 아픈 거 같은데? 아프게 해줘? 그걸 원해?'

원래도 성깔 더러운 강혁이지 않은가. 그렇지 않아도 지금 몰려오는 환자들 때문에 날카로워진 상황인지라 더더욱 성격은 더러워져 있었다.

'인사는 새꺄, 뒤지고 싶지 않으면 옷 갈아입고 와서 이거나 좀 도와. 요원이면 힘은 좋겠네. 빨리 와서 들어!'

해서 요원은 원래 목적이었던 인사는 하지도 못한 채 환자 다리를 들고 있었다. 수술실에 가면 다리 고정할 기구가 있겠지만, 수술실에 갈 여유가 없었다. 골반이 뭉개졌던 환자도 결국 응급실에서 처치하고 말지 않았던가. 아마 제인이 없었으면 그 환자는 죽었을 게 뻔했다. 그래도 강혁이 다른 환자 수술하는 동안 지혈을 제대로 해주었다. 다만 그때까지만 해도 미유키나 제인은 보조를 하고 있을 수 있었는데, 지금은 각기 한 명의 환자를 혼자서 보고 있었다.

"피! 피 더 가져와요!"

"네!"

둘 다 썩 실력이 괜찮은 산부인과 의사이니만큼 외과적 처치 또한 나쁘진 않았다. 강혁이나 한유림에 비하면야 당연히 부족하기 이를 데 없었지만, 그건 강혁과 한유림이 괴물이라서 그런 것이지 결코 둘의 실력이 떨어져서는 아니었다.

"야, 멍하니 있지 말고 계속 들어! 흔들리잖아!"

"어……. 네. 네."

"이 자식이 대답만 잘하네. 아휴."

강혁은 그런 미유키와 제인을 잠시 돌아보다가 다시 수술 부위를 들여다보았다. 비록 하마드 요원이 다리를 들어주고 있다고는 하지만, 그렇다고 시야가 아주 좋지는 않았다. 환자의 부상 부위는 아랫배부터 좌측 사타구니로 이어져 있었는데, 사실 배 부위는 그저 타박상이었다. 문제는 그보다 좀 더 아래쪽에 있었다.

'으…….'

강혁이 보기에도 끔찍한 상처였으니, 의학에 관해 문외한이라 할 수 있는 하마드는 더더욱 끔찍함을 느낄 수밖에 없었다.

'아니……. 저게……. 아오…….'

음낭에 제대로 돌이 날아든 모양이었다. 일단 주머니가 터져 있었다. 뭔가 하나가 뭉개져 있었고……. 아마 하마드에게도 달려 있는 게 뭉개진 거 같은데, 자세한 상상은 하고 싶지 않았다. 그러기엔 비위가 약했다.

"베타딘 좀 부어봐. 환자, 이거 좀 아프셔. 그래도 참아야 해. 안 참으면 큰일 난다, 진짜."

"으……. 으……."

환자는 이미 극한의 고통을 체험하고 있는 중이었다. 오자마자 간호사들이 달려들어 진통제를 주긴 했지만, 지금 어디 몸만 아프겠는가. 마음도 아플 터였다. 그리고 그런 통증은 진통제만으로는 절대 해결할 수 없었다. 강혁은 환자의 신음을 대강 긍정의 신호로 해석하고는 베타딘 액을 들이부었다.

"으아……."

베타딘이 알코올처럼 자극이 강한 소독약은 아니라지만, 워낙에 예민한 부위 아니던가. 아마 지금 상태라면 물만 부어도 아플 게 뻔했다. 천하의 강혁마저 미안해할 정도로 처참했다. 아니, 아에 미안하다는 말을 연발하고 있었다. 그로서는 실로 드물게 다친 부위가 끔찍해서 인상을 쓰고 있었다.

"미안, 미안. 아이고……. 이거……."

아무래도 맨날 보는 녀석이 터져 있다보니 공감 능력이 배가 된 탓이었다.

"마취 주사 좀 줘봐."

"으……."

"어, 바늘로 찌르는 느낌이 좀 나는데 움직이면 안 돼요. 더 터져. 지금 다른 하나는 멀쩡할 수도 있거든? 그거 봐야 해."

"으……."

무슨 말을 해도 환자는 그저 신음만 흘릴 뿐이었다. 평소의 강혁이라면 제대로 된 말을 하라고 짜증이라도 냈겠지만, 지금은 놀라운 인내심을 발휘한 채, 오직 환자에게 공감만을 표하고 있었다.

"그래, 아프지. 아는데, 움직이면 안 돼."

다행한 일은 강혁은 마취 솜씨마저 대단하다는 것이었다. 처음 한 방이야 상당히 따끔했겠지만, 그다음부터는 거의 느낌도 없었다. 심지어 첫 한 방도 이미 다른 부위가 너무 많이 망가져 있어서 그렇게 대단한 통증을 느끼지는 못했다.

"음……. 그래……. 음."

그렇게 마취가 된 후, 강혁은 아까보다 더 적극적으로 주머니를 뒤적거리기 시작했다. 구멍이 상당히 크게 난 주머니는 힘없이 늘어져 있었는데, 그 사이로 뭉개진 구조물이 보였다. 구조물에서는 피와 반투명한 액이 뒤섞여 흘러나오고 있었다. 아무것도 모르는 사람이 봐도 고환이었다.

"하나는 터졌고. 음."

강혁은 고환이 두 개라는 사실에 감사했다. 참 사람을 설계한 분이 누군지는 모르겠는데, 상당히 세심한 존재라는 생각까지 들었다. 세상에, 고환이 하나였다면 이 환자는 이제 고자가 되지 않겠는가. 얼굴을 보아하니 고작해야 스물도 안 된 거 같은데 고자라니. 인터넷 밈에 익숙한 사람이라면 웃음이 터져 나올 수도 있겠지만, 결코 웃을 일이 아니었다. 정말 심각한 상황이었다.

"일단 클램프."

"네."

강혁은 심각한 얼굴로 터진 고환을 이리저리 살폈다. 살릴 수 있는 구조물이면 살려야 한다는 생각에서였는데, 이건 아니었다. 절대라는 말을 써도 좋을 만큼이나 확실하게 뭉개져 있었다. 해서 강혁은 고환으로 들어가는 혈관 다발 및 인대를 한 번에 클램프로 집어버렸다.

"나머지 하나는 어디 갔어, 이거."

일단 주머니에 난 구멍을 살짝 들춘 것만으로는 확인이 안 되었다. 해서 핀셋으로 주머니를 잡아당기고 더욱 안쪽을 바라보았다. 헤드라이트를 끼고 있었기에 따로 불을 비출 필요는 없었다. 그저 시선이 닿는 부위에 빛도 가 닿았다.

"어……."

그럼에도 나머지 하나가 잘 보이지 않았다. 강혁뿐만이 아니라, 다리를 든 채 옆으로 비켜서 있던 하마드마저 당황하게 만드는 일이었다.

'뭐야. 이 사람 그럼 이제 불알이 없나?'

아이고. 불알이 없어지다니. 그것도 돌에 맞아서……. 이놈이 혹시 저걸 함부로 놀리고 다녀서 알라께서 노한 건가 하는 생각마저 들었다. 반면 이슬람이라고 하는 종교에 매몰되지 않은 강혁은 전혀 다른 생각을 하고 있었다.

'가능성은 두 개지. 원래 하나였거나, 다른 하나가 숨었거나.'

원래 하나였을 가능성은 적었다. 물론 그런 질환이 아예 없는 건 아니었지만, 유병률을 무시해도 좋을 지경이었다. 그 병에 이환된 사람이 하필 돌에 맞아서 유일한 고환이 터져? 만화에도 황당해서 못 쓸 이야기였다.

"그……. 좀 불편할 수 있는데, 참읍시다."

해서 강혁은 핀셋 든 손 말고 다른 쪽 손가락을 구멍 안으로 집어넣었다. 환자야 마취가 된 데다가, 절대 아랫도리를 볼 수 없는 상황이니 무슨 일이 벌어지는지 알 수 없었지만, 뒤에 있던 하마드는 달랐다.

'알라시여……. 왜 저로 하여금 이런 걸 보게 하나이까…….'

세상에 저기에 사람 손가락이 들어갈 줄이야. 하마드는 강혁이 갑만 아니었다면 뒤통수라도 때리고 싶은 심정이었다. 물론 의사니까 환자를 치료하고 있는 것이긴 할 터였다. 이곳에 오지 않았더라면 '이 자식 이거 봉사 활동한답시고 와서 딴짓만 하고 가는 거 아닌가' 하는 의심이 들 정도로 특이한 인물이긴 했다.

지금 이 현장에 오고 나서는 도저히 그런 생각이 들지 않았다. 하지만 꼴 보기 싫은 건 꼴 보기 싫은 거였다.

"옳지. 말려 올라가 있었네. 돌 날아오기 전에 숨었나?"

그사이 강혁은 숨어 있던 다른 하나를 찾아냈다. 그리고 그 외에 다른 부상은 없는지까지 확인했다. 그렇다면 더 고민할 이유는 없었다. 뭉개진 건 제거하고, 터진 주머니는 닫아주면 되었다. 나머지 하나가 있으니 기능은 어지간히 유지가 될 터였다. 걸을 때 좀 흔들거리긴 하겠지만.

'익숙해져야지 그런 건. 다른 환자에 비하면 뭐…….'

강혁은 타이로 고환 위를 묶고, 가위로 잘라주면서 나머지 환자들을 바라보았다. 보이는 거야 당장 응급실에 있는 환자들뿐이었지만, 머릿속에 떠오른 것은 아침부터 몰아치듯 보아온 환자들 전부였다. 어찌나 그 수가 많은지 예비로 접어놓고 지내던 간이침대를 싹 펴놔야 했을 정도였다. 그나마 이제 트럭째로 날라 오던 건 멈춰서 다행이다 하고 있는데, 멀리서 차 소리가 들려왔다. 귀가 밝은 강혁은 대번에 이게 우리 한구 병원에서 간 차라는 걸 알 수 있었다.

'아……. 또 환자 오나? 아까처럼 리처드가 대강 처치한 환자겠지?'

평소의 강혁이라면 환자 오는 걸 두려워하지 않았을 터였다. 하지만 한구는 이제 포화였다. 강혁도 지칠 정도였으니, 다른 의료진들은 말할 것도 없었다. 오죽하면 다리 드는 일을 간호사가 아니라 하마드 요원에게 시켰을까. 뒤를 돌아보니 땀에 범벅이 된 한유림이 눈에 들어왔다. 저 상태에서 조금만 더 무리시키면 언젠가 한번 그랬던 것처럼 미친 실력을 보일 수도 있을 거 같았다. 다시 말하면, 아파 보인단 뜻이었다.

"일단 끝냈고……. 뭐 중증은 아니니까, 일반 병실로 갑시다. 상처 부위 건드리지 않게만 해주고, 감염 생기면 진짜 큰일 나니까 항생제 잘 쓰라고 해줘요."

"네. 요다 선생님께 가겠습니다."

"응. 근데……. 요다 환자 몇 명 받은 거지, 오늘?"

"신환만 20명이 넘습니다."

"와우……."

그냥 만성 질환자 20명도 힘들 텐데 외상 환자를, 그것도 신환을 20명이라.

'이번 사태 끝나고 좀 진정되면 뭐라도 먹여야겠는데.'

요다가 환장하는 돼지고기라도 어디서 구해올까 싶었다.

"환자……. 환자 좀 봐주세요!"

하지만 지금은 그런 한가로운 생각이나 할 때가 아니었다. 리처드가 대강이라도 정리해줬겠거니 했던 환자가 제법 심각한 모양이었다. 어지간한 일이 아니면 큰 소리 안 내는 카심이 호들갑을 떨고 있었다.

'뭐야, 대체. 이 새끼 그냥 대강대강 해서 보낸 건 아니겠지, 설마.'

만약 그랬으면 언제가 됐든 죽여야겠다고 마음먹으며 달렸다. 마침 거의 동시에 환자 처치를 끝낸 한유림이 뒤로 따라붙었다.

"도움 요청했다며, 왜 계속 환자가 와?"

"모르지. 그래도 트럭은 안 오잖아요."

"와……. 나 그거 한 대 더 오면 집에 갈 거야."

"철없는 소리 하지 말고 일단 따라와요."

"철? 환갑 넘은 사람한테 철이라고 했냐?"

"그럼 뭐라고 해. 나이는 똥구멍으로 먹었냐고 해요?"

"와……."

강혁의 말에 혀를 내두르던 한유림은 차에 도달하고 나서 한 번 더 혀를 내둘렀다.

"와……."

아까는 약간 연기가 들어간 '와'였다면 이번엔 진짜였다. 강혁에게 한 번 더 받아치려고 했던 한유림은 환자 앞에 선 채로 입을 다물고 말았다. 얼굴에 돌멩이가 박힌 채, 의식은 또렷한 환자를 봤으니 그럴 수밖에 없었다.

"이, 일어나지 마세요."

할 수 있는 말이라고는 이것밖에 없었다. 얼굴에 돌멩이가 박힌 채 일어서려는 사람을 본다면 어떤 생각이 들까? 한유림은 보통 사람이기에 단 한 번도 그런 일을 상상해본 적이 없었다. 하지만 간혹 좀비 영화를 볼 땐 어찌해야 할지 행동 지침을 정한 바는 있었다. 이것도 한유림 스스로 한 일은 아니었고, 강혁 때문에 그렇게 된 일이다. 놀면 뭐 하냐면서 시간 날 때마다 자꾸 좀비 영화나 재난 영화를 틀었기 때문이었다.

'와……. 도망도 못 가겠네.'

한유림은 사태가 발발하면 물자 모아둔 곳으로 도망가서는 집기들을 부숴서 문을 틀어막아야지 했던 안일한 계획이 부끄러워졌다. 환자라는 걸 알아도 차마 발길이 안 떨어지는데, 이게 좀비였다면 대체 어떻게 움직일 수 있었겠는가.

"흠."

반면 강혁은 환자를 번쩍 안아 들고는 침대에 내려놓은 지 오래였다. 환자가 아직 나이가 어린 편이기는 해도, 뼈대가 상당히 굵은 남자였는데도 힘든 기색 하나 없었다. 아니, 그런 물리적인 힘이 놀라운 상황이 아니었다.

"아, 안 무서워?"

외과 의사가 이까짓 부상 가지고 뭘 그리 벌벌 떠냐고 말할 수도 있겠지만, 원래 배나 가슴을 째는 수술은 적어도 시각적인 고통은 적은 법이었다. 인간이 가장 징그럽다고 여기는 부상은 우리에게 익숙한 부위에 일어난 부상들, 즉 손이나 얼굴이었다. 그중에서도 인간이 상대방을 식별하는 데 필요한 정보 중 가장 중요한 얼굴의 부상은 본능적인 공포를 불러일으키기 마련이었다. 제아무리 흉악한 살인범이라도 배를 찌르지, 얼굴이나 목을 찌르는 경우는 드물다는 것을 생각해보면 바로 이해할 수 있을 터였다.

"응? 뭐가 무서워. 환잔데. 의사가 환자를 왜 무서워해요?"

"아니……. 그래, 말이 헛나왔어. 안 떨려? 사람 얼굴이……."

한유림은 이 환자가 과연 뭐가 보이긴 할까 싶었다. 돌멩이는 좌측에서 날아와 우측 방향으로 박혀 있었다. 말하자면 사선으로 박혀 있단 얘기였는데, 돌멩이가 좌측 눈의 바닥 뼈를 뭉개버린 참이었다. 덕분에 눈이 누가 봐도 우측보다 아래로 내려앉아 있었다. 시력이 남아 있다 하더라도 물체가 두 개로 보이긴 할 터였다.

"사람 얼굴 뭐. 아……. 뭐……. 좀 끔찍한 케이스긴 한데……."

강혁은 리처드가 뭔 처치를 하고 보낸 건지 같이 온 간호사에게 들으면서, 또 그 처치가 제대로 된 건지 눈으로 확인하다 말고 한유림을 돌아보았다. 한유림은 퍽 오랜만에 하얗게 질려 있었다. 이런 얼굴을 언제 봤더라.

'아……. 처음 와서 폭탄 테러 터졌을 때 봤구나.'

솔직히 그땐 강혁도 조금 얼이 빠질 지경이긴 했다. 특히 남편의 잘린 머리를 들고 살려달라고 부르짖던 아내의 모습은 아직도 가끔 생각났다. 한유림 또한 그 이후 한동안 악몽에 시달렸었고.

'그 후로도 못 볼 꼴 많이 봤다고 생각했는데…….'

아마 강혁이 공감 능력이 조금이라도 더 발달한 사람이었다면 여기서 안됐다거나, 좀 쉬라고 해야겠다거나 하는 생각이 들었을 테지만, 안타깝게도 강혁은 강혁이었다. 어떤 면에서 보면 사람이 아니었다. 오히려 이런 생각만 들었다.

'아직도 경험이 부족하구만.'

한유림으로서는 어처구니가 없을 만한 생각이었는데, 아쉽게도 한유림은 그런 강혁의 생각따위 읽어낼 수 있을 만큼 정신이 있는 상황이 아니었다.

"내가 전에 얘기 안 했나?"

"응?"

"눈에 나뭇가지 박혀서 온 사람. 눈동자 움직일 때마다 나뭇가지가 움직이는데……."

"아오, 그만."

"그런 거에 비하면 이건 뭐 괜찮지. 아무튼, 빨리 붙어요. 이건 수술방으로 가야 해."

"응? 수술방으로 가도 돼? 또 오는 거 아냐?"

다행히 한유림은 강혁 덕분에라는 말은 쓰고 싶지 않겠지만, 강혁과 함께하는 시간이 길어지면 길어질수록 강해지고 있는 중이었다. 금세 끔찍한 상처의 충격은 잊고 현재 그들이 처해 있는 상황을 떠올릴 수 있었다. 왜 멀쩡한 수술실을 두 개나 두고 응급실에 모든 의사들이 모여 처치 중이겠는가. 환자들이 쉴 새 없이 몰려오고 있는 데다가, 그렇게 몰려오는 환자들 중엔 현재 처치 중인 환자보다 급한 이들도 뒤섞여 있어서였다. 제인의 말에 따르면, 그녀의 유일한 취미라 할 수 있는 타워 디펜스 게임을 하는 기분이었다.

"아……. 지금 거기 페샤와르 병원 의료진들 도착했다잖아. 그리고 거……. 어디라고? 어, 이슬라마바드 대학 병원에서도 출발해서 곧 도착한다더라고."

"그럼, 거기서 그쪽으로 환자 이송해 가나?"

"너무 급한 환자는 리처드가 이렇게 처치해서 보내고, 아니면 싣고 간다네. 그리고 뭐……, 채석장 그거 크기가 크면 얼마나 크겠어. 이제 어지간히 다 구조되었을 기야."

"아……. 하긴."

한유림은 응급실을 돌아보았다. 제인의 지시대로 어지간한 대형 재난이 일어나더라도 어찌 되었건 모든 환자를 수용할 수 있을 만큼 커다랗게 만들어진 천막이었다. 한국대학교 병원에서 단기 팀이 왔을 때를 상정하고 만든 것이기에 엄청나게 컸는데, 그 천막 안에 환자들이 거의 가득 차 있었다. 적어도 서른은 넘었다. 심지어 시신은 제외한 수였다. 이 이상의 환자들이 더 있으리라고는 상상하기 어려웠다.

"그러니까, 수술방으로 갑시다."

"어……. 어, 알았어. 근데……."

한유림은 대번에 이해한 얼굴로 침대에 따라붙었다. 그런 한유림의 눈에 얼기설기 봉합된 환자의 우측 경부가 들어왔다.

"뭐야, 저건?"

"아……. 리처드가 한 처치라던데."

"처치……? 뭔 처치를 했는데?"

"돌멩이 박힌 부분 아직도 못 보겠어요? 그럼 얘기가 안 돼."

뭐가 되었건 간에 같이 수술에 들어갈 인간 아닌가. 어떻게든 현 상태에 대해 이해를 시켜놔야만 했다.

"으."

한유림도 그걸 모르진 않았다. 해서 억지로라도 환자의 얼굴을 들여다보았다. 그러자 아까는 보이지 않았던 것들이 보이기 시작했다.

'아……. 그래, 돌이 사선으로 들어갔어. 저게……. 끝이 어떻

게 생겼을지는 모르겠지만…….'

돌은 좌측으로 날아와 틀어박혔는데, 봉합한 곳은 우측 경부. 그 말은 대량 출혈은 우측 혈관을 통해 흘러나왔을 거란 얘기였다. 저 방향으로 틀어박혔을 때 예상 가능한 지점은 역시 악 동맥이었다. 물론 악 동맥만 딱 묶을 수는 없었다. 저 절개 지점부터 따라붙어서 올라가는 건 절대 무리였을 테니까.

"외경동맥을 묶었나?"

"아……. 그래, 이래야 얘기가 되지. 아니, 그래도 앞에 가지들은 살렸나봐. 후이개 동맥 부근에서 묶었대요."

"오……. 리처드."

"걔 요새 실력 무섭게 는다니까. 가끔은 나도 만족스러워."

강혁은 지금이 바로 그때라는 듯 흐뭇하게 웃었다. 그러다 한유림의 얼굴이 묘하게 변하는 것을 확인하고는 고개를 가로저었다.

"입 싸게 가서 얘기하지는 말고. 아직 멀었어. 걘 너무 쉽게 자만해."

"어, 알았어, 알았어. 멀었지, 그놈은."

"아무튼, 출혈은 없다고 보면 되고. 굳이 묶어놓은 거 풀 필요도 없어요. 귀 뒤 감각이 좀 죽기야 하겠지만……. 여기가 뭐 동상 올 만큼 추운 겨울이 있는 것도 아니고."

후이개 동맥이 기능을 못 하게 되거나, 다른 이유로라도 귓바퀴 감각이 떨어지면 동상이나 화상의 위험이 있었다.

"복시(Diplopia: 물체가 겹쳐 보이는 증상)가 있겠지?"

"100%."

"그럼 어떻게 해? 설마 여기서 재건할 건 아니지?"

"일단 들어가서 보고요."

"어……. 야, 재건은……."

여기서 말하는 재건이란 말 그대로 다시 만들어준다는 뜻이었다. 한유림으로서는 상상조차 잘 가지 않았다.

"자, 그럼 마취합니다."

고민하는 사이 츠요시가 마취를 걸었다. 리처드도, 한유림도 심지어 댄이나 요다, 제인, 미유키 모두 실력이 늘긴 늘었지만, 시간 대비 제일 많이 변한 건 아마 츠요시라 할 수 있을 터였다. 실력만이 아니라, 인성도 변한 참이었으니까.

"오케이. 끝났습니다. 출혈이 거의 없어서 활력징후는 안정적일 겁니다. 근데……."

처음엔 그저 강혁이 무서워서 조심하는 느낌이었다면, 이젠 진심으로 환자를 볼 줄 알게 되었다. 처음으로 이렇게 어려운 세상이 있다는 것도 알게 된 탓일 터였다.

"시간이 얼마나 걸릴까요? 기록 보니까 출혈량 대비 들어간 양이 맞지가 않은데……. 일단 따라가기는 하겠지만, 마취를 너무 오래 걸면 심장에 무리가 갈 수도 있습니다."

"그게 기준이 몇 시간이나 되는데?"

그렇다보니 강혁도 이젠 츠요시의 의견을 묻기 시작했다. 사실 집도의가 수술실에서 마취과의 의견을 묻는 건 지극히 당연한 일이었지만, 워낙 강혁에게 무시만 당해왔던 츠요시는 감동

할 수밖에 없었다.

5……. 아니, 6시간까지는 제가 어떻게든 버텨보겠습니다."

해서 공수표까지 날려댔다.

"오케이, 그렇게 해봐. 재건……. 음. 필요할 거 같긴 하거든? 최대한 빨리 해볼게."

"네."

츠요시는 강혁이 뭔 수술을 해도 자신이 말한 시간 내에 할 거라 믿었다. 오히려 믿음이 부족한 이는 한유림이었다. 재건이 뭘 의미하는지 알아서였다.

"야, 야……. 재건은……. 재건은 2차 수술로 하든지 해야지."

"2차? 얼굴에 구멍 난 채로 있자고? 남의 얼굴이라고 이 사람이거. 아주 몹쓸 사람이야."

"아니……. 야……. 이거……. 지금 어떻게……."

"일단 소독부터 해요. 왼쪽 다리 다 닦아."

"나 혼자?"

"음."

허벅지 살을 뗀다고 해서 허벅지 앞면만 대강 닦아도 되는 건 아니었다. 지금 강혁이 하려는 재건술은 유리피판술이라고 해서 영 다른 곳에서 살을 떼다가 붙여주는 방식 아닌가. 애초에 혈액순환이 정상이 아니란 뜻이고, 감염에 취약하다는 뜻이었다. 평소보다도 더 신경 써야 했다.

"뭔 걱정이야. 샘이 있는데. 샘 힘 세더라."

"아……. 샘."

"같이 빨리 닦고, 허벅지 열어서 혈관 찾고 있어요."

"백 교수는?"

"난 돌 뽑아야지. 왜, 이거 할래요?"

"아, 아니. 아냐. 다리……, 다리 할게……."

한유림은 돌멩이에서 힘겹게 시선을 떼어냈다.

"샘, 일단 발부터 좀 닦을까?"

"아, 네. 그리고 이거 들면 되나요?"

"어. 들면 내가 다 닦고 다시 들 테니까, 그때 드랩 쳐줘."

"알겠습니다. 근데……. 괜찮으시겠어요?"

샘은 한유림의 얼굴을 들여다보며 물었다. 백강혁 따라다니면서 운동을 하는 거 같긴 했지만, 뭐가 되었건 예순 넘은 노인 아닌가. 어디 군에 있었던 사람도 아니고, 평생을 의사만 했던 사람이었다. 힘이 좋을 거라 기대한다면 그게 더 이상한 일이었다.

"응? 아, 이거? 괜찮아. 괜찮아. 저기보단 나아."

"음, 뭐. 알겠습니다. 힘들 거 같으면 카심이라도 부를게요."

"어……. 뭐, 그래."

강혁은 베타딘을 잔뜩 적신 솜으로 환자의 얼굴을 문대면서 생각을 정리했다. 한쪽 얼굴이 아예 박살이 난 상황이다보니 생각은 복잡할 수밖에 없었다. 다른 곳이라면 재건이라고 해봐야 별거 아닐 수도 있을 테지만 얼굴은 그 기능이 너무 많은 데다가, 너무 다양한 기관과 유기적으로 연결되어 있었다. 눈, 코, 입도 아닌, 뺨인데도 그랬다.

'위로는 눈……. 바닥이 아예 내려앉았지. 이대로 두면 절대

안 돼.'

이렇게 눈이 내려앉은 상황에서 어설프게 상처가 회복된다면 환자는 영영 물체를 둘로 봐야 할 터였다. 그 말은 차라리 왼쪽 눈을 포기하느니만 못한 상황이 벌어질 거란 얘기였다.

'이건 밑에서 받쳐줘야지. 근데……. 받쳐줄 만한 뼈가 있으려나? 다 깨진 거 같은데.'

'그럼 덩어리로 재건해야 한다는 건데…….'

'오케이. 이것저것 재지 말고……. 허벅지 살 이용해서 통짜 재건으로 가자.'

강혁은 생각을 굳히며 소독을 끝마쳤다. 아무래도 소독 범위나 어려움이 말도 못 하게 차이가 났기 때문에 샘과 한유림은 여전히 다리를 든 채 낑낑거리고 있었다.

"야, 좀 똑바로 들어."

"지금 발가락만 잡아서 들고 있거든요?"

"그게 무슨 핑계가 되지?"

"무겁……, 무겁다고요."

"운동 좀 해."

정정하자면 샘이 낑낑거리고 있었고, 한유림은 투덜거리고 있었다. 어떻게 보면 늑장 부리는 것처럼도 보이긴 했지만, 강혁은 무시하기로 했다. 어차피 재건을 제대로 시작하려면 시간이 꽤 걸릴 테니까. 게다가 이미 상처 부위는 돌멩이로 인한 감염 위험이 올라간 상황이지 않은가. 소독이라도 최선을 다해서 그 위험도를 조금이라도 낮춰야만 했다.

"좋아. 흠……."

해서 강혁은 혼자 손을 닦고, 간호사에게 가운과 장갑을 받아 끼고 환자의 얼굴을 내려다보았다. 그렇게 환자를 움직이고 어쩌고 했음에도 불구하고 돌멩이는 딱 그 자리에 박혀 있었다. 마구잡이로 뽑아내면 자칫 안구에 손상이 갈 수도 있었다. 그러나 강혁은 평소처럼 메스로 틈새를 더 늘릴 생각은 하지 않았다. 대신 손가락 하나를 환자의 입안에 밀어 넣었다. 그러곤 돌멩이의 끝을 톡 하고 밀었다.

"오케이."

강혁은 그렇게 조금 더 빠져나온 돌멩이를 놀라운 악력으로 잡아서 당겨 뽑았다. 덜그럭 소리와 함께 피에 젖은 돌멩이가 수술대 위에 나뒹굴었다.

'큰 출혈 없고, 좋아.'

그저 새어 나오는 출혈이 있을 따름이었는데 몇 번 전기 소작기를 만지작거리자 모조리 멈춰버렸다.

강혁은 그렇게 더 깨끗한 시야를 만들고 난 후, 손가락으로 자꾸만 아래로 처지는 눈동자를 밀어 올렸다. 대략 1cm를 밀어 올리고 나서야 우측과 높이가 맞을 정도로 심하게 내려앉아 있었다.

"허."

그 모습을 같이 보고 있던 츠요시와 간호사의 입에서 한숨이 터져 나왔다. 지나친 반응은 아니었다. 안구가 대롱거리는 모습은 공포 영화에서조차 쉽사리 볼 수 있는 장면은 아니지 않은가.

설마하니 파키스탄까지 봉사 와서 이런 걸 보게 될 거라고는 감히 상상도 못 했을 터였다. 심지어 이 자리에서 강혁을 제외하면 제일 경험이 많은 한유림조차 의식적으로 눈길을 피하고 있었다.

"일단 티타늄 메시 좀 줘볼까? 보통 뼈는 재건하기가 골 때리거든. 특히 눈알 감싸고 있는 근육은 얇아서 어디서 떼어내기가 어려워. 턱이야 뭐……. 가능할지 몰라도, 이런 데는 안 된다고. 여기 뼈 들어가겠어?"

"안…… 들어가나요?"

"응? 당연히 안 들어가지. 여기 뭐 공간 있다고 해봐야……. 보라고. 물 얼마나 들어가나. 기껏해야 10에서 15 정도라고."

"아……."

주사기로 피 뽑을 때 보면 어쩐지 많은 양이라고 느껴질 수도 있겠지만, 물로 치환하면 10g에서 15g 정도밖에 안 되는 양이었다.

"그래서 이런 걸 그물처럼 펴서 넣는 거야. 잘 봐."

"오……."

"티타늄이다보니 얇아도 진짜 단단해. 엄청 잘 버텨. 봐봐. 나 지금 손가락으로 눈알 부분 안 누르고 있거든? 근데 어때."

"안 내려가요. 이러면 된 건가요?"

"아니."

강혁은 간호사의 흥분을 단숨에 가라앉게 만드는 말을 하면서 티타늄 메시 가장자리를 누르고 있던 손가락에 힘을 뺐다. 그러자 눈알이 다시 내려앉는 정도를 넘어 아예 티타늄 메시가 상악

동 공간 뒤편으로 힘없이 떨어져 내렸다.

"뼈가 조금이라도 남아 있으면 이거 끼워 넣으면 바로 재건이 돼. 내가 아는 이비인후과 선생 중에는 그냥 내시경으로 하는 양반도 있는데……. 이 환자는 그게 안 된다고."

"그럼 어떻게 해야 하죠?"

"다리는 괜히 닦겠냐. 앞에 살 재건하면서 이거 고정시키면 돼."

"아……."

"그래서 말인데. 이제 다 닦은 거지?"

기대했던 대로 환자의 다리는 다 닦인 것으로도 모자라 드랩까지 싹 되어 있었다. 바로 칼을 대면 될 수준이었다.

"응, 아……. 샘이 약골이라 좀 걸렸는데. 그래도 내가 힘이 세서 다행이지 뭐야."

"샘……."

강혁은 다리 쪽으로 이동하며 샘을 바라보았다. 강혁 특유의 사람 기분 나쁘게 하는 눈을 하고서였다. 당연하게도 샘은 즉각적으로 반응했다.

"아니, 저는……. 저는……."

"군인 출신이라고 해서 놔뒀는데……. 안 되겠어."

"네?"

"오늘부터 일과 끝나면 너도 옥상으로 따라와."

"어……."

"지옥 훈련이다."

강혁은 누군가의 삶에 청천벽력과도 같은 말을 내뱉고는 환자의 다리를 내려다보았다. 날벼락을 맞은 샘이 뭐라 중얼거리려 했으나, 손사래를 치며 제지했다.

"시끄럽고. 디자인해야 되니까……. 다들 조용히 해봐."

"어……."

"쉿."

"네."

그러곤 다리를 주물거리며 환자의 얼굴을 가만히 바라보았다.

'바깥으로는 대략 4×3cm 정도의 상처가 있으니까……. 거긴 살로 메우고. 안쪽으로는 흠……. 부피 $14cm^3$가량…….'

이것만 해도 충분히 복잡한 계산인데, 변수는 하나 더 있었다.

'실제로 유리피판술을 하고 나면 근육은 쪼그라들게 되어 있어. 대략 20% 정도 쪼그라든다고 보면……'

바로 근육의 변화였다. 강혁은 그것까지 다 머릿속에 욱여넣고 계산을 마쳤다. 이렇게 보면 시간이 꽤 걸렸을 거 같지만, 남들이 볼 때는 찰나였다.

"좋아. 계산 끝. 칼."

"칼!"

"아, 네."

정말이지 찰나였기에 샘은 조금 당황했다. 지금 하려는 게 분명 유리피판술 아닌가. 샘이 지금껏 메인으로 들어가던 수술은 아니긴 했지만 그래도 유리피판술이 어떤 수술인지는 대강 알고 있었다.

'재건술만 따로 전문으로 하시는 분들이 계시지 않나?'

딱히 샘이 미국인이라 이런 생각을 하는 건 아니었다. 대한민국에도 재건만 하는 재건 전문의들이 있는 병원들이 있었으니까.

"뭐야, 디자인은?"

옆에 있던 한유림이 고개를 갸웃거렸다. 일단 강혁이 칼을 들었으니 보조는 시작했지만 표정은 납득하지 못한 기색이 역력했다. 그도 그럴 것이 지금 환자의 얼굴 상태가 너무 엉망이지 않은가.

"했어, 머리로."

"머리……. 머리로? 그리지도 않아?"

"아, 일단 봐봐요. 칼로 대면 그때 보면 되지."

"그……."

물론 한유림의 걱정은 그리 오래가지 않았다.

'실력이 그새 또 늘었나? 아니면 원래 이 정도인데 발휘할 기회가 없었나.'

이놈이 하겠다고 나서면 제아무리 황당한 일이라 해도 어쩐지 믿음이 갔다. 강혁은 메스로 우선 허벅지에 절개를 넣었다. 아까 계산한 것에 비하면 꽤 길었다. 강혁은 기다란 타원형 형태의 절개를 넣고는, 그 안에서 계산했던 모양대로 칼집을 따로 넣었다. 그제야 한유림은 이게 이식될 모양이라는 걸 알 수 있었다. 눈대중으로 대강 맞춰보니 완벽했다.

"음……."

"뭐, 알겠어요?"

"알면 안 되냐?"

"아니, 알아야지. 이젠. 말해봐. 어디가 어디로 매칭되는지."

"어……."

어디가 어디로 매칭이 되냐고? 한유림은 잠시 당황한 눈으로 환자 얼굴에 난 구멍과 방금 강혁이 허벅지에 낸 칼집을 비교했다. 옛날 같았으면 이게 뭐 하는 짓인가 싶었을 텐데, 이젠 아니었다. 눈에 보였다.

"여기……. 이거 긴 부분이 뒤로 가고……. 이 밑에 둥글게 넣은 부분이 좌우 아래로 가는 거지?"

"이제 아주 개눈깔은 아니네."

"야, 처음부터 개눈깔은 아니었어!"

강혁은 한유림에게 딱히 더 관심을 두지 않았다.

"일단 당겨요."

"어? 어."

그저 환자의 허벅지에 집중할 뿐이었다. 한유림은 절개 틈새를 벌려주었다. 그러자 강혁은 어렵지 않게 허벅지의 관통 동맥 다발을 찾아낼 수 있었다.

"오케이."

덤덤한 어투로 중얼거리고 있으나 한유림이 볼 땐 이것도 썩 대단한 재주였다.

'나도 뭐 시간만 주면 어렵지 않게 찾지. 찾는데…….'

이렇게 빨리 찾는 건 무리였다.

'아……. 그래서 아까 리처드 얘기하면서 대견하단 표정을 지

었나.'

그러고 보니, 리처드가 했다는 처치를 들으면서 강혁이 껄껄 웃지 않았던가. 아마도 좌측의 안면 동맥을 살려서일 터였다. 그렇게 되면 우측 안면 동맥을 마음대로 쓸 수 있으니까. 뭐가 되었건 간에 초기 처치하는 사람은 생명에 지장이 없는 한 최대한 원래 있던 구조물을 살리는 데 집중할 것. 이것이 외상 외과의, 그리고 강혁의 철칙이었다.

"근육은 이 정도로 하면 되겠어. 다행히 이 사람이 허벅지에 지방이 거의 없네."

"음……. 그러게. 허벅지에 지방 많이 껴 있으면 골치 아픈데."

순수하게 집도의 눈으로 보자면 지방은 적으면 적을수록 좋았다. 지금도 그랬다.

"오케이. 이렇게 하면 되겠어. 묶을 거."

"네."

강혁은 아까 본인이 생각했던 만큼의 부피로 근육을 잘라내었다. 근육이라는 게 일종의 핏덩이라 피가 꽤 나는 게 보통인데, 지금은 그렇지도 않았다. 이미 강혁이 타이를 한 번 시행하기도 했고, 어느새 칼이 아니라 보비를 쓰고 있기 때문이기도 했다.

"노인네 뭔 생각을 그렇게 해. 연기라도 좀 빨아야지."

"아, 미안. 미안."

그 때문에 허벅지 내부엔 연기가 자욱하게 끼어 있었다. 한유림은 너스레를 떨며 석션을 이용해 연기를 제거했다. 그사이 강혁은 타이에 쓸 실크를 간호사에게 받았다. 그리고 미리 클램프로 잡아두었던 관통 동맥 및 정맥 다발을 하나하나 묶기 시작했다.

"컷."

"응."

"좋아. 이거 일단 식염수에 담가두고."

"네, 교수님."

"위로 가자고."

그렇게 시간을 번 강혁은 다시 한유림, 샘을 데리고 위로 향했다. 아까 돌멩이 뽑고 대강의 출혈만 정리한 채 내려왔기 때문에 상처는 참혹한 모습 그대로를 간직하고 있었다.

"일단 이리게이션."

"네."

"처음에는 그냥 생리식염수로 주고……. 이따 말하면 베타딘 섞어서 줘."

"네."

강혁은 우선 내부를 씻어내기로 작정했다. 모든 수술의 기본은 시야 확보에 있으니까. 물론 강혁이야 이런 과정이 없어도 다 보이긴 했지만, 수술은 혼자 하는 게 아니지 않은가.

"석션."

"응."

"샘, 넌 거기……. 그래, 거기 좀 당겨봐."

"이거, 이거 설마……?"

"응, 비중격이야. 우측 코 바깥쪽 뼈는 날아갔어. 그거 얇은 거 보이지? 그게 원래 있던 뼈야."

"하……."

샘은 자신이 기구를 걸었던 부위가 코 가운데 구조물이었다는 걸 깨닫고는 한숨을 내쉬었다. 여태 간호사로 일하면서 볼 거 못 볼 거 다 봤다고 생각했는데, 오산이었다. 세상은 넓고, 못 볼 건 아직 많이 남아 있었다.

"근데 이렇게 되면 이 사람 숨은 어떻게 쉬어?"

"비중격에 구멍 크게 났잖아요. 작으면 휘파람 소리 나서 불편한데……. 이만큼 크면 오히려 숨은 잘 쉬어져. 양쪽 코로 쉬는 거랑 같지, 뭐."

"한쪽 코는 없잖아?"

"없기는 왜 없어. 그거 다 계산해서 자른 건데."

"아……. 그런 거야?"

"그렇지."

남들은 심혈을 기울여도 될까 말까 한 일을 아까 그 잠시 동안 해낸 강혁은 덤덤한 어투로 중얼거리며 뼛조각을 건져 올렸다. 한유림 또한 물만 석션하는 게 아니라, 기구로 집기 어려울 정도로 작은 조각들이나 돌가루 등을 제거했다.

"오케이. 이제 베타딘으로 한번 싹 닦아내자고."

"네."

그렇게 한 10분 동안 낑낑대고 있으려니 수술 부위가 깨끗해졌다.

"좋네. 그럼 다시 칼."

"네?"

거기서 뜬금없이 칼이라니. 보조로 들어온 간호사가 당황스러울 만한 순간이었다. 가뜩이나 경험이 없는 사람이라 더더욱 그랬다.

"뭐야, 칼 줘. 혈관 이어줘야지."

"어, 그러니까……. 잇는데 왜 칼이……."

"아, 신규지. 혈관이 있어야 이을 거 아냐. 이제 이쪽 목도 째서 안면 동맥 찾을 거야."

"아……. 근데……."

신규 간호사는 샘의 관리 감독하에 상당히 혹독한 교육을 견디고 있는 와중이었다. 인력이 충원되고, 그로 인해 시간적 여유가 생긴 의료진들에게도 교육을 받고 있었다. 그러다보니 어느 정도 해부학 지식이 생겼는데, 그래서 더 이상했다.

"목에 있는 안면 동맥을……. 저 얼굴 구멍에 넣은 조직 혈관이랑 어떻게 이어요?"

"오."

좋은 질문이었다. 해서 강혁은 웃었다.

"이따 보면 알아. 터널링이라고, 아주 좋은 기술이 있어."

"터널……?"

설마하니 얼굴에 터널을 뚫는다는 소린가? 에이 설마. 간호사 또한 말도 안 되는 일이라 여기며 웃었다. 강혁은 간호사의 미소를 뒤로한 채 메스로 환자의 우측 경부에 절개를 넣었다. 목에 넣는 절개라 하면 어쩐지 하방을 생각하기 쉽겠지만, 지금의 절개는 거의 턱뼈에 근접해 있었다. 외경동맥이 갈라지고 나서도 더 위쪽을 후벼야 하니 어쩔 수 없는 일이었다.

"오케이. 여깄네. 안면 동맥."

강혁은 절개가 들어갔나 하는 순간에 벌써 동맥을 찾아냈다. 그 순간 샘과 한유림의 눈이 마주쳤다.

'말도 안 되는 일인데?'

'이게 백강혁이야, 얘야.'

뭐 이런 눈빛을 나누면서였다. 말 그대로 미친 속도라 할 수 있었다.

"모스키토 줘봐. 이제 이거 따라서 최대한 박리해야지."

"아, 네."

"한 교수님도 잘 봐요. 많이 해봤겠지만, 그래도 보긴 봐야지?"

"응? 어, 응. 봐야지."

"박리 됐고. 멧잼 줘봐. 터널링 한다."

'내가 실력이 늘어서 얘 실력이 이제 더 보이는 건가…….'

어쩌면 이제야 비로소 강혁의 진면목을 제대로 볼 수 있게 된 것일 수도 있었다.

"오케이 됐어. 아까 뗐던 거 줘봐."

"네."

강혁은 세계 최고라거나, 괴물이라거나 하는 말들이 모두 진부해 보일 정도의 실력을 보여주고 있었다. 지금도 그렇지 않은가. 메스 들고 깨작거린 지 얼마나 됐다고 허벅지에서 뗐던 살이 들어가고 있었다. 심지어 티타늄 메시를 대어줄 위치까지 다 고려한 모양이었다.

“어……. 아래도?”

“응? 아, 아까 다리 쪽 가 있었지. 입안에 한번 봐봐.”

“응?”

한유림은 생각했던 것보다 메시가 하나 더 들어가는 게 이상해서 물었고, 강혁은 환자의 입을 벌려주었다. 불까지 비춰주었는데, 그렇게 들여다보고 나서야 왜 이렇게 했는지 알 것 같았다. 환자의 우측 입천장 아치가 무너져 있었다. 곧 이쪽 뼈도 망가져버렸단 뜻이었다. 용케 점막 손상은 피한 모양이지만 그것만으로는 식사는 절대 불가했다.

“아……. 어쩐지 아까 코 바닥 부위가 좀 이상하더라니. 이거 괜찮나?”

“이쪽으로는 이제 너무 딱딱한 건 못 먹지.”

“뼈로 재건하는 건?”

“입천장을 뼈로 어떻게 재건해. 그럴 거면 광대를 살리지. 근데 광대 앞쪽의 뼈 손상이 생각보다 크진 않잖아. 이 정도면 안구 처지는 것만 해결되면 굳이 그럴 거 없어.”

“아……. 그런가?”

“이 양반이 이거 너무 쉽게 쉽게 수술하니까 감 떨어지셨나. 뼈 재건이 얼마나 큰일인데. 턱뼈 아니고서는 어지간하면 안 하는 게 낫다고. 논문 안 봐요?”

‘뼈는 얘기가 좀 다르지.’

한유림은 그동안 해왔던, 몇 안 되긴 하지만 그래도 인상적이었던 재건술을 떠올렸다. 그중 제일 기억에 남는 건 역시나 이현종 대위 아니, 이현종 의원의 재건이었다. 종아리뼈를 이용했었는데 그 때문에 이현종은 평생 다리를 절어야만 했다. 그 정도의 기능 결손을 감수할 수 있어야 선택 가능한 것이 뼈 재건술이었다.

"옳지, 나왔고."

한유림은 과거 회상에 빠진 와중에도 빈틈없는 보조를 해냈다.

"살짝 당겨요. 당겨서 빼. 괜찮아, 내가 최대한 길게 빼 왔으니까."

"어……. 어. 실 잡아서 당긴다?"

"뭘 다 알면서 물어봐. 누구 설명 들어야 되는 사람이라도 있어요?"

"여기 신규 있잖아. 아까 보니까 그래도 해부 열심히 공부한 거 같던데. 카심이 수술방 간호사로 키우는 거 아냐?"

"아, 하긴. 그래, 그럼 좀 열심히 설명해봐요. 실이 뭐야. 어디 묶은 실이다 정도는 말해줘야지."

"너는 나 안 갈구면 어디 덧나는 병이라도 걸렸냐?"

"아니, 그건 아닌데. 그냥 그렇게 태어났어."

"어우."

한유림은 고개를 절레절레 흔들고는 간호사에게 대략적인 설명을 해주었다. 남들 같았으면 멘탈에 상당한 상처를 받았겠지만, 한유림에게 이제 이 정도는 간에 기별도 안 가는 느낌이었다.

"자, 터널링이라는 게……. 이 살 밑으로 구멍을 내는 건데……. 다행히 이 절개 부위에서 여기까지는 길이가 짧아요. 그래서 혈관을 이렇게 빼기가 좋아. 근데 혈관 당길 때 혈관 자체를 잡아서 당기면 어떻게 될까?"

"손상……. 손상이 올까요?"

"그렇지. 그래서 이미 혈관 묶느라고 실로 타이를 했잖아요. 그 실을 잡아서 당기면 아주 쉽게 내려오지. 솔직히 이건 터널링이라고 하기도 뭐한 게……. 길이가 워낙 짧네."

"근데 지금처럼 혈관이 바깥쪽에 위치해도 되나요? 여기 살 누르면 혈관 그대로 눌릴 거 같은데."

"이야, 좋은 질문인데? 당연히 안 되지. 근데 사람 몸이라는 게 정말 신기해서……. 이대로 시간 지나잖아요? 그럼 신생 혈관이 생겨서 저 뒤로 다 이어져. 나중에는 이 혈관이 없어도 될 지경이 된다고."

"아……. 와, 그렇게 되는구나."

해서 간호사는 한유림에게 아주 양질의 강의를 들을 수 있었다. 그 간호사뿐만이 아니라 샘이나 츠요시도 마찬가지였다. 어디 가서 유리피판술에 대한 얘기를 듣겠는가. 같은 의사라 해도 분야가 다르면 평생 모르고 사는 게 대부분이었다.

"오케이. 잘 뺐네. 그럼 이어볼까."

"응. 동맥은 내가 할까?"

"그러죠, 뭐. 정맥은 내가 하지."

"내기는 뭐 할래?"

"사람 뻔뻔한 거 봐라, 이거. 동맥이 누가 봐도 쉬운데 내기를 해?"

"넌 백강혁이잖아. 태어난 게 반칙이야, 너는."

적반하장이라는 게 바로 이런 걸까? 한유림은 교과서를 보나, 경험적으로 보나 압도적으로 쉬운 동맥 문합술을 가져간 주제에 당당하기 그지없었다. 그럼에도 츠요시나 샘은 한유림 편을 들었다. 듣고 보니 강혁은 존재 자체가 반칙인 사람이 맞았기 때문이다.

"그래요, 한 교수님 말씀이 맞네요."

"그래, 샘. 좋아. 너는? 츠요시 너는 왜 가만히 있어?"

하지만 츠요시는 이미 마음속 깊은 곳부터 강혁에게 굴복한 몸이었다. 그에게 강혁에 대한 반항을 기대하는 건 너무 가혹한 일이라 할 수 있었다.

"저는……. 모든 승부는 공정……."

"공정? 아니, 저 인간은 출발선이 저 앞에 있다니까? 그리고 나 예순이야. 눈 침침해."

"얼마 전에 2.0 나오는 거 봤는데요."

"그거……? 그거 교정시력이지. 나안은 안 그래."

"지금 안경 꼈잖아요."

"이 쪽바리 놈이?"

해서 강혁에게 붙어 있는 모습을 보였더니, 결국, 한유림이 폭발했다. 그럼에도 츠요시는 딱히 놀라거나 하지 않았다. 강혁이 그를 보고 웃어주었기 때문이다. 방파제가 이런 느낌일까? 아니면 종교가 이런 느낌일까? 이보다 더 큰 안정감은 느껴본 적이 없는 듯했다.

"어허, 쪽바리라니. 츠요시도 다 인격이 있는 사람인데. 너무 하네."

"쪽바리라는 소리는 네가 제일 많이 했잖아."

"그때는 츠요시가 정말 이상했고, 지금은 회심했잖아. 돌아가면 3·1 운동도 한다는 애한테, 어? 그게 어른이 할 말이에요?"

"아니……. 그래, 그건 내가 잘못했다. 그래도 내기는 해."

"뭔 내기를 하려고. 뭘 원하는 거야. 개뿔도 없는 곳에서 뭔 내기를 해?"

개뿔도 없다라. 확실히 그런 곳이긴 했다. 하지만 내기라는 게 물건을 걸어야 하는 건 아니지 않은가. 오히려 없는 곳이라서 뭐든지 걸 수도 있는 법이었다.

"당직. 당직 걸자."

"당직……?"

"그래. 한 달 풀당. 실력 모자란 놈이 연습해야지."

"흐음……."

한 달 풀당이라. 다른 곳에서라면 말이 풀당이지, 잠도 잘 자고 환경도 좋을 것이다. 하지만 이곳은 좀 달랐다. 이전보다야 환자가 줄었다고 하지만 그건 외상 환자에 한한 얘기일 뿐이었다. 그리고 오늘 일을 보면 딱히 외상 환자가 줄었다는 말도 하기 어려운 상황이었다.

'연습 되게 했나보지? 그것도 동맥으로.'

어지간히 자신이 있지 않고서야 걸 수 없는 내기였다. 한유림이 리처드처럼 충동적인 캐릭터는 아니니, 뭔가 믿는 구석이 있단 뜻이었다.

'그러고 보니 요 며칠 좀 늦게 들어오는 날이 있었지.'

미유키랑 데이트라도 하나, 뭔가 진전이 있나 했는데 역시 아니었다.

'연습이라도 했나본데? 뭘 갖고 한 거야, 대체.'

여기 뭐가 있다고 했을까? 강혁은 고개를 갸웃거렸지만, 이내 뭘 했건 상관없다는 걸 깨달았다. 한유림이 싸움을 걸고 있는 상대가 다름 아닌 나 자신 아닌가. 감히 강혁에게 수술로 승부라니. 치매가 왔나 싶었다.

"해, 그럼."

"콜이야?"

"콜."

"그래, 간다."

반면 한유림은 그간 쥐덫을 이용해 잡은 큼지막한 쥐들을 떠올렸다. 적어도 동맥이라면 지지 않을 자신이 있었다.

"어어, 봉합 기구 먼저 쥐지 마!"

"유난은……. 환자 치료하는 게 우선이지, 내기가 우선인가? 인성이 그거밖에 안 돼요?"

"멘탈 흔들지 마……. 한 달 당직, 이건 커. 아주 귀하다고."

이해가 안 가는 일은 아니었다. 세상에 한 달 당직이라니? 그 말은 곧 이기면 매일매일 밤에 산책도 할 수 있고, 또 적은 양이지만 음주도 즐길 수 있다는 얘기였다. 심지어 주말에는 아예 낮에 듀티가 없으니 교외에 나가볼 수도 있었다. 이젠 한구 병원 사람들이라고 하면 어느 정도 현지인들이 존중해주기 때문에 적어도 안전을 걱정할 필요는 없었다.

"자, 하나, 둘, 셋 하면 해. 아니 지금 말고. 내가 세면 해."

"알았어요, 알았어."

지는 사람은 한 달간 풀당직을 서야 하는 상황. 한구 병원의 당직은 설렁설렁 넘어가는 날보다 그렇지 않은 날이 더 많지 않던가. 이기는 순간이 달콤한 만큼, 지는 순간은 끔찍해진다는 뜻이었다. 그럼에도 강혁은 전혀 긴장하고 있지 않았다.

'오늘 움직이는 거 보니까……. 확실히 미세 움직임이 좋아지긴 했는데…….'

미안한 얘기지만 그 정도 가지고는 턱도 없었다. 강혁은 늘 한구 병원의 한정된 자원을 상정하고 일하는 사람 아니던가. 정말 필요할 때 아니면 죽을힘을 다하는 경우가 없었다. 이 수술하고 또 언제 다음 수술에 들어갈지 모르니까.

'오늘은 좀 최선을 다해볼까.'

대체 얼마나 우스워 보였으면 이 양반이 고작 동맥과 정맥 나눈 것만으로 이렇게까지 내기를 걸까.

"시작할까?"

강혁의 눈빛이 진중해진 만큼이나 비릿한 기운이 수술실 안을 가득 채웠다. 다른 사람은 몰라도 한유림은 저 표정이 의미하는 바를 아주 잘 알고 있었다. 자신의 승리보다는 상대의 불행을 확신하는 얼굴. 지금껏 강혁의 저 얼굴을 마주한 사람들이 다 어떻게 되었던가.

'어……. 시발 무를까?'

튼튼이 연습하는 동안 단단하게 쌓아 올렸던 자신감이 삽시간에 와르르 무너져 내리는 듯한 기분이 들었다. 마음이 약해지려는 찰나 샘과 눈이 마주쳤다. 남몰래 하던 연습을 돕던 샘. 심지어 쥐 잡다가 물려서 파상풍 주사를 맞은 적도 있었다.

'교수님……. 백강혁 이 새끼 한 번만…….'

환청이 들리는 듯했다.

'알았다……. 내 한번 해볼게.'

진심은 통한다고 했던가? 한유림은 샘의 눈빛에 고개를 끄덕인 후 봉합 기구를 힘주어 잡았다. 강혁이 볼 때는 이미 그때부터 패착이었다.

'기구는 젠틀하게 잡으라니까……. 연필 쥐듯이.'

한유림이 봉합 기구로 실을 집었다. 노인네가 현미경은커녕 루페도 없이 집은 것만으로도 대단한 기예였는데, 아쉽게도 이 자리에는 그런 것으로 놀라줄 사람이 더 이상 없었다. 츠요시도 처음엔 일본에서 보던 의사들과 비교하면서 호들갑을 떨었지만 아무리 놀랄 만한 일도 맨날 보다보면 일상이 되는 법이었다.

"해?"

"숫자 세면."

"그럼 빨리 세요."

"알았어. 하나, 둘, 셋! 응?"

한유림은 셋을 세고 나서야 강혁은 아직 아무것도 들고 있지 않다는 것을 깨달았다.

'설마 저런 꼼수로 승부를 무효로 돌리려는 건 아니겠지?'

이 수술에서 혈관 문합술은 이걸로 끝이었다. 그러니까 이 승부가 무효가 되면, 아까 걸었던 내기도 무효가 된다는 뜻이었다. 강혁 정도 되는 사람이 그따위 치졸한 짓을 할까 싶기도 했지만, 알 수 없는 일이었다.

'최선을 다한다는 게 꼭 술기에만 해당되는 건 아니지.'

강혁은 요동치는 한유림의 눈동자를 보면서 만족스러운 미소를 지어 보였다. 복잡하고 또 어려운 혈관 문합술의 세계에서 멘탈의 중요성은 아무리 강조해도 모자랄 지경이었다. 게다가 집중한 강혁의 봉합술은 거의 미친 수준이었다.

'어……. 안 돼.'

한유림이 정신을 차렸을 땐, 이미 정맥의 절반가량이 이어진 다음이었다. 이쪽은 이제 한 땀 뜨고 있는 상황이었으니 승부는 보나마나였다. 그리고 강혁은 그런 상황을 즐길 줄 아는 사람이기도 했다.

"한 달이면……. 다음 달이 31일까지던데. 31일 동안 풀당인가?"

"아니……."

"어어, 집중하시고. 혼잣말인데. 왜 대꾸를 해."

"아……."

"힘들겠네……. 생각해보니까 아까 그 채석장 사고에 데니스가 도우러 갔던데 그 대가로 사업 몇 개 더 따낼 거 같거든. 그럼 아무래도 일자리가 생기니까 좀 더 사람들이 몰려들 거고 그럼 외상이……. 하이고…….”

강혁은 자신이 중얼거릴수록 불그죽죽해지는 한유림의 얼굴을 보며 마지막 땀을 끝냈다. 그에 반해 한유림은 이제 겨우 몇 땀 끝내지 못한 상황이었다. 승자는 두말할 것도 없이 강혁이었다.

“기왕 진 거 최선을 다합시다. 아까 그랬잖아. 실력이 모자라면 연습해야 된다고. 자아 성찰이 아주 대단하셔.”

“으…….”

“그렇다고 막 개판 치지는 말고. 이 사람 얼굴도 이런데 만약 이거 썩어봐. 그럼 그 원망 어떡할 거야.”

“하……. 알았다…….”

틀린 말이 하나도 없었다. 최선을 다하기는 해야지. 해서 한유림은 속도는 포기하고 천천히 차분하게 봉합을 마쳤다.

그렇게 동맥이 연결되고 동시에 혈관을 막고 있던 집게를 풀자마자 피가 콸콸 통했는데, 정맥 쪽은 정말이지 든든한 하수도 같았다.

“좋은데.”

한유림은 애써 한 달간의 당직을 잊기 위해 밝은 목소리로 말했다.

“음. 좋네. 피 나올 때까지 걸리는 시간도 그렇고 색도 그렇고. 그래도 여긴 정말 터널링 만들어서 연결한 곳이라 잘 보긴 해야 해. 가뜩이나 얼굴 움직임에 딱 걸리는 곳이기도 하고.”

“응. 잘 봐야지. 요다가 잘 보지 않을까?”

“뭔 소리예요? 이제 한 달간 당직인데. 뭘 요다가 봐. 다 한유림이 보는 거지."

"아……. 나 진짜 한 달 당직 서?"

"왜 갑자기 허리를 굽혀요?"

강혁의 말에 한유림은 민망한 얼굴을 하면서 허리를 꼿꼿이 폈다. 망할 놈의 강혁 때문에 하도 코어 운동을 해서 그런가 어지간한 20대보다도 자세가 좋았다.

"티, 티 나?"

"티가 나지 그럼. 내가 바보야?"

"하……. 근데 나 진짜 한 달은……."

"그러게 왜 입을 털어, 털기는."

"좀 봐줘……."

"그건 좀 그렇고. 대신."

"대신?"

강혁의 말투에서 한유림은 희망을 보았다. 샘은 그런 한유림을 보면서 정말이지 어이없다는 생각이 들었다. 도대체 여기서 뭔 희망을 볼 구석이 있다고 얼굴이 밝아지는 걸까?

"이번에 장 원장님이 노예……. 아니, 단기 팀 모집하러 갔잖아."

"아, 어. 어, 그래, 그래. 그거 어떻게 됐어?"

한유림은 샘이나 다른 이들이 어떤 눈으로 보든 강혁에게 매달렸다.

"어제 연락 왔는데, 일단 치과랑 안과 위주로 팀이 꾸려질 거래요."

"치과랑 안과……? 치과는 군의관 때도 응급실 당직 안 서던 애들인데 여기 와서 뭘 해."

"북인도 쪽에 치과랑 안과 버스가 있대요. 그거 끌고 올라와서 검진한대. 임플란트는 무리더라도……. 뭐, 사랑니나 충치 같은 것만 해결해줘도 어마어마하지."

"그래, 그건 뭐. 도움이 되겠지."

하지만 한유림에게는 말짱 꽝이었다. 그는 외상 외과가 필요했으니까.

"그 버스 이끌고 있는 팀이 또 국경없는의사회라네?"

"응? 그래? 아, 인도에도 있기야 하겠지. 근데 뭐."

"거기 팀장이 외과 의산데, 그 사람이 같이 안 넘어오면 버스도 못 넘는대. 알잖아, 여기랑 인도 사이 안 좋은 거. 평소에 기름칠 어지간히 해둔 사람 아니면 아무리 NGO라고 해도 안 된대."

"아……. 그럼 같이 온대?"

"응. 정부 측에 얘기해서 호위하기로 했어요. 이슬라마바드에서 단기 팀이랑 합류해서 여기까지 올 거야."

"어, 언제?"

"한 2주 후? 그때까지 잘 버텨봐요."

"뒤지겠다……."

한유림은 2주간의 풀당직에 녹초가 되어가고 있었다. 그래도 하루쯤은 백강혁이 대신 당직을 서주지 않을까 하는 기대가 있었는데, 강혁은 그 기대를 철저하게 짓밟아버렸다.

'개새끼…….'

아니, 심지어 리처드가 대신 서주겠다는 것조차 막아버렸다.

'그래도 이건 좀 심하지 않나?'

한유림이 이런 생각에 빠져 있을 때쯤, 뉴델리 국경없는의사회 북인도 본부에서 출발한 팀은 인도-파키스탄을 잇는 도로를 지난 참이었다.

"아, 비 그치네요."

"다행이네. 뭔 놈의 도로가 이래."

북인도 구호팀장으로서 잔뼈가 굵은 마틴이 창밖을 내다보며 중얼거렸다. 명색이 국가와 국가를 잇는 도로를 지나고 있는 중인데 별것도 아닌 빗물에 진창이 되어버린 참이었다. 그나마 타고 있는 차량이 어지간한 산도 탈 수 있는 구호 버스라 망정이지, 그렇지 않았다면 지금 갓길에 세워둔 수많은 봉고나 버스처럼 잠시 쉬었다 가야 했을 터였다.

"어째……. 인도보다도 열악한 거 같은데요?"

단기 팀 봉사를 왔다가 '영국인이라면 인도에 갚아야 할 빚이 있다'는 말에 넘어가 자리 잡아버린 해리가 진창이 된 앞길을 바라보며 중얼거렸다.

"응, 그렇네. 인도가 생각보다 잘사는 나라라니까."

"근데 왜 우리가 봉사하러 다니는 사람들은 기본적인 의료 서비스도 못 받아요?"

"빈부격차가 심하잖아……. 우리 입으로 이런 말 하긴 뭐 하지만, 우리나라가 인도 식민 통치하던 시절에 의도적으로 그렇게 만들었으니까, 뭐……."

"우리가 싼 똥 때문이다, 이거죠?"

"그렇지."

"그래서 봉사하긴 하는데……. 이게 얼마나 도움이 될지는 모르겠네……."

"흐음."

여기 온 지 얼마 안 되는 해리의 눈에도 마틴의 봉사가 얼마나 무력한지 다 보이는 모양이었다. 인구 10억이 넘는 인도에 고작해야 수십, 수백 명의 활동가들이 와서 암만 열심히 해봐야 변화하는 건 극히 일부였다. 그나마 인도 정부는 영국과 사이가 아주 나쁜 편은 아니라 정부 차원에서의 대화는 좀 통하는 편이었지만, 인도 상류층들은 왜 굳이 소득 격차를 줄여야 하는지에 대해 근본적인 의문을 가지고 있었다.

'엄밀히 따지고 보면 여기도 우리가 싼 똥인데.'

파키스탄과 인도가 그토록 사이가 좋지 않고, 분쟁하고 있는 이유 역시 영국의 식민 통치 때문이었다는 것까지 떠올리자 머리가 지끈거렸다. 여전히 자기 가문 어른들을 비롯한 많은 영국인들은 제국주의 시절의 영국을 자랑스러운 역사로써 기억하고 있지만, 조금 다른 시선으로 세상을 보게 된 마틴은 그 이면의 얼룩덜룩 달라붙은 과오도 적지 않다고 여기고 있었다.

"음, 앞에서 멈춰 서는데요?"

잠시 고민하고 있으려니, 해리가 말했다.

"응?"

"앞에……. 멈췄어요. 검문인가? 별걱정할 필욘 없겠죠?"

말과는 달리 긴장한 기색이 역력했다. 그럴 수밖에 없었다. 인도에서 워낙에 부패한 군인들과 경찰들을 많이 보지 않았던가. 도로에서 만나는, 자신이 외국인이라는 걸 너무 잘 알고 있는 군인이나 경찰들은 거의 나쁜 놈들이었다.

"괜찮을 거야."

하지만 지금은 아주 자신 있게 답해줄 수 있었다. 실제로 아무 일 없이 통과한 버스는 속도를 내 계속 달렸다.

'닥터 백……. 이름이 백강혁이라고 했던가?'

최근 국경없는의사회 활동가들 사이에서는 아주 유명한 이름이었다. 불과 반년 전쯤 파키스탄 한구로 파견된 외과 의사라고 했다. 그전까지 한구는 아무리 노력해도 변하지 않는 지역의 대명사였다. 정치, 종교적인 문제가 너무 복잡하게 얽히고설켜 있는 까닭에 벌어진 일이었는데, 어찌 된 일인지 백강혁이라는 사람이 간 이후로는 그 매듭들이 하나둘 풀리고 있다고 들었다. 처음엔 그냥 헛소문이거나, 제인이 너무 힘든 나머지 조그마한 일을 부풀리고 있는 게 아닐까 했는데…….

'진짜 정부에서 나올 줄이야.'

그냥 공무원 몇이 나온 것도 아니었다. 누가 봐도 좀 높아 보이는 사람이 아주 비싸 보이는 차량을 끌고 나타나는가 싶더니 앞뒤로 호위가 붙은 상황이었다. 이 정도 의전은 적어도 인도에서는 단 한 번도 겪어본 적이 없었다. 그 나름대로 인도 정부와 10년 넘게 협상해온 사람인데도 그랬다.

마틴은 제인과 함께 아이티에서 활동하던 때를 떠올렸다. 당시 아이티 정부는 아예 무너졌다고 봐야 했기에, 수많은 NGO 단체들에게 도움을 요청한 상황이었다. 덕분에 정말 다양한 NGO 단체들과 교류할 수 있었는데, 그때 들었던 소문들을 떠올려보면 인도 정부는 양반이었다. 소말리아에 있다가 온 사람은 인터넷 비용만 한 달에 100만 원씩 뜯긴 적도 있다고 들었다. 세상에 없던 회선을 까는 것도 아닌데 100만 원이라니.

"이대로면 진짜 오늘 안에 수도 도착하겠어요. 이름이 뭐더라."

"이슬라마바드. 음……. 진짜 그렇겠네. 아예 막힘이 없네."

앞뒤로 붙은 호위는 비단 검문검색만 빨리 통과시켜주는 게 아니었다. 앞에 있던 차를 뒤로 보내는 마법 같은 위엄도 선보이고 있었다. 일반인에게는 그렇게 전투적으로 클랙슨을 울려 대던 트럭 기사들이 이토록 얌전하게 양보해줄 줄이야. 이슬라마바드에 도착한 건 애당초 예상했던 것보다 무려 하루 정도가 앞당겨진 시간이었다.

"고생하셨습니다. 저희는 내일 아침에 다시 와서 호위하도록 하겠습니다."

"아……. 정말 감사합니다. 근데 제가 이름도 못 들어서……."

"음. 하마드입니다."

"아, 하마드. 네, 정말 감사합니다."

하마드, ISI 요원이자 강혁에게 잠시 붙잡혀서 병원 일까지 해야 했던 그는 마틴의 인사를 뒤로하고 돌아섰다.

"정부 사람 같은데, 되게 나이스 하네요?"

"그렇네. 그래도 조심하는 게 좋아. 원래 저런 놈들이 더 무서워."

곧 파키스탄 지부장이 나타났다.

"안녕하세요. 환영합니다."

"아, 지부장님."

지부장은 로지스티션 드니스와 함께였는데 두 사람 다 얼굴이 예전보다 훨씬 더 좋아져 있었다. 한구 병원을 필두로 해서 파키스탄 각 지역 내에서 벌이고 있는 구호 사업들이 전반적으로 잘 되기 시작했으니 그럴 수밖에 없었다. 가장 어렵다는 정부 협조를 강혁이 알아서 이끌어주고 있으니 당연한 일이었다.

"아직 한국 단기 팀 분들이 공항에 도착을 못 했어요. 새벽 비행기로 도착하는데……. 하루 쉬고 가라고 했더니, 도착하는 대로 그냥 가자고 하시네요."

"아……. 한국분들 성격 급하시지. 인도에 오시는 분들도 그래요. 어디 봉사 못 하면 혼나는 사람들처럼."

"괜찮겠습니까? 먼 길 오신 걸로 아는데."

"괜찮습니다. 이 정도 버스 모는 거야 익숙해요."

빈말은 아니었다. 인도는 워낙에 땅덩이가 넓은 곳이라 어디든 봉사를 가려고 하면 하루 온종일 차 타는 건 일도 아니었다.

"네, 그럼…… 부탁드리겠습니다. 짧은 시간이라도 푹 쉬시죠. 방해 않겠습니다."

"감사합니다!"

새벽 4시쯤, 체구가 자그마하고 딱 달라붙는 진청바지를 입은 사람이 마틴에게 인사를 걸어왔다.

"반갑습니다. 저는 한국에서 안과 개원의로 있는 최지예라고 합니다."

태도나 말투만 보면 오후 4시쯤 됐나 싶을 정도로 씩씩했다. 문제가 있다면 마틴은 전혀 그렇지 못한 상황이라는 것이었다.

"어……. 네. 저는……. 그……."

새벽에 온다고 해서 한 1, 2시쯤에 가나보다, 하고 있었다. 그 시간에 어설프게 자다 깨서 가느니, 그냥 버티다가 버스 탄 뒤에 자자고 생각했던 것이 패착이었다. 이슬라마바드 공항은 심심하면 지연이 발생하는 곳 아니었던가.

"주무시고 계셨죠? 미안합니다, 깨워서요. 힘드시면 조금 있다가 출발할까요?"

마틴의 얼굴에 잔뜩 묻어 있는 피곤함을 읽어낸 최지예는 곧장 이렇게 말했다. 워낙에 크로스핏과 헬스 그리고 필라테스로 몸을 단련한 그녀는 원래 자신은 쉽게 지치지 않는다는 것을 잘 알고 있었다. 그렇기에 상대의 체력 상태를 살피는 데에 능통한 편이었다. 덕분에 레지던트 시절에는 아래 연차들이 좋아하는 선배였고, 개원한 이후에는 직원들이 좋아했다. 한 가지 놓친 것이 있다면 이곳은 한국이 아니라 파키스탄, 즉 봉사 현장이라는 점이었다.

"아, 아뇨. 아닙니다. 지체할 필요 없죠. 단기 팀 가뜩이나 시간

없으신데……. 아마 현장에서도 애타게 기다리고 있을 겁니다. 연락하고, 바로 출발하겠습니다."

"아……. 지금 연락하나요? 실례가 되지 않을까요?"

"음."

마틴은 정중한 태도를 고수하는 최지예를 다시금 바라보았다. 단기 봉사 팀의 일원으로서는 상당히 보기 드문 자세라고 보면 되었다.

'보통 이렇게 봉사하러 온 사람들은 이곳에 있는 사람 배려를 잘 못 하는데…….'

그 사람이 나빠서라기보다는 워낙 단기 봉사라는 게 어려워서 일 터였다. 단기 봉사자들은 각자의 삶의 터전은 그대로 둔 채, 소중한 휴가와 돈을 쓰면서 온 사람들이었다. 그러다보면 '아, 내가 정말 좋은 일 하러 가는구나' 하는 생각에 사로잡혀서 도리어 무례해지는 경우도 있었다.

'이번 봉사는 진짜 제대로 될 수도 있겠는데.'

눈앞에 서 있는 최지예라는 사람은 좀 달라 보였다. 이 사람이 리더 격으로 나서서 그런가, 뒤에 있는 사람들도 태도가 좀 다른 것 같았다.

"괜찮습니다. 단기 팀 하나 오는 게 현장에서는 여간 큰일이 아니라서요. 무조건 연락 기다리고 있을 겁니다. 그리고 거기 병원이라……. 당직자가 있을 거예요."

기분이 좋아진 마틴은 푸근한 미소를 지은 채, 일전에 받았던 번호로 전화를 걸었다.

"여보세요."

전화를 받은 건 한유림이었다. 평소의 한유림이었다면 지금이 몇 시건 간에 친절하게 받았을 테지만, 지금은 2주간의 당직으로 엄청나게 지쳐 있는 상황이었다. 까칠한 한유림의 목소리에 마틴은 좀 놀란 얼굴이 되었지만, 이내 평정심을 되찾았다. 뒤를 돌아보니 최지예가 눈을 빛내며 서 있었기 때문이다.

'제발 친절하게 받아라…….'

마틴은 상당히 오랜만에 기도 비슷한 것을 하며 입을 열었다.

"아, 네. 저 마틴입니다. 뉴델리 팀의."

"뉴델리? 아……. 아! 마틴! 백 교수가 말한 노예! 빨리 와! 당직 때문에 뒤지겠어!"

"네? 무슨……. 무슨 말씀인지……."

"뭔 말인지 모르나? 외과 의사 아녀?"

"어……. 네, 그렇습니다."

"외상 외과도 배우긴 했고?"

"그렇죠. 봉사하려면……. 아무래도 외상학을 배워야 하니까요."

"그러니까, 얼른 오라고!"

"어……."

마틴은 이 사람이 혹시 약을 했나 싶었다.

"저, 잠시만."

혹 여기서 무슨 말을 했다가 더 험한 소리를 들으면 어쩌나 해서 입을 다물고 있으려니, 최지예가 다가왔다.

"통화, 제가 해도 될까요?"

정말이지 청천벽력과도 같은 말을 하면서였다. 약을 했을지도 모르는 사람과 단기 팀의 통화라니, 곤란하다. 마틴은 이게 어쩌면 10년이 넘는 봉사 생활 최대의 위기가 아닐까 하는 생각마저 들었다. 하지만 최지예는 이미 전화기를 손에 쥔 후였다.

"아, 한 교수님. 저 최지예입니다."

"응? 뭐야. 혼선이야? 왜 갑자기 한국말이 들려."

"저 최지예라고요. 교수님 제자 최지예."

"어……? 지예? 네가……, 네가 왜 이 전화를 받아?"

"못 들으셨어요? 저번에 백 교수님인가? 그분 통해서 얘기 들어갔을 거라고 했는데."

"뭔……, 뭔 소리야? 난 전해 들은 바가 전혀 없는데."

드디어 당직에서 벗어난다는 해방감에 취해 아무 소리나 떠들어대던 한유림은 천천히 이성을 되찾는 듯했다. 최지예라니. 그가 정말로 아끼던 지도 학생 아닌가. 외과로 오라고 꼬셨는데, 안타깝게도 안과에 뺏긴 쓰라린 경험이 있었다.

"아……. 하긴 백 교수님 캐릭터가 그렇다고 들었어요. 하여간 저 지금 이슬라마바드예요. 장규선 원장님 소개로 봉사하러 왔어요."

"응? 장 원장님이 모집한 단기 팀에 네가 있어? 어떻게, 어떻게 알고?"

"장규선 원장님 오사카 가시기 전까지 서울시 의사회 이사셨잖아요. 저는 여의사회 부회장이었는데 그때 친해졌죠. 일 같이 많이 했었는데.”

“오……. 너 성공했구나……. 병원 잘되는구나.”

“제가 손 좋잖아요. 저 나름 백내장 명의로 유명한데, 모르셨어요?”

“오……. 든든한데! 언제 출발하는데?”

“지금요. 버스에 짐 싣고 있어요. 여기 지부장님? 아, 팀장님. 팀장님 말씀으로는 한 4시간 정도면 도착한다고 하네요.”

“좋아. 알았어. 기다리고 있을게. 준비는 싹 해놨으니까……. 그냥 오기만 하면 돼.”

“네, 교수님. 이따 뵐게요.”

한유림은 제자와의 통화를 마친 후 시계를 보았다. 이제 막 4시 반을 지나고 있었다. 11시에 잠들고 2시에 깨서 지금까지 이러고 있으니, 3시간밖에 못 잔 셈이었다. 그럼 피곤해야 정상일 텐데 이상하게 활력이 넘쳤다.

‘이야……. 지예가 오는구나.’

나이가 들기는 든 모양이었다. 제자가 온다는 말에 이렇게 들뜨고 힘이 나다니.

‘그나저나 백 교수 이 인간은……. 누가 오는지 말도 안 해주고 사람을 부려? 아오……. 이걸 그냥…….’

최지예 선생이 온다는 걸 알았으면 그래도 좀 기운을 차렸을 텐데, 그런 줄도 모르고 하루 종일 인상 쓰고 다녔지 않은가.

“하여간 백강혁 그 인간은 진짜 사람 되려면 멀었…….”

불만을 입 밖으로 털어놓는 찰나 강혁과 눈이 마주쳤다. 이게 실화인가 싶은 상황이었다. 이 시간에 얘가 여기 왜 있을까.

"사람이 아니면 내가 뭔데요?"

그것도 저렇게 무서운 얼굴을 하고.

"어……? 아냐, 아냐. 내가 뭐랬다고."

"지금 뭐라고 했잖아. 나 귀 밝아요."

"아니……. 근데 여긴 왜 왔어?"

강혁은 한유림에게 방금 끊은 전화 통화에 대해 듣고 마음이 급해진 듯했다.

"지금 온다고요? 이 사람들 진짜, 한국인들 아니랄까봐 성질 급한 거 봐. 일단 나가서 밖에 쳐둔 천막 시설 괜찮은지 좀 봐요……. 나는 데니스한테 가서 거기 숙소 확인할게요."

"지금 데니스 깨운다고?"

"어차피 2시간 있으면 일어날 텐데 뭐."

"아니……. 그게, 그렇게 통 칠 일인가?"

10권에서 계속

중증외상센터
골든 아워 IX

초판 1쇄 인쇄 2021년 8월 17일
초판 1쇄 발행 2021년 8월 27일

지은이 한산이가(이낙준)
펴낸이 김선식

경영총괄 김은영
책임편집 한나래 **디자인** 박수연 **책임마케터** 박태준
콘텐츠사업6팀장 이호빈 **콘텐츠사업6팀** 임경섭, 박수연, 한나래, 정다움
마케팅본부장 이주화 **마케팅3팀** 이미진, 박태준, 유영은
미디어홍보본부장 정명찬 **홍보팀** 안지혜, 김재선, 이소영, 김은지, 박재연, 오수미, 이예주
뉴미디어팀 김선욱, 허지호, 염아라, 김혜원, 이수인, 임유나, 배한진, 석찬미
저작권팀 한승빈, 김재원
경영관리본부 허대우, 하미선, 박상민, 권송이, 김민아, 윤이경, 이소희, 이우철, 김재경, 최완규, 이지우, 김혜진
웹 콘텐츠 작가컴퍼니

펴낸곳 다산북스 **출판등록** 2005년 12월 23일 제313-2005-00277호
주소 경기도 파주시 회동길 490
전화 02-704-1724 **팩스** 02-703-2219
이메일 dasanbooks@dasanbooks.com
홈페이지 www.dasan.group **블로그** blog.naver.com/dasan_books
용지 IPP **인쇄 및 제본** 갑우문화사 **코팅 및 후가공** 평창피앤지

ISBN 979-11-306-4056-3 (04810)
979-11-306-4052-5 (세트)

- 책값은 뒤표지에 있습니다.
- 파본은 구입하신 서점에서 교환해드립니다.

다산북스(DASANBOOKS)는 독자 여러분의 책에 관한 아이디어와 원고 투고를 기쁜 마음으로 기다리고 있습니다.
책 출간을 원하는 아이디어가 있으신 분은 다산북스 홈페이지 '투고원고'란으로 간단한 개요와 취지, 연락처 등을 보내주세요.
머뭇거리지 말고 문을 두드리세요.